Knaur
Lemon

Von Tania Kindersley
sind in der Reihe Knaur Lemon bereits erschienen:

*Auf immer, nicht ewig*
*Liebe. Irgendwie.*

*Über die Autorin:*

Tania Kindersley wurde 1967 geboren. Sie studierte in Oxford Geschichte und lebt lange Zeit in London. Inzwischen hat sie sich aus der hektischen Metropole verabschiedet und lebt in Schottland.

Tania Kindersley

# *Und morgen geht das Leben weiter*

Roman

Aus dem Englischen
von Katharina Volk

Knaur Lemon

Die englische Originalausgabe erschien 2002 unter dem Titel *Nothing to Lose* bei Sceptre/Hodder & Stoughton, A divison of Hodder Headline, London.

Besuchen Sie uns im Internet:
www.knaur-lemon.de
Sagen Sie uns Ihre Meinung zu diesem Buch:
lemon@droemer-knaur.de

Deutsche Erstausgabe 2003

Redaktion: Angela Troni
Umschlaggestaltung: ZERO Werbeagentur, München
Umschlagabbildung: Image Bank, München
Satz: Ventura Publisher im Verlag
Druck und Bindung: Clausen & Bosse, Leck
Printed in Germany
ISBN 3-426-61545-2

2 4 5 3 1

*Für Sophie*

# 1

***Als Maude Strong*** fünfundzwanzig Jahre alt war, tötete sie ein Kind.

Das klingt hässlich und hart, wie es da steht: nüchtern und grotesk. Aber wie sollte man es sonst sagen? Hässlich und doch wahr.

Maude hatte einmal gelesen, der innerste Kern eines jeden Lebens bestehe aus einem Satz, sozusagen der Destillation all der Zufälle, des Chaos und der Willkür, die jedes Leben ausmachen: all die Hoffnungen und Ängste, die Jahre des Bemühens und Versagens, die Augenblicke großen Glücks und banaler Alltäglichkeit.

Maude wusste, dass ihr Leben nicht gut sein konnte, weil es im Kern aus diesem unentrinnbaren Satz bestand.

Mit fünfundzwanzig war sie an einem stinknormalen Nachmittag eine stinknormale Straße im Norden Londons entlanggefahren, ein Kind rannte zwischen parkenden Autos hervor, und Maude konnte nicht mehr rechtzeitig bremsen.

Man hört oft, dass Ereignisse, die ein ganzes Leben verändern, wie in Zeitlupe geschähen – eine Kino-Illusion, ein billiger Trick der Filmemacher – der Ertrinkende, der in Sekunden sein ganzes Leben an sich vorüberziehen sieht.

So war es nicht. Es ging so schnell, dass es ihr den Atem verschlug. Die Luft wurde ihr aus dem Leib gepresst, als habe ihr jemand mit der geballten Faust in die

Magengrube geboxt. Wenn sie sich die Szene später vergegenwärtigte, sich den inneren Film immer wieder vorspielte, bis sie kaum mehr fassen konnte, dass er sich nicht abnutzte, dann erinnerte sie sich: Straße, Hitze, Bewegung, ein Ekel erregender und unangemessen dumpfer Aufprall (da war ja auch nicht viel menschliches Fleisch zu treffen, dachte sie später, wenn sie sich selbst damit quälte). Es war seltsam: Das Geräusch kam vor den Bildern – sie schien das Kind erst wahrzunehmen, nachdem sie den Aufprall gehört hatte –, eine brutale Vollbremsung, klischeehaft quietschende Reifen, in ihrem Bauch ein bodenloses Schwindelgefühl. Dann nichts mehr.

Für einen Moment war die Straße wieder still und stinknormal; ein Moment, gefangen zwischen ihrem alten Leben und dem neuen, für immer geprägt von der Narbe dieses Ereignisses, dieser unausweichlichen Tatsache, diesem Tod.

Später, in dem neuen Leben, in dem nie wieder etwas sein konnte wie zuvor, die harten Tatsachen: die Mutter, die zu ihrem Sohn auf die Straße rannte, ihr verzerrtes Gesicht, ihr unmenschliches und irgendwie vertrautes Kreischen (die Totenklage derer, denen plötzlich ein geliebter Mensch genommen wurde. Jeder von uns kennt sie, woher nur? Aus weltweiten Nachrichten rund um die Uhr, alten Schwarzweiß-Dokumentationen, ernsthaften Filmen über Krieg und Tod).

Maude sah das Häuflein Kleidung auf der Straße und wusste, als gute, hilfsbereite Menschen aus ihren Häusern eilten, um nachzusehen, was passiert sei, als ein stämmiger, aufgeregter Mann sein Handy hervorholte, um einen Krankenwagen zu rufen – sie wusste, dass es keinen Sinn hatte. Sie beobachtete, wie die Menge anschwoll, wie andere Autos anhielten und sich ein Stau entwickelte, wie ein zufällig vorbeikommender Polizist die Sache in die Hand nahm; und sie wusste, dass es keinen Sinn hatte, weil dieser kleine, schutzlose Kopf zu hart auf den Asphalt geknallt, weil nichts mehr übrig war.

Sie erinnerte sich daran, abseits von der Menge zu stehen, wie abgetrennt, in diesen ersten Augenblicken, wie ausgeklinkt aus der Realität des Geschehens (eine Stimme in ihrem Kopf sagte »Nein Nein Nein Nein!«, als könne sie all das durch die schiere Macht ständiger Wiederholung ungeschehen machen; Nein, sagte die Stimme, das ist nicht wahr, das ist nicht dir passiert). Sie erinnerte sich daran, wie sie in einem Schwebezustand verharrte, als beobachte sie eine Fremde, leidenschaftslos und distanziert, und wie sie dachte: Das meinen sie (wer sie?) also, das meinen sie mit diesem schmalen Grat, dieser knappen Grenze zwischen Liebe und Hass, zwischen Ordnung und Chaos, zwischen Leben und Tod. In einem Moment noch lebhaft, laufend und voller Möglichkeiten, die Spindel der Zukunft spult sich ab zum Horizont – Erwachsenwerden, Freundschaften, Hochzeit, Kinder, eine tolle Karriere, wer weiß? Vielleicht ein strahlender Prinz, in diese Welt geschickt, um Krebs zu heilen oder den Weltfrieden zu erfinden – im nächsten Moment nichts, gar nichts, alle Möglichkeiten ausradiert, ein regloser, lebloser Körper, ein Leichnam, eine Leere.

So etwas passiert andauernd. Jedes Jahr sterben in Großbritannien 600 000 Menschen, junge wie alte, unverdient und auf schreckliche Weise – aber das hier auf der Straße zu sehen, so unmittelbar und unausweichlich

– von lebendig zu tot: Das also, dachte Maude, während die Menge um sie weiter wuchs, das meinen sie damit.

Dann schien es, als sei etwas in ihr zerborsten, und sie hörte eine Stimme in den Tag hinausfliegen, über die versammelten betroffenen Köpfe hinweg. Die Stimme rief: Ich bin schuld, ich bin schuld.

Plötzlich merkte sie, dass es ihre eigene Stimme war.

Es gab eine Gerichtsverhandlung. Polizei und Staatsanwaltschaft wollten sie eigentlich gar nicht: Maude war nicht betrunken oder zu schnell gefahren, sie war noch nie auffällig geworden. Eine Überwachungskamera hatte sie eine Querstraße vor der Unfallstelle mit fünfundvierzig Stundenkilometern aufgenommen. (Gelassene fünfundvierzig Stundenkilometer innerhalb einer geschlossenen Ortschaft reichten völlig aus, um ein Kind zu töten; nicht illegal, aber dennoch fatal.)

Trotzdem führten die beharrlichen Rechtsanwälte der Mutter und Maudes Beteuerungen ihrer Schuld (ich bin schuld, ich bin schuld) zu einem Tag im Gerichtssaal. Der Staatsanwalt wirkte müde und fahrig; von Anfang an war ihm anzusehen, dass er nicht mit ganzem Herzen bei der Sache war. Maude war jung, gebildet, ordentlich, keine gewissenlose Straftäterin oder polizeibekannte Verbrecherin. Es war ein schrecklicher, bedauerlicher Unfall, aber was sollte man da machen? So etwas passierte jeden Tag. Er wollte sich ganz offensichtlich endlich wieder den Crack-Dealern und Zuhältern widmen, den Einbrechern und Rolex-Räubern; dieses blasse, stille Mädchen, das sich so unübersehbar schuldig fühlte und sich selbst schreckliche Vorwürfe machte, war ein Opfer, das vor ihm stand und bestraft werden wollte.

Er hatte das schon tausend Mal gesehen, und er wusste, er konnte ihr nichts antun, was sie sich nicht schon selbst angetan hätte.

Maudes Anwalt war clever, überqualifiziert und grob gestrickt. Maudes Eltern waren tot, aber sie hatte einen Onkel, der sich um sie kümmerte, sofern er Zeit dazu hatte. Er kannte viele Leute, das war sein Job; er knüpfte und zog die Fäden, verdiente seine Brötchen damit, Leute einander vorzustellen, Verbindungen anzubahnen und die berühmten zehn Prozent abzusahnen. Er wusste natürlich, an wen er sich in diesem Fall wenden musste, kannte die besten Adressen, die Spezialisten, die echten Profis. Also bekam sie die allerbeste Verteidigung.

Ihr Anwalt sah sich mit einem kleinen, uninteressanten Allerwelts-Fall betraut und machte daraus ein Festmahl, als wolle er sich damit bei Laune halten. Er zerrte die Mutter in den Zeugenstand, und als er mit ihr fertig war, sah es so aus, als sei es ihre Schuld, als seien Maude und das Auto völlig nebensächlich. Er brachte Unmengen schrecklicher Anschuldigungen vor – die Mutter führe eine unglückliche Ehe, habe ihr Kind vernachlässigt und nur sporadisch und unzuverlässig für die Beaufsichtigung ihres Sohnes gesorgt, der ständig die Schule geschwänzt habe. Als dieser fette, gut ausgebildete Anwalt mit ihr fertig war, hätte man glauben können, die Mutter habe ihr Kind eigenhändig vor Maudes Auto gestoßen.

Folglich verließ Maude den Gerichtssaal als Gewinnerin, frei, ungestraft, und ihr Anwalt gratulierte ihr, als habe sie tatsächlich etwas gewonnen, den Lotto-Jackpot, einen Wettbewerb oder einen Preis, und sie wollte ihn anspucken.

Sie wollte sagen: Ich muss doch bestraft werden, ich habe ein Kind getötet, ihr müsst mich für das bezahlen lassen, was ich getan habe.

»Und jetzt?«, fragte sie ihn.

Der Anwalt entblößte beim Lächeln gelbe Zahnreihen und sagte: »Das war's, Sie können gehen, Ihr Leben gehört wieder Ihnen.«

Nach Maudes Meinung zeigte das nur, dass er überhaupt nichts verstand.

Da kam die Mutter die Treppe des Gerichtsgebäudes herunter, den Kopf gesenkt, um ihr vom Weinen verquollenes Gesicht zu verbergen, und Maude schaute weg.

Der Anwalt sagte: »Keine Sorge, Sie sind ja versichert, sie wird Geld bekommen.« Als könne das die Sache abschließen, als würden ein Scheck und ein Tag vor Gericht alles wieder ins rechte Lot bringen.

Maude wollte fragen: Wie steht denn gerade der Preis für ein totes Kind? Aber sie tat es nicht. Sie nickte, ignorierte seine ausgestreckte Hand und spazierte davon, in den Nachmittag, ohne zu wissen, wohin sie gehen würde.

Das war über zehn Jahre her. Die Welt hatte sich verändert, allmählich, nahtlos. Maude fand, zehn Jahre hörten sich nach einer langen Zeit an, aber sie vergingen schneller, als sie glauben konnte. Eben dachte sie noch, nichts habe sich verändert, und dann erhaschte sie einen kurzen Blick auf etwas von vor zehn Jahren, einen Bericht in der Zeitung, ein Modefoto, einen Fernsehfilm, und ihr wurde klar: Wie oft auch behauptet wurde, dass sich alles wiederholte, wiederentdeckt wurde, noch einmal in Mode kam – es war ganz anders.

Maudes Gefühl nach war sie noch genau dieselbe, doch sie wusste, dass sie wahrscheinlich eine andere war.

Sie hatte jetzt Arbeit, sie hatte eine Wohnung, sie hatte, in gewisser Weise, ein Leben. Sie hatte sich ein Leben für sich entworfen. Zwar war es nicht so, wie sie es sich einmal vorgestellt hatte. Als sie auf ihren Abschluss hinarbeitete an der tollen Universität, die jede als zukünftige Weltherrscherin verlassen wollte, hätte sie sich nie träumen lassen, dass sie einmal so enden würde, in einer finsteren Kellerwohnung, tagelang ohne Kontakt zu anderen Menschen, in einer kleinen, beengten Welt, in der nur sie und ihre Schuld existierten. Aber vermutlich entwickelt sich das Leben nie so, wie man es geplant hat; vermutlich sieht man deshalb auf den Straßen von Großstädten so viele Leute mit diesem verwirrten und verärgerten Gesichtsausdruck, als wollten sie sagen: Wer hätte gedacht, dass mir das passieren würde? All die Ballett-Tänzerinnen, die in der Verwaltung landeten, die Feuerwehrmänner, die Personalchefs wurden, die Entdecker, die in Call-Centern saßen, die Modeschöpferinnen und Opernsängerinnen, Gitarristen, Bühnen-Lieblinge und Szene-Diven, die am Ende von der großen Tretmühle zermalmt wurden. All das spricht aus diesen Blicken: Wie bin ich bloß hier gelandet?

Also meinte Maude, es gehe wohl nicht nur ihr so. Sie war inzwischen sehr geschickt im Rationalisieren; sie übte es jeden Tag, um nicht dem Wahnsinn zu verfallen.

Sie hatte einen Job, einen anderen als ihren ursprünglichen. Sie war Ghostwriterin. Die meisten Menschen, die diesen Beruf ausüben, betrachten ihn als ein wenig schmachvoll, mit seinem unangenehmen Beigeschmack von verkauftem Talent und Täuschung – das ist etwas, was man nebenher macht, kein richtiger Beruf, man verdient damit nur seine Brötchen, bezahlt die Miete, bessert den Hungerlohn auf, den man mit dem richtigen Schreiben verdient.

Sie war ganz zufällig dazu gekommen; manchmal blickte sie zurück und dachte, das wäre vermutlich nie geschehen, wenn nicht ihre Eltern gestorben wären.

Sie hatte gerade die Universität verlassen, mit einem guten Abschluss in Englisch und keinerlei Vorstellung oder Ehrgeiz; die Welt lag auf einmal vor ihr wie eine riesige Landkarte, Hunderte von Straßen, und allen konnte sie folgen. Während sie noch überlegte, Verschiedenes in Betracht zog, sich zukünftige Szenarien ausdachte, bot ein Freund ihres Vater, vermutlich von Mitleid mit der armen Waise und altmodischen Idealen der Menschenfreundlichkeit getrieben, ihr einen Job in einem Verlag an, und ihr kam gar nicht in den Sinn, dass sie ablehnen könnte. Sie wusste nicht, ob das ihr Traumjob war (wann würde dieser Traum wahr werden, fragte sie sich, jung und hoffnungsfroh genug, um dem Traum Zeit zu lassen; sie wusste, dass man auf Offenbarungen warten musste, dass sich so etwas nicht erzwingen ließ). Aber er würde fürs Erste genügen. Sie musste schließlich ihre Miete bezahlen und brauchte etwas zu tun; sie hatte das vage Gefühl, dass sie auch tun sollte, was andere taten – arbeiten, essen, am Wochenende in Soho ausgehen.

Sie wurde als Lektoratsassistentin eingestellt, saß am Telefon, trug Verabredungen zum Lunch in den Kalender ein, schrieb Hausmitteilungen mit Produktionsterminen, fing empfindliche Autoren ab und las hin und wieder miserable Romane mit zum Teil abenteuerlicher Rechtschreibung vom Stapel mit den unverlangt eingesandten Manuskripten.

Während dieser Zeit bekam sie es mit einer aufbrausenden, sehr schwierigen Starautorin zu tun – einer Schauspielerin ungewissen Alters, die bereits einen kleinen Erfolg mit einem großen, grell bebilderten Buch voller Schönheits-Tipps gelandet hatte (»Ruhen Sie jeden Nachmittag eine Stunde lang auf einer Chaiselongue und legen Sie dabei die Füße ein wenig höher als den Kopf«).

Die alte Diva, deren Gesicht bis in den siebzehnten Stock geliftet war und die ihr Alter seit zehn Jahren mit fünfundvierzig angab, verhandelte nun über ihre Biographie. Dazu war es offenbar erforderlich, dass sie ihre Lektorin mindestens acht Mal täglich anrief. Maude bekam die Aufgabe übertragen, ihrer Chefin diese Anrufe vom Leib zu halten. »Es tut mir so Leid, Miss Lane, sie ist gerade in einer Sitzung, beim Essen, heute schon früher gegangen, in die Südsee ausgewandert.«

Rita Lane, nervös, einsam und besorgt ob ihrer verblassenden Schönheit, begann stattdessen mit Maude zu sprechen. Bei Vertragsabschluss bestand sie schließlich darauf, dass Maude das Ding als ihre Ghostwriterin verfasste. »Sie versteht mich, was man von euch übrigen Spießern nicht gerade behaupten kann«, erklärte die alte Leinwand-Königin. »Ihr dachtet doch wohl nicht, ich hätte genug Zeit übrig, es selbst zu schreiben?«

Sechs Monate lang saß Maude in einem düsteren, stickigen Apartment in Hans Crescent und lauschte der Schauspielerin, ihren Ängsten und Ambitionen, überraschend guten Witzen, emotionalen Ausbrüchen und Geständnissen, und gelegentlich unerwarteten Häppchen wahrer Weisheit.

Maude hatte noch nie etwas geschrieben, das veröffentlicht werden sollte, doch die strenge Uni-Disziplin von zwei Essays pro Woche war in ihr lebendig geblieben; sie war noch jung genug, um zu glauben, dass alles möglich sei. Sie stellte fest, dass sie Rita Lane mochte, und so wurden die Nachmittage bei ihr immer länger, während sie nach mehr Geschichten suchte, mehr Gestalten, einem weiteren flüchtigen Blick auf eine verflossene Ära, in der man alles anders machte (Rita wirkte in der modernen Welt gestrandet, wie ein westlicher Tourist in einem Dritte-Welt-Land, verwirrt von der fremden Sprache und sanitären Einrichtungen, die die Bezeichnung nicht verdienten; sie begriff wirklich nicht, wie die Welt um die Jahrtausendwende funktionierte).

Maude wurde allmählich wütend auf die Spötter und Zyniker, auf das System, dem gemäß eine Schauspielerin ab fünfunddreißig die Mutter spielen musste, auf die heimlichen Spielregeln, die dafür sorgten, dass Schauspielerinnen nach den verrücktesten Diäten lebten, geliftet und gespritzt, blondiert und bemalt wurden, bis die Schönheit dahin war. »Jenseits der vierzig«, erklärte Rita, als sei das eine allgemein bekannte Tatsache, nichts Seltsames, sondern ein Naturgesetz, »existiert eine Frau nicht mehr als sexuelles Wesen.«

Maude, die inzwischen richtig verliebt in Rita war – in ihren stoischen Galgenhumor, ihre theatralische Geschichte, ihre aufgesetzte Zuversicht – Maude schrieb das Buch schließlich mit all der Wucht und Wut einer Polemikerin.

Weil sie nicht wusste, was sie da tat, gab es für sie nichts zu fürchten, keine Regeln zu brechen; sie schrieb es forsch und furios, mit einer Leidenschaft, die sie gar nicht in sich vermutet hätte. Sie brauchte nur vier Monate dafür, dann schickte sie es dem Verlag, der es an Lektoren und Korrektoren weiterreichte, bis es glatt und glänzend poliert war. Zwei Wochen später fuhr Maude jene Straße im Norden Londons entlang, ihr Leben veränderte sich unwiderruflich, und die Nachmittage mit Rita Lane erschienen ihr so fern und verloren wie etwas aus einer anderen Epoche.

Das Buch wurde ein voller Erfolg. Unmittelbar nach der Veröffentlichung gelang Rita Lane das große Comeback auf der Leinwand. Ein ironischer postmoderner Regisseur aus der Lower East Side (auf dem Umweg über Kansas City), der mit billigen Fernsehserien und Computerspielen aufgewachsen war und als das neue Wunderkind *du jour* galt, engagierte sie für den Film, mit dem er den Durchbruch schaffte, denn er hatte sie einmal mitten in der Nacht im Kabelfernsehen gesehen, nachdem seine Freundin mit ihm Schluss gemacht hatte. Er erlebte Rita als heruntergekommene Alkoholikerin, die ihre verlorene Würde durch den Staub hinter sich her schleifte – das konnte sie am besten, und sie war der einsamste Mensch der Welt. Der sitzen gelassene Regisseur weinte dabei die halbe Nacht, und das vergaß er nie. Außerdem war sie billig zu haben, galt als dritte Wahl, und sie war bereit, einfach alles zu machen. Sie lieferte die überzogenste, ulkigste, unflätigste Vorstellung überhaupt, sie parodierte sich selbst absolut schamlos; der Film wurde im Sundance-Film-Festival, in Berlin und beim Telluride-Festival gezeigt, gewann Preise und Lorbeerkränze, und plötzlich musste jeder, der etwas auf sich hielt, Rita Lane in seinem neuesten Film haben.

Also wurde Rita wieder berühmt, und alle Welt wollte ihre Biographie lesen. Der Verlag musste mehrfach nachdrucken, und da Maude still und leise Prozente kassierte, konnte sie sich bald eine eigene Wohnung kaufen. Bisher hatte sie in einem gemieteten weißen Zimmer gewohnt, von dem man auf die Baumwipfel nördlich des Regent's Park hinausblickte. Das war zu hoch, zu hell, zu offen; nach dem Unfall musste Maude sich verstecken. Sie kaufte das dunkelste Kellerloch, das sie finden konnte. Es war billig, weil niemand sonst darin wohnen wollte, und das fand sie angemessen. Sie stellte keine Fragen und brachte den Kauf schnell über die Bühne, da sie nicht viel menschlichen Kontakt ertrug; derart weltliche Dinge wie Termine mit Bausachverständigen waren ihr unmöglich, zu beängstigend, um auch nur daran zu denken. Als sich herausstellte, dass Trockenfäule ihre Wände von unten her auffraß, befand sie mit bitterer Befriedigung, dass sie es nicht anders verdient hätte.

Sie saß in ihrem Keller, während ein Scheck nach dem anderen hereinflatterte, da sich das Buch in siebenundzwanzig Ländern gut verkaufte, und sie hatte das Gefühl, das passiere einer anderen, einer Frau, der sie nie begegnet war.

Manchmal wollte sie das Geld zurückgeben. Wenn sie mal wieder so von Selbstvorwürfen und Selbsthass erfüllt war, dass sie es kaum noch ertragen konnte, wollte sie die Scheine aus dem Fenster auf die Straße werfen. Statt eines Kontoauszugs mit dicken schwarzen Zahlen wünschte sie sich einen Haufen Bargeld in der Matratze, das sie hervorholen und fortwerfen konnte. Die durchdringende Erschütterung nach dem Unfall weckte in ihr die Sehnsucht nach einer großen, grotesken Geste; Normalität erschien ihr völlig falsch und fehlgeleitet, die gewöhnlichen Verrichtungen des Alltags schrill und obszön.

Zum ersten Mal verstand sie nun, warum Menschen sich selbst verletzen wollten, warum junge Mädchen in ihren Zimmern saßen und sich mit Rasierklingen dünne Schnitte in die glatten Arme ritzten, warum sie sich selbst bluten sehen wollten. Sie konnte es nicht in Worte fassen, aber sie verstand es: Es hatte damit zu tun, den Schmerz auch physisch sichtbar zu machen, es hatte etwas mit Aderlass im altmodischen Sinne zu tun; und mit bestrafen und brandmarken – seht, was ich getan habe, seht, was ich verdiene.

Sie warf das Geld nicht weg, obwohl sie rückblickend fand, in jenen ersten Monaten nach dem Unfall sei sie wegen des Schocks beinahe gestört genug gewesen, um alles Mögliche zu tun. Sie nahm das Geld und suchte sich eine gute Therapeutin im Norden Londons (konnten die überhaupt irgendwo anders leben? Maude hatte gerüchteweise von einem in der Nähe des Elephant and Castle gehört, aber das klang so unwahrscheinlich, dass es sich um einen dieser urbanen Mythen handeln musste). Der besorgte Onkel, der ab und zu anrief, kannte jemanden, der jemanden kannte, der einmal jemand gewesen war; Maude, ergeben und erschöpft vor Schuld und Trauer, fuhr jeden Freitag nach Norden, saß auf einer Couch und versuchte, in all dem einen Sinn zu erkennen.

Die Psychotante, die überraschend jung war und gern Kurzgeschichten von Raymond Carver las, sagte Maude, sie solle sich selbst vergeben. Maude starrte sie in kranker Verständnislosigkeit an und fragte die Psychotante, wie das denn ihrer Meinung nach möglich sein sollte.

»Deshalb sind wir ja hier«, erklärte die Psychotante und sah auf die Uhr. »Nächste Woche um dieselbe Zeit«, sagte sie.

Maude ging jahrelang da hin, wie ein folgsames Kind. Sie schien jedoch der Vergebung für sich selbst nicht wesentlich näher zu kommen.

»Ich will mir nicht vergeben«, sagte sie einmal. »Verstehen Sie denn nicht? Das ist doch der Sinn der Sache. Wenn ich mir vergebe, dann ist es so, als wäre das alles nie passiert. Ich will Gedenken. Ich will Wiedergutmachung. Es ist richtig. Auge um Auge.«

»Bis die ganze Welt erblindet«, sagte die Psychotante.

»Wem soll denn damit geholfen sein«, fragte sie ein andermal, »wenn Sie darauf bestehen, sich so zu bestrafen?«

»Der Mutter«, antwortete Maude. »Der Mutter des Kindes, das ich getötet habe.«

»Es war ein Unfall«, erwiderte die Therapeutin. »Das wissen Sie doch, oder? Es war ein Unfall; eines von diesen schlimmen Dingen, die guten Menschen widerfahren.«

»Woher wollen Sie wissen, ob ich gut bin?«, entgegnete Maude. »Woher wollen Sie das wissen?«

»Woher wollen Sie denn wissen, ob die Mutter sich tatsächlich wünscht, dass Sie derart leiden?«, fragte die Psychotante zurück, denn man hatte ihr beigebracht, eine Frage stets mit einer Gegenfrage zu beantworten.

»Weil sie das alle wollen, die Mütter toter Kinder«, erklärte Maude. »Ich habe mal ein Interview mit einer Frau gehört, deren Kind von Ian Brady im Moor ermordet wurde, vor dreißig Jahren. Dreißig Jahre später wollte sie immer noch, dass er litt. Er reklamierte das Recht, sich zu Tode zu hungern, und diese Frau hat im Radio gesprochen und verlangt, dass er zwangsernährt, dass er zum Essen gezwungen wird, denn wenn er stirbt, hätte er es hinter sich, aber sie wollte, dass er weiter leidet. Sie sagte, das sei wie ein Kreuzzug.«

»Das war eine einzelne Mutter«, sagte die Psychotante. »Ein einzelner Mord. Das geschah aus Bösartigkeit und Absicht und ist überhaupt nicht mit dem vergleichbar, was Ihnen zugestoßen ist. Eine Frau im Radio, und daraus schließen Sie so viel auf alle anderen.«

»Aber«, sagte Maude, »es gibt eben Dinge, die hört man, und man weiß, dass sie wahr sind. Man braucht keine zwanzig Leute, die einem das bestätigen, man braucht nur einen.«

Als sie nach zehn Jahren zu dem Schluss kam, ihre Zeit sei abgelaufen, entschuldigte sie sich.

»Es tut mir Leid«, sagte sie. »Ich muss Ihre schlimmste Patientin sein. Ich fühle mich überhaupt nicht besser, nicht?«

Die Psychotante lächelte mit leicht rätselhaftem Blick. »Vielleicht fühlen Sie sich schon besser, als Sie glauben«, sagte sie.

Hinterher dachte sich Maude, so etwas müssen Therapeuten wohl von sich geben, wenn sie versagt haben, denn sonst könnte man ja auf die Idee kommen, sein Geld zurückzuverlangen.

Als sie später darüber nachdachte, fragte sie sich, ob sich sowieso alles verändert hätte, ob das Leben nun einmal so lief. Sie fragte sich, ob der Auslöser wirklich oder eingebildet war; ob das, was danach kam, sich ohnehin so entwickelt hätte, auch ohne äußere Einwirkung.

Und doch kam es ihr so vor, als gäbe es da eine Reihe von Vorhers und Nachhers – vor und nach dem Unfall; vor und nach Sadie.

Wie die Wahrheit auch aussehen mochte, da lagen zehn leere, karge Jahre (*»Funny how time slips away«*, sang Willie Nelson an vielen Abenden in Maudes düsterem Kellerloch, und sie wunderte sich über die Zeit, wie eine halbe Stunde einem vorkommen kann wie eine Ewigkeit, aber plötzlich sind zehn Jahre vorüber wie nichts, als habe man einen Moment lang nicht aufgepasst und die Zeit sei inzwischen weitergerast; man wusste gar nicht, wohin sie verschwunden war). Dann kam Sadie, und plötzlich war alles anders.

# 2

***Der Sommer ging*** zu Ende. Die Luft hing voller Staub und Hitze, als sei die Stadt selbst erschöpft unter dem Druck des Wetters und der Erwartungen; alles war nun für den Herbst bereit, für kalte Winde und prasselnden Regen, der den Schmutz fortspülen würde. Die Straße, in der Maude wohnte, war besonders schmutzig: die Talgarth Road, jene breite Hauptverkehrsstraße, die sich ihren Weg von Westen her nach London hinein bahnt. Die Talgarth Road hatte wenig zu bieten, das diesen Durchgangs-Status aufwiegen könnte; zu beiden Seiten standen hohe, anonyme Bürohäuser, Bausünden aus den Siebzigern und ehrgeizige Projekte aus den Neunzigern, die schon jetzt niemand mehr wollte, Reklamewände, Tankstellen und klaffend leere Grundstücke, abgelöst von bröckelnden, schmutzigen edwardianischen Häuserzeilen, von Abgasen und Vernachlässigung gezeichnet.

Dann, so unerwartet wie eine Sternschnuppe, gleich hinter der Hammersmith-Überführung, gab es für wenige Meter ein bisschen Schönheit zu bewundern: sieben ehemalige Fabrikgebäude in schiefem, dunkelrotem Backstein mit hohen Bogenfenstern. Sie waren zu Wohnhäusern umgebaut und in Wohnungen unterteilt worden, und hier besaß Maude ihren Keller. Die Baron's Court Station lag gleich um die Ecke. Ihre Wohnung war zwischen Schienen und Straße geklemmt; Staub und Lärm drangen den ganzen Tag lang herein, und zwar schon seit so langer Zeit, dass sie den Krach gar nicht mehr wahrnahm. Diese Lage passte ihr gut, denn die Straße war zu breit und anonym, als dass sich nachbarschaftliche Beziehungen entwickeln könnten, es gab keine Einladungen zu Weihnachten oder ein kurzes Schwätzchen auf dem Gehsteig. Die Häuser waren von der Außenwelt abgeschnitten wie auf einer Insel bei Flut.

Das eigentliche Haus, das Erdgeschoss mit dem Loft in doppelter Raumhöhe darüber, teilten sich drei oder vier Leute, Maude war nie ganz sicher. Sie hatte ihre Nachbarn von fern gesehen, einen Mann und zwei oder drei Frauen; manchmal hörte sie nachts ihre Schritte auf dem Parkettboden, sie hörte sie lachen und reden. Einmal hörte sie einen Streit: Brüllen und Weinen, Lärm von herumfliegenden Gegenständen, das Klirren von zerschlagenem Geschirr, krachend zugeschlagene Türen und flüchtende Schritte. Sie war nicht sicher, wie das da oben lief, wer mit wem befreundet war, wer mit wem schlief. Manchmal fragte sie sich, ob es vielleicht eine *ménage à trois* sei. Maude mochte sich selbst aus dem Leben herausgetrennt haben, wie ein Kind, das eine Gestalt aus einem Blatt Papier ausschneidet und nur eine leere Stelle hinterlässt, doch das bedeutete nicht, dass sie nicht Bescheid wusste. Sie war auf paradoxe Weise recht weltklug; sie las zu viel, um naiv zu sein.

Sie ging den Leuten von oben ebenso erfolgreich aus dem Weg wie allen anderen auf diesem kurzen, gestrandeten Stückchen Straße; sie lauschte und beobachtete immer erst und schaffte es meist, ihre Wohnung zu verlassen, wenn gerade niemand in der Nähe war. Begegnete sie ab und an doch jemandem zufällig auf dem Bürgersteig, setzte sie eine verwirrte Miene auf und eilte weiter.

Das war nicht seltsam genug, um aufzufallen. In London wurde gute Nachbarschaft nicht hochgehalten, nicht oft, nicht mehr heutzutage.

Die Leute sahen all die Serien im Fernsehen und glaubten, sie verpassten etwas, wenn sie nicht an einem kleinen Platz wohnten, wo jeder jeden kannte, wo man sich im Pub traf und einander in schwierigen Zeiten beistand; aber das war eine Art Vorkriegstraum, aus einer Zeit, als es noch echte Viertel gab, fest umrissene Enklaven innerhalb der großen Stadt, wo niemand die Haustür abschloss, die Kinder zusammen auf der Straße spielten und die Frauen ein Paket OMO ins Fenster stellten, wenn sie ihren Liebhaber sehen wollten – das bedeutete Old Man Out. Oder vielleicht war auch das nur ein Traum, und die Menschen waren in Städten immer schon für sich geblieben, zu eng zusammengepfercht; stets voller Angst, übervorteilt zu werden, verteidigen sie ihr Fleckchen Leben mit Klauen und Zähnen gegen jeden Eindringling. Nur auf dem Land, wo es für jeden mehr als genug Platz gibt, da wird den Menschen Bange vor all den wilden, freien Flächen und der unbegrenzten Landschaft, und sie drängen sich in Dörfern zusammen, schwatzen vertraulich miteinander und wissen über jeden Bescheid, damit sie sich sicher fühlen können.

An diesem frühen Septembertag erstickte die Stadt unter der Hitze des spät erblühten Sommers (es hatte den gesamten Mai und fast den ganzen Juni über geregnet, Wimbledon war praktisch ins Wasser gefallen, die Taxifahrer sprachen von nichts anderem), und Maude hatte einen Termin mit ihrer Lektorin. Ihre Lektorin war eine lockere Frau Mitte dreißig, also im selben Alter wie

Maude, aber in jeder anderen Hinsicht unendlich verschieden. Sie hieß Joan Bellow, war gut in ihrem Job und zufrieden mit ihrem Privatleben; sie war verheiratet, hatte zwei Kinder, und sie beklagte sich gutmütig über den Stress der Doppelbelastung und darüber, dass ihr Mann meinte, er mache die ganze Hausarbeit, obwohl er sich schon aufführte, als habe er den Nobelpreis verdient, wenn er nur den Abfall rausbrachte. Diese freundliche, lachende Frau, mit ihrem maßvollen Ehrgeiz und ihrer leise verwirrten mütterlichen Art wirkte auf Maude wie ein Alien. Sie schien sich in dieser Welt so wohl zu fühlen; sie schien all die erwarteten Antworten zu kennen.

Sie war auch nicht neugierig, ein großer Pluspunkt für ihre berufliche Beziehung. Nie stellte sie irgendwelche unangenehmen Fragen. Außerdem mochte sie Maude, weil Maude pünktlich ablieferte und zuverlässig war wie eine Schweizer Taschenuhr, doch sie betrachtete weder Maudes verschlossenes Gesicht, die bewölkte Stirn, die dunklen Schatten unter den Augen, noch rätselte sie, woran das wohl liegen mochte; sie wunderte sich nicht über die übertriebene Blässe, die ausdruckslosen schwarzen Augen und Maudes raschen, defensiven Gang, mit gesenktem Kopf und gerunzelter Stirn, als wolle sie von vornherein jeden abschrecken, der sie ansprechen mochte. Vielleicht funktionierte das genauso wie die Anti-Nachbar-Verteidigung. Vielleicht gab es einfach zu viele Leute, zu viele Gründe zur Sorge und zu viel zum Nachdenken. Jemand behauptete einmal, kein Mensch würde sich Gedanken darum machen, was andere über ihn sagten, wenn er wüsste, wie wenig die Leute über andere nachdenken. Jeder interessiert sich nur für sich selbst und seine engsten Angehörigen, ansonsten ist sich jeder selbst der Nächste.

Maude hatte das mal irgendwo gelesen, glaubte jedoch nicht daran. Sie meinte, dass die Menschen immerzu über andere Leute nachdachten, weil sie viel zu viel Angst hatten, über sich selbst nachzudenken. Sie hatte die Bücher gelesen, verfolgte in diskretem Abstand die vorherrschenden Strömungen; sie wusste über die Verweigerungshaltung Bescheid, die ja im Moment jeder einnahm. Aber sie glaubte auch, dass manche Leute von Natur aus neugieriger waren als andere: Joan wurde ganz offensichtlich nicht von dem Bedürfnis getrieben, etwas über das Leben anderer Leute zu erfahren, und darüber war Maude froh, denn sie hätte keinen Teil ihres Lebens irgendjemandem erklären können, sofern sich jemand die Mühe gemacht hätte, danach zu fragen. Schließlich verstand sie es selbst kaum. Sie wusste, dass sie sich abseits halten musste, denn sie hatte ihr bitteres, entstellendes Geheimnis, aus ihr konnte nie etwas werden, und das war alles.

Bei diesem Lunch, während ihrer Besprechung, bat Joan sie, ein neues Projekt aufzunehmen. Es ging um einen Entdecker, der berühmt geworden war mit der Durchquerung arktischer Eiswüsten, aus denen er mit halb abgefrorenen Händen zurückkehrte; er hatte einen Bart, Modell Alter Seebär, und blaue Augen, die mit unglaublicher Kraft aus seinem rauen Gesicht strahlten.

Joan behauptete, damit lasse sich todsicher viel Geld machen, denn Shackleton war wieder groß in Mode, und Maude würde gewiss nicht länger als sechs Monate dafür brauchen.

Zu ihrer eigenen Überraschung sagte Maude Nein.

»Ich arbeite gerade an etwas«, erklärte sie. »Ich muss mich zurzeit um etwas anderes kümmern.«

Joan aß ihren Salat und fragte nicht, was. »Rufen Sie mich an«, sagte sie, »falls Sie es sich noch einmal überlegen.«

Maude fuhr mit der U-Bahn nach Hause und sah sich die unglücklichen, verlorenen, schaukelnden Menschen an, die mitten am Tag mit der U-Bahn fuhren. Bei Baron's Court stieg sie aus und ging die paar Meter bis zu ihrer Wohnung, und als sie die Stufen hinunterstieg und den Schlüssel ins Schloss steckte, hörte sie hinter sich eine Stimme sagen: »Oh, Gott sei Dank. Darf ich mit reinkommen?«

Sie drehte sich um und stand einer fremden Frau gegenüber, und das Seltsame war, dass Maude für einen Moment, nur einen flüchtigen, unbewussten Augenblick glaubte, sich selbst gegenüberzustehen.

Das dauerte nur wenige Sekunden. Maude hatte ein längliches, schmales Gesicht, mit schwarzem Haar bis zu den Ohren, einer geraden Nase und nebligen grauen Augen, die manchmal schwarz wirkten und tief in den Höhlen lagen, mit schweren Lidern, die ihr einen melancholischen Ausdruck verliehen. Es war ein kompromissloses Gesicht mit der frischen weißen Haut, die manchmal mit so dunklem Haar einhergeht. Angelsächsische Haut kann grobporig und fleckig sein, gezeichnet vom Leben und vom Wetter; sie altert oft rasch, von Junkfood und Zigarettenrauch entstellt, Äderchen stehen hervor und Poren öffnen sich weit wie Blumen im Frühling. Maude hatte feste, glatte Haut, ohne jegliches Mal. Manchmal war ihr das zuwider, als wünschte sie sich ein

Zeichen, ein Stigma; diese reine Oberfläche verbarg die hässliche Wahrheit. Doch die Wirklichkeit war prosaisch: Sie trank nicht, sie rauchte nicht, sie ging nie aus; kein lebhafter Ausdruck konnte Fältchen erzeugen, es gab nichts, was an Ferientage in der Sonne oder Nachmittage voll Wein und Lachen erinnerte. Ihr Gesicht war ein glattes, leeres Etwas, weil sie die letzten zehn Jahre in ihrem Loch verbracht hatte, wo sie sich Vorwürfe machte und mit niemandem sprach.

Die Frau vor ihr war hinaus in die Welt gegangen, das sah man schon auf den zweiten Blick. Nur in jenem ersten flüchtigen Augenblick meinte Maude, eine Ähnlichkeit zu entdecken. Aus einiger Entfernung, in einer Menschenmenge, hätte man sie verwechseln können, doch aus der Nähe waren sie sich gar nicht ähnlich. Diese Frau trug die Spuren des Lebens und Lachens im Gesicht, Falten um den Mund vom Lächeln, Krähenfüßchen an den Augen zeugten von fröhlichen Zeiten oder blendenden Sonnentagen. Ihre Augen waren eher grün als grau, und das dicke, dunkle Haar fiel ihr in fransigen Strähnchen ins Gesicht. Ihre Wangen waren leicht gerötet – Maude konnte nicht erkennen, ob das Lebhaftigkeit oder Rouge war.

»Darf ich reinkommen?«, fragte die Frau, als sei das der normale Lauf der Dinge.

Maude stand in der halb geöffneten Tür und war so überrascht, dass sie einfach hineinging, worauf die Fremde ihr folgte.

»Hübsch«, sagte die Frau und blickte sich um. »Ich heiße Sadie«, fügte sie hinzu. »Ich wollte deine Nachbarn oben besuchen, aber sie sind nicht da, der Akku von meinem Handy ist leer, und ich mag nicht mehr auf der Treppe sitzen. Als ich dich gesehen habe, dachte ich, vielleicht könnte ich reinkommen und einen Tee mit dir trinken oder so. Ist das sehr unverschämt?«

Aus irgendeinem Grund entgegnete Maude: »Ich habe kein Handy.«

Sadie schüttelte lächelnd den Kopf und sagte: »Na, siehst du, dann sind wir ja schon sozusagen Schwestern im Geiste.«

Maude hatte in ihrem Leben sehr wenig Menschen kennen gelernt – ein paar Kommilitonen an der Uni, ein paar Leute im Verlagswesen, einige Kollegen ihrer Eltern, diverse Juristen während der Verhandlung, die wenigen Leute, für die sie Bücher schrieb, ihre Lektorin und Mr. Seth, den unverbesserlich pessimistischen Besitzer des Ladens an der Ecke. Sie hatte niemals, wirklich niemals jemanden kennen gelernt, der sie so verblüffte wie diese Sadie. Sie fühlte sich jeder Kraft beraubt, als würden all ihre schützenden Mauern erschüttert. Sie war so daran gewöhnt, dass ihr ausdrucksloses, bleiches Gesicht und ihre schweigsame Zurückhaltung die Leute auf Distanz hielten; dazu brauchte es nicht viel, niemand wollte zurückgewiesen werden, etwas Falsches sagen, eine unsichtbare Grenze übertreten. Sadie jedoch schien davon völlig unberührt. Sie kam in Maudes finsteres Kämmerlein geweht wie ein heißer Wind aus fernen Landen und bat um Tee, und Maude konnte gar nichts dagegen tun.

»Hübsch«, sagte Sadie wieder. Sie reckte den Hals und blinzelte langsam, als müsse sie sich erst an das fahle Licht gewöhnen. »Ganz anders als andere Wohnungen. Hier ist es wie in einem Schwimmbad um die Jahrhundertwende; irgendwie nicht von dieser Welt.«

Die Tür führte zu einem breiten Flur mit schwarzweißen Fliesen, und die hatten tatsächlich etwas Edwardianisches an sich, etwas Altmodisches. Sie waren schon bei Maudes Einzug da gewesen, und sie sah keinen Grund, etwas daran zu ändern. Die Wände waren weiß, mit einer dicken Zierleiste unter der Decke, die irgendjemand viele Jahre vor Maudes Ankunft grün gestrichen hatte. Die Farbe blätterte ein wenig ab, und wenn die Sonne durch das Glas in der Wohnungstür hereinfiel, leuchtete das Grün auf und begann beinahe zu glühen. Das Licht spielte in geheimnisvollen Mustern mit den Schatten an der Decke, als wolle es ihnen etwas sagen.

»Also«, fragte Sadie, als hinterfrage sie ihre Handlungsweise zum ersten Mal. »Darf ich wirklich reinkommen?«

Sie standen im schwarzweiß gefliesten Flur und sahen einander an, suchten nach Hinweisen. Maude hatte das Gefühl, von etwas erwischt worden zu sein, das stärker war als sie; als habe sich etwas ganz Grundsätzliches verändert, nur wusste sie nicht recht, was.

Sie schüttelte den Kopf. Dieses Gefühl kam nur daher, dass sie ein Projekt abgelehnt hatte, obwohl das gar nicht ihre Absicht gewesen war; sie hatte sich in die gefährliche Welt hinausgewagt, statt zu bleiben, wo sie hingehörte: in ihrem stillen Kämmerlein, um die Worte anderer Menschen niederzuschreiben. Dann die lange Rückfahrt mit der U-Bahn, und jetzt stand auch noch eine fremde Frau in ihrem Flur, sie wollte ihre Ruhe haben und wusste nicht, wie darum bitten.

»Ich kann mich wieder auf die Treppe setzen«, sagte Sadie, als habe sie einige der Gedanken wahrnehmen können, die durch Maudes Kopf ratterten. »Kein Problem. Ich will mich nicht aufdrängen.«

»Zur Küche geht's da lang«, sagte Maude, was sie wieder selbst überraschte, aber auf eine entfernte, wie unbeteiligte Art, als meinte sie, sie solle überrascht sein, war es aber gar nicht.

»Ich habe Tee«, sagte sie. »Oder Kaffee. Ich habe Bohnen. Und eine Maschine zum Mahlen.«

Sadie lachte ohne Grund und sagte: »Also dann, Kaffee. Machen wir einen drauf und trinken Koffein am helllichten Nachmittag. Das gilt heutzutage schon beinahe als Drogenkonsum.«

»Warum?«, fragte Maude, die nie etwas fragte.

»Weil man Kamillentee trinken, seine Leber durchspülen, für ausreichend Schlaf sorgen muss und sein Lymphsystem nicht total überfordern darf«, erklärte Sadie. »Du kennst das doch alles. Man darf nicht mehr wild sein, weil man sonst mit vierzig aussieht wie ein Wrack und keiner mehr mit einem ins Bett gehen will.«

»Und all das«, sagte Maude, »wegen einer Tasse Kaffee.«

In der Küche herrschten klare, strenge Linien: furnierte Fronten, die an ein Poster aus den Fünfzigern erinnerten (lassen Sie Ihr Heim glänzen mit Mr. Proper!), die gleichen schwarzweißen Fliesen wie im Flur. Es gab einen zerkratzten Resopal-Tisch, einen dicken grünen Kühlschrank, einen silbernen Toaster und einen Gasherd und nichts Überflüssiges. Es war so ordentlich, als lebte hier eigentlich gar niemand.

Sadie sah die Küche und lachte. »Wäre das schön, wenn mal jemand zu mir käme und dafür sorgen würde, dass es bei mir auch so aussieht«, sagte sie.

Maude holte die Kaffeebohnen hervor, mahlte sie und

gab das feine Pulver in einen schweren Stahltopf, den sie dann auf den Herd stellte.

Sie fragte sich, warum sie einer Fremden um drei Uhr nachmittags Kaffee kochte. Sadie saß am Tisch und sah ihr mit freundlicher, interessierter Miene zu. Es war besser, wenn sie nicht erfuhr, dass Maude in den zehn Jahren, seit sie hier lebte, noch niemals jemanden in ihre Wohnung gelassen hatte.

Die Sonne schien zum Küchenfenster herein. Eine Tür führte hinaus in einen kleinen, dunklen, grünen Garten, in dem Bäume, Büsche und Sträucher sich auf zu engem Raum drängelten; es gab kein Gras, nur ein paar große alte Steinplatten und eine Bank zum Sitzen.

»Wir könnten uns in den Garten setzen«, schlug Sadie vor. »Dann könnte ich zum Fenster hinaufschauen und rufen, wenn sie nach Hause kommen.«

»Wir hören sie schon«, sagte Maude und überraschte sich damit einmal mehr. »Man kann die Schritte hören.«

Sie schenkte den Kaffee ein, der stark und fremdartig roch, eine spontane kleine Imitation des Exotischen; aus irgendeinem Grund fand sie den Duft aufregend. Sie fühlte sich, als hätten die Schulferien überraschend einen Tag früher begonnen.

Sadie griff nach ihrem Kaffee und trank, bevor sie sagte: »Der schmeckt gut.«

Sie lächelte mit ihrem offenen, fragenden Gesicht zu Maude auf. »Darf ich mich mal umsehen?«, fragte sie. »Ich liebe fremde Wohnungen. Du weißt schon, insgeheim denkt man immer, alle Leute seien genau wie man selbst, weil man vergisst, dass jeder anders ist. Und dann erhascht man einen Blick in das Leben anderer Leute und kriegt jedes Mal einen kleinen Schrecken?«

Maude wusste das nicht. Sie war seit Jahren in keinem fremden Haus mehr gewesen. Aber dann dachte sie darüber nach, und sie merkte, dass etwas an diesem Gefühl ihr bekannt vorkam, Erinnerungen weckte. Es war das Gefühl, das sie bekam, wenn sie durch die Straßen in der Nachbarschaft ging, auf dem Heimweg von irgendwo oder einfach nur spazieren, denn man kann nicht sein Leben lang nur in einem dunklen Keller hocken, selbst wenn man die ganze Zeit über ein Büßerhemd trägt. Da gab es so eine bestimmte Tageszeit, wenn die Dämmerung hereinbrach, draußen und drinnen die Lampen angingen und die Leute noch nicht die Vorhänge zugezogen hatten; durch die ordentlichen Vierecke strömten Licht und Wärme hinaus auf die Straße, und man bekam Augenblicke, Schnappschüsse aus dem Leben der Menschen mit – jemand las oder sah fern, kochte oder übte Tonleitern, eine Katze schlief, ein Kind weinte –, kleine, kraftvolle, heimelige Augenblicke. Maude glaubte sehr wohl, dass diese Leute anders seien als sie; aber sie dachte (wusste) ohnehin, dass alle Menschen anders waren als sie. Sie vermochte sich nicht einmal vorzustellen, jemand könnte sein wie sie. Sie war ganz anders und musste sich absondern, damit sie niemanden verseuchte.

»Das ist das Wohnzimmer«, sagte Sadie vom Zimmer nebenan. Sie war eben aufgestanden und hineingegangen, ohne zu fragen. »Du hast aber viele Bücher«, bemerkte sie. Maude folgte ihr. Der Raum war dunkel wie immer, lediglich ein diffuses Dämmerlicht drang durch die Jalousien. Das Ganze erinnerte sie an manche Filme, wie *Chinatown*, wo alles düster und geheimnisvoll wirkt und nicht so ist, wie es scheint, wo jeder eine Maske trägt und die Geschichte in mehr Windungen verläuft als der Schwanz einer Klapperschlange.

»Ich habe viele Bücher«, sagte sie. »Ich lese viel.«

»Ja, das sieht man«, sagte Sadie. Sie ging die Bücherregale entlang, die die gesamte Wand einnahmen, vom Boden bis zur Decke, und neigte den Kopf, um die Buchtitel zu lesen. Dann blieb sie stehen, als sei sie gegen eine unsichtbare Barriere geprallt.

»Alexander Dent«, sagte sie. »Du hast ja ein ganzes Brett voll von ihm.«

Sie sah Maude an, als komme das revolutionären Umtrieben gleich.

»Ihn lese ich am liebsten«, sagte Maude, denn das war die Wahrheit. Sie fand, dass Alexander Dent besser über Einsamkeit, Entfremdung und Verzweiflung schrieb als alle anderen; wenn sie seine Bücher las, hatte sie das Gefühl, nicht die Einzige zu sein.

Allerdings konnte sie Sadie unmöglich erzählen, dass eine schlimme Symmetrie ihrer beider Leben verband, denn Alexander Dent war nicht nur bekannt, weil er einer der großen Schriftsteller der vergangenen fünfzig Jahre war, sondern auch, weil er seine Frau umgebracht hatte.

Als er aus einer Einfahrt zurücksetzte, lief sie gerade hinter dem Auto vorbei; die Einfahrt war abschüssig, und er rammte sie mit der Stoßstange, ohne sie zu sehen. Sie stürzte und schlug hart mit dem Kopf auf den Beton, und das war's, denn der menschliche Kopf ist kaum geschützt, da braucht es nicht mehr als einen Schlag auf die richtige Stelle.

Manchmal dachte Maude, dass menschliche Wesen leichter starben, als sie sonst irgendetwas taten.

Es war genau wie bei Sylvia Plath, nur dass Claudette Dent keine Poetin war. Sie war eine Sirene, sie tunkte alles in Sex, Schönheit und Neurose, sie blendete Menschen damit. Sie hatte sklavische Anhänger, die Menschen standen Schlange, um sie zu malen und zu fotografieren und sie als ihre Muse zu vereinnahmen. Sie war quicklebendig wie ein Wirbelsturm, und sie hatte keinen moralischen Kompass; sie tat und sagte, was ihr gerade einfiel, völlig tabulos. Die Leute behaupteten, sie seien das perfekte Paar, denn Alexander Dent war maßvoll, ruhig und nachdenklich, Claudette hingegen wie ein Wildpferd auf der freien Prärie. Meistens streute sie den Leuten nur Sand in die Augen, das ist nun einmal so mit der Schönheit; Schönheit braucht gar nichts zu tun, als zu sein. Sie ist so selten, die wahre Schönheit. Es gibt viele Spielarten von attraktiv, hübsch, gut aussehend; es gibt liebliche Augen, ausdrucksvolle Münder und aufregende kleine Nasen, aber echte Schönheit, die wahre Schönheit, die sofort zu summen beginnt wie eine Stimmgabel, sobald man sie erblickt, die ist unglaublich selten. Sie lässt die Menschen innehalten, und nicht ist mehr gewiss.

Claudette Dents Schönheit war so unübersehbar und so unerhört, dass man kaum dahinter blicken konnte: Manchmal verabschiedeten sich Leute, nachdem sie sich eine halbe Stunde lang mit ihr unterhalten hatten, und sie wussten kein einziges Wort mehr von dem, was sie gesagt hatte; sie waren von ihrem strahlenden Glanz völlig geblendet.

Vielleicht war sie ja deshalb so wild geworden, weil sie es satt hatte, dass die Leute dastanden und sie anstarrten wie eine Art Denkmal oder eine Kuriosität, eine Laune der Natur; aber vielleicht war sie eben einfach so, und vielleicht rührte ihr Verlangen nach anderen Männern von einem Mangel her, von Tollkühnheit oder Trotz, doch das wirkte alles wie aus einem Guss, und als sie so jung starb, so unnötig, grotesk, als dieser exquisite Kopf auf die gewöhnliche Betonplatte knallte, da waren die Leute bestürzt und betrübt, aber es überraschte niemanden.

Was die ganze Sache mit Maude verband und ihre forschende Faszination für Alexander Dent auslöste, war die Tatsache, dass er seine Frau an genau demselben Tag überrollte, an dem Maude im hohen Norden Londons das Kind mit ihrem Auto anfuhr. Genau das war es: Sie teilten einen unauflöslichen Bund, von nun an las sie alle seine Bücher und Essays und die seltenen Interviews, die er gab, sie las die Biographien über ihn und Claudette, die verschwörungstheoretisch anmutenden Aufsätze darüber, wie er die Begabung seiner Frau unterdrückte und sie dazu trieb, sich hinter sein Auto zu werfen, die Zeitschriftenartikel mit alten, verschwommenen Fotos aus den späten Sechzigern, als alle glücklich waren, denn das war Vorschrift. Sie kannte jeden Satz, der je über ihn geschrieben worden war, doch nun stellte Sadie, diese Fremde, die sich selbst auf einen Kaffee eingeladen hatte, ihr solche Fragen, und Maude konnte ihr nichts davon erzählen.

»Seine Bücher gefallen mir«, sagte sie, »weil sie mir das Gefühl geben …« Sie hatte sagen wollen: Sie geben mir das Gefühl, nicht ganz so allein zu sein, doch sie tat es nicht. Sie hielt inne, räusperte sich und fing von vorn an.

»Sie geben mir das Gefühl, als könnte ich noch Hoffnung haben, irgendwie.«

Sadie wirkte verblüfft, starrte eindringlich auf das Bücherregal und runzelte die Stirn, als wolle sie etwas sagen. Dann hob sie den Kopf, lächelte strahlend und meinte: »Im Gegensatz zu dem Gefühl, das man meistens hat, dass es nämlich nicht das geringste Fünkchen Hoffnung gibt.«

Sie warf den Kopf zurück und lachte, als habe sie etwas Komisches gesagt. Maude sah sie an und wunderte sich, wie jemand, der so lebendig und lebhaft war, überhaupt das Gefühl kennen konnte, dass es nicht die geringste Hoffnung gab.

# 3

***Sadie wurde Maudes*** Freundin. Maude wollte keine Freundin; das stand nicht im Drehbuch. Manchmal blickte sie auf ihr Leben zurück, das Leben vor dem Unfall, und versuchte, sich daran zu erinnern, was Freundschaft bedeutete. Sie fragte sich, ob sie je so etwas gekannt hatte.

Sie war ein schweigsames Kind gewesen: Es gab nur sie, keine Geschwister, mit denen sie spielen, lachen oder zanken konnte, und ihre Eltern, Akademiker, die immer redeten und keine Zeit für ihre kleine Tochter hatten. Für sie waren Kinder nur potenziell interessant, die Aussicht auf einen Erwachsenen, der vielleicht nützlich sein würde, wenn er einen klugen Kopf hatte, einen scharfen, forschenden Verstand, denn danach beurteilten sie die Menschen. Ihre Mutter war eine ernsthafte, sehr selbstbewusste Frau, nicht geeignet für Mutterrolle oder Hausarbeit. Sie organisierte eine Tagesmutter für Maude, und das Kind wurde ihnen aus dem Weg gehalten, manchmal hervorgeholt, um unter den Erwachsenen zu wandeln, die zu sehr mit Reden beschäftigt waren, um ihr viel Aufmerksamkeit zu widmen, sondern ihr nur gelegentlich den Kopf tätschelten und sie fragten, was sie denn werden wolle, wenn sie groß war. Sie wusste nie, was sie darauf antworten sollte.

Maude war ein schweigsames Mädchen, weil niemand je fragte, was sie dachte, und es kam ihr nicht in den Sinn, das ungefragt zu erzählen. In der Schule waren

Mädchen, mit denen sie spielte und Aufkleber tauschte und Seil sprang. In der Schule, in ihrer Schuluniform, die Haare zu zwei Zöpfen geflochten, weil das gerade in Mode war, wirkte sie nicht wie eine Außenseiterin, etwas Ungewolltes und Uninteressantes: Sie sah aus wie alle anderen. Aber selbst damals hielt sie schon einen Teil von sich geheim, weil niemand herausfinden sollte, dass ihre Eltern solch unerklärliche Geschöpfe waren. Niemand sollte herausfinden, dass ihre Eltern keine normale Arbeit hatten, dass sie den ganzen Tag lang lasen und schrieben und diskutierten, dass es nie pünktlich Essen gab und sie so beunruhigende Dinge taten, wie Suppe zum Frühstück essen, qualmende Zigaretten in einem Dutzend Aschenbecher im ganzen Haus herumliegen lassen und drei Tage hintereinander dieselben Sachen anziehen, weil keine saubere Wäsche mehr da war.

Wie die meisten Kinder in einer solchen Situation sehnte Maude sich nach Ordnung, nach Normalität. Zwar gab es Leute, die sie kannte, aber sie hatte nie eine Freundin. Eine richtige Freundin hätte vielleicht Fragen gestellt, und Maude glaubte, keine einzige Antwort parat zu haben. Als sie auf der Uni war, starben ihre Eltern, waren auf der Stelle tot, als ihr Flugzeug bei besten Wetterbedingungen in einen Berg in Indien krachte. Da hatte sie schon genug von der Welt gesehen, um zu wissen, dass niemand normale Eltern hatte, dass diejenigen, die sich am normalsten gaben, sich als die krankhaftesten herausstellten, aus deren Kellern die Leichen nur so hervorsprangen wie Kinder auf dem Weg zu einer Weihnachtsfeier – auch da blieb Maudes Gewohnheit erhalten, sich abzusondern.

»Ich hab's nicht so mit Intimitäten«, sagte sie zu dem ersten Jungen, mit dem sie schlief.

Sie wollte ihm in einem so bedeutenden Moment wenigstens etwas geben (nicht, dass es sich sonderlich bedeutend anfühlte, sie hatten Schwierigkeiten mit dem Kondom, es rutschte hoch und tat ihr da drinnen weh, und sie war steif wie ein Brett, kniff die Augen zu und dachte daran, was alle sagten, nämlich dass es beim ersten Mal wehtat und sie wenigstens so tun sollte, als gefiele es ihr, ihm zuliebe). Sie wusste also nicht, was sie ihm geben sollte, daher gab sie dieses Geheimnis preis, woraufhin er tief und dröhnend aus dem Bauch lachte und sagte: »Man muss keinen Doktor in Mathematik haben, um das zu merken.«

Anscheinend ging ihm auf, dass das vielleicht etwas brutal geklungen hatte, da sie ja immerhin gerade miteinander geschlafen hatten und der Geruch von Gummi und Salz noch in der Luft hing, also sah er sie an, lächelte und sagte: »Aber du hast tolle Titten.«

Dann kam der Unfall, und sie sperrte sich von der Welt aus, ab da gab es keine Freundinnen mehr, es gab niemanden.

Als Sadie nun anfing vorbeizukommen, hereinzuschauen, wusste Maude nicht, was sie tun sollte. Ihre Gefühle waren widersprüchlich und verwirrend: Jubel, Ablehnung, Panik, und eine vage Beunruhigung – das war alles nicht richtig, das war nicht so, wie es laufen sollte.

Sie hatte sich in eine Kiste gesperrt, und obwohl es darin einsam und schmerzhaft war, war eben das der Sinn der Sache. Aber es war auch vertraut, sie hatte die Kontrolle darüber: Es gab keine Störungen, nichts Unerwartetes oder Ungeahntes. Darin lag eine bittere Befriedigung; den Filmen und Büchern entnahm sie, dass andere Leute lebten wie waghalsige Windsurfer, es mit den ganz großen Wellen aufnahmen, während sie genau wusste, was jeder Tag ihr bringen würde. Sie wusste auch, dass es pure Verschwendung war, sie erkannte durchaus, dass Leute auf genau diese Weise stecken blieben, verkümmerten, all ihre Möglichkeiten und all ihre Hoffnung dahinschmelzen ließen; aber auch das war der Sinn. Sie konnte sich nicht erlauben, da hinauszugehen und in der echten Welt zu leben, weil sie jetzt, in diesem Moment, in einer Gefängniszelle sitzen und auf das kleine blaue Quadrat blicken sollte, das Gefangene als Himmel bezeichnen, in dem Wissen, dass sie genau das verdient hatte.

Und dann, nach so vielen Jahren in vertrauter Routine, begann sich etwas zu ändern. Sie lehnte einen Auftrag ab, weil sie etwas anderes machen wollte; am gleichen Tag tauchte Sadie auf, und jetzt ging sie nicht mehr weg.

Aus irgendeinem Grund, den sie lieber nicht näher hinterfragen wollte, konnte Maude sich nicht einfach hinstellen und sagen: Lass mich in Ruhe, ich will dich nicht hier haben. Allerdings, dachte sie, als sie nachts wach im Bett lag, weil sie nie viel schlief, allerdings hätte sie das ganz leicht sagen können. Sadie wäre verletzt und erstaunt gewesen, oder vielleicht sarkastisch oder einfach – was? – ohnehin nicht so interessiert. Sie wäre weggegangen, und das Ganze hätte ein Ende gehabt.

Maude fragte sich, warum sie es nicht sagte. Es war, als steckten da zwei Personen in ihr, die ständig redeten. Sie fragte sich, ob man, wenn man Stimmen hörte, wirklich den Verstand verlor (ihr gefiel dieses Wort, Verstand: für Sinn, für Gesundheit, für das Gegenteil von Wahnsinn). Sie hörte Stimmen wie in einem Radio, das auf drei Frequenzen zugleich eingestellt war, unterbrochen von Rauschen und schlechtem Empfang. Sie fragte sich, ob das jedem so ging, ob andere Menschen die Straße entlangliefen mit Radios im Kopf und es nicht eingestehen wollten aus Angst, jemand könnte das falsch auffassen und sie wegbringen lassen, ins Irrenhaus, das ja niemand mehr so nannte, weil das nicht als politisch korrekt galt, auch wenn irre genau das richtige Wort war für die Leute, die da landeten.

Die eine Stimme befahl: Sag ihr, sie soll gehen, du weißt doch, dass du das tun musst.

Sie verbot sich menschliche Nähe nicht nur deshalb, weil sie Freude oder Erleichterung oder dem normalen Leben zu ähnlich war: Nähe bedeutete vor allem, Geheimnisse zu teilen, Geschichten zu erzählen, denn das taten Leute, die einander nahe waren, das taten die Mädels, und Maude wusste nach einem einzigen Blick auf Sadie, dass sie im Grunde ein solches Mädchen war. (Für Maude hatte das Wort Mädchen nichts mit verniedlichenden Rattenschwänzchen und Blümchen-Unterwäsche zu tun. Nein, es bedeutete für sie das Gegenteil von männlich; es bedeutete Schwatzen, Geheimnisse, Flüstern bis spät in die Nacht, Oberflächlichkeit, über Unsinn lachen und Dinge verstehen, ohne dass sie erst erklärt werden mussten.)

Sie wusste, dass Sadie Fragen stellen würde, im Gegensatz zu Joan Bellow, die ganz und gar kein Mädchen war, trotz ihrer Absätze und Röcke und den zwei Kindern – Beweis der Weiblichkeit, Beweis einer guten, gesunden

Gebärmutter; all diese Frauen da draußen, die ihre Kinder wie ein Abzeichen mit sich herumtrugen – Seht, was ich hervorgebracht habe. Joan Bellow war nicht neugierig, sie stellte keine Fragen, weil das nicht ihr Ding war. Doch Sadie platzte förmlich vor Neugier, sie lief neben ihr her wie ein treuer Hund.

Die andere Stimme, die zweite, gedämpfter als die erste, raunte: Ja, ja, bitte, werde erkannt, lass deine Geheimnisse auf die Straße überfließen, zehn Jahre sind genug, du hast dir lang genug alles so dicht und hart vorgehalten, dass du meinst, daran zu zerbrechen.

In letzter Zeit hatte diese zweite Stimme öfter gesagt: Genug. In letzter Zeit war die zweite Stimme, der sie kaum je Gehör geschenkt hatte, allmählich durchdringender geworden.

Genug ist genug, sagte sie; es ist dumm, es ist sinnlos, dieses Bestrafen, dieses Verstecken, es macht die Toten nicht wieder lebendig. Diese Schuld, diese Reue, all das ist völlig zwecklos, es ist schwächlich, verweichlicht, der leichteste Weg. Geh hinaus in die Welt und tu etwas, mache irgendeine Kleinigkeit besser, füge der Summe menschlichen Glücks ein winziges Jota hinzu, anstatt in deinem einsamen Kämmerlein zu sitzen und dich für etwas zu geißeln, das du nicht wieder gut und schon gar nicht ungeschehen machen kannst. Die zweite Stimme sagte: Mach dich endlich auf die Socken und nutze die Zeit, die dir geschenkt wurde, denn die bekommst du nur einmal, aber tot bist du dann lange.

Dann trat Sadie auf den Plan, wie ein Zeichen, ein Omen, und die zweite Stimme, die endlich ihren Platz an der Sonne witterte, rief: Siehst du, siehst du? Genau deshalb konnte Maude Sadie nicht einfach wegschicken.

Der September wurde heißer. Maude saß in ihrem Zimmer und dachte über ihr Projekt nach, dieses geheime Projekt, das seit Monaten in ihr schwelte und dem zuliebe sie einen garantiert lohnenden Auftrag ausgeschlagen hatte. Sie hatte das Gefühl, als entgleite ihr alles. Sie war verloren und verwirrt und wünschte sich jemanden, der ihr sagte, was sie tun sollte.

Da klopfte es an der Tür. Maude wusste, das war Sadie. Sie hatte eine gut funktionierende Klingel, doch Sadie klopfte immer, ein rasches Hämmern mit der Hand an die Glasscheibe der Tür in ihrer Ungeduld, hereingelassen zu werden.

»Du bist ja da«, sagte Sadie, als sei das eine Überraschung, als sei das eine besondere Leistung, ein Grund zum Feiern.

Sie trug eine lila Sonnenbrille und hatte sich grüne Strähnchen gefärbt; sie sah aus wie aus einem Film über Leute ohne geregelte Jobs in Manhattan, Downtown. Sie drehte Dokumentarfilme über Tabuthemen und musste darum kämpfen, dass sie auch nur von der BBC angenommen wurden, und sie hatte diese Aura jener Menschen, die keine regelmäßigen Arbeitszeiten kannten, so etwas leicht Loses und nicht ganz Angezogenes, als hätten sie Wichtigeres zu tun, als sich um ein karrieremäßiges Outfit zu kümmern.

»Ich habe Kaffee mitgebracht«, sagte Sadie und hielt zwei Styroporbecher hoch. »Ich habe ihn den ganzen weiten Weg von Soho hierher gebracht.«

Sadie hatte einen Tick, was das Beste anging: der beste Kaffee, der beste amerikanische Roman, das beste Fischlokal, die beste Zugfahrt. Sie behauptete, der beste Kaffee werde in einer kleinen Klitsche in der Nähe der Old

Compton Street gekocht, deshalb kaufte sie ihn dort und trug ihn dann quer durch die halbe Stadt, setzte sich hin und trank ihn, die Augen genüsslich geschlossen, denn immerhin war das der beste Kaffee in London. Maude fragte sich, woher sie das wusste.

Sie tranken den Kaffee, Sadie blickte zufrieden drein und zündete sich eine Zigarette an. »Ich weiß«, sagte sie, »ich höre ja auf damit, aber ich habe gerade Beziehungsprobleme.«

Sadie hatte ständig Beziehungsprobleme, aber das schien sie nicht sonderlich zu stören. »Das habe ich nun davon, dass ich mich in den größten Bindungsphobiker der Welt verliebt habe«, sagte sie stets, als habe sie diesen Satz auswendig gelernt.

Maude wunderte sich manchmal, warum sie diese Beziehung dann nicht beendete, aber sie fragte nicht. Liebe kannte sie nur aus Büchern: Da Maude sie nun vor sich sah, erkannte sie, dass die Kluft zwischen Leben und Druckwerk manchmal zu breit war, als dass man sie überbrücken könnte.

Sadie saß lächelnd in Maudes Küche und sprach über die Liebe wie über eine Person, die sie von früher kannte. »Manchmal«, sagte sie, »könnte ich ihn eigenhändig erwürgen, weil er mich so wütend macht, dass ich nicht weiß, wohin damit, es ist wie eine Krankheit, ein Fieber. Ich spüre, wie es in mir tobt, also muss ich den Raum verlassen, und meistens merkt er es nicht mal. Er glaubt, ich hätte den Herd angelassen oder so.«

»Und dann wieder«, fuhr sie fort, »möchte ich ihn übers ganze Gesicht küssen, und das ist immer noch nicht genug; ich will ihn küssen, bis er ganz verschlissen ist davon. Ich komme mir kindisch vor und blind vor Liebe, aber es ist mir egal, obwohl irgendwas in meinem Hinterkopf sagt: Das gehört sich nicht, du solltest es wirklich besser wissen.«

Maude wollte alles Mögliche fragen, doch sie wusste nicht, wie. Enthüllungen ängstigten sie. Sadie schien sich an dieser Einseitigkeit nicht zu stören. Sie saß in Maudes Küche, lächelte, lachte über ihre eigenen Scherze, trank den besten Kaffee Londons und sprach über die Liebe, und Maude meinte, noch nie jemandem begegnet zu sein, der so gute und enge Freundschaft zur Freude pflegte.

»Du solltest mal meine Freunde von oben kennen lernen«, sagte Sadie eines Nachmittags. An diesem Tag gab es keinen Kaffee, weil sie aus westlicher Richtung in die Stadt gekommen war, nach einem Treffen mit einigen adoptierten Kindern in Swindon, für eine Sendung, die sie machen wollte. Sie war blass, beinahe durchsichtig vor Müdigkeit.

Maude war überrascht: Sie hatte Sadie noch nie anders als munter und angeregt erlebt. Es erinnerte sie an die Stelle in *Peter Pan*, in der Tinkerbell stirbt, ihr Licht immer schwächer wird, woraufhin Peter sich an die Kinder im Publikum wendet und sie bittet, in die Hände zu klatschen, wenn sie an Feen glauben.

Sie wollte zu Sadie sagen: Ich glaube.

Stattdessen kochte sie Tee. Tee galt als gutes Stärkungsmittel, das wusste jeder.

»Ich weiß nicht«, sagte Maude.

»Sie sind ganz normal«, sagte Sadie, »genau wie ich. Sie tun überhaupt nichts Erschreckendes.«

Sie lächelte, und ihr Lächeln war heute matt und

dünn, was Maude ein wenig entsetzte. Ihr wurde klar, dass sie schon etwas in Sadie investiert hatte, in diese Besuche; ihre Gedanken scheuten zurück, das gefiel ihnen gar nicht, und die erste Stimme brüllte in ihrem Kopf Kommandos wie ein Feldwebel vor neuen Rekruten.

»Sie sind bestimmt sehr nett«, sagte Maude. »Ich gehe nur nicht viel aus, das ist alles.«

»Ich weiß«, sagte Sadie. »Du bleibst für dich, und du bist eine nette, ruhige junge Frau, doch wenn sie dann irgendwann die zwanzig Leichen in braunen Einkaufstüten ausbuddeln, die du im Garten vergraben hast, werden alle sehr überrascht sein.«

Maude lächelte wider Willen. Dann gab sie den Kampf gegen das Lächeln auf, sagte der ersten Stimme, sie solle die Klappe halten und sich verziehen; sie lachte, denn die blutverschmierten Plastiktüten hatten etwas Komisches, und selbst wenn das schwärzester Galgenhumor war, so fühlte sie sich doch mit dieser Art Humor am wohlsten.

»Du bist eine Skeptikerin«, erklärte Sadie und legte nachdenklich den Kopf schief. »Oder eine Zynikerin. Oder eine Misanthropin. Vielleicht auch alles auf einmal. Heutzutage sollen wir uns alle liebevoll einander mitteilen. Alle da draußen strampeln sich ab und spekulieren auf ihren Charme. Nur dir ist das total egal. Das gefällt mir.«

»Ich wüsste nicht, was einem daran gefallen kann«, erwiderte Maude. Sie stützte die Ellbogen auf den Tisch und sah Sadie an, ihr müdes Gesicht, das zerzauste Haar und die dicke schwarze Brille, wie die von Michael Caine in den Sechzigern.

»Das ist es ja gerade«, sagte Sadie. »In meinem Geschäft wollen alle geliebt werden; alle wuseln herum, knüpfen an ihren Netzwerken und reden Blödsinn, bis sie Halsweh davon bekommen, nur damit alle sie lieben, und dir, dir ist das alles total egal. Eigentlich willst du nicht einmal gemocht werden.«

Eine Pause entstand, und sie lächelte hinein. Sie trank ihren Tee und gab einen anerkennenden Laut von sich, ein leises, wohlwollendes Seufzen, wie es Leute eben machen, wenn sie eine schöne Tasse Tee trinken, und dann sah sie Maude stirnrunzelnd an und fragte: »Warum eigentlich?«

»Komm wenigstens einmal mit«, sagte sie am nächsten Tag. »Nur zum Mittagessen. Das sind doch bloß deine Nachbarn, sie haben keine seltsamen Geschwüre oder asozialen Gewohnheiten. Es würde dir bestimmt gefallen.«

Maude fragte sich, woher Sadie wissen wollte, was ihr gefallen würde. Sie hatte einmal einen Artikel gelesen, der mit der verführerischen Vorstellung von Empathie im späten zwanzigsten Jahrhundert aufräumte, mit dem Gedanken, man könne die Emotionen eines anderen Menschen genauso fühlen wie die eigenen. Das sei nichts als ein Haufen liberaler Unsinn, stand in dem Artikel (Maude sah nach dem Namen des Autors, ein gewisser Roland Hand, der sich offensichtlich viktorianische Werte zurückersehnte). Niemand, erklärte Roland mit missmutiger Autorität, könne jemals wissen, was ein anderer denkt oder fühlt, so funktioniere das Gehirn einfach nicht.

Maude, die sich in den langen Nächten, wenn sie nicht schlafen konnte, viel Musik anhörte, erinnerte sich daran, wie Nanci Griffith über dasselbe Thema sang.

Nanci Griffith hatte ein kleines, spitzes Gesicht, Augen wie Teiche, eine liebliche Singstimme und eine dicke akustische Gitarre; sie spielte mit einem Ensemble, dem Blue Moon Orchestra, und jedes Jahr trat sie in der Royal Albert Hall auf und sang Lieder über Leute aus Texas, die in billigen Läden arbeiteten. Niemand, so sang sie einmal, kennt jemals das Herz eines anderen.

Maude fragte sich, ob das stimmte.

»Ich weiß, dass du nie ausgehst«, sagte Sadie, die gerade einen Keks aß. »Und es gibt nichts Schlimmeres als Leute, die anderen sagen, was sie zu tun haben. Aber du solltest trotzdem mitkommen, es wäre lustig.«

Zum Schluss, als ihr die Ausreden ausgingen, sagte Maude Ja. Sadie freute sich darüber.

»Sonntag, Mittagessen«, sagte sie. »Das machen wir.«

An jenem Sonntag hing die Hitzewelle noch immer schimmernd über der Stadt. Maudes Keller blieb auch im heißesten Hochsommer kühl, wegen der Fliesen und des gedämpften Lichts; manchmal ging sie im Mantel zur Tür hinaus und bekam einen Schock, wenn ein Schwall siebenundzwanzig Grad heißer Luft sie traf wie eine rollende Wand.

An jenem heißen Sonntag stand sie, wie üblich, früh auf, zog Jeans und ein T-Shirt an, auf dem vorne *Just Say No* draufstand (sie hatte es bei einer Aktion zugunsten irgendeiner guten Sache gekauft, Suchthilfe oder Lungenkrebsforschung, sie wusste es nicht mehr; sie spendete völlig wahllos an wohltätige Organisationen, als Buße. Manchmal kam sie mit sieben Ausgaben des *Big Issue* in der Tasche nach Hause) und ging Zeitungen holen. Der Zeitschriftenladen war um die Ecke, zwei Straßen weiter, in einer kleinen Ladenzeile – ein Gemüsehändler, ein Blumenladen, ein Waschsalon, eine Sandwich-Bar und eine kleine Buchhandlung, die in diesem wenig schicken Hinterland West-Londons völlig fehl am Platze wirkte, mit verlockenden Stapeln von Taschenbuch-Klassikern im Schaufenster, als wäre nichts Lesenswertes mehr veröffentlicht worden, seit Scott Fitzgeralds armes, leidgeprüftes Herz an einem warmen Hollywood-Morgen den Dienst versagte, unter den Palmen und den Luxus-Limousinen und den harten, kalten Augen der Ambition.

Maude wunderte sich immer darüber, dass diese Buchhandlung überlebte. Sie kaufte seit zehn Jahren dort ein, aber sie wechselte gerade mal ein Nicken mit der Besitzerin. Die Buchhändlerin war Mitte sechzig, vielleicht auch älter, sehr aufrecht und proper, erstaunlich gepflegt; sie war absolut korrekt, geradezu pedantisch, und gab nie mehr von sich als eine höfliche Begrüßung. Sie machte nie eine Bemerkung über das Wetter oder die Freuden des Lesens; sie sagte Hallo und Guten Morgen, Bitte und Danke, tippte die Preise in ihre altmodische Registrierkasse ein, die wie ein Glöckchen klingelte, wenn die Geldschublade aufsprang, nahm das Geld, reichte einen Beleg über die Theke und sagte Auf Wiedersehen.

Maude hätte nachvollziehen können, wie dieser Laden überlebte, wenn ein echtes Original ihn geführt hätte, eine dieser Londoner Legenden, an die sich viele Generationen schmunzelnd erinnerten, doch diese Buchhändlerin war nicht so. Sie war weder eine Schnapsdrossel oder Nymphomanin noch eine Ladentheken-Philosophin oder Kummertante; niemand würde je hereinspazieren und ihr von seinen Problemen erzählen, dass der Ehemann es mit der Sekretärin trieb, die Kinder gar nicht mehr nach Hause kamen, der Hund gestorben war, die Katze den Goldfisch gefressen und man selbst das Gefühl hatte, dass die ganze Welt rasant abwärts rauschte und einen mit hinunterzog.

Maude kaufte stur weiter dort ein, obwohl sie wusste, dass man ihr in einem der dicken, auf Hochglanz polierten Kettenläden um einiges freundlicher begegnet wäre – weil dieser Laden etwas war, das starb, und weil sie in der schweigenden Zurückhaltung der Buchhändlerin ein wenig von sich wiedererkannte. Sie fragte sich, ob sie auch einmal so enden würde, dünn, weiß und stumm, kaum mehr in der Lage, die grundlegendsten sozialen Gepflogenheiten zu erfüllen. Sie fragte sich, ob es am Ende so aussah, wenn man nicht viel ausging.

Nebenan war der Zeitschriftenhändler – oder zumindest ein Laden, der Zeitungen und Zeitschriften verkaufte. Dort gab es auch alle möglichen anderen wunderbaren und völlig unzusammenhängenden Dinge zu kaufen: Kichererbsen in Dosen drängten sich neben Tiegeln mit Tiger-Balsam, Schachteln mit Basmati-Reis lehnten neben gedrungenen braunen Flaschen Zitrusöl, das im Sommer die Fliegen vertreiben sollte. Maude hatte diesen Laden zehn Jahre lang jeden Tag besucht; sie kam jeden Morgen zur gleichen Zeit herein, man hätte die Uhr nach ihr stellen können. Das war Teil ihres persönlichen Regimes, des schmalen, schwarzweißen Lebens, das sie sich gestattete. Manchmal fragte sie sich, warum sie sich nicht einfach hatte gehen lassen, wie Menschen das nach schweren Schicksalsschlägen manchmal tun, warum sie nicht einfach auf dem schmutzigen Boden saß, in ungewaschenen Klamotten, umgeben von leeren Pizzakartons und schmierigen Flaschen sauer gewordener Milch. Dieses Bild hatte sie schon oft gesehen, in unzähligen Filmen; sie wusste, das taten die Leute, wenn sie alle Hoffnung aufgaben, wenn ihr Leben nichts mehr wert war. In diesen Filmen über gebrochene Menschen hörten die Männer auf, sich zu rasieren, die Frauen ließen ihr Haar strähnig und schmutzig werden, Betten wurden nicht mehr gemacht, die Spüle quoll über vor schmutzigen Tellern, und ungeöffnete Briefe häuften sich hinter der Tür, bis sie mit vernachlässigter Post verkeilt war. Maude hatte all das gesehen, sie wusste, dass dies die Filmvariante von Entwürdigung war. Doch sie wusste auch irgendwie, dass die Leute auf diese Weise gerettet wurden; irgendjemand bemerkte es irgendwann, nahm sich der Sache an und räumte die Sauerei weg, und dann kamen die Erlösung und die Aussicht auf ein Happy End.

Die Bestrafung, die sie für sich selbst ersonnen hatte, war subtiler und gemeiner: Sie konnte nicht einfach zur Flasche greifen und die Welt ausknipsen, sie musste sich daran erinnern, was sie getan hatte, jeden Tag. Also blieb sie klar und wach, sie zwang sich zu arbeiten, alles sauber zu halten, zu essen, obgleich das Essen auf ihrem Speiseplan gerade zum Überleben reichte – grätige Sardinen auf trockenem Toast vor allem, so wenig appetitlich, dass sie manchmal würgen musste, wenn sie etwas herunterbekommen wollte. Sie bestrafte sich auch, indem sie sich kurze Blicke auf die normale Welt gewährte, in der die Menschen lebten, um sich dann wieder davon loszureißen. Sie wusste nicht, warum sie sich für diese Methode entschieden hatte, aber sie erschien ihr richtig, sie erschien ihr korrekt, also lebte sie in ihrem schwarzweißen Universum und wusste, dass es für sie keinen Ausweg gab.

Doch seit Sadie da war, kam es ihr vor, als habe jemand das Licht eingeschaltet, wodurch sich das Schwarzweiß zu fröhlichen Farben wandelte, und vielleicht war es genau das, was Maude ängstigte. Sie sah ihn, diesen glitzernden Sonntag, als sie sich in dem Zeitschriftenladen umschaute und ihn zum ersten Mal wirklich wahrnahm, die strahlend bunten Farben in diesem Laden, all die Dinge, die sie noch nie bemerkt hatte. Er wirkte wie eine Schatzkammer, eine Art chaotische Sesam-öffne-dich-Höhle. Es schien keine Ordnung und keinen Plan zu geben, keinen roten Faden, der durch die wilde Mischung der feilgebotenen Waren lief oder ihre Anordnung bestimmte. Hier konnte man genauso mexikanische Votivkerzen kaufen wie spanische Rosenkränze aus schwarzen Holzperlen, die glänzten wie Ebenholz; dort fand man marokkanische Pantoffeln, rote chinesische Lackschatullen und feine Parfumflakons mit gedrechselten Glasstöpseln, die aus dem fernen Kairo kamen. Und in demselben Regal bekam man Waschmittel, schwarze Mülleimerbeutel, Putzmittel und Bienenwachs (benutzte heutzutage in London tatsächlich noch jemand Bienenwachs? Wo es doch *Poliboy* in der praktischen Sprühflasche gab?), rote und blaue Schachteln mit Schwämmen, gelbe Putzhandschuhe, Schrubber-Aufsätze, Staubtücher und allen möglichen nützlichen Haushaltskram. Hier konnte man Stecker und Sicherungen kaufen, zehn verschiedene Sorten Batterien, und kaum drehte man sich um, stand man vor einem Beutelchen guatemaltekischer Sorgenpüppchen, einer Schachtel Sandelholz-Räucherstäbchen oder einem Päckchen Safranfäden aus Krokussen, die im Hochland von La Mancha wuchsen.

Maude kaufte nie mehr als eine Zeitung und gelegentlich eine Flasche Wasser oder eine Packung bitteren Kaffee (fair gehandelt, den weiten Weg aus der Dominikanischen Republik bis hierher), doch an diesem heißen Morgen wurde ihr zum ersten Mal bewusst, dass es ihr gefiel, all diese anderen Dinge hier zu wissen, die auf sie warteten oder auf einen würdigeren Menschen, all diese zusammengewürfelten Dinge, ausgewählt nach welchen Kriterien? – schöne Erinnerungen oder Hoffnungen, aus einer Laune oder einem Zufall heraus. Kam der Tiger-Balsam-Vertreter wohl an einem sonnigen Tag vorbei, fragte sie sich, als Mr. Seth gerade in Kauflaune war und sich sagte: Warum eigentlich nicht?

Mr. Seth, der dieser merkwürdigen Versammlung vorsaß, steckte ebenso voller Überraschungen wie sein Laden. Er war in Amritsar zur Welt gekommen, wo der goldene Tempel stand (Maude kannte den Ort nur wegen des Massakers, das dort vor zehn Jahren stattgefunden hatte, und Mr. Seth stimmte ihr traurig zu, das sei es eben, woran die Menschen sich erinnerten, und Recht hätten sie). Er war in Schottland und Paris aufgewachsen – »Schottland ist ein wunderbares Land«, sagte er, »aber sehr merkwürdige Leute.« Er behauptete, die Pariser besser zu verstehen: »Immer noch wütend wegen der Besatzung«, erzählte er. »Sie wissen nicht, wen sie mehr hassen sollen, die Kollaborateure oder die Gaullisten, egal, was sie machen, sie haben entweder Unrecht getan oder verloren. Stellen Sie sich nur diese Demütigung vor, auf die Hilfe ihrer alten Feinde angewiesen zu sein. Agincourt vergessen sie nie, wissen Sie«, sagte er und sah Maude vorwurfsvoll an, als hätte sie das Gegenteil behauptet.

Mr. Seths hellbraune Augen lagen in einem fein gemeißelten Gesicht, mit hohen Wangenknochen, entschlossenen Augenbrauen, einer höckerigen Nase und einem perfekten Mund, wie Amors Bogen, dessen Winkel sich herabzogen, wenn er die Schlechtigkeit der Welt bedauerte. Er hatte als junger Mann viel Schopenhauer gelesen, und das war hängen geblieben. »Ich vergesse nichts«, sagte er und zog die stahlgrauen Brauen zusammen; sie senkten sich tief über seine Augen und verliehen ihm einen finsteren, bedrohlichen Ausdruck.

Maude wusste, dass Mr. Seth, wie alle guten aristokratischen Charaktere, unter der Düsternis und Verzweiflung ein butterweiches Herz verbarg; sie hatte gesehen, wie er am Sonntag Morgen den drei Pennern des Viertels Essen, Zigaretten und Zeitungen vom Vortag schenkte. Jede Woche erklärte er streng, das mache er nur dies eine Mal, sie sollten sich Arbeit suchen, in diesem Land voller Möglichkeiten, diesem Erste-Welt-Paradies, wo Milch und Honig flossen. Er betitelte sie als Faulenzer und Herumtreiber und sagte, er habe keinerlei Mitleid mit ihnen, sie seien selbst schuld, und so etwas würde er nie wieder tun. Doch jeden Sonntag Morgen drückte er ihnen einen Fünf-Pfund-Schein und ein kleines Paket in die Hand und schalt sie wie ungehorsame Kinder, woraufhin sie blinzelten, ihn mit schmutzigen, verzweifelten Gesichtern anlachten und versprachen, mit dem Trinken aufzuhören und ab jetzt ein ordentliches Leben zu führen, doch natürlich taten sie es nie.

»Manche Leute«, hatte er einmal zu Maude gesagt, als sie in den Laden trat und hörte, wie er mit einem dieser Penner sprach, der Gerald hieß und ein hoffnungsloser Methadon-Fall war, »haben einfach keine andere Wahl. Etwas in ihnen zerbricht, und dann gibt es keinen Weg zurück. Manche Leute gehen zu weit, dann ist es zu spät, und man kann nur noch zusehen.«

Mr. Seth wählte die Grünen, aus Wut auf alle politischen Parteien, und hielt die Null-Toleranz-Linie für ein Werk des Teufels.

An diesem Sonntagmorgen strahlte die Sonne vom Himmel, wie schon die ganze Woche, wie jeden Tag, an den die Leute sich erinnern konnten. Eine solche Hitze hatte eine seltsame Wirkung auf die Briten, sie war so selten (obgleich es Leute gab, die heute noch vom Jahrhundertsommer von '76 sprachen), dass sie eine Art magisches Denken hervorrief, als sei der Nationalcharakter vorübergehend aufgehoben; die phlegmatische, griesgrämige, ironische Distanziertheit fiel ab und hinterließ etwas Nackiges, Kindliches. Die Leute lächelten einander auf der Straße zu, und in den Bussen lachten Männer in Anzügen grundlos leise vor sich hin.

Es war heiß: Die Leute waren trunken vor Hitze, glaubten daran, gewöhnten sich daran und dachten, sie würde niemals enden.

Mr. Seth konnte die Hitze nicht ausstehen. Er war dreitausend Meilen weit gereist, um Hitze und Staub zu entkommen, und er fasste jeden ungewöhnlich heißen Tag als persönliche Beleidigung auf.

Maude kaufte zwei Zeitungen und eine Flasche Wasser.

»Die globale Klimaerwärmung, Missy«, sagte Mr. Seth.

Maude hatte ihm nie gesagt, wie sie hieß. Er hatte nie danach gefragt. Sie wusste, dass er Mr. Seth genannt wurde, und so sprach sie ihn auch an. Er nannte sie Missy. Von jedem anderen hätte das überheblich geklungen, doch aus Mr. Seths Mund klang es wie eine Auszeichnung.

»Die Polkappen schmelzen«, sagte er.

Er blickte sie mit seinen Habichtsaugen tiefernst an; manchmal dachte Maude, er habe das vollkommenste Gesicht, das sie je gesehen hatte.

»Bald«, erklärte Mr. Seth, »wird es Kent nicht mehr geben. Die Malediven sind rettungslos verloren. Im Südpazifik werden Tausende von Menschen auf dem Meer herumtreiben, genau wie Noah auf seiner Arche.«

Mr. Seth schüttelte den Kopf.

»Natürlich«, fuhr er fort, »wird die Regierung nichts dagegen unternehmen. Sie hätten gern, dass Kent im Meer versinkt, denn da wohnen die letzten zwanzig Wähler der Konservativen. Deswegen hat nämlich der stellvertretende Premierminister zwei Jaguar-Limousinen: Er versucht Kent eigenhändig in den Abgrund zu stürzen.«

Maude sah ihn ernst an. Inzwischen war sie an Mr. Seths Theorien gewöhnt: Manchmal fragte sie sich, ob er nach Hause ging und dann nachts im Internet surfte, auf der Suche nach der neuesten Verschwörung, aber schließlich war er alt genug, um sich an Watergate zu erinnern, an die Schweinebucht, die Iran-Kontra-Affäre und ein weiteres halbes Dutzend unwahrscheinlicher Dinge, die die CIA noch vor dem Frühstück bewerkstelligte.

Sie reichte ihm das Geld, und Mr. Seth schenkte ihr ein flüchtiges Lächeln. Manchmal glaubte sie, dass er direkt in ihre Seele blicken konnte, dass er jede Kleinigkeit erraten konnte, die ihr je widerfahren war, dass er besser über ihr Leben Bescheid wusste als sie selbst. Sie sagte sich, dass das Einbildung war; trotzdem, er lächelte niemand anderen auf diese Weise an. Vielleicht, so dachte sie, erkannte er eine verwandte Seele. In dieser Ära des Optimismus und der Affirmationen, da alle wieder an Engel glaubten (plötzlich wieder absolut angesagt, vor allem persönliche Schutzengel, die Zeitschriften waren voll davon), an ein grundsätzlich wohlmeinendes Universum, in welchem alles einem großen und guten Ganzen diente (viele kleine Bücher, die diese Idee verkauften, schossen auf den Buchhandlungstheken empor wie fette schwarze Pilze), in diesen Zeiten waren nicht mehr viele Pessimisten übrig geblieben. Maude erschien es, als meine Mr. Seth, sie stehe auf seiner Seite. Damit hatte er Recht.

Maude trug die Zeitungen nach Hause, setzte sich in die Küche und fing an zu lesen. Sie dachte daran, dass sie zum Mittagessen ausgehen würde. Sie war seit zehn Jahren nicht mehr aus purer Geselligkeit zum Essen ausgegangen. Zwar hatte sie Leute geschäftlich zum Mittagessen getroffen, aber das war schon alles. Sie hatte keine Ahnung, was sie sagen sollte, sie konnte sich kaum daran erinnern, wie man sich unter normalen Menschen verhielt.

Nein, dachte sie, das stimmt nicht. Ganz so ausgetrocknet war sie auch wieder nicht. Man musste schon achtzig Jahre alt werden, ohne einer lebenden Seele zu begegnen, wie ein Eremit, bis alle sozialen Reflexe völlig verdorrten. Es ist wie Fahrradfahren, Brustschwimmen oder Klavierspielen; man verlernt es nicht, der Körper erinnert sich sozusagen besser als man selbst.

Dennoch war Maude nervös. Sie hatte das Gefühl, als ob sich die Dinge wie von allein veränderten, als habe irgendeine Strömung der Zeit, der Geschichte, der Ereignisse zu fließen begonnen und reiße sie mit. Sie war es gewohnt, alles im Griff zu haben, ihre eigene Bestrafung zu überwachen, und sie war nicht sicher, ob ihr diese plötzliche, unfreiwillige Veränderung gefiel.

Die beiden Stimmen schnatterten in ihrem Kopf. Die erste sagte: Was denkst du dir bloß dabei? Das ist nicht erlaubt, sagte die erste Stimme im Tonfall eines Gefängniswärters. Das steht nicht in der Abmachung.

Die zweite hingegen sagte: Geh essen, trink ein Glas Wein, sitze in der Sonne, iss was Richtiges und sprich mit Menschen, die du noch nie gesehen hast, daran wird schon keiner sterben.

Die zweite Stimme hatte manchmal einen ziemlich kranken Sinn für Humor.

# 4

***Als Maude eintrat,*** bemerkte sie als Erstes, dass jemand *The Ballad of John and Yoko* hörte, und zwar sehr laut. Maude lief jedes Mal ein Schauer über den Rücken, wenn sie dieses Lied hörte – John Lennon, der synkopiert und ironisch sagte: »*The way things are going, they're going to crucify me.*« Gekreuzigt. Er meinte nicht wie ein Hund auf offener Straße erschossen von irgendeinem Spinner, der sein Autogramm schon hatte; Maude war sicher, dass er das absolut nicht meinte. Aber trotzdem konnte es einem bei solchen Sachen ganz schön unheimlich werden, wenn man lange genug darüber nachdachte. Der Song war so schwungvoll, mit diesem wilden, strudelnden Klavier und dem betörenden, verlockenden Refrain. »*Eating chocolate cake in a bag*«: Was meinte er damit? Vielleicht hatte es was mit Drogen zu tun.

Sadie wippte mit dem Fuß und lächelte. Maude wunderte sich darüber, dass ihr Mund es nicht irgendwann satt hatte und sich den restlichen Tag freinahm, so viel lächelte sie. Maude fragte sich auch, ob Sadie sich dessen bewusst war, ob sie irgendwo gelesen hatte, dass man so Freunde gewann und Menschen beeinflusste; ein Lächeln kostet schließlich nichts, und was bekommt man in diesem Leben schon geschenkt? Aber sie konnte sich nicht vorstellen, dass Sadie etwas tat, weil sie es in einem Buch gelesen hatte; sie war nicht die Zielgruppe für Taschenbuch-Gurus.

»Hör schon auf«, sagte Sadie. »Es ist nur ein Mittagessen.«

Maude sah sie an und fragte sich, ob Sadie sich überhaupt vorstellen konnte, wie das hier für sie war: Als müsste sie am tiefen Ende ins Schwimmbecken springen, ohne Schwimmflügel, ohne Rettungsschwimmer in der Nähe und ohne die geringste Ahnung vom Schwimmen.

John und Yoko wichen Janis Joplin mit *Me and Bobby McGee.* Maude fühlte sich durch ein dünnes, ziehendes Bändchen Mitgefühl mit Janis Joplin verbunden. Sie hatte das Gefühl, in dieselbe Schublade zu gehören: hoffnungslose Fälle, Außenseiter, verlassen und verloren. Janis tat es in aller Öffentlichkeit, verzweifelt krallte sie nach einem Platz: Lasst mich irgendwo hingehören, wie ein normaler Mensch, nur fünf Minuten. Janis tat es, indem sie trank, kiffte und mit Männern schlief, die sie kaum liebten. Doch es lief auf dasselbe hinaus. All diese Songs liefen letztlich auf dasselbe hinaus.

»Sie sind bestimmt oben«, sagte Sadie und ging voran, einen schmalen Flur entlang, von dem rechts drei Türen abgingen.

»Sie schließen die Wohnungstür gar nicht ab?«, fragte Maude.

Sadie lachte. »Nichts zu stehlen«, erklärte sie. »Eine uralte Stereoanlage, mit der kein Einbrecher mit einem Funken Selbstachtung sich irgendwo sehen lassen würde, und den Fernseher verstecken sie in einer Kiste. Außerdem«, fügte sie hinzu, »wussten sie, dass wir kommen.«

Maude fand, das hörte sich ein wenig unheilvoll an.

Im oberen Stock breitete sich ein rechteckiges Loft über die ganze Fläche des Hauses aus, beherrscht von einem hohen Bogenfenster, das auf die Straße hinausging.

Es lag zu hoch, als dass man die Autos, die Lastwägen und die hektischen weißen Lieferwagen sehen könnte, die die Talgarth Road verstopften. Stattdessen hatte man einen ebenso täuschenden wie fantastischen Blick auf grüne Baumwipfel, als befände man sich inmitten eines ländlichen Idylls.

Die Wände waren leuchtend hellgrün gestrichen, wie ein Scherz, wie ein Baum voller Äpfel. Das Licht drang kräftig, heiß und golden durch das große Fenster herein, und die ganze Weite des Fußbodens war mit nackten Holzdielen bedeckt, glatt und weiß vor Alter, und der Raum schien nicht ganz wirklich zu sein; irgendetwas an der Beschaffenheit des Lichts verlieh ihm eine schwebende Aura, wie leicht verfremdet, als könne man ihn gar nicht direkt sehen.

Es gab kaum Möbel, nur ein langes Sofa und drei dicke Sessel mit abgenutzten roten Lederbezügen, wie aus einem Billardsalon oder einer einsamen Bar mitten in einem gottverlassenen französischen Nest, das nie ein Tourist betrat, und einen langen Couchtisch voller Bücher, Zeitschriften und einem Sammelsurium zufällig zusammengewürfelter Gegenstände: drei blaue Päckchen amerikanischer Zigaretten, ein Löwe aus Jade, ein silberner Brieföffner, ein Topf zinnoberroter Tulpen, zusammengedrängt wie Pendler in der U-Bahn zur Stoßzeit, ein hingeworfener Haufen Schmuck, ein Flaschenöffner, zwei Päckchen Spielkarten, ein Schiffsmodell in einer Flasche.

An einem Ende des Raums befand sich eine primitive Küche mit einer langen Arbeitsfläche aus Edelstahl, vollgestellt mit Geschirr und Gläsern, Kerzen, Vasen und Schüsseln; die Wände rundherum waren mit Fotos bedeckt, schwarzweiß gesprenkelt mit plötzlichen Ausbrüchen von Technicolor in dicken schwarzen Rahmen, als sei jemand mit einer Kamera ausgezogen, um alles menschliche Leben einzufangen, hierher zu tragen und an die Wand zu hängen.

In dem Raum hielten sich drei Leute auf. Zwei junge Frauen lagen auf dem Sofa, und ein Mann saß in einem der dicken roten Sessel und las eine drei Tage alte Zeitung, die Beine von sich gestreckt. Die Frauen lackierten sich gegenseitig die Zehennägel.

Maude wollte sich umdrehen und weglaufen.

»Da wären wir«, sagte Sadie. Sie stand am Ende der Treppe und blickte in das Loft, breitbeinig und sicher, wie ein Reisender, der zum ersten Mal ein fremdes Ufer betritt.

»Das ist Maude«, sagte sie.

Die Frauen blickten auf und lächelten, und der Mann ließ die Zeitung sinken, setzte eine Brille auf, kniff die Augen ein wenig zusammen und stellte sie auf Fernsicht ein.

»Du bist also unsere Nachbarin«, sagte er. »Wir haben dich ja noch nie zu Gesicht gekriegt. Einmal habe ich mitten in der Nacht gehört, wie du Willie Nelson gespielt hast, als ich im Bett lag und nicht schlafen konnte. Ich hatte ein gebrochenes Herz, und du hast *Always On My Mind* laufen lassen, da habe ich die ganze Nacht geweint.«

Maude raubte diese plötzliche Enthüllung den Atem. Das also taten Leute, die mittags irgendwo essen gingen?

»Er ist sich seiner weiblichen Seite bewusst«, bemerkte eine der Frauen, entzog ihrer Freundin die Füße und setzte sie schwungvoll auf den Boden. Sie kam auf Maude zu, wobei sie auf den Fersen balancierte, damit der scharlachrote Lack auf ihren winzigen Zehennägeln nicht verschmierte.

»Deshalb haben wir ihn ja auch so lieb«, sagte die Frau und streckte die Hand aus. Maude zögerte, unsicher, was von ihr erwartet wurde. Sie lächelte und nickte, als habe man sie etwas gefragt, streckte ihrerseits die Hand aus, und die Frau ergriff sie. Dabei zog sie Maude sanft zu sich heran und küsste sie auf beide Wangen.

»Ich bin Ruby«, sagte sie.

Sie roch warm; ein leichter Zitrusduft ging von ihr aus, etwas Sauberes, Nostalgisches, ein Hauch Limette oder Zitrone, einer dieser Düfte, die in den Fünfzigern für Eau de Cologne verwendet wurden, als die Leute noch so etwas benutzten. Ihre Wange fühlte sich weich und fest an. Maude, die keinen solchen Kontakt mehr zu Menschen gehabt hatte, so lange sie denken konnte, war überwältigt. Diese Frau besaß dieselbe entspannte Selbstsicherheit wie Sadie. Maude fragte sich, woher das kam, ob sie erlernt oder angeboren sei, vielleicht reine Glückssache.

Ruby war überhaupt in gewisser Weise ein ähnlicher Typ wie Sadie. Sie hatten beide einen kräftigen, aber schlanken Körper, sozusagen einen abenteuerlustigen Körper, mit langen, kraftvollen Beinen und Armen, die sicher an geraden Schultern hingen; fähige Körper, eher praktisch als schön, alles an der richtigen Stelle, alles lief wie geschmiert und auf Hochtouren.

Im Vergleich dazu kam Maude sich unwirklich und klein vor; doch dieses Gefühl hatte sie meistens, als sei sie nur ein halber Mensch, während alle anderen in drei prallen Dimensionen herumliefen.

Ruby hatte braunes Haar, das irgendwie fedrig geschnitten war, so dass es mitschwang und glänzte, wenn sie umherging; sie hatte helle, walnussbraune Augen mit kurzen Wimpern und kräftigen Brauen, eine gerade Nase und einen breiten Mund, der sich rechts ein wenig nach unten zog, so dass ihr Gesicht wirkte wie eine Commedia-dell'Arte-Maske, halb lächelnd, halb finster. Ihr Gesicht hatte etwas Plastisches, Bewegliches an sich, als benutze sie es ausgiebig.

»Möchtest du einen Drink?«, bot sie an. »Wir haben eine Kanne Bullshots gemacht. Fürchterliches Zeug.«

Maude hatte keine Ahnung, was ein Bullshot war; sie sagte Ja, weil sie nicht wusste, was sie sonst sagen sollte.

»Und das«, sagte Ruby auf dem Weg zur Küche und wies über die Schulter zurück, »sind Pearl und Dean.«

»Es stimmt«, sagte Sadie lachend. »Es stimmt wirklich.«

»Ich bin Pearl«, sagte die andere Frau. »Schon gut, ich bin inzwischen dran gewöhnt.«

Ihr schönes Gesicht passte zu ihrem schönen Namen – eine leicht schräge Nase, große, kornblumenblaue Kulleraugen, ein voller Mund und dunkelblondes Haar, das ihr dicht und gerade auf den Rücken hinabfiel.

»Ich bin Dean«, sagte der Mann, stand auf und gab ihr die Hand. Er hatte kleine, helle Augen hinter seiner Brille, aus denen Optimismus strahlte wie Sternenlicht. Er küsste Maude nicht, wie Ruby es getan hatte, doch er hielt ihre Hand einen Augenblick fest, als meinte er es ehrlich.

Ach, diese Leute, dachte sie, wo wurden die nur erfunden? Sie waren zu echt, um wahr zu sein.

»Meine Eltern«, sagte Dean mit freundlichem, beruhigendem Lächeln, »sind mal mit Colin MacInnes einen trinken gegangen, daher mein Name. Frag nicht, wie Pearl zu ihrem gekommen ist.«

»Der ist doch gar nicht so schlimm«, sagte Pearl, als sei das ein alter Witz. »Ich könnte auch Ethel oder Araminta heißen. Oder gar Delaware oder Lula-Mae.«

»Das hast du dir doch gerade ausgedacht«, entgegnete Ruby, die mit Gläsern, Eis und einem Krug auf einem Tablett wiederkam. »Setz dich«, sagte sie zu Maude.

Maude fragte sich, ob sie als Nächstes sagen würde: Willkommen in unserer großen Familie.

Sie aßen Huhn, mit Oliven und Thymian zubereitet, neue Kartoffeln, in der Schale gebacken, und Tomaten mit Basilikum, und für Maude schmeckte das alles, als käme es aus einer anderen Dimension des Essens; das hühnchenste Hühnchen, die tomatigsten Tomaten. Die Sonne strömte durch das hohe Fenster herein, die Luft war geschwängert von Spätsommer und dem reflektierten Grün der Wände.

Maude saß da und lauschte still, während die anderen sich unterhielten. Sie hörten keinen Augenblick auf zu reden; sie platzten vor Gesprächigkeit und ließen sie in den Nachmittag hineinlaufen, als wüssten sie, dass sie ihnen niemals ausgehen würde. Maude war gebannt von dieser seltsamen Szene, von ihrer lockeren, gewandten Art, und als die Bullshots voll hinterhältigem Wodka allmählich ihre Wirkung entfalteten, auch von ihrer Schönheit. Sie beobachtete die schwatzenden Leute am Tisch, das glitzernd grüne Licht, das auf ihrer Haut tanzte, und sie fand, das seien die schönsten Menschen, die sie je gesehen hatte.

Sie redeten und redeten; sie lachten, neigten sich vor und gestikulierten, um ein Argument zu unterstreichen. Sie übertrieben, zeichneten Geschichten in die Luft und gebrauchten Modewörter mit nicht zu übersehender Ironie, als wüssten sie es besser. Maude, die keinen Alkohol gewöhnt war, lehnte sich schließlich zurück und sah zu, wie sie miteinander verschmolzen, nicht mehr zu unterscheiden waren.

Sie redeten über die Liebe; damit waren sie wohl sehr vertraut, in all ihrer verwirrenden Vielfalt. Sie zogen Sadie mit ihrer Beziehung auf – alle nannten sie es so, nicht Affäre oder sonst etwas. Sie sagten: Oh, deine Beziehung, deine Beziehung mit dem größten Bindungsphobiker der Welt. »Du hast deswegen sogar wieder mit dem Rauchen angefangen«, sagte Ruby sorgenvoll. »Du weißt doch selbst, dass das kein gutes Zeichen sein kann.«

Sadie lachte unbeeindruckt.

»Das kommt von der Angst«, erklärte sie, »weil er sich nicht binden kann. Außerdem ist er selbst dem einen oder anderen Kippchen oder so nicht abgeneigt; dagegen kann ich nicht an, also heule ich lieber mit den Wölfen.«

»Ich glaube«, bemerkte Dean, der gerade mit sanfter Präzision ein Hühnerbein aß, »du willst eigentlich gar nicht, dass er sich bindet. Ich glaube, du hast nur eine Entschuldigung gesucht, damit du wieder mit dem Rauchen anfangen kannst.«

»Zigaretten sind verlässlicher als die Liebe«, sagte Sadie, als amüsiere sie sich köstlich. »Das wisst ihr doch.«

»Nichts ist wirklich verlässlich«, entgegnete Pearl mit einer schwermütigen Nachdenklichkeit, die im Kontrast zu ihrem blonden Haar und ihrem auffällig hübschen Gesicht stand. »Und alles bringt einen irgendwann um.«

»Letzte Woche hat sie für ein Pinter-Stück vorgesprochen«, mischte Ruby sich ein, »nur damit ihr wisst, wo das jetzt herkam.«

»Ich sehe nicht ein, warum ich nicht auch einmal pessimistisch sein darf«, entgegnete Pearl. »Ich wüsste nicht, seit wann das verboten sein soll.«

»Du musst dir die Haare färben, wenn du es richtig machen willst«, sagte Dean.

»Das sind Vorurteile«, erwiderte Pearl. »Das sind völlig überholte Vorstellungen über Leute mit blonden Haaren.«

»Alle unsere Gedanken sind irgendwo Vorurteile«, sagte Sadie. »Weil wir alle glauben, dass wir Recht haben und alle anderen Unrecht, wir hüllen das nur in einen Mantel der Zustimmung, weil wir sonst keinen abkriegen.«

»Das ist überhaupt nicht wahr«, erwiderte Dean. »Und diesen Satz hast du schon mal gebracht.«

»Ich weiß gar nichts«, sagte Sadie und hob die Hände, mit den Handflächen nach vorn. »Das ist nur ein Schuss ins Blaue.«

Maude kam das vor wie eine Geheimsprache, die sie nicht knacken konnte. Sie fragte sich, ob diese Leute immer so redeten, oder ob sie das ihretwegen taten, ob sie sich ein wenig in Szene setzten und vor ihrem Gast angaben.

Die drei stellten ihr keine Fragen. Hatte Sadie sie vielleicht vorgewarnt und ihnen gesagt, dass sie anders war, seltsam, zurückgezogen – alles, was man heutzutage nicht zu sein hatte? Ob das nur höfliches Entgegenkommen war? Sie sind total entgegenkommend, dachte sie, benebelt vom Alkohol. Sie kommen dem Leben gern entgegen. In diesem heißen, grünen Raum mit der hohen Decke und dem geschwungenen Fenster vergaß sie einen Augenblick lang, dass ihr so etwas nicht erlaubt war, dass es für andere Menschen reserviert war, die kein solch untilgbares Verbrechen begangen hatten wie sie; sie vergaß, dass sie fest in der Kiste ihrer Selbstvorwürfe saß.

Einen Augenblick lang fühlte sie etwas so Fremdartiges, dass sie es nicht benennen konnte, und plötzlich durchzuckte sie die erschreckende Erkenntnis, dass es Freude war.

Montagmorgen. Mr. Seth warf Maude einen sorgenvollen Blick zu und erzählte ihr, dass ein Meteor auf die Erde zurase und die Regierung einen Krisenstab gegründet habe.

»Ich habe es in der Zeitung gelesen«, sagte er mit einem triumphalen Unterton, als habe er es ja schon immer gewusst.

Als Maude noch jeden Freitag nach Hampstead fuhr, las sie viele Bücher über die Seele und die Psyche, die Gedanken von Jung und Adler, als wäre irgendwo in diesen eng bedruckten Seiten die kodierte Antwort auf alles verborgen. Sie musste die Zeit totschlagen. Wo andere Menschen Freunde, Familie und soziale Verpflichtungen hatten, war bei ihr ein Nichts, der dunkle Kellergang ihrer Einsamkeit.

Antworten fand sie nie (»Vielleicht«, sagte die Psychotante, triefend vor Vernunft, »stellen Sie nicht die richtigen Fragen«), aber sie lernte sehr viel über fremde Gedankenwelten, was ihr nicht gerade half. Die erleuchteten Autoren, deren Bücher sie las, erzählten von der Weisheit Asiens, jener philosophischen Haltung der Inder zu Leben und Tod. Manchmal fragte sie sich, wie es dazu gekommen sein mochte, dass dieser strahlende Optimismus an Mr. Seth spurlos vorübergegangen war. Wäre sie ein anderer Typ Frau gewesen, dann hätte sie ihn vielleicht gefragt.

»Sehen Sie«, sagte er und reichte ihr das Wechselgeld. »Jetzt sind wir alle Toast.«

Er hatte unerwartete Einsprengsel wie diese Redewendung von seinen Jahren in Schottland zurückbehalten, oder vielleicht stammte sie von seinen sonntäglichen Gesprächen mit Gerald und seinen Saufbrüdern.

Maude ging weiter zur Buchhandlung, wo die Besitzerin die Stirn über ihre Kasse runzelte. Ein ganzer Haufen neuer Bücher, eben angekommen und noch nicht auf den Tischen aufgebaut, nahm den vorderen Bereich des Ladens komplett ein. Ganz oben drauf lag ein glänzend gebundenes neues Buch von Alexander Dent: *Spurlos.* Maude fragte sich, ob das ein Zeichen sei. Während der letzten zwei Wochen hatte sie an nichts als Alexander Dent gedacht, und hier lag sein neuer Roman.

Sie nahm ihn vom Stapel; die Buchhändlerin starrte sie gleichgültig an, nahm ihr Geld, und Maude dankte ihr und trug das Buch davon in ihren Keller.

Am nächsten Tag kam Sadie am frühen Abend vorbei. Sie war auf dem Weg nach oben.

»Wie fandest du das Mittagessen?«, fragte sie, ging hinein und setzte sich an den Küchentisch. Sie wirkte groß und lebhaft im Abendlicht, das gegen Ende des Sommers dicht und sinnträchtig war, leicht melancholisch eingefärbt. Maude beobachtete sie, wie immer mit Neugier und einer Art Ehrfurcht; diese lockere Selbstverständlichkeit, die Sadie besaß, diese Gewissheit, überall willkommen zu sein, war Maude völlig fremd. Das kam ihr vor wie etwas, das es nur in Romanen gab, und sie staunte darüber, mit welcher Leichtigkeit Sadie das in die Wirklichkeit umsetzte.

»Hat es dir gefallen? Sie mochten dich.«

Maude fragte sich, wie die drei dazu kamen, da sie doch den ganzen Nachmittag kaum den Mund aufgemacht hatte.

»Ich mochte sie auch«, erwiderte sie wahrheitsgemäß. Es kam ihr wie ein Verrat an all ihren Prinzipien vor, an dem Büßergewand von Leben, in das sie sich so unbarmherzig eingewickelt hatte. Die Mutter des Kindes, das sie getötet hatte, würde nicht mit Leuten ausgehen und sich unterhalten, sie würde am Sonntagmittag nicht genüsslich essen gehen, denn wie konnte sie je diese klaffende Lücke vergessen, wo eigentlich ihr Sohn sein sollte? Maude wusste (die erste, die scharfe Stimme sagte es ihr unzählige Male am Tag), dass sie ebenfalls nichts genießen durfte, aus demselben Grund. Sie hatte keine sorglosen, fröhlichen Stunden verdient wie andere Leute; sie war gebrandmarkt von ihrer Tat.

»Komm doch mit hoch«, sagte Sadie, als sei das so vorgesehen, als käme das in der natürlichen Abfolge der Dinge als Nächstes. »Komm und iss mit uns zu Abend.«

Maude versuchte, Nein zu sagen, hatte aber eigentlich keine Ausrede. Die zweite Stimme, die endlich Verstärkung hatte und ihren Moment des Ruhmes weidlich genoss, schrie ihr zu, sie solle Ja sagen, also tat sie es schließlich auch.

Als sie diesmal oben ankamen, lief Pink Floyd, auf Vinyl, 33 Umdrehungen, mit Rauschen und Kratzen und einer Art atmosphärischer Sehnsucht, eben so, wie es früher geklungen hatte. »*We're just two lost souls*«, so ging der Text, zu einer trauernden Gitarre, »*swimming in a fish bowl, year after year*«. Mit dieser gefallenen Schönheit konnte Maude etwas anfangen. Meistens fühlte sie sich auch wie eine verlorene Seele in einem Goldfischglas.

»Ich habe Maude mitgebracht«, sagte Sadie, als sie das hohe Loft betraten. Die anderen waren so ähnlich wie beim letzten Mal verteilt, Ruby und Pearl auf dem Sofa, Dean in seinem roten Sessel. Die drei blickten auf und lächelten, als sie Maude dort stehen sahen, und sie fragte sich, wie Sadies Freunde jetzt schon entschieden haben konnten, dass sie ein Mensch war, den sie gern kennen wollten, obwohl Maude ihnen nichts zu bieten hatte als die kahlen Wände ihres Geheimnisses.

»Das ist schön«, sagte Ruby. Sie stand mit einer abrupten Bewegung auf, kam zu Maude herüber und begann dasselbe Begrüßungskussritual wie beim letzten Mal; Maude blickte für einen Moment in ihre großen, braunen Augen und sah dort schemenhaft Mitgefühl und Verständnis, wie ein Phantom. Dann ging Ruby zum Küchentisch hinüber, nahm eine Flasche Rotwein und füllte zwei weitere Gläser.

»Wir trinken«, erklärte sie, »weil Dean das Herz gebrochen wurde. Nur für den Fall, dass er es beim ersten Mal nicht kapiert haben sollte.«

»Ach, Dean«, sagte Sadie. Sie ging zu ihm, beugte sich

hinunter und strich ihm zärtlich über den Kopf, wie einem Kind, das sich verlaufen hat. »Ich weiß, wie das ist.«

»Wir wissen alle, wie das ist«, sagte Pearl. Aus irgendeinem Grund war Maude verblüfft; wenn sie in dieses hübsche, liebe Gesicht schaute, konnte sie sich nicht vorstellen, dass es je zurückgewiesen wurde, nicht gewollt, beiseite geschoben für ein anderes. Pearl sah aus wie die Mädchen, die durch Weizenfelder mit Mohnblumen-Tupfern liefen, in Werbespots über perfekte Leben.

»Trotzdem«, sagte sie mit gefasster Weisheit, »wissen wir nicht, wie wir es ihm erleichtern könnten. Also trinken wir stattdessen Rotwein.«

Ruby führte Maude zu dem zweiten Sessel und kehrte zum Sofa zurück. Sadie setzte sich auf die Sessellehne neben Dean und ließ eine Hand in seinem Haar ruhen, als wolle sie ihm Halt geben, als könne diese menschliche Berührung die schlimmsten Ängste der Nacht in Schach halten.

Er lächelte gequält und sagte: »Ich habe sie wie verrückt geliebt und all die Dinge getan, die ein Mann tun sollte, ich habe mir ihre Probleme angehört, bin nicht in meine Höhle gegangen und habe mich nach Kräften bemüht, sensibel und freundlich zu sein, und dann ist sie gegangen. Ich verstehe überhaupt nichts mehr.«

»Nein«, widersprach Ruby, »so ist das nun mal. Manchmal gibt es gar nichts zu verstehen. Manchmal passiert eben was Schlimmes, ganz ohne Sinn und Verstand.«

»Vielleicht«, sagte Dean, holte eine zerknitterte Schachtel Chesterfields hervor und zündete sich eine an, »vielleicht war ich zu sehr neuer Mann. Vielleicht wollte sie mich lieber als groben, unkommunikativen Macho haben.«

»Das glaube ich kaum«, sagte Pearl. »Ich glaube, heutzutage will das niemand mehr.«

»Der Mann, wegen dem sie mich verlassen hat, handelt mit Termingeschäften«, fügte Dean hinzu und inhalierte wie jemand, der seine letzte Zigarette vor dem elektrischen Stuhl raucht.

»Das hast du uns gar nicht erzählt«, erwiderte Ruby leicht beleidigt. Maude hätte nicht sagen können, ob sie beleidigt war, weil er ihnen diese Information vorenthalten hatte, oder weil ihr die Vorstellung eines Mannes missfiel, der sich die Finger mit finanziellen Spekulationen schmutzig machte.

»Ich verstehe das nicht«, sagte Pearl. »Sie hätte unseren wunderbaren, künstlerischen, sensiblen Dean haben können, aber nein, sie läuft mit einem irren Geldhai davon.«

»Manchen Leuten gefällt so was«, bemerkte Sadie, als könnten diese Leute eigentlich nichts dafür.

»Vielleicht liegt es an uns«, sagte Ruby. »Du lebst schon so lange mit Pearl und mir zusammen, und wir haben dir all unser Wissen darüber vermittelt, was Frauen wirklich wollen, und dann bist du ausgerechnet an eine geraten, die nichts davon will. Verstehst du, was ich meine?«

»Wir suchen uns doch alle die Falschen aus«, entgegnete Sadie. »Seht mich nur an.«

»Ja, schau dich an«, sagte Ruby und begann zu lachen. »Du liebe Güte, schau dich nur an. Und du bist nicht die Einzige.«

Später bereiteten Ruby und Pearl einen Topf Spaghetti mit Muscheln und ein Gericht aus Gurken mit Minze und Olivenöl, als sei das gar nichts (Maude beobachtete sie fasziniert beim Kochen; sie aß nie etwas, das nicht aus einer Dose kam). Sie saßen um den langen Holztisch und machten noch eine Flasche Wein auf, für Deans armes, gebrochenes Herz, dabei redeten sie in einer Tour weiter.

»Und was soll ich jetzt tun?«, fragte er und starrte trübselig auf das viele Essen. »Es fühlt sich an, als hätte jemand mein gesamtes Inneres rausgeschmissen, und jetzt herrscht nur gähnende Leere.«

»Ach«, sagte Maude, die eigentlich gar nichts hatte sagen wollen, »ich weiß, wie das ist.«

Alle drehten den Kopf und starrten sie an. Sadie warf einen befriedigten Blick über den Tisch, der wohl heißen sollte: Ich hab's euch doch gesagt. Eine neue Platte lief; Pearl sagte, sie sei von einer Lucy Kaplansky, die außerhalb von Austin, Texas, nur zehn Leute kannten. Sie hatte eine Stimme so feierlich wie Felsen und Samt, spielte Gitarre, als nahte das Ende der Welt, und sie sang schwermütige Songs über Leute, die ihre Seele verkauften, über einsame Herzen und die ewige Enttäuschung des Lebens.

»Dir ist also auch das Herz gebrochen worden?«, fragte Ruby, stützte die Ellbogen auf den Tisch und sah Maude unverwandt an, als wolle sie es wirklich wissen.

Maude, innerlich gewärmt von dem Wein und überhaupt nicht daran gewöhnt, dass jemand Interesse an ihrem Leben zeigte, antwortete, bevor sie wusste, was sie tat.

»Mein Herz ist gebrochen«, sagte sie, »so schlimm, dass es sich anfühlt, als wäre es über die halbe Stadt verteilt, in einer Million kleiner Scherben, die man unmöglich wieder zusammensetzen kann.«

Eine kurze Stille entstand; Maude wünschte augenblicklich, sie hätte nichts gesagt. Denn diese Leute hier gingen so selbstverständlich mit Vertrautheit um, wie ein Kartengeber in Las Vegas am Black-Jack-Tisch die Karten mischte; sie war neu hier, und das unverbrämte, heftige Leid in ihren Worten hatte sie sofort aufhorchen lassen. Sie war der Geist beim Festbankett, die Fremde an der Tafel; sie sollte so etwas nicht tun.

Doch dann brach Ruby in ihr breites, offenes Lachen aus, stupste Dean mit der Schulter an und sagte: »Siehst du? Das passiert jedem von uns. Das passiert, wenn man über achtzehn ist, ab dem Augenblick, wenn man volljährig wird. Das Herz wird dir zertrümmert, früher oder später, und du kommst nicht dahinter, wie du es wieder zusammenflicken sollst.«

»Aber ich muss doch irgendetwas tun können«, widersprach Dean. »Es muss doch ein Buch darüber geben, das ich lesen könnte, oder eine Theorie, nach der ich vorgehen kann.«

»Ich weiß nicht«, sagte Pearl mit einem Blick zu Sadie. »Ich kenne keine.«

Sadie erkannte ihr Stichwort und legte den Kopf schief, als markiere sie dies als ihr Territorium. Alle sahen sie an, erwarteten Antworten. Maude fragte sich, warum; Sadie wirkte so sicher und aufgehoben in dieser Welt, so voller Leben und Verheißung, und doch glaubten anscheinend alle, dass sie sich mit solchen Sachen auskannte.

»Da gibt es kein Buch«, erklärte sie. »Es gibt auch keine Antworten. Und schon gar keine Abkürzung für all das. Es tut entsetzlich weh, du bist verwirrt und wütend, du glaubst, so kann das nicht weitergehen, das ist zu schrecklich. Du siehst andere Leute herumlaufen, als hätte das Leben einen Sinn, und du denkst: Kann ich davon nicht was abhaben? Du musst einfach warten, bis es sich gesetzt hat und die Zeit ihr Ding macht, und eines Tages wird es besser, obwohl du gar nicht mehr daran geglaubt hast. Es gibt so einen Moment, wenn die Wolken sich verziehen; du siehst die Sonne hervorkommen, und du denkst: Das ist es, das ist es. Die Welt kommt wie eine gigantische Welle wieder auf dich zu, und du fragst dich, wo sie die ganze Zeit abgeblieben ist, in diesen vielen einsamen Monaten, und du tust etwas absolut Ungewöhnliches, wie ans Meer fahren oder in einen Zug steigen, und du weißt, du bist über den Berg. Es mag noch nicht wieder ganz in Ordnung sein, aber irgendetwas sagt dir, dass am Ende doch alles wieder gut wird.«

Als Maude am Wochenende vom Laden zurückkam, traf sie Ruby auf der Treppe vor dem Haus, und Ruby sagte: Komm rein und trink einen Tee mit mir, es ist niemand sonst zu Hause. Maude fand sich plötzlich in dem großen, hohen Raum ganz oben im Haus wieder; sie tat etwas, wovon sie geglaubt hätte, sie würde es nie wieder tun: Sie stellte eine Frage.

»Ich verstehe da etwas nicht«, begann sie, »wegen Sadie. Sie kommt mir vor wie der selbstsicherste Mensch, dem ich je begegnet bin, aber neulich Abend hat sie all diese Sachen gesagt, und ich habe mich gefragt, wie sie dazu kam.«

Ruby sah Maude mit ihrem direkten Blick an und zögerte einen Moment, als überlege sie, wie sie es ausdrücken solle, und dann sagte sie: »Na ja, Sadies Mutter ist gestorben, als Sadie siebzehn war, bei einem schrecklichen, sinnlosen Unfall, also weiß sie sehr gut, was für groteske Dinge passieren, wenn man am wenigsten damit rechnet.«

Maude war so geschockt, dass sie sich fühlte wie festgenagelt: Das war das Letzte, was sie erwartet hätte. Sie wusste nicht, was sie sagen sollte. Sie blickte sich im Raum um, auf der Suche nach Worten. Sie sah die Bilder an, die überall an den Wänden hingen, all diese in Erstarrung gefangenen Augenblicke. »Das sind wunderschöne Bilder«, sagte sie. »Ich habe noch nie so schöne Bilder gesehen.«

»Danke«, erwiderte Ruby. »Sie sind von mir. Das ist mein Beruf.« Sie lächelte Maude an, mit diesem großzügigen Lächeln, von dem Maude wusste, dass sie es nicht verdiente, dann sprachen sie über andere Dinge.

Hinterher, als sie wieder zu ihrem leeren Samstagabend hinunter ging, nur sie und ein ungelesenes, aufgeschlagenes Buch auf dem Tisch und Whispering Bob Harris mit seltsamen Liedern im Radio, da dachte Maude, dass sie vielleicht völlig falsch gelegen hatte. In dem Teil ihres Verstandes, der immer noch rational funktionierte, wusste sie, dass guten Menschen schlimme Dinge zustießen, weil die Psychotante ihr das immer wieder erklärt hatte; sie hatte genug Zeitungsberichte gelesen, genug Country-Songs gehört und genug Indie-Movies in verdüsterten nachmittäglichen Kinos gesehen, um selbst zu erkennen, dass es genau so war. Aber nun, immer noch erschüttert von Rubys Eröffnung, wurde ihr klar, dass sie irgendwann zu glauben begonnen hatte, es sei nur ihr so ergangen. In dem irrationalen Teil ihres

Verstandes, der mit jedem einsamen Jahr stärker und beharrlicher wurde, da dachte sie, sie sei die Einzige, sie müsse sich fern halten von all den anderen guten, normalen Menschen mit ihren vernünftigen, alltäglichen Leben, damit sie die anderen nicht infizieren konnte.

Vielleicht war es an der Zeit, der Tatsache ins Auge zu sehen, dass die Welt nicht so war, wie Maude sie für sich verdreht hatte.

Sie hatte das Gefühl, das mache in jeder Hinsicht einen gewaltigen Unterschied, aber sie wusste nicht recht, wie der aussah.

Plötzlich war sie wie gelähmt vor Angst, als würden all die Dinge, die sie so lange für selbstverständlich gehalten hatte, auf einmal unter ihr weggezogen. Das Leben, das sie so sorgfältig für sich konstruiert hatte, war zwar von einer grausamen Öde geprägt, aber sie wusste immerhin, wie es lief. Nun waren da diese neuen Leute, die ihr etwas ganz anderes zeigten; ihre sorgfältig gezimmerte Konstruktion begann in den Grundfesten zu wanken, und sie wusste nicht mehr, was als Nächstes passieren würde.

# 5

***Am nächsten Tag*** erwachte Maude so früh wie immer. Ihre bloßen Füße fühlten sich auf den Fliesen kühl und neu an, als sie in die Küche ging, um den Kessel aufzusetzen.

Sie hatte einen Edelstahlkessel, den man auf den Herd stellen musste, und es dauerte eine Weile, bis das Wasser kochte; währenddessen schaute sie hinaus in den dunkelgrünen, verwilderten Garten, wo die Sonne eben erst den oberen Rand der Hecke berührte, die die Züge aussperrte.

Ich weiß nicht, dachte sie, was vor sich geht. Irgendetwas geht vor sich, aber ich kann nicht sagen, was.

Sie saß an ihrem Tisch und dachte an all die Leute in dieser riesigen Stadt, die jetzt aufstanden, zur Arbeit gingen, Frühstück machten und sich über Toast und Marmelade hinweg stritten; all diese Leute, die sie nie kennen lernen würde, gingen mit kleinen, vorsichtigen Schritten ihren Angelegenheiten nach. Maude fragte sich manchmal, wie diese Leute es schafften, so ordentliche, saubere und anständige Leben zu führen, ohne eines Tages mitten auf der Straße stehen zu bleiben und laut zu schreien.

Sie zog sich an und ging die Zeitung holen. Wie jedes Mal las sie die Nachrichten, obwohl sie ihr fern und entrückt erschienen, als habe die Welt da draußen gar nichts mit ihr zu tun. Sie betrachtete die Fotos von Politikern und Diktatoren, Serien-Vergewaltigern und Sport-

Heroen, Gewerkschaftsführern und Soap-Stars; sie las die Beiträge der Kolumnisten mit ihren scharfen täglichen Meinungen, verfolgte die gequälten Debatten über Asylbewerber, Lohnnebenkosten, das bröckelnde Gesundheitswesen und Bürgerwehr-Gerechtigkeit; sie las über Kriegsgebiete und ethnische Säuberungen, über schließende Fabriken und steigende Zinsen. Manchmal dachte sie, es sei jeden Tag das Gleiche, nur die Namen änderten sich.

»Vergessen Sie den Meteor«, sagte Mr. Seth. »Heute werden wir alle an AIDS sterben, weil die Scharlatane, die die multinationalen Pharmakonzerne leiten, die Medikamente nicht billig genug an die Dritte Welt verkaufen wollen. Eine Krankheitswelle wird sich in den armen Ländern aufschaukeln und uns am Ende alle überfluten.«

Maude nickte stumm, denn sie wusste nie so recht, was sie zu diesen Ankündigungen des nahenden Weltuntergangs sagen sollte.

»Sehen Sie?«, fuhr Mr. Seth fort. »Sehen Sie? Schopenhauer hatte Recht. Die menschliche Existenz muss eine Art Irrtum sein, genau das hat er gesagt. Er hat gesagt: Es ist schlimm, und mit jedem Tag wird es schlimmer, bis dann das Allerschlimmste passiert.«

Maude ging nach Hause, las die Zeitung und trank noch einen Kaffee. Das Licht bewegte sich langsam und schob sich tiefer in den Raum hinein. Sie mochte dieses Licht, fiel ihr auf; sie saß gern an ihrem schlichten Tisch und sah zu, wie es weiterrückte. Sie mochte den bitteren Geschmack des Kaffees und den Geruch, diesen verheißungsvollen Duft, der heiße Nachmittage in Italien heraufbeschwor, obgleich sie nie dort gewesen war. Schon diese kleinen Freuden wagte sie sich kaum einzugestehen.

Sie las die Zeitung fertig und dachte an die Arbeit; arbeiten, das würde sie normalerweise jetzt tun. Aber sie hatte den ergrauten Entdecker abgelehnt, sie hatte keinen Auftrag zu erfüllen, keinen Abgabetermin einzuhalten. Da war nur die vage, irgendwie fremde Idee ihres privaten Projekts: wie aus zweiter Hand, denn wenn sie nun so im stillen Morgen saß, während sich die Stadt draußen weiterbewegte, kam es ihr vor, als hätte sich jemand anders das ausgedacht. Das Projekt war ebenfalls unwahrscheinlich; was sie tun wollte, hatten schon andere Leute versucht, Schriftsteller und Intellektuelle, alle viel qualifizierter als sie selbst: Sie wunderte sich über ihre eigene Vermessenheit. Sie sollte Joan Bellow anrufen und ihr sagen, sie werde den halb erfrorenen Helden nehmen, gute Arbeit abliefern und ein weiteres Jahr lang ihre Hypothek abbezahlen.

Sie schaute zum Telefon hinüber, diesem stummen Apparat, der nie klingelte, nicht bei ihr, und sie konnte sich nicht überwinden, zum Hörer zu greifen.

Plötzlich hämmerte es an der Tür. Sadie, dachte Maude, plötzlich heilfroh über diese Unterbrechung, denn so konnte sie den Anruf eine weitere Stunde aufschieben.

Es war Dean.

»Entschuldige«, sagte er. »Die anderen sind nicht da, und es ist so einsam da oben. Darf ich?«

Darf ich? Hatte Sadie das nicht auch gesagt, am Anfang? Maude stand da und starrte ihn an, und er sah so bleich und traurig aus mitten in diesem unendlichen, sonnendurchfluteten Tag, dass sie nicht Nein sagen konnte.

»Komm rein«, sagte sie und versuchte ein Lächeln. Sie hätte es nett gefunden, wenn sie sich nur dieses eine Mal wie ein normaler Mensch benehmen könnte, wenn sie ihm ihr Mitgefühl anbieten könnte, und Tee. Das stand nicht auf ihrem Plan, aber wie sollte sie das diesem armen, todtraurigen Mann erklären? Er trug sein Elend wie ein Abzeichen am Ärmel mit sich herum; obwohl er die Dreißig schon überschritten haben musste, sah er aus wie ein Sechsjähriger, von seinen Klassenkameraden verstoßen, der mutterseelenallein und heimatlos in einer Ecke des Spielplatzes stand. Maude wusste immerhin, wie sich das anfühlte. Sie kannte das sehr gut.

»Natürlich, komm rein«, sagte sie, trat zurück und ließ ihn in den Flur.

Dean warf ihr einen unbeschreiblich dankbaren Blick zu, und sie kam sich vor wie eine miese Betrügerin.

Sie setzten sich, und Maude kochte ihm eine Kanne Tee. Sie fand eine Schachtel Kekse und stellte auch die vor ihn hin, denn sie wollte ihm gerne etwas geben, und ihr fiel einfach keine andere Möglichkeit ein.

»Entschuldige«, sagte er wieder. »Dieses Loft ist einfach zu groß, wenn man innerlich ganz leer ist.«

Maude nickte. Das verstand sie. Aus diesem Grund hatte sie ihren niedrigen, dämmrigen Keller ausgesucht; er machte es leichter, mit der Leere zu leben. Wenn man von Entsetzen erfüllt ist, dann ist freier Raum am schwersten zu ertragen.

»Du verstehst das doch«, fragte Dean, »oder?«

Maude war es ein Rätsel, woher er das wissen konnte.

Sie hatte auch keine Ahnung, was sie darauf erwidern sollte, also schwieg sie.

»Ja, du verstehst das«, sagte Dean, als hätte sie gesprochen. »Das sehe ich doch.«

Maude fragte sich manchmal, ob sie ihre Einsamkeit, ihre Scham und ihr gebrochenes Selbst wie ein Brandmal auf der Stirn vor sich hertrug; manchmal fühlte es sich so an. Nun erkannte sie, dass es vielleicht tatsächlich so war.

»Deshalb bin ich hier heruntergekommen«, erklärte Dean, der sie immer noch ansah. Sein Blick war tief, todernst, direkt und unumwunden. Plötzlich merkte Maude schockiert, dass sie sich in einem anderen Leben, einer anderen Welt, wenn sie ein anderer Mensch wäre, in ihn verlieben und ihn nie wieder gehen lassen würde.

Er war nicht offensichtlich schön oder auch nur gut aussehend: Er hatte Sommersprossen, gewöhnliches mittelbraunes Haar und eine Nasc, die nach heutigem Ideal zu kurz geraten war. Doch er strahltc eine unübersehbare Gutartigkeit aus, wie die Sonne an einem schönen Tag, und wenn er lächelte, leuchteten seine Augen auf und sein Mund öffnete sich, als wolle er mehr als nur ein Lächeln anbieten.

Doch Maude wusste, dass sie keinesfalls in Frage kam, dass hier kein Platz für sie war. Sie konnte eine Weile zuhören, dann würde er wieder nach oben gehen, und sie würde wieder in ihr leeres Leben zurückfallen, wo sie hingehörte.

»Ich habe sie wirklich geliebt«, sagte er, als habe Maude das angezweifelt. »Ich habe sie mehr geliebt als jede andere Frau, die ich je kennen gelernt habe. Es war so schön, am Anfang. Und dann kamen die ersten Warnzeichen, ich glaube, sie wollte mich vergraulen, mich vor sich warnen, irgend so etwas, und ich habe das alles ignoriert, ich Idiot. Ich dachte, wenn ich es mir nur stark genug wünschte, würde es geschehen, so wie ich es mir erträumt habe.«

Maude wusste, dass die Zeit gekommen war, da sie etwas erwidern sollte, doch sie hatte in so etwas keine Übung, nicht wie diese Frauen von oben, die immer etwas zu sagen wussten.

»Ich weiß nicht«, brachte sie hervor. »Ich weiß nicht, wie so etwas funktioniert.«

Dean warf ihr einen weiteren dieser dankbaren Blicke zu, und sie hatte wieder das Gefühl, ihn nicht zu verdienen.

»Die Leute glauben«, sagte er, »Männer seien anders. Männer sind angeblich fähig, die Dinge in Schubladen einzusortieren und sich in ihre sicheren Kisten zurückzuziehen, wenn es schwierig wird. Ich kann das anscheinend nicht. Deshalb bin ich hier runtergekommen«, erklärte er. »Ich sollte eigentlich arbeiten, aber ich konnte an nichts anderes denken als an Leonie, daran, was mit uns passiert ist und was ich falsch gemacht haben könnte.«

Maude fiel auf, dass sie gar nicht wusste, was er machte.

»Was arbeitest du denn?«, fragte sie.

Er lächelte, rasch und unerwartet, und sie erkannte, dass ein Teil von ihm durchaus nicht mausetot war, wie viele böse Schläge sein vertrauensvolles Herz auch hatte einstecken müssen.

»Ich bin Choreograph«, antwortete er, mit einem stolzen Unterton, der nicht zu überhören war.

Maude bemerkte ihn und fand ihn berechtigt. Sie lächelte Dean an, dachte an die Aufführungen, die er erschaffen konnte, und sagte: »Na, siehst du, das ist doch toll, das ist wirklich toll, und keine Frau, kein gebrochenes Herz und keine kaputte Beziehung kann dir das wegnehmen.«

Dean musterte sie, als sei das ganz und gar nicht, was er erwartet hatte; dann begann er zu lachen, beinahe unfreiwillig. »Ruby und Pearl sagen, das sei der Grund, weshalb ich mich so gut mit meiner weiblichen Seite angefreundet hätte«, erklärte er. »Sie behaupten, ich sei ein schwuler Mann, gefangen in einem heterosexuellen Körper.«

Nun war Maude mit Lachen an der Reihe, obwohl sie das ja eigentlich nicht mehr tat. Sie saßen zusammen und lachten in den beginnenden Nachmittag.

Nachdem er fort war, dachte Maude, dass sie zum ersten Mal begriff, was mit dem Trost von Fremden gemeint war.

Im Laufe der nächsten Wochen wurden die Fremden von oben zu etwas anderem; nicht unbedingt Freunde, aber etwas mehr als nur Leute, die man vom Sehen kennt, wie durch einen Vorhang.

Mr. Seth war in Gedanken ganz bei einem Bürgerkrieg, der irgendwo in Afrika tobte, Viren, die sich im Internet verbreiteten, und globalen Verschwörungstheorien. Er war zu dem Schluss gekommen, dass die ganze Welt in Wirklichkeit von einem anonymen Bürohaus irgendwo in Washington DC gelenkt wurde, einem Gebäude, das weder eine Nummer noch einen Namen oder eine Adresse hatte.

Maude sah ihn jeden Morgen, und wenn er ihr den bevorstehenden Untergang der zivilisierten Welt erklärte, fragte sie sich, ob er auch sehen konnte, dass ihre eigene kleine Welt sich änderte, wie sehr sie sich auch dagegen sträubte.

Dean kam nun meistens morgens herunter, um Tee zu trinken und ihr von seinem Leben zu erzählen. Sie hörte zu, setzte ihm Kekse vor, und er dankte ihr, als habe sie ihm einen gewaltigen Dienst erwiesen; der feste Knoten, der in ihr lebte, begann sich ein bisschen zu lösen, einzig weil sie ein wenig menschlichen Umgang hatte.

Sadie schaute herein, wann immer sie in der Nähe war, sie nahm Maude mit nach oben zum Abendessen, die Frauen unterhielten sich in ihrer flüssigen, gewandten Art, und Maude beobachtete sie und fragte sich – da ihnen anscheinend die ganze Welt zu Füßen lag – warum sie dann ausgerechnet sie haben wollten.

Sie las den neuen Roman von Alexander Dent, und je mehr sie las, desto ausschließlicher kreisten ihre Gedanken um ihr Projekt. Sie begann sich Notizen zu machen, blätterte altes Material noch einmal durch, kollationierte, verlieh ihm Gestalt. Mit jedem Tag wuchs der Stapel von Aufzeichnungen, und sie fragte sich, warum, zum Kuckuck, sie das überhaupt machte.

Eines Tages, an einem Dienstag Ende September, das Wetter hielt sich immer noch und es war so heiß wie im Juli, da vergaß Maude, die Tür abzuschließen, und anstatt wild zu klopfen, drückte Sadie einfach die Klinke herunter und trat ein, bevor Maude es überhaupt mitbekam.

»He«, sagte Sadie und kam so schnell wie immer in die Küche, wie ein Schirokko, der durch ein staubiges Städtchen in Afrika braust. »Was ist das denn alles?«

Sie blickte auf die Unterlagen und Bücher, die sich auf dem Küchentisch stapelten, auf die eng beschriebenen Seiten, voll mit Maudes knapper schwarzer Schrift.

»Du musst der letzte Mensch in ganz London sein, der keinen Computer benutzt«, sagte Sadie fröhlich. »Das ist ja, als würde man über Henry James stolpern.«

Maude versuchte zu verstecken, woran sie arbeitete, doch es war für jedermann gut sichtbar ausgebreitet.

Sadie nahm ein paar Bücher in die Hand und betrachtete die Titelseiten. »Die sind ja alle über Alexander Dent«, sagte sie, und über ihr Gesicht huschte derselbe neugierige Ausdruck wie beim allerersten Mal, als sie hier gewesen war, die Bücherregale entlanggegangen und auf ein ganzes Brett voll mit Dents Büchern gestoßen war. »Was wird das, deine Doktorarbeit?«

»Das ist nur so Zeug«, entgegnete Maude schwach, denn sie wusste immer noch nicht recht, was das eigentlich war.

»Mir ist plötzlich aufgefallen«, sagte Sadie, setzte sich abrupt und sah Maude mit diesem irgendwie verschwörerischen und vertraulichen Blick an, der immer wieder überraschend wirkte. »Mir ist plötzlich aufgefallen, dass ich gar nicht weiß, was du machst, beruflich meine ich. Darüber haben wir nie gesprochen.«

»Ich bin Ghostwriterin«, antwortete Maude. »Ich schreibe für andere Leute deren Bücher.«

»Wie seltsam«, sagte Sadie. »Ich habe noch nie jemanden getroffen, der so etwas macht. Also, wofür ist das alles hier?«, fragte sie. »Will jemand, der keinen ganzen

Satz formulieren kann, ein skandalöses Enthüllungsbuch über Alexander Dent schreiben?«

Maude, an nichts als Heimlichkeit und Selbstkasteiung gewöhnt, wurde plötzlich von dem heftigen Verlangen gepackt, Sadie alles zu erzählen. Sie zögerte, denn im tiefsten Herzen wusste sie: Wenn sie das tat, trat sie damit etwas los, das sie nicht mehr aufhalten konnte. Angst flammte in ihr auf, nackte Panik beim Gedanken daran, entdeckt zu werden; zugleich verspürte sie eine ziehende Sehnsucht. Schließlich will jeder von uns erkannt werden; jeder will sich verstanden wissen.

»Nein, ich«, sagte Maude, dem zweiten Impuls folgend. Sadie hatte etwas an sich, schon zu Anfang an sich gehabt, das die Mauern, die Maude so sorgfältig errichtet hatte, zum Einsturz brachte. Sie fragte sich, was das sein mochte und warum sie so machtlos dagegen war.

»Ich schreibe über ihn«, sagte sie, mit viel Platz zwischen den Wörtern, damit sie klar und deutlich dastanden. »Ich. Ich mache das.«

Sie hielt inne und dachte, wie lächerlich das doch klang; sie war niemand, was wusste sie denn? Schon viele hatten versucht, über Dent zu schreiben, doch seit dem Tod seiner Frau war er zum Einsiedler geworden, schwerer zu finden als J. D. Salinger in den Wäldern. Er sprach niemals mit der Presse, gab keine Interviews; er ließ die Leute Artikel und schmale Bücher schreiben, basierend auf seinen Werken, allesamt herbeigezogen aus dürftigen Gerüchten und Sekundärquellen. Es war nicht einmal bekannt, wo er wohnte, obwohl behauptet wurde, er sei nach irgendwo nördlich der Grenze gezogen. Doch seit vielen Jahren, seitdem Maude vom Schreiben lebte, hatte sie etwas über ihn schreiben wollen; sie hegte den

Traum, irgendwie den Zugang zu erhalten, der allen anderen verwehrt worden war. In ihren verrückten, mondsüchtigen Träumen glaubte sie, er werde eine Leidensgenossin erkennen; wenn sie ihm erzählte, was ihr an demselben Tag passiert war, an dem er seine Frau getötet hatte, würde ihn dieses schicksalhafte Zusammentreffen irgendwie rühren. Sie würde vermutlich immerhin seine Neugier wecken, und Maude hatte einmal gelesen, dass Neugier die stärkste der menschlichen Emotionen sei. Sie glaubte, wenn sie ihm von dieser bizarren Parallele erzählte, würde ihn das vielleicht dazu bewegen, ihr ein Interview zu gewähren, irgendetwas, ein paar Worte am Telefon, seinen Segen.

Sie wusste, dass das in Wirklichkeit mehr als unwahrscheinlich war, und sie schämte sich, als sie Sadie zögernd in einige dieser Gedanken einweihte: Es klang so kindisch und unmöglich, und Sadie würde sie mit Sicherheit auslachen.

»Ich bin seit Jahren von ihm besessen«, erklärte sie und fragte sich, ob sie es irgendwie so formulieren könnte, dass es vernünftig und sinnvoll klang. »Und ich kann inzwischen richtig gut schreiben; ich übe sozusagen schon lange genug, um einen Ton halten zu können. Es ist so viel furchtbarer Blödsinn über ihn geschrieben worden, dass ich mir gedacht habe, ich könnte die wahre Geschichte erzählen. Ich habe mir gedacht, wenn ich eine Möglichkeit fände, mit ihm Verbindung aufzunehmen, dann wäre er vielleicht daran interessiert, einiges richtig zu stellen, nach all diesen Jahren. Weiter nichts.«

Ihre Stimme verebbte, flach und elend in dem stillen Kellerraum. Sadie musste sie einfach auslachen; sie würde feixen und lachen, bis sie Seitenstechen bekam.

Sadie lachte tatsächlich, aber nicht verächtlich.

»Siehst du?«, sagte sie. »Siehst du? Ich habe es den anderen oben ja gesagt, ich habe es gesagt. Ich wusste, dass unter all diesem Schweigen und dieser Selbstbeherrschung das leidenschaftliche Herz einer wahren Idealistin schlägt. Ich hab's ihnen gesagt.«

Maude starrte sie erstaunt an. »Du findest mich beherrscht?«, fragte sie.

Wenn Sadie nur wüsste, dachte sie. Wenn sie nur wüsste, dass Maude nie viel sagte, weil sie fürchtete, ihr Herz würde bersten, wenn sie es tat, sich über den ganzen Fußboden ergießen, eine Riesensauerei veranstalten, das würde den Leuten peinlich sein und sie selbst verraten. Wenn Sadie nur wüsste, dass dieses Schweigen und das klösterliche Leben mit der disziplinierten Lebensweise einer Flagellantin einhergingen. All diese Male, wenn sie in dem großen Raum da oben gesessen und kaum etwas gesagt hatte, während die anderen redeten, lachten und sich normal verhielten, da hatte eine wüste Schlacht in ihr getobt; die zweite Stimme lockte sie näher an kleine Augenblicke von Freude und Lebendigkeit heran, während die erste bellte wie eine Bulldogge, erbost, dass sie sich auch nur ein Fitzelchen davon gönnte.

»Verschlossen wie ein stiller Teich«, sagte Sadie nickend. »Aber da liegt etwas unter der Oberfläche, und genau das ist es, dein leidenschaftlich schlagendes Herz. Und«, fügte sie verschmitzt hinzu, »ich weiß von deinen heimlichen Treffen mit Dean, ich weiß, dass er morgens hier herunterkommt und dir von seiner Verzweiflung erzählt, und du hörst zu und verstehst sie. Das weiß ich.«

Es klang, als spräche sie von einer ganz anderen Frau, einer Person, über die Maude in einem Buch gelesen hatte. Dann sagte Sadie etwas, das Maude sogar noch mehr überraschte.

»Ich weiß«, sagte sie, »dass du dich entschieden hast, so ein verborgenes, einsames Leben zu führen, und ich frage dich nicht nach dem Grund dafür, denn das geht mich nichts an, und ich weiß auch, dass du mich in gewisser Weise hasst, weil ich einfach so daherkomme und dich da heraushole. Ich kann sehen, dass du zerrissen bist, dass etwas in dir all das gar nicht will, und wenn ich nicht so ruchlos wäre und dieses schlagende Herz nicht so deutlich erkennen könnte, hätte ich dich wohl auch in Ruhe gelassen, wie es sich gehört.«

Lass mich nicht allein, hörte Maude sich denken, wie ein Kind; nicht jetzt, lass mich bitte nicht allein.

»Ich habe kapiert, was hier läuft«, sagte Sadie, und einen schrecklichen Moment lang glaubte Maude, ihr Geheimnis sei enthüllt, Sadie könne Gedanken lesen, könne schnurstracks hineinschauen in die dunklen Höhlen hinter der Fassade, die sie so sorgfältig errichtet hatte.

»Ich habe das schon oft gesehen«, erklärte Sadie. Sie hielt inne, als wollte sie noch etwas sagen, überlegte es sich dann aber anders. »Bei meiner Arbeit«, sagte sie. »Wenn Menschen gebrochen werden. Ich meine nicht solche Sachen, die uns allen zustoßen, beschissene Kindheit, verständnislose Eltern, Partner, die einen verlassen, Kündigungen, Träume, die sich nie erfüllen, sondern ich meine etwas Schlimmeres, Dinge, die nicht im Drehbuch stehen. Manchmal passiert etwas so unvorstellbar Schlimmes, dass Menschen daran zerbrechen, es zerreißt ihnen das Herz, als könne es nie wieder verheilen. Ich habe dic Erfahrung gemacht«, sagte Sadie, und ihr Blick schweifte in die Ferne, als spräche sie mit jemand anderem, als sei Maude kaum noch da, »wenn Menschen so gebrochen sind, wirklich kaputt, dann gibt es zwei Möglichkeiten: Entweder sie ziehen sich von allem und jedem zurück, in die Dämmerung innerer Sphären, oder sie gehen hinaus in die Welt und zerstören sich mit Alkohol, Drogen, Sex und Gefahr, stumpfen sich ab mit Stoff und Adrenalin, damit sie überhaupt nichts mehr fühlen müssen.«

Sie blickte Maude direkt an mit ihren guten, gütigen Augen, die schon so viel gesehen hatten, obwohl sie noch nicht einmal dreißig war.

»Ich glaube«, sagte sie, »du bist einer von diesen Menschen, und deshalb versteckst du dich in deinem Zimmer und schreibst Bücher, die den Namen eines anderen auf dem Umschlag tragen. Ich glaube auch, dass du endlich dein Buch schreiben solltest, dein eigentliches Buch, über Alexander Dent, denn all diese Leidenschaft sitzt tief in dir, so sehr du sie auch zu ersticken versuchst. Du solltest losgehen und sie nutzen, denn nicht jeder hat sie, und du könntest etwas Wunderbares damit tun, wenn du es dir nur erlaubst.«

Maude wandte den Blick ab. Sie hatte schreckliche Angst, denn Sadie war dem Geheimnis, das so vermeintlich gut versteckt war, unglaublich nahe gekommen. Zugleich überwältigte sie große Dankbarkeit für das Mitgefühl, das Sadie ihr ohne jede Spur von Verurteilung entgegenbrachte, etwas, das sie sich nie erträumt hätte. Sie fürchtete sich, denn sie hatte das Gefühl, eine Tür habe sich geöffnet und sie könne dahinter etwas sehen, etwas Seltsames, Unvorstellbares außerhalb des streng gezogenen Kreises ihrer kleinen, verschlossenen Welt.

»Ich kann nicht«, sagte sie. »Es ist lächerlich. Er würde

nie mit mir sprechen, warum sollte er? Ich bin doch niemand.«

»Nein«, erwiderte Sadie. Eine Art unterirdische Erregung summte in ihr, als sei das alles ihre Idee. »Nein, du verstehst das nicht. Du bist jemand. Wenn du ihm einen guten Brief schreibst, sagt er vielleicht Ja. Das kannst du doch gar nicht wissen. Es ist zehn Jahre her, seit er überhaupt mit jemandem gesprochen hat; vielleicht ist dies genau der richtige Zeitpunkt, vielleicht will er ausgerechnet jetzt sprechen. Das könnte einer dieser Fälle sein, in dem der passende Zeitpunkt entscheidet.«

»Ich kann nicht«, sagte Maude. »Nein. Nein. Ich kann das nicht.«

»Schreib an seinen Verlag, und sie werden den Brief weiterleiten«, schlug Sadie vor. »Was hast du schon zu verlieren?«

Nichts, dachte Maude, außer meine Ketten.

Am nächsten Tag kam Sadie sehr früh vorbei, sogar noch vor Dean. Sie schien zu wissen, dass Maude schon auf war.

Maude saß an ihrem Küchentisch und starrte ins Leere, das dunkle Haar hinter die Ohren gesteckt, das Gesicht noch blasser als sonst; ihr uralter Morgenrock schleifte auf dem Boden. Er war aus purpurfarbener Seide mit kleinen braunen Löchern im Stoff, Brandlöcher von Zigaretten. Das war das Einzige, was ihr von ihrem Vater geblieben war. Sie hatte ihren Vater kaum gekannt, er war eine entfremdete Erscheinung in ihrem Leben, und als er gestorben war, hatte sie jedes einzelne Ding in ihrem Elternhaus verkauft, denn ihre Eltern hatten überall Schulden gemacht, so dass die Bank sich das meiste schnappte, doch aus irgendeinem Grund hatte sie den Morgenmantel behalten. Sie trug ihn seit ihrem achtzehnten Lebensjahr, mit ausgebeulten Ellbogen und ausgefransten Ärmeln und den kleinen Brandlöchern an den Stellen, wo ihr Vater unachtsam mit einer Zigarette umgegangen war.

Sie fühlte sich wie gelähmt – von Hoffnung, Verwirrung, von der lärmenden Stimme ihres alten Lebens und den Sirenengesängen des neuen, das Sadie ihr so achtlos vorgezeichnet hatte.

Sadie hämmerte an die Tür, und Maude stand auf, um sie hereinzulassen. Sie setzten sich, und Sadie mit ihrer abrupten Art (bei ihr gab es weder Smalltalk noch höfliche Nettigkeiten oder Geräusper), sagte: »Ich muss heute verreisen, aber ich wollte mich noch bei dir entschuldigen. Vielleicht hätte ich all diese Dinge nicht sagen sollen, die ich gestern von mir gegeben habe. Ich wusste eben noch nie so genau, was mich etwas angeht und was nicht.«

Sie sah Maude mit einem suchenden, flehenden Blick an, bat um Vergebung, um Absolution für ihre Einmischung.

Maude schüttelte den Kopf. »Ist schon gut«, sagte sie, obwohl das nicht ganz stimmte. »Natürlich ist das in Ordnung«, fügte sie hinzu, als wolle sie sich selbst davon überzeugen. »Du kannst doch sagen, was du denkst.«

Es entstand eine Pause, und dieses eine Mal wusste Sadie anscheinend nicht, was sie sagen sollte.

»Du hattest Recht«, begann Maude. »So ziemlich. Du hattest Recht, was das Wesentliche betrifft.«

Sadie verzog den Mund zu einer düsteren Grimasse und zwang ihn dann zu einem Lächeln.

»Das macht es auch nicht besser«, sagte sie. »Es ist dein Leben.«

Ein weiteres kurzes, angespanntes Schweigen entstand. Maude fragte sich, ob sie es jemals schaffen würde, mit dieser interessanten Frau wirkliche Freundschaft zu schließen. Sadie hatte ihr Geheimnis halb erraten, die groben Züge jedenfalls; Maude fragte sich, ob sie ihr je den Rest würde erzählen können. Urplötzlich wollte sie alles gestehen, es herauslassen, die Beichte ablegen. Doch ihr Verstand scheute vor diesem schwarzen Fleck zurück, also sagte sie stattdessen: »Woher weißt du all das, was du mir gesagt hast?«

»Ach, na ja«, erwiderte Sadie. »Du weißt schon, ich habe es halt gesehen; ich habe es schon oft gesehen. Man lernt allmählich, unter die Oberfläche zu schauen, wenn man lange genug in einem Job wie meinem arbeitet. Außerdem«, fügte sie hinzu, »hast du keine Spiegel in deiner Wohnung. Du hast Bücher, Bilder und solches Zeug, das andere Leute auch haben, aber es gibt nicht einen einzigen Spiegel.«

Nachdem Sadie gegangen war, saß Maude lange da und dachte nach. Sie hockte in ihrer Küche, in ihres Vaters Morgenmantel, und schaute in den Tag hinaus. Durch ihren Kopf sausten wirre Gedanken, die einander jagten, bis sie sich völlig verknotet hatten. Sie wusste nicht, was nun geschehen sollte. Sie hatte eine vage Erinnerung aus sehr fernen Tagen, bevor ihr Leben sich verändert hatte; eine kaum in Worte gefasste Erinnerung daran, etwas tun zu wollen, der Welt ihren Stempel aufzudrücken, jemand zu sein. Doch all das war verloren gegangen an dem Tag, als sie dieses Kind überfahren hatte, als hätte das Schicksal, die Natur oder was auch immer dieses Universum befehligte, die Sache in die Hand genommen und sie wegen ihrer albernen Absichten verspottet.

Sie hatte so lange hingenommen, dass sie niemals eines dieser möglichen Leben führen würde, die sie sich als Mädchen erträumt hatte; dieses dunkle, verborgene, halbe Leben war ihr zugewiesen worden, und sie hatte mitgespielt, ihre eigene Bestrafung überwacht wie ein Gefängniswärter.

Vor ein paar Jahren hatte sie daran gedacht, die Mutter aufzusuchen – eine kaum greifbare Vorstellung davon gehabt, Wiedergutmachung zu leisten. Doch sie wusste, wie sinnlos das war, denn sie konnte die Toten nicht zum Leben erwecken, und das war die einzige Wiedergutmachung, die überhaupt etwas bedeuten würde. Sie warf sich vor, wenn sie ein anderer Mensch gewesen wäre, stärker, besser, dann hätte sie sich Arbeit in einem Kinderheim gesucht, eine Ausbildung gemacht, um missbrauchten Kindern helfen zu können, oder sich beim Kinderschutzbund engagiert. Wäre sie eine dieser guten, starken Frauen gewesen, dann hätte sie sich in einen Kleinbus gesetzt, um nach Rumänien zu fahren und eine Horde dieser verlorenen Babys zu retten, die dort in Waisenhäusern dahinvegetierten. Doch diese Kraft hatte sie nicht; sie scheute vor der Vorstellung zurück, echten Kindern gegenüberzutreten, jedes einzelne von ihnen eine gespenstische Mahnung an das eine, das sie getötet hatte.

Schuldbewusst, geradezu angewidert von ihrer eigenen Schwäche, hatte sie den leichten Ausweg gewählt. Sie hatte stattdessen Kinder im Ausland adoptiert, die sie niemals würde sehen müssen. Jede Woche gab es Beilagen in der Zeitung, Flugblätter von wohltätigen Organisationen mit grobkörnigen Fotos von armen Kindern aus der Dritten Welt. Für vierunddreißig Pfund im Monat konnte man eines adoptieren, gerade mal vierunddreißig Pfund im Monat kostete es, ein Kind in Not mit Essen und Kleidung zu versorgen, ihm eine Schulbildung zu ermöglichen, und die Hoffnung auf ein besseres Leben.

Sie hatte zwanzig solche Kinder aus der ganzen Welt adoptiert, aus Pakistan, Uganda, Guatemala und Eritrea. Alle drei Monate bekam sie einen Bericht über ihre Entwicklung, und manchmal herzzerreißende Bilder, mit Buntstiften gemalt: Das ist eine Kuh, das ist ein Baum, ich schicke dir liebe Grüße nach London. Man durfte auch zurückschreiben, allerdings nicht direkt an die Adresse der Kinder; man sollte ihnen einfache Karten oder Briefe über die jeweilige Organisation zukommen lassen, und irgendein gutherziger, engagierter Mitarbeiter vor Ort würde sie dann überprüfen und weiterleiten. Wenn sie ein wirklich ehrenhafter Mensch wäre, so dachte Maude, würde sie ihnen Postkarten von roten Londoner Doppeldeckern und der Kuppel von St. Paul schicken, aber das ging ihr schon zu weit.

Sie konnte diese Wohltätigkeit aus zweiter Hand leisten, das brachte sie gerade noch fertig. Sie schickte Geld und hoffte, dass einer ihrer zwanzig Schützlinge eines Tages heranwachsen würde zu einem Ingenieur oder Dichter, und dann hätte sie eine winzige Buße getan für die Hoffnung, die sie zerstört hatte. Sie bezahlte, und sie hasste sich dafür, denn sie wusste, egal wie viele solche Kinder sie auch adoptierte, damit würde sie nie das schreckliche Mal dessen tilgen können, was sie an jenem gewöhnlichen Tag im Norden Londons getan hatte.

Das war nur eines der siebenundzwanzig Dinge, die sie Sadie niemals erzählen konnte, oder den Leuten von oben; wenn diese Leute den finsteren Kern ihres Geheimnisses errieten, würden sie sich angewidert abwenden. Im vergangenen Monat hatte es Momente gegeben, da ihr ein kurzer Blick gewährt worden war, ein Blick darauf, wie es wäre, ein übliches, bekanntes Leben zu leben, als habe man sie bei irgendeinem Stück mit hinter die Kulissen genommen, geblendet von den Scheinwerfern, und als habe sie dort gesehen, was sich wirklich hinter dem dicken roten Vorhang abspielte. In verbotenen nächtlichen Momenten hatte sie sich die Überlegung gestattet, wie es wohl wäre, diese Freiheit und Freundschaft zu besitzen, die andere Menschen einfach so hinnahmen. Doch sie wusste auch, dass ihr das nie möglich sein würde. Sie konnte nie mehr sein als Zuschauerin am Rand des Geschehens, immer nur mittelbar dabei; sie hatte kein Recht darauf. Sie würde in ihrem stillen Leben bleiben, wo sie hingehörte.

Und dennoch, dachte sie, würde sie den Brief an Alexander Dent schreiben. Sie würde ihn abschicken und auf die barsche Ablehnung warten, und dann würde sie wieder in ihren dunklen Keller hinabsinken, wieder durch die Bücher anderer Menschen geistern, die kaum ihren eigenen Namen schreiben konnten, ein wenig mehr Geld für ihren kleinen Adoptivstamm verdienen, und das war's dann.

Sie verbrachte den Rest des Tages damit, den Brief zu formulieren. Sie gab sich viel Mühe, und am Abend faltete sie ihn zusammen, steckte ihn in einen Umschlag, spazierte zu dem dicken, runden roten Briefkasten an der Ecke und warf ihn ein. Dann ging sie nach Hause und wartete auf das Nein dieses Mannes, den sie noch nie gesehen hatte.

Alexander Dent schrieb postwendend zurück und sagte Ja.

Es war ein Ja mit Bedingungen; aber Maude glaubte trotzdem nicht daran. Sie saß da, starrte völlig fassungslos auf den Brief und fragte sich, ob das ein Streich oder eine Fälschung sei.

Er schrieb, dass er ihre Idee interessant finde, dass er sie kennen lernen und das Ganze eingehender besprechen wolle. Er schrieb, er habe kein Telefon und komme nie nach London, doch wenn sie ihn zu Hause besuchen würde, könnten sie darüber sprechen. Er nannte ihr eine Adresse in Schottland und bat sie zugleich höflich, diese für sich zu behalten, da er seinen Wohnort nicht preisgeben wolle.

Nein, dachte Maude, so war das nicht gedacht. Er hätte sie sofort durchschauen und sie für ihre Anmaßung zurechtweisen sollen. Es war nicht vorgesehen, dass er sie zu sich einlud, dieser Mann, der sich seit zehn Jahren nicht in der Öffentlichkeit hatte blicken lassen. Er verteidigte seine Privatsphäre mit Klauen und Zähnen, beinahe wie besessen; das war die offizielle Version, mit der jeder Artikel über ihn hausieren ging. Es gab so viele Meter Gedrucktes, so viele Spekulationen – dafür hatte der dramatische Tod seiner Frau gesorgt. Er war nicht nur irgendein Schriftsteller, er war ein Rätsel, und nichts liebte die Presse mehr als das.

Maude begriff das alles nicht; sie wusste nicht, was vor sich ging. Alles entzog sich ihrer Kontrolle, und sie wollte sich nur noch umdrehen und weglaufen.

Sadie besuchte sie an dem Tag, als der Brief ankam. Sie war außer sich vor Freude, als sei diese unglaubliche Sache ihr selbst passiert.

»Siehst du?«, rief sie. »Siehst du? So läuft das. Du denkst dein ganzes Leben lang: Ich kann dies nicht, ich kann das nicht, das darf man doch nicht. Aber wenn du deinen Mut zusammennimmst und das tust, wovor du dich fürchtest, wirst du manchmal dafür belohnt. So wie jetzt. Siehst du?«

Sie lief in der Küche herum und wippte vor Aufregung auf den Fußballen.

»Stell dir nur vor«, schwärmte sie. »Stell dir das nur mal vor. All diese Literaturpäpste, die begabten Kritiker und ehrwürdigen Akademiker versuchen seit Jahren vergeblich, an ihn heranzukommen, und du hast es geschafft. Ich denke, das ist ein Sieg für uns kleine Leute.«

Maude starrte sie erstaunt an. Sadie war so weit entfernt von den kleinen Leuten, wie man sich nur vorstellen konnte; Sadie mit ihrem Elan, ihrer Entschlossenheit, ihrem zügellosen Haar, ihrem tief empfundenen Mitgefühl und ihren leuchtenden Augen. Sadie gehörte zu diesen Menschen, die tatsächlich Dinge bewirkten, die ein untrügliches Gespür besaßen für die Welt und ihren eigenen Platz darin.

»Er könnte immer noch Nein sagen«, wandte Maude ein. »Er will mich sehen, das ist alles. Das scheint zwar überwältigend, aber wenn er mich erst sieht, wird er das

Ganze bestimmt für eine völlig verrückte Idee halten und mich todsicher wieder nach Hause schicken.«

»Nein, nein«, widersprach Sadie und lachte wie über einen heimlichen Witz. »Betrachte es von der positiven Seite, na los, brich einmal mit alten Gewohnheiten. Suchen wir uns eine Straßenkarte und schauen nach dem Weg. Du solltest packen. Hast du eine Thermoskanne?«

Maude blickte hinaus in die tropische Sonne, die noch immer alle Spätsommerrekorde brach. »Nein«, sagte sie, »habe ich nicht.«

Sadie half Maude beim Packen, holte die Karte hervor und arbeitete eine Route aus, bis hinauf ins Hochland, nahm den Zweitschlüssel und versprach, vorbeizuschauen und den Garten zu wässern; am nächsten Morgen, sehr früh, während der Nebel noch von den Straßen aufstieg und die Hitze des Tages nicht bis hier unten durchgedrungen war, saß Maude in einem Auto; es fuhr nach Westen aus der Stadt hinaus, und dann in Richtung Birmingham, unterwegs in den Norden.

# 6

***Großbritannien ist*** eine kleine Insel, alles dicht an dicht zusammengepackt und auf allen Seiten von schwarzem Meer umgeben; so heißt es immer. Maude war überrascht, wie lang die Fahrt dauerte. Es war Sonntag, und es herrschte kaum Verkehr auf den breiten Schnellstraßen. Sie kam gut voran durch die Midlands, ebenso durch das Nadelöhr zwischen Manchester und Liverpool, dann kam die lange Gerade, vorbei an Preston und Lancaster, und plötzlich, wie durch einen Zaubertrick, entfaltete sich das Land; die Orte, Häuser, Gewerbegebiete und hässlichen Kraftwerke fielen zurück, der Himmel über ihr wurde weit und endlos, und das flache Tiefland wich den hohen Bergen des Lake District.

Sie hatte diese Seen immer als Klischee betrachtet, Revier ernster Freizeitwanderer in knallbunten Anoraks, schwer beladene Reisebusse voller amerikanischer Touristen, die vor Verlangen brannten, das alte England zu sehen, und mit Wordsworth-Bänden unter dem Arm herumliefen. Maude hielt Wordsworth für den am stärksten überbewerteten der großen Dichter: Sie bevorzugte die düstere Melancholie Eliots, die romantisierte Ironie Audens, den verschlungenen Wahn von Robert Lowell. Wenn sie also an die Seen dachte, so dachte sie an Gasthäuser, dahinkriechende Wohnwägen und Plattheiten über Narzissen und die Hügel der Heimat.

Sie hatte nicht erwartet, dass das Land ungezähmt und

trostlos sein würde. Sie hatte nicht erwartet, dass es so leer sein würde, nichts als kahle, blaue Berge, die sich zu beiden Seiten der Straße erstreckten. Es war nicht niedlich und englisch und schon gar nicht wie erwartet: Dies war ein verstörendes, einsames Land, wie man es an irgendeinem fernen, verfluchten Ort der Welt erwartete, nicht in der engen Inselwelt dieses kleinen Eilandes.

Der Anblick erweckte etwas in ihr, sie schüttelte den Kopf und trat das Gaspedal durch, als wolle sie schnell hier weg, es rasch hinter sich lassen.

Beim Fahren hörte sie Musik, all die traurigen Lieder, die sie am liebsten mochte. Die gesamte Geschichte der Popmusik, so dachte sie manchmal, bestand aus traurigen Liedern, angefangen bei den frühen, verkratzten Aufnahmen von Bessie Smith und ihrem *lover man.* Es gab eine Phase in den Sechzigern mit einer Woge von saft- und kraftvollen Klimperliedchen, in denen immer die Sonne schien, jeder lachte und alles so lief, wie es sollte. Doch in den allermeisten Liedern ging es um gescheiterte Liebe, um Sehnsucht, den falschen Mann und die falsche Frau, um gebrochene Herzen und Versprechen, eine Welt, in der man keinen Sinn fand.

Maude fragte sich, woran das lag. Ob es daran lag, dass die Leute, die gute Sachen schrieben, echte Drei-Uhr-Früh-Songs, von Natur aus Außenseiter waren: die Spinner und die schrägen Typen, die Verlassenen und Verlorenen. Sie setzten sich in ihr einsames Kämmerlein mit einer Gitarre als einziger Gesellschaft, schrieben sich alles von der Seele und verliehen ihm Musik, und vielleicht fühlten sich ihre blutenden Herzen dann ein wenig besser an. Sänger und Songwriter, das waren nicht die *Shiny Happy People,* die den Kopf einzogen, ein falsches Lächeln aufsetzten und krampfhaft auf die guten Seiten des Lebens starrten. Es waren diejenigen, die nirgends hineinpassten, die nicht richtig sprachen oder richtig aussahen oder richtig auftraten, die die Regeln nicht kannten (die nicht einmal wussten, dass es Regeln gab). Irgendwann gingen sie hin und packten all ihre Enttäuschung, ihre Qual und Verwirrung in einen Song, und die anderen heimatlosen Leute dort draußen im Dunkeln hörten ihn eines Nachts im Radio und hatten vielleicht für einen Augenblick das Gefühl, nicht ganz so allein zu sein.

Maude blieb auf, in den langen Nächten, wenn sie nicht schlafen konnte, und hörte sich die traurigen Lieder an, geschrieben von den Leuten, die nicht dazu passten: Leonard Cohen, Nick Drake, Gram Parsons, und die arme gebrochene Lady Day. Sie hörte Edith Piaf mit verzweifelter Verachtung singen, sie bereue nichts; sie lauschte Bob Dylan und seinem *Twist of Fate*. Sie trösteten Maude, diese suchenden Stimmen. Aber letztendlich hatte es den meisten von ihnen nichts genutzt. Ein paar schafften es, der zerlumpte Haufen Überlebende, die das Trinken, die Drogen und die One-Night-Stands abschütteln konnten, die sich ein neues Leben aufbauten und danach selten wieder etwas Brauchbares schrieben. Doch zumindest lebten sie, sie endeten nicht als Fischfutter mit einem Grabstein an der Stelle, die eigentlich ihr Leben hätte füllen sollen. Es gab so viele Todesfälle: die Selbstmorde, die Überdosen, die Erschossenen; dazu die Trinker, die Springer, die Ertrunkenen und diejenigen, die einfach vor ein Auto liefen. Selbst diejenigen, die überlebten, existierten oft in einem Dämmerzustand, halb hirntot von Kokain, Heroin, Bourbon und vom Ende des Regenbogens, das sie doch nie gefunden hatten. Das sind meine Leute, dachte Maude, wenn sie den rauen, verzweifelten Stimmen lauschte, die Fragen stellten, auf die es keine Antworten gab; diejenigen, die nie wirklich dahinter kamen, wie das Leben funktionierte, egal, wie viele Limousinen, Groupies und Platin-Kreditkarten sie auch bekamen.

Manchmal bespielte sie abends Kassetten. Sie stellte ergreifende Sammlungen ihrer Lieblingslieder zusammen, Songs, die ihr so zu Herzen gingen, dass es in ihrer Brust wütend schmerzte, weil sie etwas darin wiedererkannte. Einige davon hatte sie auf diese Fahrt mitgenommen: Sie lauschte den klagenden Melodien, während sie durch die kahle Erhabenheit des Nordens fuhr. Sie hörte Eleanor Rigby (»*all those lonely people, where did they all come from?*«); sie hörte *I Got A Right To Sing The Blues*, *Desolation Row* und *Five Years* (wenn David Bowie sang, es sei kalt und regnete so, dass er sich fühle wie ein Schauspieler, dann berührte das immer etwas in ihr, brachte eine Saite zum Klingen, egal, wie oft sie es schon gehört hatte). Kurz vor Carlisle hörte sie irgendeinen Nashville-Veteranen singen, als wüsste er Bescheid, als könnte es keine andere Antwort geben, dass nur die Liebe einem das Herz brechen kann.

Da hielt sie an, plötzlich erschöpft, fiebrig und ausgelaugt; ihr taten sämtliche Knochen weh vom Fahren, Nachdenken und Erinnern, denn diese Songs waren ihre Gespenster, die Phantome, die ihre einsamen Jahre bevölkerten. Sie hielt bei einer Raststätte; das grelle Neonlicht der Tankstelle und des Fast-Food-Restaurants stand in krassem Widerspruch zu der wilden Landschaft dahinter.

Sie kaufte ein Sandwich und setzte sich auf die Motorhaube, ließ sich den frischen Wind um die Nase wehen und fragte sich, was zum Teufel sie hier machte und für wen sie sich eigentlich hielt. Der letzte Song hallte in ihrem Kopf wieder: *Only love can break your heart.*

Sie fragte sich auch, wie Herzen am Ende doch irgendwie geheilt wurden, irgendwann. Wurden sie wieder zusammengeklebt, oder überdeckten die Leute nur die Risse, setzten ein tapferes Lächeln auf, weil man das von ihnen erwartete, und schleppten die Bruchstücke unter angemessener Kleidung, aufgesetzten Mienen und vorgetäuschten Leben weiter mit sich herum? Und das alles, weil die anderen so viel Schmerz einfach nicht sehen wollten, weil es irgendwann beängstigend wurde, ungeschminkte Verzweiflung aus nächster Nähe zu sehen.

Sie meinte irgendwo gehört zu haben, dass nur die Liebe ein gebrochenes Herz heilen könne, aber sie wusste nicht recht, ob das ein Mythos war, in die Welt gesetzt von Kindergärtnerinnen, die sich für Mary Poppins' Cousinen hielten und krampfhaft so taten, als gäbe es den Weihnachtsmann wirklich, und die Heinzelmännchen, und als läge am Ende jedes Regenbogens tatsächlich ein Schatz vergraben. Wenn Maude eines wusste, dann dass das mit den Regenbogen ein Riesenbetrug war: Man lief ihnen immer weiter nach, und jedes Mal, wenn man da ankam, wo das Ende sein sollte, war das Ding ein paar Kilometer weitergezogen und verhöhnte einen mit seiner Unwahrscheinlichkeit.

Aber schließlich war es auch egal, ob die Liebe einem das Herz brach oder es wieder zusammenflickte; ihr Herz war am Ende, und dort musste sie es auch liegen lassen, im Dreck, wegen dem, was sie getan hatte.

Sie war müde und verwirrt, so weit weg von zu Hause. Einerseits wollte sie umkehren und das Ganze vergessen, dahin zurückkehren, wo sie hingehörte. Sie hatte den Ausbruch in die Freiheit gewagt, infiziert von Sadies verrückter Gewissheit. Die vergangenen Wochen erschienen ihr nun wie aus einem Traum. Sie fragte sich schon, ob sie sich das Ganze nicht nur eingebildet hatte, ob dort hinten in der wirklichen Welt Sadie, Ruby, Pearl und Dean nicht in dem hohen Loft in der Talgarth Road saßen, redeten, lachten, Rotwein tranken, *Wish You Were Here* anhörten und nicht einmal wussten, dass jemand namens Maude existierte.

So kann ich nicht fahren, dachte sie. Sie stieg ins Auto und schlief.

Als sie aufwachte, war es schon spät. Die Landschaft um sie herum war in bernsteinfarbene Stille getaucht. Sie startete den Wagen und nahm die Auffahrt zur Schnellstraße. Hier konnte sie sich nach Norden oder Süden wenden. Sie zögerte; vielleicht sollte sie diese unwahrscheinliche Reise einfach vergessen und zurückfahren, zurück zu den Abgasen, dem Schweigen und den leeren Räumen ihres Lebens, ihres richtigen Lebens, ihres verdienten Lebens.

Dann dachte sie noch einmal nach. Aber nein, das hier war richtig, denn je länger sie sich damit befasste, desto gewisser wurde sie, dass Alexander Dent nur darauf wartete, sie für ihre Aufdringlichkeit zu bestrafen; das war der eigentliche Grund, weshalb sie gekommen war, das war ihr Schicksal.

Die erste Stimme ertönte laut und klar auf allen Frequenzen und sagte ihr, sie solle jetzt ein braves Mädchen sein und ihre Medizin schlucken; dann konnte sie nach

Hause gehen, und das würde den Verrücktheiten dieses Spätsommers ein Ende setzen. Maude dachte: Es gibt nur einen Weg, und der führt zurück zum Anfang, und nichts wird mein Herz je heilen.

Sie fuhr nach Norden.

Maude hatte ein gutes Erinnerungsvermögen, präzise und gnadenlos (dieses gute Gedächtnis ließ auch das Bild von dem kleinen Jungen, zerfetzt auf dem Asphalt vor ihrem mörderischen Auto, niemals verblassen), deshalb musste sie nur einmal anhalten und kurz auf die Karte schauen. Die Straße führte sie im ersterbenden Licht vorbei an Lockerbie – ein weiteres Bild schoss ihr durch den Kopf, die zerstörte Nase eines Flugzeugs auf einer grünen Wiese, die jämmerlichen, ergreifenden Überreste von den Sachen der Leute, ein Buch, eine Aktentasche, ein einzelner Schuh, seltsam glänzend und unversehrt. Sie umrundete die Außenbezirke Glasgows und fuhr weiter durch Stirling, vorbei an Perth und dem prosaischen Verkehrskreisel von Dundee.

Und dann, hinter Forfar und Brechin, als sie nach links von der Hauptstraße abfuhr und auf den Pass über Cairn O'Mount, wurde es plötzlich wild, wilder, als sie sich je hätte vorstellen können. Nach zwei Serpentinen befand sie sich auf dem Dach der Welt, und das gespenstische Zwielicht verwandelte die Berge in etwas Geheimnisvolles und Unvorstellbares.

Als sie auf der anderen Seite herunterkam und sich in nördlicher Richtung nach Inverness aufmachte, rückte die Landschaft wieder um sie zusammen, dunkle Wälder und breite Flüsse, und der Tag starb. Wolkenbänke, die aussahen wie die Skylines großer Städte, füllten den Horizont, und das Wetter schlug um. Das letzte bisschen Licht am Himmel erlosch, als habe es jemand ausgeschaltet, und ein wahrer Monsunregen platzte herab, mit Tropfen so hart wie Steinchen.

Maude fuhr weiter. Sie konnte jetzt nirgends mehr anhalten; sie war beinahe am Ziel ihrer Reise. Ihr war schlecht und schwindelig, und die spitzen Stacheln ihrer Selbstvorwürfe bohrten sich wie Nadeln in ihr Gemüt. Sie hatte sich verlaufen, meilenweit von zu Hause. Zwar kannte sie den Weg, sah ihn innen auf ihre Augenlider eingebrannt wie eine Landkarte, aber sie war dennoch verloren, ihr Anker war gebrochen, und sie trieb auf einer Flutwelle davon.

Verbissen fuhr sie weiter, steuerte den Wagen in die richtige Richtung. Die Musik lief noch immer, ein Lied von irgendeiner klagenden Amerikanerin. Warum bin ich so anders?, sang sie, nur diese eine Frage, bevor ich sterbe. Scheinwerfer kamen um eine Kurve gerast, Maude zuckte zusammen und musste sich konzentrieren, damit der Wagen auf der Straße blieb. Der Asphalt war nass und glitschig vor Regen, glänzte vor Gefahr, und dann jagten die Scheinwerfer an ihr vorbei und waren nicht mehr zu sehen, vom finsteren Wald verschluckt.

Alexander Dent hatte geschrieben, er wohne im Schatten des Morven, kein besonders hoher Berg, aber ein sehr charakteristischer. »Sie können ihn nicht verfehlen«, hatte er geschrieben. Aber jetzt gab es da draußen nur Dunkelheit und schräg fallenden Regen, der in ihren Scheinwerferkegeln silbrig glitzerte, und Maude konnte kaum zehn Meter weit sehen.

Sie fand die Abzweigung, die er beschrieben hatte, als

sie gerade dachte, sie könne nicht mehr weiter. Als sie von der Straße abbog, brannte ihr Kopf. Das kommt vom Fahren, dachte sie, von der langen Strecke; das war zu viel.

Die Auffahrt war lang und löchrig unter einer Arkade mächtiger Bäume, wo der Regen noch heftiger prasselte als zuvor. Maude trat aufs Gas, um das letzte Stückchen schnell hinter sich zu bringen. Ihre Augen kochten in den Höhlen und fühlten sich vor Müdigkeit ganz kratzig an. Auf einmal träumte sie von Wärme, Licht, einem trockenen Haus und einem Bett mit gestärkter Leinenwäsche. Plötzlich blitzte etwas Braunes vor ihren Scheinwerfern auf, sie blinzelte, riss den Kopf hoch und trat heftig auf die Bremse, aber es war zu spät.

Nein, nein, nicht noch einmal; nicht noch einmal.

Sie hatte etwas überfahren.

Tränen brachen aus ihr hervor, die gleichen Tränen, die sie beim ersten Mal geweint hatte, auf der Straße, umgeben von höflichen englischen Fremden. Die Zeit kam mit quietschenden Reifen zum Stehen, zog eine Schleife zurück, und sie wusste nicht mehr, wo sie war, hier oder dort; sie verstand nicht, warum sie im verregneten Dunkel stand, obwohl dies doch an einem hellen Dienstagnachmittag passierte.

Nein, nein, hörte sie ihre Stimme laut in die Nacht hinausrufen, und das brachte sie ein wenig zur Besinnung; ihr Verstand rastete wieder in der richtigen Zeit ein, die nicht in London lag, nicht vor zehn Jahren. Es war hier und jetzt, und sie war auf dem Weg zu Alexander Dent, sie war schon auf seiner Auffahrt, und sie hatte etwas angefahren.

Es war ein Reh. Sie wusste nicht genug über Wild, um

die Art oder auch nur das Geschlecht erkennen zu können, ebenso wenig, ob es ausgewachsen oder noch jung war, aber sie wusste genug über den Tod, um zu erkennen, dass es nicht zu retten war. Im schwachen Lichtschein neben den Scheinwerfern konnte sie das glänzende braune Fell erkennen, klatschnass vom Regen. Sie konnte die einzelnen Haare auf seinem Rücken sehen, in zwanzig verschiedenen Tönen von Schwarzbraun, Dunkelbraun und Kastanienbraun, die weiße Musterung an seinem Hals, das feuchte Auge, noch immer auf sie gerichtet in mildem, totem Vorwurf. Es war ein wunderschönes, lebendiges Geschöpf gewesen, und sie hatte es zerfleischt und zerbrochen; sein Hals war in einem fürchterlichen Winkel verdreht – das Leben an der Wurzel abgeschnitten.

Der Weg war schmal, und das Tier war unter ihren Rädern eingeklemmt. Maude versuchte es wegzuzerren, unter hilflosem, kindischem Schluchzen. Sie zog an einem seiner spindeldürren Beine, bekam es nicht richtig zu fassen und riss sich die Handfläche an dem scharfkantigen Huf auf. Schmerz, dachte sie, so ist es richtig, das ist es, was du verdienst. Völlig gefühllos blickte sie hinab, als gehöre diese Hand nicht ihr, und sah Blut, das vom Regen abgewaschen wurde. Es regnete jetzt so stark, dass sie kaum noch hindurchsehen konnte, es kam ihr vor wie eine Wand, real, solide und undurchdringlich.

Sie konnte nichts tun. Das Geschöpf war tot und dahin, und sie konnte ihr Auto nicht von der Stelle bewegen. Sie überlegte, sich einfach ins Auto zu setzen, bis es hell wurde, und Wache zu halten bei dem ausgelöschten Reh.

Sie wusste, dass sie das nicht konnte. Sie musste es bis

ins Haus schaffen. Es konnte nicht mehr weit sein. Einfach die Auffahrt rauf, hatte Dent geschrieben, immer weiter, bis Sie am Haus sind.

Sie ging los, durch Regen und pechschwarze Nacht, während die Endlosschleifen der Erinnerungen durch ihren Kopf liefen; die Trauer und Verzweiflung, die heulende Qual darüber, was sie vor all den Jahren getan hatte, spulten sich in ihr ab, als habe dieser zweite Zusammenstoß etwas losgerüttelt, das sie diese ganze Zeit über fest in sich eingesperrt hatte.

Sie hatte geweint, damals, als es passierte, hatte auf der Straße in den Armen eines trägen Polizisten geweint und in einem fort gesagt: Es ist meine Schuld, ich bin schuld, ich war das, ich. Doch gleich danach hatte sie all das eingekesselt, zusammengezurrt und weggeschlossen. Sie lebte mit ihrem Schuldbewusstsein und dem greifbaren Wissen, dass sie nie wieder loslassen durfte, niemals so leben wie andere Leute, sorglos, chaotisch und frei; Tränen waren tröstlich, etwas, das ihr nicht erlaubt war.

Also weinte sie nicht wieder. Ja, der Mutter standen Tränen zu, sie hatte sie sich verdient: Tränen lösen schließlich Mitleid aus, und das war wiederum etwas auf einer Liste von siebzig Sachen, die Maude sich nicht erlaubte. Also hatte sie es versteckt, vergraben, ganz tief drin, alles unter Verschluss gehalten.

Nun, mit dieser Wiederkehr, dieser Rückkehr zum Tod, schien es, als sei ihr sämtliche Beherrschung mit einem Schlag entrissen worden. Maude hatte das Gefühl, als sei tatsächlich die Haut vor ihrem Bauch abgezogen worden, so dass ihre Schuld und Verzweiflung nun ungehindert in die Nacht hinausquollen.

Sie ging immer weiter, obwohl sie sich kaum noch erinnern konnte, wie man einen Fuß vor den anderen setzte. Die Wälder waren tief und dunkel, und der winzige Teil ihres Verstandes, der noch zu Gedanken fähig war, fragte sich, ob er sich nicht fürchten sollte, weil an solchen Orten Dämonen, Waldgeister, wahnsinnige Axtmörder und die Kreaturen der Wildnis hausten; doch dafür war gar kein Raum, denn es regnete zu stark, sie weinte zu heftig und drückte die Hände vor den Bauch, wie um tatsächlich zu verhindern, dass ihr die Eingeweide herausquollen und auf den Boden fielen. Sie wusste nur, dass sie einen Fuß vor den anderen setzen musste, einen Fuß, noch einen Fuß, immer weitergehen, denn sonst würde sie sterben.

Sie lief und lief; sie hätte nicht sagen können, wie weit oder wie lange. Ihre Uhr, eine von der altmodischen Art, die man aufziehen muss, war völlig beschlagen, und selbst, als Maude sie sich direkt vor die Augen hielt, konnte sie die Zeiger nicht ausmachen.

Lautes, schmerzhaftes Schluchzen entriss sich ihrer Kehle in Wellen, bis sie meinte, sie könne das nicht überleben, nicht mehr weitergehen, sie sollte einfach aufgeben, sich hier auf den holprigen Weg legen und alles davonrinnen lassen. Es war kalt, die Temperatur fiel so rapide, dass sie es regelrecht spüren konnte: Sie sah sich schon durch tiefen Schnee stapfen. Sie konnte sich hinlegen, und bald wäre alles vorbei, all die Pein, der Kampf, diese wild in ihr wütende Trauer.

Doch die erste Stimme, die trotz allem noch genug Kraft hatte, sagte ihr, sie müsse weitergehen, hier zu sterben sei zu einfach, ein feiger Ausweg. Also ging sie weiter, und als sie gerade glaubte, sie würde jetzt einfach umfallen, weil sie kein Fünkchen Leben mehr in sich spürte, nicht einmal mehr den Antrieb ihrer tiefen Scham, da sah sie ein Licht.

Sie hämmerte an die Tür, einen Arm immer noch vor den Bauch gedrückt; dabei hatte sie eine flüchtige Vision dessen, was Alexander Dent erblicken würde, wenn er die Haustür öffnete – eine irre, völlig durchnässte Gestalt, die Augen vom Weinen verquollen, das Gesicht rot, verschwollen und pitschnass –, die Frau, die gekommen war, um seine Lebensgeschichte zu schreiben.

Dent öffnete die Tür so abrupt, dass Maude vorwärts stolperte, und bevor er etwas sagen konnte, blickte sie flehentlich zu ihm auf, obwohl sie kaum noch etwas sah: Sein Gesicht war nur ein Schatten vor dem heißen, gelben Licht, das aus seinem Hausflur drang. Sie sagte: »Ich bin Maude, Maude Strong«, und als die Schwärze hereinfloss, zuerst grau, dann schwarz wie Ebenholz, da dachte sie: Das ist es also, so fühlt es sich an, wenn man stirbt, und dann war gar nichts mehr.

# 7

***Maude wachte von*** ihrem eigenen Husten auf und wusste nicht, wie viel später es war. Sie fühlte sich keinen Moment lang desorientiert. Sie wusste genau, wo sie sich befand und was geschehen war. Sie ertrank förmlich in Scham und wollte nur noch eines: sich rasch anziehen und weglaufen.

Ihre Brust fühlte sich an, als ruhe ein Eisenträger darauf, und als sie versuchte, sich aufzusetzen, schaffte sie es nicht. Sie ließ sich wieder sinken und sah zur Decke hinauf. Der ganze Raum bestand aus weißem Holz; die Decken waren schräg, wie auf einem Schiff. Vor dem Fenster waren Fensterläden, der Boden aus geweißelten Dielenbrettern, und ihr Bett bestand aus weiß lackiertem Metall, ein altmodisches Bett, wie man es von strengen viktorianischen Internaten kennt. Maude war zugedeckt mit zwei hellen Plaids, auf dem Boden lag ein grüner Teppich, gemustert wie ein Gobelin; es gab einen kleinen Holztisch mit einer Wasserflasche und einem Glas darauf und eine Lampe, die gedämpftes Licht an die Decke warf. Sie fragte sich, wo Alexander Dent sein mochte.

Ein langer Hustenanfall schüttelte sie. Sie hustete dicke, eitrige Schleimklumpen aus ihrer Lunge hoch, griff nach einem Taschentuch, spuckte hinein und dachte mit bitterer Befriedigung, wie passend es sei, dass sie so etwas hervorbrachte, denn genau so fühlte sie sich innerlich.

Der Hustenanfall ging vorbei, sie ließ sich wieder zurücksinken und fühlte sich schwach, krank und elend. Sie fragte sich, ob sie es wohl jemals schaffen würde, sich zu einem Menschen zu entwickeln, der keine totale Katastrophe war.

Irgendwann schlief sie wieder ein, wachte im Laufe der Nacht jedoch zweimal vom Husten auf. Sie fragte sich, ob sie damit jemanden störe, doch es kam niemand. In einem nächtlichen, fiebrigen Augenblick, halb wach und halb träumend, fragte sie sich auch, ob sie sie einfach auf den Dachboden geschleift und zum Sterben liegen gelassen hatten wie Mrs. Rochester.

Am nächsten Morgen erwachte sie früh. Die Bettwäsche aus rauem altem Leinen, die offenkundig aus Frankreich, Griechenland oder von sonst einem heißen, fremden Ort kam, war wie ein Leichentuch um sie gewickelt und schweißnass. Der Eisenträger lag immer noch auf ihrer Brust, und obwohl es dämmrig im Zimmer war, weil die Fensterläden das Licht aussperrten, krochen ein paar dünne Finger Morgensonne herein; doch selbst das war zu hell, so dass Maude das Gesicht verzog. Sie war seit Jahren nicht mehr krank gewesen, zuletzt als Kind, da hatte sie eine geheimnisvolle Krankheit bekommen, von der ihr Kopf bleischwer wurde. Sie war damals auf allen vieren herumgekrochen, weil sie den bleiernen Kopf nicht hoch genug heben konnte, um aufzustehen und hinunter zum Zimmer ihrer Eltern zu gehen. Ihre Mutter schaute abwesend und verärgert drein und rief eine Ärztin. Die war jung und modern und offensichtlich ganz aufgeregt über derart heftige Symptome; sie verschrieb gewaltige Dosen von Kopfschmerztabletten und riss alle Fenster auf.

»Aber wir haben Januar«, wandte Maudes Mutter ein. Sie wusste vielleicht nicht viel von der Welt, aber jeder hatte doch schon mal gehört, dass man Fieber ausschwitzen musste; die Heizung aufdrehen und heiße Suppe verabreichen.

»Eiskalte Luft«, sagte die Ärztin und summte vor Freude. »Dazu alle zwei Stunden diese Tabletten«, erklärte sie. »Sie werden schon sehen.«

»Ich sterbe«, sagte Maude ohne jede Dramatik. Sie war ein direktes Kind, und genau so fühlte es sich an.

»Sei doch nicht albern«, entgegnete ihre Mutter, die endlich wieder ins British Museum wollte.

»Ich sterbe«, wiederholte Maude und zwang ihre roten Augen einen Spalt breit auf. »Und diese Ärztin bringt mich um.«

Sie lag den ganzen Tag da, den Kopf schwer und voller Dynamit; so hatte sie sich noch nie im Leben gefühlt. Schwall auf Schwall stürmte frostige Luft herein und fegte durchs Zimmer; sie konnte durch die offenen Fenster den schiefergrauen Himmel sehen. Sie schwitzte und weinte, schwitzte und weinte, warf sich im Bett herum und stöhnte, als könne das Geräusch allein die Schmerzen mildern.

Dann plötzlich, um sechs Uhr abends, war es weg.

Die Ärztin war sehr mit sich zufrieden und meinte nur: »Ich hab's Ihnen ja gesagt.« Maude bekam nie die Masern oder Mumps oder auch nur die Windpocken; sie wurde nie wieder krank, aber an dieses eine Mal sollte sie immer denken.

Nun, in ihrem wirklich Leben, merkte sie, dass sie trotz des Eisenträgers aufstehen musste, denn sie musste auf die Toilette. Ihre Beine waren milchweiß und scheinbar ohne Knochen, und sie fragte sich, ob sie wieder würde kriechen müssen, wie damals mit sechs Jahren. Sie fand, das wäre gut: Wenn sie Alexander Dent so begegnete, würde er sie ganz bestimmt auf der Stelle anheuern, um die Wahrheit über ihn zu schreiben.

Indem sie sich an dem massiven Bettgestell festhielt, sich vorbeugte und den Türknauf packte, schaffte sie es durchs Zimmer. Sie öffnete die Tür und lehnte sich an den Türrahmen; davor erstreckte sich ein kleiner Flur mit einem Fenster in der Decke, durch das die Sonne hereinströmte wie Wasser. Maude kniff die Augen zu und riss sich mit aller Kraft zusammen. Gegenüber war eine weitere Tür, das war ihre einzige Möglichkeit. Sie schaffte es, hinüberzugehen und sie zu öffnen, und es war tatsächlich das Bad; sie schwang sich auf den hölzernen Toilettensitz hinab und kam sich vor, als habe sie den Mount Everest bezwungen und sollte eine Fahne aufstellen.

Ich muss hysterisch oder im Delirium sein, dachte sie, ich muss geistig verwirrt sein, total daneben, oder ich habe Halluzinationen. Ich frage mich, ob in diesem verdammten Haus überhaupt noch jemand außer mir ist.

Tage, Stunden, Wochen später: Die Schlafzimmertür ging auf, und Alexander Dent kam herein. Der Durchgang war so niedrig, dass er den Kopf einziehen musste, was wie eine ulkige, höfische Geste wirkte; eine Art altmodischer Reverenz, die gesammelte Bewegung, wie religiöse Leute sie vollführen, wenn sie sich dem Altar nähern.

Maude glaubte, ihre Gedanken schweiften wirr umher. Es kam ihr vor, als habe ihr Verstand nichts, woran er sich festhalten, womit er sich zentrieren könnte; er irrte in ihrem Kopf herum, als sei er noch nie dort gewesen.

»Wie geht es Ihnen?« Dent. Auch seine Sprechweise war förmlich: Der steife Tonfall des Einsiedlers.

Maude wurde von einer Woge der Scham ertränkt. Sie wollte in ihr Auto steigen, weit weg fahren und vergessen, dass sie je zu dieser idiotischen Reise aufgebrochen war. Sie schloss einen Moment die Augen, um den hellen, weißen Raum auszublenden.

»Ich weiß nicht«, sagte sie.

»Schlecht«, fügte sie dann hinzu. »Es fühlt sich an, als wäre meine Brust mit Steinen gefüllt.«

»Sie hatten eine Lungenentzündung«, erklärte er. »Der Arzt war hier. Erinnern Sie sich nicht daran?«

Die Scham türmte sich brüllend zu einer biblischen Flutwelle auf und ergoss sich über sie. Sie hatte ein schreckliches, lebhaftes Bild von sich vor Augen, wie sie schwitzte und tobte; doch sie konnte sich nicht daran erinnern. Zu viele Leute waren durch ihren Kopf marschiert, und sie wusste beim besten Willen nicht mehr, welche davon sie geträumt hatte und welche echt gewesen waren.

»Nein«, antwortete sie. »Ich erinnere mich nicht.«

»Sie hatten hohes Fieber«, sagte er. »Sie waren sehr krank.«

Maude fand, das sei zu abgedroschen, um wahr zu sein. Schlimm genug, dass sie überhaupt hier war; aber gefährlich hohe Temperatur und fiebriges Delirium – und keine Erinnerung daran.

»Wissen Sie noch, wie Sie hierher gekommen sind?«, fragte Alexander Dent. Seine Stimme war fest und klar, ohne mitleidigen Unterton. Immerhin etwas, wofür Maude dankbar sein konnte.

»Es hat geregnet«, sagte Maude. »Und gestürmt.«

Dann fiel ihr alles schlagartig wieder ein, sie sah die dunkle Auffahrt, die schmalen Kegel der Scheinwerfer, die schwarze Gestalt, die vor ihren Wagen sprang, und den widerlichen Aufprall.

»Ich habe ein Reh überfahren«, sagte sie. »Lieber Gott, ich habe ein Reh überfahren.«

Ihre Stimme brach und holperte, und ohne es zu wollen, brach sie in laute, harte Tränen aus.

»Ich habe ein Reh umgebracht«, schluchzte sie.

Alexander Dent ließ sie allein. Maude hatte das Gefühl, als weinte sie um alles, was sie je gekannt hatte. Sie fühlte sich verloren und haltlos, als brächen die Schutzwälle, die sie so sorgfältig errichtet hatte, um sie herum zusammen, und sie wusste nicht, ob sie das überleben würde.

Später kehrte Dent mit einem Tablett zurück. Er brachte Suppe, Brot und Wasser und, irgendwie überraschend, eine Schüssel Erdbeeren. Maude war jetzt ruhig und still, dennoch konnte sie ihm nicht in die Augen sehen.

»Sie sollten essen.« Sie hörte seine Stimme in dem stillen, weißen Raum. »Sie sollten etwas essen.«

Er stellte das Tablett auf den Tisch neben Maudes Bett und ging wieder hinaus. Zu ihrer Erleichterung spürte er offenbar, dass sie allein sein wollte.

Zwei weitere Tage verbrachte sie im Bett und beobachtete, wie sich das Wetter vor ihrem Fenster veränderte. Sie konnte den Himmel sehen und ein grünes Stückchen eines bewaldeten Berges, der sich in der Ferne erhob. Die Wolken zogen rasch vorüber, und sie lag da, ohne Kraft oder Gefühl, und sah ihnen dabei zu. Sie schaltete ab und dachte an gar nichts; sie fühlte sich wie ein leeres Blatt Papier.

Dent kam und ging. Er brachte ihr Essen, saubere Handtücher und Tee in einer rundlichen Porzellankanne. Die Kleider, in denen sie gekommen war, waren gewaschen worden und lagen in einem ordentlichen Stapel auf einem Stuhl an der Wand. Sie sah sie an und wusste, bald würde sie sich anziehen und aufstehen müssen, zurückkehren in die Welt und sich den hässlichen Dingen stellen, die sie darin angerichtet hatte. Das wollte sie nicht: Sie fürchtete sich davor, wie vor dem lauernden schwarzen Schatten einer Prüfung, für die man nicht gelernt hat.

Doch am nächsten Tag stand sie auf. Sie wusste, dass sie es nicht länger hinausschieben konnte. Sie hustete nicht mehr, und selbst die Schwäche, die sich ihrer bemächtigt hatte, war wieder auf dem Rückzug. Sie spürte ihren Körper wieder zum Leben erwachen.

Sie musste hinuntergehen und Dent gegenübertreten. Sie musste sich verabschieden und ihm erklären, dass alles ein furchtbarer Irrtum gewesen war. Sie hoffte, er sei vielleicht ausgegangen oder habe sich zum Schreiben in einem Zimmer eingeschlossen, so dass sie ihm gar nicht persönlich begegnen musste. Sie konnte ja einen kurzen Brief hinterlassen, in ihr Auto steigen und nach Süden fahren, den Weg zurück, den sie gekommen war, zurück in das Schweigen ihres düsteren Kellerlochs.

Doch als sie sich angezogen hatte und hinunterging,

saß er an einem Tisch beim Fenster und las; er blickte auf und sagte: »Also, sind Sie so weit, dass wir anfangen können?«

Einen Augenblick lang wusste sie nicht, wovon er sprach. Der Raum wich zurück und schoss wieder auf sie zu, als sehe sie ihn durch ein langes Objektiv. Er ging über zwei Stockwerke und hatte Fenster zu allen Seiten hin, so dass er zur Hälfte aus Himmel zu bestehen schien, aus Bergen, Bäumen – als gebe es keine Grenze zwischen drinnen und draußen. Die Sonne schien, irgendwie dicker und gelber als weiter südlich. Ihr Licht hatte eine uralte, zähe Qualität; es war alt, und es war vor allem anderen hier gewesen.

Die Wände waren schneeweiß gestrichen, die Sonne strahlte sie an und ließ sie vor den bläulichen Schatten der Landschaft draußen glänzen und leuchten. Alexander Dent saß mitten darin, wie eine Figur in einem Theaterstück.

Es ist seltsam, dachte Maude ein wenig abgehoben, so genau zu wissen, wie Leute aussehen, von Fotos und Bildern, und sie dann leibhaftig zu sehen. Man erkennt sie sofort, sie sehen genauso aus, aber auch auf irgendwie undefinierbare Weise anders. Die letzte Fotografie von Dent war vor zehn Jahren aufgenommen worden, daher sah er natürlich wirklich anders aus. Er war gealtert: Das dunkle Fuchsrot seiner Haare war zu gewöhnlichem Braun verblasst, mit ein wenig Grau darin, seine Augen waren von dunklen Falten umgeben, und seine Gesichtszüge wirkten ein wenig hohl im Vergleich zu früher, als er noch jung und mächtig war und die literarische Welt regierte. Doch es war mehr als das: Er war jetzt dreidimensional, ohne die flache Reglosigkeit eines Fotos.

Maude empfand das als einschüchternd, noch obendrein zu allem anderen.

Plötzlich wusste sie, was er meinte, und sie hielt ihn für einen Narren; vielleicht spielte er ja auch mit ihr, lockte sie mit falschen Versprechungen, bevor er den Knüppel aus dem Sack ließ und ihr die Wirkung ihrer eigenen Unverschämtheit zu schmecken gab. Sie sagte nichts, weil sie nicht wusste, was. Sie stand nur stumm da, wie ein Kind, das auf seine Bestrafung wartet.

»Möchten Sie anfangen?«, fragte Alexander Dent.

Eine ganze Weile verstrich. Maude schüttelte den Kopf. »Ich kann nicht«, sagte sie. »Das ist Ihnen doch bestimmt selbst klar? Ich habe keinen Moment geglaubt, dass Sie es ernst meinen.«

Dent sah sie mit hochgezogenen Brauen an. Er hatte bernsteinfarbene Augen, ein wenig schräg gestellt; wie eine Katze, überlegte sie, und ihr Verstand trieb wieder ab. Sie dachte, so eine Farbe hätte sie noch nie gesehen. Sie kannte ihn ja nur in Schwarzweiß. Jetzt war er zu wirklich; er lebte seit vielen Jahren in ihrem Kopf, als makelloses Bild, unberührt von der Realität, und nun war er wirklich und wahrhaftig, und sie wollte davonlaufen. Sie war niemand, er dagegen war jemand, und sie hatte hier nichts verloren.

»Sie sind den ganzen weiten Weg hierher gekommen«, sagte er, »weil sie glaubten, ich meine es nicht ernst?«

Maude kam sich dumm und kindisch vor und wusste nicht weiter. Sie zog den Kopf ein und wünschte, sie könnte sich einfach verabschieden, ihre Tasche nehmen und gehen.

Dent lächelte ein überraschendes, breites Lächeln,

stand auf und sagte: »Ich habe Hunger. Essen wir doch etwas. Wir essen, und Sie erzählen es mir.«

Ich will es dir nicht erzählen, schrie Maude in ihrem Kopf; ich will überhaupt nichts. Ich will kein Mitleid oder Verständnis. Ich will weggeschickt werden, mit eingezogenem Schwanz.

Sie war zu müde, um irgendetwas laut zu sagen. Diese absurde Reise, der Unfall, ihre Krankheit, das hatte alles aus ihr herausgesaugt, und es fühlte sich an, als sei nichts erschienen, was diese Lücke füllen könnte. In ihr herrschte eine tiefe Leere; sie fühlte sich leicht und unwirklich.

Dent ging voran in die Küche, ein breiter, niedriger Raum mit soliden Fenstern, die auf eine ferne Hügelkette hinausblickten. Der Boden bestand aus unebenen Steinplatten, die Wände waren mit Holz verkleidet und in dem gleichen dicken Blau gestrichen wie der Himmel; alte Kommoden und Vitrinen waren entlang der Wände aufgestellt, mit Porzellan, Gläsern und Töpfen aus Edelstahl, und alles war ganz anders, als Maude erwartet hatte. Die Küche war heimelig und zugleich exotisch, ohne Einbauschränke oder chromblitzende Geräte, wie aus einer anderen Ära. An der hinteren Wand stand ein eiserner Herd, zerkratzt und gezeichnet von langem Gebrauch, und Dent hob den Deckel von einer der Kochstellen und stellte einen Kessel Wasser darauf.

»Setzen Sie sich«, sagte er. Er hatte eine tiefe, maßvolle Stimme, durch die sich ein Riss zu ziehen schien. Maude merkte, dass auch das so völlig anders war: Sie hatte sein Bild gesehen und seine Worte gelesen, doch sie hatte ihn noch nie sprechen gehört.

Sie setzte sich ans Ende eines langen Holztisches, bedeckt mit Unterlagen, Büchern und Blumentöpfen mit Kräutern, und blickte stumm zu ihm auf, als könne er ihr sagen, was als Nächstes kam.

Er kochte eine Kanne kräftigen schwarzen Kaffees, briet Eier mit Olivenöl und stellte sie auf den Tisch, zusammen mit Brot, Butter und Tomaten, und forderte sie auf zu essen. Sie gehorchte und fühlte sich gleich besser. Ihr fiel auf, dass sie diesen hellen Raum mit der weiten Aussicht mochte. Sie hatte sich Dent immer in einem finsteren, verschlossenen Haus vorgestellt, bedrängt und beengt, verborgen vor der Welt. All dieses Licht, diese Weite hatte sie nicht erwartet, diesen großzügigen offenen Raum.

»Also«, sagte er nach einer Weile. »Möchten Sie es mir erzählen?«

»Ich weiß nicht«, sagte Maude. Sie konnte ihm immer noch nicht in die Augen sehen. »Ich weiß nicht, was es da zu erzählen gäbe.«

Dent lächelte wieder, diesmal leicht spöttisch und fragend. Maude bemerkte, dass sein Hemd an einem Ärmel geflickt war, die Manschetten verschlissen. Aus irgendeinem Grund fand sie das beruhigend.

»Da steckt doch irgendwo eine ganze Geschichte dahinter«, sagte Dent. »Es war nur ein Reh, und Sie haben geweint, als sei das der Weltuntergang. Jetzt meinen Sie anscheinend auch noch, ich hätte Sie herkommen lassen, nur um Sie wieder wegzuschicken. Man braucht kein Genie zu sein, um zu erkennen, dass sich hinter diesen Worten sehr viel verbirgt.«

Maude zuckte zusammen und senkte den Blick. Ihr war nicht klar gewesen, dass sie so leicht zu durchschauen war. Aber Sadie hatte ja auch etwas gesehen, also stand ihr vielleicht mehr ins Gesicht geschrieben, als sie dachte.

»Entschuldigung«, sagte Dent. »Das ist Ihre Privatsache. Wenn Sie gehen möchten, selbstverständlich, tun Sie das. Aber ich fand Ihre Idee interessant, und es scheint mir pure Verschwendung zu sein, wenn Sie jetzt einfach kehrtmachen und zurückfahren, wo Sie nun schon den weiten Weg hierher gekommen sind.«

Maude fiel plötzlich auf, dass sie nicht wusste, welcher Wochentag heute war.

»Was haben wir heute?«, fragte sie.

»Freitag«, antwortete Dent wie aus der Pistole geschossen. »Heute ist Freitag.«

Ein langes Schweigen entstand, und Dent unternahm nichts, um es zu beenden. In Maudes Kopf tobte ein Stimmen-Wettbrüllen. Urplötzlich wollte sie ihm alles erzählen, weil sie so erschöpft davon war, es mit sich herumzutragen wie einen Sack Zement auf den Schultern; sie hatte es satt, dagegen anzukämpfen, sich damit zu quälen und es sich dennoch nicht anmerken zu lassen. Er war ein vollkommen Fremder für sie; eine so unvermittelte Beichte war ihm vielleicht gar nicht willkommen. Doch sie hatte das Gefühl, ihn irgendwie zu kennen, weil sie alle seine Bücher immer wieder gelesen hatte, und wenn man einen Schriftsteller wirklich kennen will, sollte man nicht die Biographien, Artikel, Briefe oder Interviews lesen, sondern seine Werke, denn da kommt alles zum Vorschein. Nicht auf die direkte autobiographische Weise, wie die Leute manchmal erwarten (Sind Sie das? Ist das Ihre Mutter, Ihr Haus, Ihre Kindheit, Ihr zerschelltes Leben?); nein, auf subtilere Weise. Alles, was der Schriftsteller hofft, träumt und befürchtet, steht da, in seinem Werk; all seine Überzeugungen, die zerbrechlichen Hoffnungen, die nächtlichen Ängste und der hartnäckige Glauben an die Menschheit.

Maude hatte das Gefühl, diesen Mann zu kennen, allerdings nur auf Druckseiten, in eng gedrängten schwarzen Buchstaben; es war etwas ganz anderes, ihm nun gegenüberzusitzen, ihn in Fleisch und Blut vor sich zu haben und ihm die eigene Lebensgeschichte erzählen zu wollen. Sie fragte sich flüchtig, ob wohl jeder einem Schriftsteller sein Leben erzählen will, weil die Versuchung einfach zu groß ist; vielleicht wurde man ja in eine Geschichte hineingeschrieben, als ein Absatz, eine winzige Nebenrolle, und dann wären all dieses Streben und Leiden unsterblich gemacht, in einem Nebensatz, mit der Autorität des Gedruckten.

Ohne es zu wollen, fing sie an zu reden. Hinterher fragte sie sich, woher das gekommen war; ob es an Sadie lag, die in ihr Leben getreten war und begonnen hatte, an Maudes Schutzwällen zu rütteln; oder ob es die Reise war, diese überstürzte Entscheidung, das tote Reh, das sie so unvermittelt zu jenem schalen Nachmittag im Norden Londons zurückbrachte; oder all diese Dinge auf einmal, aufeinander gestapelt, bis nichts mehr ging, als dass alles in sich zusammenstürzte. Oder, dachte sie, vielleicht hat es auch mit Dent selbst zu tun, mit seiner schweigsamen Geduld, die zur Offenheit einlädt. Sie hatte das verschwommene Gefühl, ihm etwas schuldig zu sein: ein brutales Geständnis als Entschädigung dafür, dass sie in sein ruhiges Leben hineingeplatzt war.

Sie machte den Mund auf, bevor sie noch länger darüber nachdenken konnte, und begann zu sprechen; die

Worte stürzten nur so aus ihr hervor, folgten keiner bestimmten Ordnung.

»Das war eine Strafe«, sagte sie und bemerkte eine Regung auf seinem Gesicht, Überraschung oder Wiedererkennen. »Denn so lebe ich, das habe ich verdient. Ich hatte eine verrückte Idee, aber ich musste ständig daran denken, ich wollte etwas über Sie schreiben, über Ihre Arbeit. Ich habe Ihre Bücher immer wieder gelesen, und es ist in mir gewachsen wie eine Besessenheit. Ich wusste, dass ich nie etwas in der Richtung unternehmen würde, denn warum, um Himmels willen, sollten Sie schon mit mir sprechen wollen, aber dann habe ich diese Frau kennen gelernt, und sie hat mich dazu überredet. Also habe ich den Brief abgeschickt, und Sie haben geantwortet, und schließlich hat sich der Gedanke bei mir festgesetzt, dass Sie mich herkommen lassen würden, um mich für meine Anmaßung zu tadeln, das erschien mir nämlich nur passend, und so ist es dazu gekommen.«

»Aber warum die Bestrafung?«, fragte Dent, als ergebe der ganze Rest einen Sinn, als habe er diese verwickelte, verhaspelte Erzählung verstanden. »Und warum ich?«

»Weil«, sagte Maude, »an dem Tag, als Sie Ihren … diesen … Unfall hatten, ich meine, an dem Tag, als Ihre Frau gestorben ist, an demselben Tag bin ich eine Straße in London entlanggefahren, und ein kleiner Junge ist auf die Straße gelaufen. Ich habe ihn nicht gesehen, ich habe nicht rechtzeitig gebremst, ich habe ihn getötet, und das ist der Grund.«

Diesmal währte das Schweigen sehr lange. Maude saß mitten darin, schwindlig vor Erleichterung über diese Enthüllung.

Alexander Dent war sehr still. Sein Blick trübte sich,

als sei er in die Vergangenheit gerichtet, an einen Ort, zu dem Maude nicht folgen konnte.

Nach einer Weile schaute er zu ihr herüber, quer über den langen Tisch, er wirkte unsicher, oder eher – verletzlich vielleicht; als sei plötzlich jemand aufgetaucht, habe ihn nackt ausgezogen und im Regen stehen lassen. Jetzt wird er es sich anders überlegen, dachte Maude, jetzt kennt er ja die Wahrheit. Jetzt kann er mich wegschicken, und dann ist es vorbei.

»Mein Gott«, sagte er mit leiser Stimme. »All das. Sie tragen das seit zehn Jahren mit sich herum, und nun haben Sie es hierher gebracht, damit Sie bestraft werden können.«

Doch es hörte sich nicht wie eine Frage an, er sagte das so, als habe es einen Sinn, als sei es erklärlich, gewöhnlich und den Erwartungen entsprechend.

»Sie wissen doch«, sagte er und schüttelte wie entschuldigend den Kopf, »dass ich das nicht für Sie tun kann.«

»Ja«, sagte Maude. Alles rollte von ihr weg, und plötzlich war die Welt ganz klar. »Das weiß ich.«

Sie begann zu lachen. »Sie haben mir stattdessen etwas geschenkt«, fügte sie hinzu, denn sie konnte es nun klar erkennen, als habe jemand eine Scheibe vor ihr geputzt, so dass der Blick jetzt deutlich und detailliert war, nicht mehr von Schmutz und Staub getrübt. »So hatte ich es nicht geplant, aber genau das ist passiert. Weil Sie mich dazu gebracht haben, es Ihnen zu sagen, und jetzt ist es anders, allein deshalb, weil ich es erzählt habe.«

Eine weitere Pause, ein weiteres Schweigen. Dann: »Sie müssen es doch jemandem erzählt haben«, sagte Dent. »Irgendjemandem.«

»Ich hatte eine Therapeutin«, erklärte Maude. Ihre Stimme war jetzt leise und gelöst, als wüsste sie, dass sie alles aussprechen konnte, ohne Angst vor Zurückweisung oder Unverständnis. »Sie sagte, ich solle mir selbst vergeben. Sie hat nicht verstanden, dass es darum gar nicht ging. Es ging vielmehr darum, dass ich leiden sollte wegen dem, was ich getan hatte. Ich konnte die Toten nicht wieder zum Leben erwecken, aber ich konnte dafür leiden, als sei das eine Art Wiedergutmachung, als würde das irgendwie den Kreis schließen. Sie hat wohl nicht viel von mir gehabt. Sie sagte, es sei ein Unfall gewesen, eines dieser schlimmen Dinge, die guten Leuten zustoßen. Sie sagte, das hätte jedem passieren können. Sie wollte, dass es mir besser geht und ich mein Leben wieder aufnehme, doch ich saß da und sagte immer wieder, so geht das nicht, sondern nur Auge um Auge.«

»Bis die ganze Welt erblindet«, sagte Dent.

Maude warf ihm einen scharfen, fragenden Blick zu, dann lachte sie wieder, obwohl die Muskeln in ihrer Kehle sich verkürzt und verrostet anfühlten, weil sie so lange nicht gebraucht worden waren.

»Das hat sie auch gesagt. Genau das hat sie gesagt. Sie sagte: ›Bis die ganze Welt erblindet.‹«

Sie saßen stundenlang am Küchentisch. Als Maude wieder aufblickte, schien der Raum sich verändert zu haben, als sei er ihr nun vertraut. Irgendwann erlosch das Licht, es war Abend. Maude konnte sich kaum erinnern, worüber sie an jenem ersten Tag sprachen. Sie redeten einfach. Das hatte Maude nicht mehr getan, so lange sie zurückdenken konnte. Vielleicht hatte sie es sogar noch nie getan, selbst vor dem Unfall nicht. Sie erinnerte sich an das stille, aufmerksame Kind, das sie einmal gewesen war, an die introvertierte Jugendliche. So war sie erzogen worden: In ihrem Haus redeten alle ständig, nur sie nicht; Worte gehörten nicht ihr. Und nun fühlte es sich an, als seien die Mauern eingestürzt, als liefen die Stimmen in ihrem Kopf endlich frei herum, und Alexander Dent hörte ihr zu, als sei sie nicht blöd oder böse, sondern jemand, der ein Recht darauf hat, zu reden, ein Recht darauf, gehört zu werden.

Es war sechs Uhr, und sie war erschöpft vom Reden, von den Offenbarungen und der Seltsamkeit des Tages. Sie verfiel in Schweigen und wusste nicht, was nun geschehen würde. Selbst nach all dem war ihr klar, dass sie hier nichts zu suchen hatte, dass dieser Tag immer eingefroren außerhalb der normalen Zeit stehen würde. Sie würde ihn nie vergessen und ewig dafür dankbar sein; sie wusste aber auch, dass sie jetzt aufstehen, ihm danken und wegfahren sollte.

»Gehen Sie nicht«, sagte Alexander Dent in die müde Pause hinein. »Nicht jetzt.«

»Ich fände es schön«, fügte er dann mit seiner tiefen, ernsten Stimme hinzu, »wenn Sie blieben.«

# 8

***Maude erwachte früh*** am nächsten Morgen; das Tageslicht ließ sich höchstens erahnen, irgendwo hinter dem offenen Fenster. Die nasskalte Luft drang zu ihr herein und strich ihr übers Gesicht; es fühlte sich an wie ein Kuss oder ein Versprechen. Ihr Verstand lag noch still da, er balancierte auf dem Scheidepunkt zwischen Traum und Wirklichkeit, schon aus dem Unbekannten des Schlafs erhoben, ohne von etwas in Anspruch genommen zu sein. In diesem ruhigen Augenblick dachte sie nichts, sie fühlte nur die rauen weißen Laken unter ihrem Rücken, den Wind auf ihrem Gesicht, das Gewicht der Bettdecke auf ihren Beinen.

Sie schlug die Augen richtig auf, stützte sich auf die Ellbogen und sah hinaus auf die Berge: Ein glanzloses Licht lag auf den fernen Bäumen und ließ sie in acht verschiedenen Grüntönen schimmern.

Sie dachte an das, was gestern geschehen war, an den langen, sich windenden Nachmittag voller Worte, die ihr nun wieder durch den Kopf gingen. Einen Moment lang verspürte sie einen Stich der Panik, denn sie hatte sich offenbart, doch dann erinnerte sie sich an Dents Stimme, als er sie gebeten hatte, zu bleiben. Die Furcht schlich sich davon, und an ihre Stelle trat langsam etwas, das ihr so fremd war, dass sie eine Weile brauchte, um es benennen zu können. Geborgenheit; das war es. Sie fühlte sich geborgen.

Sie stand auf, griff in ihre kleine Reisetasche und holte den Morgenmantel heraus, ihres Vaters Morgenmantel, dessen abgetragene Seide sie einhüllte wie eine Erinnerung. Anschließend ging sie hinunter in die Küche, das kühle Holz der Treppe unter den bloßen Füßen.

Sie machte sich eine Tasse Kaffee, setzte sich, trank und beobachtete den Tag draußen vor den Fenstern. Es war noch vor acht, ein feiner Nebel stieg vom Boden auf. Der Kaffee schmeckte dünn und bitter, also nahm sie sich etwas Zucker, um ihn zu süßen.

Dent kam herein, in einer dunklen Hose und einem blauen Hemd, und lächelte sie an, als habe sie ein Recht, hier zu sein. Maude blickte auf und war sich plötzlich sehr deutlich bewusst, dass sie noch nicht angezogen war – eine Fremde saß in seiner Küche, eine Fremde, die ihm das intimste Geheimnis ihres Lebens erzählt hatte.

Er setzte sich ihr gegenüber und lächelte wieder. »Haben Sie gut geschlafen?«, erkundigte er sich, und das war so normal und alltäglich, dass Maudes Schüchternheit nachließ.

»Ja«, sagte sie. »Ja, habe ich.«

»Haben Sie schon gefrühstückt?«, fragte er. Sie schüttelte den Kopf; er stand auf, ging in die Speisekammer und sah sich um. »Es gibt Speck«, sagte er. »Und Pfirsiche.«

Sie aßen die Pfirsiche aus der Hand, wobei ihnen der Saft über die Finger rann. Dent briet den Speck in einer gusseisernen Pfanne und belegte damit Sandwiches aus dickem Weißbrot; die aßen sie auch, und Maude dachte dabei, sie habe noch nie einen Mann gesehen, der sich in einer Küche so selbstverständlich bewegte. Aber sie hatte ja wirklich noch nicht viele Männer gesehen. Sie hatte überhaupt noch nicht viele Menschen gesehen.

»Kommt es Ihnen seltsam vor«, fragte sie, »jemanden hier zu haben? Wo Sie doch so daran gewöhnt sind, allein zu sein?«

Dent schüttelte den Kopf. »Ich lebe nicht ganz so zurückgezogen, wie allgemein angenommen wird«, erklärte er. »Ich habe der Welt den Rücken gekehrt, als meine Frau starb, zunächst, weil ich Zeit brauchte, wieder auf die Beine zu kommen, und das geht nicht in einer Menschenmenge. Aber dann liefen die Medien heiß, das Ganze wurde zu einem Riesenspektakel, und das hielt ich nicht aus. Ich wusste, wenn ich je wieder ins Licht der Öffentlichkeit zurückkehrte, würden die Fragen unerträglich sein. Also zog ich hierher, und kaum jemand weiß, wo ich bin. Aber ich sehe schon Leute. Ich habe Freunde in der Nähe von Inverness und eine Tochter, die mich manchmal besucht, und dann ist da noch Richard Hunter, der hinten raus wohnt.«

Maude blickte ihn fragend an.

»Da steht ein altes Steinhaus, ursprünglich ein Stall, das ich ausgebaut habe«, sagte Dent. »Ich wollte es eigentlich als Arbeitszimmer nehmen, als Rückzugsraum, aber dann habe ich Richard getroffen, und er ist stattdessen dort eingezogen. Er ist«, formulierte er vorsichtig, »auch so einer. Ein Opfer des Schicksals, oder wie immer Sie es nennen wollen. Seine Schwester ist gestorben. Die beiden waren zusammen segeln, und sie ist ertrunken. Er hat versucht, sie zu retten, es aber nicht geschafft und sich die Schuld daran gegeben. Er hat getrunken, das war sein Fluchtweg, seine Bestrafung vielleicht. Als ich ihn traf, hatte er sein ganzes Geld und seine gesamte Zukunft versoffen. Ich bin ihm in Glasgow auf der Straße begegnet, wir kamen ins Gespräch, und es stellte sich heraus, dass er alles gelesen hatte, was ich je geschrieben habe, und da war irgendetwas, also überließ ich ihm das Haus. Damals war es kaum bewohnbar, aber er hat sich an die Arbeit gemacht, mit dem Trinken aufgehört und sich selbst aus dem Sumpf gezogen. Die Leute halten das für reine Menschenfreundlichkeit meinerseits«, fügte er hinzu, als hätte Maude etwas gesagt, »aber das stimmt nicht. Man kann keinen Menschen retten, aber manchmal kann man ihm einen Rettungsring zuwerfen, und damit rettet man sich auch ein wenig selbst.«

Maude nickte. Das verstand sie. Sie hatte ihr Häuflein Waisen, und die waren in gewisser Weise ihr Rettungsring; sie machten etwas Unerträgliches ein wenig erträglicher.

»Ja«, sagte sie. »Ja. Was immer einem über die Nacht hilft.«

»Er ist gerade nicht da«, bemerkte Dent. »Er ist nach Orkney gefahren. Manchmal kann er die Berge nicht mehr sehen, und dort oben ist die Landschaft flach wie ein Brett.«

»Außerdem«, fügte er hinzu, als er aufstand, um den Tisch abzuräumen, »sitzt die Einsamkeit in der Seele. Sie hat nichts damit zu tun, mit wie vielen Menschen man sich umgibt. Alleinsein hat noch nie jemanden umgebracht, aber mit jemandem zusammenzuleben und dennoch einsam zu sein, das bringt einen irgendwann um.«

Maude fragte sich im Nachhinein, ob er von seiner verstorbenen Frau gesprochen hatte.

Sie ging nach oben und zog sich an, und als sie wieder herunterkam, saß Dent am Tisch im Wohnzimmer, genau wie am Tag zuvor. Die Sonne war weitergewandert und schien nun ins Zimmer, die Berge leuchteten blau in der Ferne, und die weiß verschalten Wände strahlen hell und sauber im Sonnenlicht.

Maude blickte sich um und nahm den Raum richtig in sich auf, was ihr beim ersten Mal nicht möglich gewesen war. Die Dielen waren hell und abgenutzt, an einer Wand standen ein langes, scharlachrotes Sofa und zwei Stühle mit weißen, geschnitzten Lehnen und durchhängenden, geflochtenen Sitzflächen, dazu ein niedriger Tisch, ein Ponyfell auf dem Boden und ein hoher marmorner Kaminsims mit einem venezianischen Spiegel darüber, flach, aus Silber und mit feinen Gravuren verziert.

Fast das gesamte Zimmer hatte doppelte Raumhöhe, zwei Reihen Fenster an der Wand, säuberlich eine über der anderen, und die Berge dort draußen besaßen ebenfalls doppelte Höhe, ein Zug hinter dem anderen, blau und gewellt wie die See. Hinten, wo Dent nun saß, kehrte der Raum zu normaler Höhe zurück, und dort standen ein runder Tisch aus Walnuss oder irgendeinem tropischen Holz und Stühle aus uraltem Bambus.

Hier gab es nichts Unwesentliches, keine Ornamente oder Erinnerungsstücke, keine Kuriositäten oder Konversations-Aufhänger. Maude empfand den Raum als erholsam und kühl; doch irgendetwas fehlte, wenn sie auch nicht gleich darauf kam, was es war.

»Hier gibt es ja gar keine Bücher«, entfuhr ihr, als es ihr plötzlich auffiel.

Sie runzelte die Stirn. »Wie seltsam«, sagte sie. »Hier stehen keine Bücherregale.«

»Da ist noch ein Zimmer«, entgegnete Dent, »über den Flur, und da ... da arbeite ich. Dort sind auch die Bücher.«

Maude wollte dieses andere Zimmer sehen, hielt es aber für taktlos, darum zu bitten, und er bot es ihr nicht an.

»Also«, sagte er, »möchten Sie anfangen?«

Sie setzte sich ihm gegenüber und stützte die Ellbogen auf den Tisch. Er war solide und stabil und trug ihr Gewicht. »Ich weiß nicht«, erwiderte sie.

Dent schüttelte den Kopf, als sei er sich selbst nicht recht sicher. »Ich weiß es auch nicht«, sagte er. »Da ist etwas an Ihrer Geschichte, etwas mit demselben Tag. Das ist wie in einem Roman von Paul Auster, all diese Zufälle. Die Leute lieben den Zufall, sie nennen das Schicksal und glauben, es wolle ihnen etwas sagen. Dagegen bin ich auch nicht gefeit.«

»Sechshunderttausend Menschen sterben jedes Jahr in Großbritannien«, sagte Maude. »Das habe ich einmal nachgeschlagen. Ich konnte nie glauben, dass es so viele sind, aber es stimmt. Stellen Sie sich das nur vor: Sechshunderttausend trauernde Hinterbliebene, sogar noch mehr, denn es bleibt ja nie nur einer zurück, sondern all die Freunde und Familien, Ehefrauen und Töchter, Söhne und Liebhaber. All diese Trauer. Manchmal gehe ich die Straße entlang und wundere mich, dass die Stadt überhaupt noch funktioniert, obwohl diese gewaltige Trauer auf ihr lastet. Ich weiß, viele waren alt oder unbeliebt und sind vielleicht still im Schlaf verstorben. Aber viele andere nicht; und einige werden auch zu Opfern absurder Unfälle, wie dem, den ich verschuldet habe. Also muss es viele andere Leute geben, die an jenem Tag dasselbe erlitten haben. Es hätte jeden unter tausend anderen Leuten treffen können.«

»Ja«, stimmte Dent zu. »Nur sind die nicht hier heraufgekommen, Sie hingegen schon.«

Maude lächelte schief. »Ich bin tatsächlich hergekommen«, sagte sie. »Ich weiß zwar immer noch nicht genau, wie, aber ich bin tatsächlich hier.«

»Und vielleicht«, bemerkte Dent, »war es auch einfach gutes Timing. Vielleicht stelle ich ja fest, dass ich nach dieser langen Zeit tatsächlich sprechen will. Wie hatten Sie sich das denn genau vorgestellt? Porträt des Künstlers als gebrochener Mann?«

Maude lachte. »Nein«, erwiderte sie. »So nicht. Eher so, dass Sie Ihre Seite der Geschichte erzählen möchten. In all den Jahren, seit ich mich mit Ihren Büchern befasse, habe ich auch jedes Wort gelesen, das über Sie geschrieben wurde, ebenso über Ihre Ehe, wie Ihre Frau zu einer Art Märtyrerin stilisiert wurde und dann alle nur noch auf Skandale heiß waren. Ich dachte, das muss Sie doch verrückt machen, all diese gedruckten Spekulationen, es muss Sie doch unglaublich wütend machen, wie die Kontroversen des Lebens den Blick auf das Werk verstellen.«

Plötzlich hielt sie inne. Sie sprach doch nie. Sie schwang nie solche Reden. Normalerweise sagte sie »Ja« und »Nein« und »Wie schrecklich« zu Mr. Seth, wenn er ihr von der neuesten Supergrippe erzählte, die auf dem Rücken von Moskitos nach New York gelangt war, versteckt in einer Schiffsladung Reifen aus Nigeria, und dass Queens bald vom Ebola-Virus regiert würde; sie sagte »Danke« und »Auf Wiedersehen« zu der schweigenden Buchhändlerin. Und nun schwang sie Reden.

Alexander Dent schien das nicht aufzufallen.

»Einerseits das«, stimmte er zu, und da lag etwas Widerstrebendes in seiner Stimme, das sie nicht recht einordnen konnte. »Aber andererseits ist es das Werk, das überdauert, es ist das Werk, das für mich spricht, und die vielen Meter Kolumnen sind doch schon am nächsten Tag nichts weiter als Papier, in das man seine Fish and Chips eingewickelt bekommt. Die meisten Schriftsteller machen sich nicht die Mühe, solche Sachen richtig zu stellen, sie geben sich nicht mit ihrem angeblichen Leben ab, weil es das Werk ist, das zählt.«

»Ja«, sagte Maude. »Ja.«

Nun lieferte er ihr die Argumente, denn jetzt, da sie hier war, ihn lebendig und nicht zwischen Buchdeckeln vor sich hatte, da wollte sie es nicht mehr tun, sie wollte, dass er weiter schwieg und sein Werk für sich sprechen ließ, denn das konnte ihm niemals jemand nehmen.

»Na ja, Nabokov hat es wohl getan«, sagte Dent. »Mit *Sprich Erinnerung sprich.* Und Auster hat *Das rote Notizbuch* geschrieben, Amis *Experience* und damit die Wahrheit über die Zähne. Von Fitzgerald gibt es *Der Knacks,* und Updike hat etwas verfasst, der Titel fällt mir nicht mehr ein. Ich würde das nie selbst machen«, fügte er hinzu. »Das steckt nicht in mir. Aber Sie sind Ghostwriterin: Ich rede, und Sie schreiben. Deshalb sind Sie schließlich hergekommen. Und vielleicht«, sagte er, als frage er sich das selbst, »brauche ich das, zu reden.«

Eine gewisse Verletzlichkeit zog sich durch sein Wesen wie ein haarfeiner Riss; Maude hatte sie bisher nicht bemerkt, und darüber staunte sie nun. Er hatte so sicher und gelassen gewirkt, als sie sich tags zuvor unterhalten hatten, und seit ihrer Ankunft hier war sie diejenige, die kaputt und gebrochen war, aufgesprengt von dem toten Reh, das all die Erinnerungen wieder so schrecklich lebendig werden ließ. Sie hatte in fiebrigem Schlaf aufgeschrien, während er der ruhmreiche Schriftsteller, der Starke war. Sie hatte angenommen, er habe sich auf eine Weise von seinem Schicksalsschlag erholt, wie sie es nicht vermochte. Doch nun, in diesem hellen, sonnendurchfluteten Raum, sah sie die zerfurchte Kluft seiner Vergangenheit aufreißen, und plötzlich spürte sie den Drang danach, ihn zu trösten. Sie senkte den Blick, um sich nicht zu verraten, doch vielleicht hatte er es längst bemerkt.

»Ist schon gut«, sagte er. »Ist schon gut.«

»Ich weiß nicht«, erwiderte Maude. »Ich weiß nicht, ob das so eine tolle Idee ist.«

»Warum fangen wir nicht einfach an?«, schlug Dent vor. »Dann werden wir ja sehen, was passiert.«

Maude schaltete ihren Kassettenrecorder ein, und Dent sprach. Er redete fünf Tage lang. Manchmal machten sie eine Pause, um etwas zu essen oder in der frischen Luft des Nordens spazieren zu gehen. Aber vor allem redete er. Während die Worte nur so aus ihm herausströmten und Maude sie alle auffing, fragte sie sich, ob er genau wie sie die letzten zehn Jahre lang im Grunde geschwiegen hatte, und ob nun all die Worte, die sich in ihm aufgestaut hatten, in einem unaufhaltsamen Strom hervorbrachen.

Zuerst sprach er übers Schreiben, als sei das ein sicherer Ausgangspunkt, etwas Unpersönliches, womit er vertraut war, etwas aus seinem Berufsleben sozusagen.

»Es ist wie eine Liebesbeziehung«, erklärte er. »Ich habe mal ein Interview im Radio gehört, das ist noch nicht lange her, mit einem jungen Autor, der kommerziell sehr erfolgreich ist; er sagte, er lese nie. Das fand ich erstaunlich, ich konnte gar nicht begreifen, wie man schreiben kann, ohne zu lesen. Man vergisst manchmal, was einen überhaupt zum Schreiben gebracht hat. Da ist etwas in einem drin, ein drängendes Verlangen danach, Geschichten zu erzählen, all diese herumspukenden Gedankengebilde aus dem Kopf und zu Papier zu bringen. Das ist zugleich ein Drang danach, der Welt einen Sinn zu geben, denn nur fiktive Literatur vermag das. Das Leben hat keine Geschichte, es ist willkürlich, unerklärlich und gestaltlos, und deshalb wollen die Menschen an etwas glauben, weil es die unerträgliche Bedeutungslosigkeit des Lebens erklärlich macht. Literatur tut genau das: Sie besänftigt einen tiefen, suchenden Teil des Lesers, denn der Autor kann die chaotische Welt hernehmen und ihr Gestalt verleihen, ihr Sinn geben.«

Er hielt inne, holte ein Päckchen Zigaretten hervor und steckte sich eine an.

»Ich habe jahrelang nicht geraucht«, erklärte er. »Aber nach Claudette war es mir schlicht egal.«

Maude saß reglos da und fragte sich, ob er jetzt mehr über seine Frau sagen würde, aber vielleicht war es dazu noch zu früh, denn er kehrte dorthin zurück, wo er sich am wohlsten fühlte, und sprach weiter über Wörter.

»Kennen Sie Laura Riding?«, fragte er, und Maude schüttelte den Kopf. Sie hatte viel gelesen, das Lesen war zu ihrer Zuflucht geworden, denn wie verzweifelt und elend die Geschichten auch sein mochten, es fand sich stets ein Sinn darin, während es in ihrem Leben überhaupt keinen Sinn gab. Doch sie wusste ja schon, dass sein tiefes Wissen das ihre wie einen flachen Tümpel aussehen ließ.

»Nein«, antwortete sie. »Wer war sie?«

Alexander Dent lächelte unfreiwillig, als spreche er von einer alten Freundin, jemand, den er so gern hatte, dass allein der Gedanke an sie ihm Freude machte.

»Sie war Dichterin«, erklärte er. »Eine außergewöhnliche Frau. Sie war eine amerikanische Dichterin, und 1938 gab sie die Poesie völlig auf und verschwand. Plötzlich, im Jahr 1962, tauchte sie wieder auf, ausgerechnet bei der BBC, ich habe Jahre später eine Aufnahme davon gehört. Sie sagte etwas, das ich nie vergessen habe und das ich für den Kern der ganzen Sache halte. Sie sagte: ›Wir wissen, dass wir erklärbar sind, und nicht erklärt.‹ Sie sagte: ›Bis unsere fehlende Geschichte erzählt wird, werden wir immer weiter still danach hungern.‹«

Dent drückte seine Zigarette aus, lächelte wieder und endete in einem vollkommenen Kreis dort, wo er begonnen hatte. »Das meine ich damit, dass Literatur wie die Liebe ist. Aus genau diesem Grunde schreiben wir, und mehr als das – deshalb lesen wir. Als Schriftsteller vergisst man manchmal, dass man eigentlich damit angefangen hat, weil man sich in ein Buch verliebt hat, dass es etwas in einem bewegt hat, so, wie man einen Menschen trifft, ihn ansieht und spürt, dass das Herz einen Schlag aussetzt. Man macht weiter und arbeitet nun selbst, mit gesenktem Kopf, und dann, ab und zu, nimmt man ein Buch zur Hand, und nach ein oder zwei Seiten spürt man wieder dieses Herzklopfen, weil auf diesen Seiten etwas Vollkommenes existiert. Das ist es, denkt man dann, das ist es, worum es dir geht. Wir lesen, um zu erfahren, wer wir sind, hat mal jemand gesagt, ich weiß nicht mehr, wer, und da ist etwas Wahres dran. Wir lesen, um uns daran zu erinnern, dass wir nicht allein sind. Aber es ist komplizierter als das, vor allem, wenn es zugleich das ist, was man selbst tut. Manchmal glaube ich, es ist eine qualvolle Liebe, eine unerwiderte Liebe. Manchmal liest man etwas, das so schön ist, dass es einem das Herz im Leibe umdreht, weil man weiß, dass man selbst diese pure Perfektion nie erreichten wird. Da gibt es diesen Teil in einem, die Arroganz, die einen überhaupt erst dazu bringt, weiter zu schreiben, weil sie denkt: vielleicht, vielleicht, eines Tages, und ein anderer Teil ist neiderfüllt. Und dann gibt es noch einen praktischen Teil, der etwas liest wie die Gästeliste in *Gatsby*, eine der perfektesten Passagen, die je geschrieben wurden, die alles aussagt über Sehnsucht und Wünsche und die höhnisch neckende Unmöglichkeit des amerikanischen Traums, und dieser praktische Teil sagt: Aber sieh dir Fitzgerald doch mal an, er war ein Trunkenbold, nur noch peinlich, er hat sich verkauft und ist mutterseelenallein in einem winzigen Zimmer in Hollywood gestorben. Aber trotzdem ist es Liebe, wie kompliziert sie auch sein mag, es ist Liebe, und vielleicht die größte und ewigste Liebe, die wir je erleben werden.«

Er hielt abrupt inne, und im selben Moment war das Band im Recorder zu Ende, und das Gerät schaltete sich mit dem geschmeidigen Klicken feiner Elektronik aus; Alexander Dent blickte zu Maude auf, lachte ein wenig traurig über sich selbst und fragte: »Ist es das, was Sie wollten?«, als sei sie womöglich gelangweilt, unruhig oder bedauere, dass sie ihn überhaupt darum gebeten hatte. Sie erwiderte seinen Blick voller Staunen darüber, dass er solche Zweifel hegen konnte, denn sie hielt das für die wunderschönste Rede, die sie je gehört hatte.

Später sollte Maude auf diese Woche als eine der schönsten Zeiten ihres Lebens zurückblicken; diese Woche des Redens. Fast schien es, als sei diese bizarre Verkettung von Umständen der Auslöser einer Verwandlung gewesen, die ihr erlaubte, wieder wie ein normaler Mensch zu leben. Oder eher, als habe die erdrückende Bürde von Schuld, Scham und Vorwürfen sich einen Moment von ihr gehoben, so dass sie etwas anderes sehen konnte, etwas anderes als die graue Wüste ihrer Schuld. Es war, als hätten die bitteren Tränen, die sie um das Reh geweint hatte, etwas aus ihr herausgespült. Wäre sie dem Mystizismus zugeneigt gewesen, so hätte sie gesagt, diese Tränen hätten sie reingewaschen, und obwohl sie tief im Innern genau das dachte, scheute sie davor zurück, es zu glauben – einerseits deshalb, weil sie das für zu fantastisch hielt, zu einfach; andererseits, weil sie nicht sicher war, wie lange es anhalten würde, ob dies nur eine Pause war, eine Zäsur, ein Moment, der ihr geschenkt wurde, damit sie aus ihrem Leben heraustreten und Erleichterung empfinden konnte. Sie war nicht so optimistisch zu glauben, dass es immer so bleiben würde. Aber als sie Alexander Dent gesagt hatte, er habe ihr etwas geschenkt, da hatte sie die Wahrheit gesagt.

Gerade weil es ihr so vorübergehend und unwirklich vorkam, hörte sie auf, über sich und ihre Tat nachzudenken (all die schweigenden Jahre in ihrem düsteren Zimmer, wo es nichts anderes zum Nachdenken gegeben hatte), und ließ sich stattdessen mit dem Strom von Dents Worten treiben.

Manchmal verstummte er und warf ihr den gleichen forschenden Blick zu wie am ersten Tag, als wolle er fragen: Ist das richtig so, ist das erlaubt?, und es überraschte sie immer wieder, dass er daran zweifeln konnte.

Vielleicht, dachte sie, auch um sich selbst zu rechtfertigen, war dies für ihn ebenfalls eine Erleichterung; vielleicht redete er sich damit eine Last von der Seele. Er benutzte die Situation nie zur Beichte, bis zum Schluss, er sprach kaum von sehr persönlichen Dingen. Er erzählte von seiner Leidenschaft fürs Schreiben und für Schriftsteller, und es gab einiges zwischen den Zeilen zu lesen, doch er gab nicht viele persönliche Details preis. Er redete nie über seine Kindheit, seine Eltern oder frühere Liebesgeschichten; und vor allem erwähnte er kaum je seine verstorbene Frau, die wie ein Geist doch ständig gegenwärtig war, stumm in einer Ecke des Raums.

Am vierten Tag sprach Dent lange über sein drittes Buch, *Schwarzer Morgen.* Das war der Roman, der ihn berühmt gemacht hatte; in einem Moment gab es ihn gar nicht, im nächsten war er in achtzehn Ländern bekannt, und er war plötzlich überhaupt nicht mehr wegzudenken. Manchmal läuft das so; nicht besonders oft, denn es gibt nicht viele Leute mit einem so gewaltigen Talent, einem Talent, das derart offensichtlich ist, so unübersehbar außergewöhnlich, dass es einen Wiedererkennungseffekt besitzt, eine hell und klar tönende Authentizität – das hier ist das Wahre, Schöne, niemand zweifelt daran, und die literarische Landschaft ist für immer verändert.

Damals war Dent verheiratet und stand schon ein wenig im Rampenlicht, weil seine Frau ihn dorthin beförderte; sie war lange vor ihm berühmt. Eine Zeit lang war er das unbeschriebene Blatt, sie der strahlende Star. Er war eine spröde literarische Berühmtheit; seine ersten beiden Bücher hatten spärliche, aber freundliche Kritiken bekommen, hatten jedoch niemanden auf den Sturm der Zitadelle vorbereitet, der bald folgen sollte. Sie war die Diva, und er war der Ehemann, der Schriftsteller. In den dunklen, düsteren Tagen der frühen Siebziger hatten die Drei-Tage-Woche und die Stromausfälle England in eine Art Anarchie gestürzt: Die Politik war ein Witz, die Jugend in Rage, und der Roman (natürlich) tot. Der Stab war weitergereicht worden an das Land der Freiheit, wo die Great American Novelists wie Titanen durch die Salons der Upper West Side stolzierten, einen Bourbon in rechten Hand und die Frau eines anderen an der linken. Schriftsteller wurden in England nicht annähernd so hofiert und gefeiert wie jetzt, und niemand ahnte auch nur, dass dies bald umschlagen sollte, dass eine neue Generation schon in den Startlöchern stand (die Berichte über meinen Tod waren stark übertrieben, feixte der Roman). Daher hatte noch niemand Alexander Dent wirklich bemerkt, bis auf ein paar unentwegte literarische Zeitschriften, die von dunklen Hinterzimmern in Soho aus den Kampf mit dem unwirtlichen wirtschaftlichen Klima aufnahmen.

Als *Schwarzer Morgen* erschien, schwappten hohe Wellen über den kleinen Teich, der damals das literarische Leben Englands darstellte, und auch darüber hinaus. Es war beinahe, als wäre er so gut, so offensichtlich das einzig Wahre, dass den Leuten wieder auffiel: Der Roman ist noch nicht ganz tot, er könnte es noch einen weiteren Tag überleben.

Also wurde er berühmt, sein Ruhm vermengte sich mit dem seiner schillernden Frau, und in jenen dunklen Tagen leuchteten sie wie zwei glitzernde, blank polierte Sterne. Doch er war bereits damals zurückhaltend, und obgleich er sich den Gepflogenheiten beugte, Interviews gab, in den Zeitungen stand, gab er nie viel preis.

»Ich war abergläubisch, was dieses Buch anging«, erzählte er Maude nun. »Es bedeutete mir so viel. Eine Weile bedeutete es mir mehr als Claudette, und ich glaube, das hat sie mir nie verziehen. Während man schreibt, kann man meistens gar nicht entscheiden, ob ein Buch überhaupt gut ist oder nicht. Vielleicht nur einmal in einem ganzen Schriftstellerleben weiß man tatsächlich, dass man an etwas arbeitet, das dem Ideal sehr nahe kommt. So war es damals für mich. Die ganze Zeit über, während ich daran schrieb, habe ich nie daran gezweifelt, und ich weiß noch, dass ich plötzlich schreckliche Angst bekam, ich könnte sterben, bevor ich es fertig hatte. Jedes Mal, wenn ich über einen Flugzeugabsturz, ein Zugunglück oder eine Massenkarambolage auf der Autobahn las, dachte ich: Das könnte ich gewesen sein. Jedes Mal, wenn ich eine Zeitung oder eine Schachtel Zigaretten holen ging, sah ich die Lastwagen auf der Straße kommen und dachte: Ist das meiner? Und jedes Mal, wenn einer an mir vorüber war, dann war ich erleichtert – das war nicht mein Lastwagen, das war nicht der für mich bestimmte.«

Er blickte plötzlich auf, und ihm wurde klar, was er da gesagt hatte. »Tut mir Leid«, fügte er hinzu. »Ich wollte nicht …«

Maude schüttelte den Kopf. Sie weilte im Augenblick nicht in dieser Welt, und es konnte sie nicht berühren, nicht jetzt. »Ist schon gut«, sagte sie. »Nur weiter.«

Alexander Dent blickte auf die winzigen Rädchen des Recorders hinab, die sich langsam in ihrem Metallgehäuse drehten, und lächelte schief in sich hinein, als frage er sich, was er hier tue. »Und«, fuhr er fort, »da ist ständig diese Angst, dies könnte dein letztes Buch sein. Man fürchtet sich schrecklich davor, eines Morgens aufzuwachen und keine Worte mehr zu haben, dass man sie alle aufgebraucht haben könnte und nichts mehr da ist. Also schrieb ich den Roman schnell, und zwei Jahre lang dachte ich an nichts anderes. Ich arbeitete zu jeder Tages- und Nachtzeit, das konnte ich seither nie wieder, acht oder neun Stunden am Stück, manchmal die ganze Nacht hindurch. Als er dann erschien, wollte ich nicht darüber sprechen. Ich war richtig abergläubisch und wollte mein Buch irgendwie beschützen. Ich wollte es nicht auseinander nehmen, es erklären und vor aller Augen ausbreiten, ich wollte es nicht ausschlachten. Ich wollte nur, dass die Leute es lesen.«

Maude verhielt sich ganz still, denn sie fürchtete, die geringste Ablenkung könnte ihn vom Thema abbringen. Er ließ eine Pause verstreichen, als müsse er erst abwägen, ob er das erzählen wollte.

»Es war für Paul Celan, dieses Buch«, sagte Dent schließlich. »Kennen Sie ihn?«

»Nein«, antwortete Maude; wieder taten sich die Abgründe ihrer Unwissenheit unter ihr auf.

»Er war Dichter«, erklärte er. »Er war Dichter, und er ist gestorben.«

Der Roman handelte von einem Schriftsteller im Exil,

weit weg von zu Hause, der durch die Straßen von Paris irrt in dem verzweifelten Versuch, die Fäden seines zersprengten Lebens wieder aufzunehmen und die Stimmen in seinem Kopf zum Schweigen zu bringen. Als das Buch erschien, stellten die Kritiker außergewöhnliche Vergleiche an: mit Dostojewski, Conrad, Joyce. »Jedes Mal«, bemerkte Dent damals mit undurchdringlicher Bescheidenheit, die seine Interviewer vor Bewunderung beinahe platzen ließ, »jedes Mal, wenn jemand über eine Person schreibt, die in einer Stadt umherirrt, zaubern sie diese alten Namen aus dem Hut. Das ist wie ein Reflex, sie können einfach nicht anders.«

Maude fand, die Kritiker hatten Recht, aber es war mehr als das, denn auf völlig altmodische Art und Weise war es ein Buch mit einem großen, kraftvoll schlagenden Herzen. Es entbehrte der grausamen, wilden Ironie, die damals *en vogue* war. Es war ebenso romantisch wie trübselig, die Hoffnung auf Besseres geisterte hindurch, darauf, dass gebrochene Herzen und eingebrochene Stufen irgendwie wieder ganz werden, dass zielloses Herumstolpern sich in athletische Schnelligkeit verwandeln könne.

»Ich war in Paris«, erzählte Dent, »als ich mit der Arbeit daran begann. Claudette war dort, um sich von irgendeinem angesagten Künstler fotografieren zu lassen, und sie entschied sich, zu bleiben. Ich war mit meinem zweiten Buch fertig und steckte in dieser Phase, in der man für eine Weile aufhören muss, und stattdessen nachdenken, sich wieder aufladen, weil man ganz leergeschrieben ist. Also fing ich an, tagelang in Paris herumzustreifen. Ich ging und ging, ohne zu wissen, wohin. Eines Tages setzte ich mich in ein Café, nicht eines von den berühmten, wo

Sartre und de Beauvoir früher Hof hielten, sondern eines, in dem Hemingway oder Gertrude Stein um nichts in der Welt hätten gesehen werden wollen. Damals hegte ich die Vorstellung, jedes Café in Paris sei ein glanzvoller Hort existenzialistischer Diskussionen, erfüllt von den Geistern toter Schriftsteller, aber die meisten sind gar nicht so, sie sind wenig bemerkenswerte Orte, wo Leute nach einem langen Tag noch ein Bier trinken gehen. In einem von diesen Cafés in einer tristen Straße ohne einen einzigen Baum ließ ich mich nieder und las Zeitung, und da saß ein Mann am Nebentisch, sehr dünn und dunkel, mit einem gequälten, verwundeten Blick. Mir fiel auf, dass er nur einen kleinen Kaffee trank, solange er dasaß, als könne er sich nicht mehr leisten. In Paris durfte man das, sie wären nicht im Traum darauf gekommen, einen hinauszuwerfen. Man konnte den ganzen Tag lang warm und trocken sitzen, für den Preis einer Tasse schwarzen Kaffees, nicht größer als eine Kinderhand.«

Er hielt inne und holte Atem. Maude konnte sehen, dass er wieder in jenem schäbigen Café mit dem dünnen, verhungerten Fremden saß, als sei das gestern gewesen und nicht vor dreißig Jahren.

»Ich brauche jetzt auch einen Kaffee«, sagte er. »Solche Geschichten habe ich nicht mehr erzählt, seit …« Er schüttelte den Kopf. »Ich wollte sagen, seit zehn Jahren, aber eigentlich habe ich noch nie solche Geschichten erzählt. Ich habe sie immer niedergeschrieben.«

Er stand auf, streckte Beine und Arme und drehte den Kopf hin und her, um seinen Nacken zu lockern, dann gingen sie in die Küche. Er mahlte Kaffeebohnen, kochte eine große Kanne Kaffee, und sie sprachen gar nicht mehr. Maude wollte seine Gedankengänge nicht unterbrechen, und Dent schien einen Augenblick der Stille zu brauchen nach so viel Sprechen.

Als sie wieder am Tisch saßen, dicke weiße Porzellantassen mit schwarzem Kaffee vor sich, nahm Dent den Faden wieder auf, als hätte es diese Unterbrechung gar nicht gegeben.

»Plötzlich merkte ich«, erzählte er, »dass ich Hunger hatte, also bestellte ich ein Schinken-Sandwich, und dann habe ich etwas riskiert und den Fremden in meinem ziemlich holprigen Französisch gefragt, ob er mit mir essen wolle. Er wollte wissen, ob ich Engländer sei, und ich war überrascht über seinen starken amerikanischen Akzent. Ich hatte mich schon gefragt, ob er aus Algerien stamme; aber das lag wohl ebenso sehr an seiner Steifheit und Armut wie an seinem Aussehen. Er setzte sich zu mir, ich gab ihm ein halbes Sandwich ab, und als er aß, wurde mir klar, dass er wohl seit zwei Tagen nichts gegessen hatte. Es war die Art, wie er sich zwang, es nicht mit animalischer Gier hinunterzuschlingen. Er konzentrierte sich so sehr darauf, sich nicht zu verraten, dass er dabei nicht sprechen konnte. Ich erinnere mich, wie ich dachte: Genau das unterscheidet uns von wilden Tieren, diese absolut menschliche Beherrschung, das dünne Band der Zivilisation.

Ich hatte Freude daran, ihn essen zu sehen, als sei er ein alter Freund, den es schwer getroffen hat. Ich hatte solche Armut nie gekannt. Zwar hatte ich es damals nicht leicht, die ersten beiden Romane brachten nicht viel ein, aber ich hatte immer Geld, ich hatte immer genug. Ich war nie nur eine Fünf-Pfund-Note von der Straße entfernt, er dagegen kannte etwas, das ich mir nur vage vorstellen konnte.

Als er fertig war, entspannte sich etwas in ihm, er sah zu mir auf und lächelte, und er hatte das lieblichste Lächeln, das ich je bei einem Mann gesehen habe. Obwohl es mitten am Nachmittag war, bestellte ich uns beiden Cognac, und wir kamen ins Gespräch.

Er hat mir nie erzählt, warum er nach Frankreich gekommen war. Er sagte, er arbeite an einem Roman, lebe aber von Übersetzungen. Ich vermutete, das Geschäft ging gerade nicht gut, das war ziemlich offensichtlich, aber ich fragte ihn auch nicht danach, das erschien mir unhöflich. Er sprach allerdings am Rande auch vom Hunger, aber nicht seinem eigenen. Peter, so hieß er, war vom Hunger besessen. Er sprach lange von Kafkas Kurzgeschichte über einen Hungerkünstler. Er erzählte mir, Kafka sei mit einundvierzig an Tuberkulose gestorben, doch die Krankheit sei gegen Ende so schlimm geworden, dass er nicht mehr schlucken konnte. Noch bevor die Krankheit ihn umbrachte, verhungerte er, im wahrsten Sinne des Wortes. Peter kam nicht über die groteske Ironie dieser Geschichte hinweg, dass der Schöpfer des *Hungerkünstlers* selbst verhungert war.«

Dent hielt wieder inne, um Atem zu schöpfen, um nachzudenken oder aus sonst einem Grund. Maude blickte auf das Tonbandgerät hinab, um sich zu überzeugen, dass es noch lief und die ganze Erzählung in sein kleines silbriges Inneres aufnahm.

»Er hat mir schließlich von Celan erzählt«, fuhr er fort. »Ich wusste nicht viel über ihn, was ein Fehler war, denn er war der wichtigste europäische Dichter der Nachkriegszeit. Aber hier in England lesen wir ja selten ausländische Autoren. Wir haben zu viele eigene Dichter anzubeten. Oder vielleicht ist das auch charakteristisch für Inselbewohner, ich weiß nicht. Doch dieser Amerikaner aus New York City wusste alles über Paul Celan und erzählte mir den ganzen Tag lang von ihm. Er war trunken von Celan, hatte alle seine Gedichte drei oder vier Mal gelesen und verstand immer noch kaum die Hälfte davon. Er sagte, man habe das Gefühl, die Worte durch die Haut aufzusaugen, dass man sie mit dem Herzen verstehe, nicht mit dem Kopf. Ich bestellte uns mehr Cognac, wir waren schon sehr ausgelassen und rauchten wie verrückt. Ich empfand den gleichen verwegenen Leichtsinn, den man fühlt, wenn man sich in jemanden verliebt, besser kann ich es nicht beschreiben, das war ein unglaublich starkes, Schwindel erregendes Gefühl. Es war mir egal, wie spät es war, wo ich gerade sein sollte oder ob ich irgendwo erwartet wurde, ich wollte nur, dass dieser Mann weitersprach.«

Dent blickte auf, aus seinen Erinnerungen gerissen, und schenkte Maude ein schwaches Lächeln; wieder fiel ihr diese Verletzlichkeit auf, die sein Wesen durchzog. Es kam ihr ein wenig so vor, als hoffe er auf ihre Billigung; nein, nicht ganz – Erlaubnis, das kam dem Eindruck vielleicht näher.

Sie behielt ihre unbewegte Miene bei, zeigte keine Überraschung, damit er fortfahren konnte, ohne ihr Urteil zu fürchten, doch tief drinnen wollte sie auch nicht zu erkennen geben, was ihr durch den Kopf gegangen war, als er davon gesprochen hatte, trunken von Worten zu sein, dass es sich anfühlte, wie wenn man sich verliebte. Wie jetzt, hatte sie da gedacht, wie das hier. Sie sperrte den Gedanken schnell wieder weg, bevor er irgendwo hingelangen konnte, denn das lag zu weit außerhalb aller Möglichkeiten, um auch nur darüber nachzudenken.

»Sprechen Sie weiter«, sagte sie.

»Er erzählte mir«, berichtete Dent, »dass Celan in Rumänien geboren wurde. Er war Jude. Als der Krieg kam, wurden seine Eltern in ein Konzentrationslager gesperrt. Sein Vater starb an Typhus, seine Mutter wurde mit einem Genickschuss hingerichtet. An dieses Detail erinnere ich mich; es erschien mir besonders schockierend. Ich fragte mich, wie diese Information überlebt hatte, wer davon wusste, wer sie weitergetragen hatte. Über Celans Privatleben ist nicht viel bekannt: Es gibt ein paar Briefe von ihm an Nelly Sachs, eine weitere jüdische Dichterin, die den Krieg überlebte, ihn aber nie überwand. Sie musste immer wieder in verschiedene Sanatorien, wurde mit Elektroschocks behandelt und gewann trotzdem den Nobelpreis. Die beiden haben sich jahrelang geschrieben, aber wenn man die Briefe liest, findet man darin kaum Informationen, sie sind sehr abstrakt. Sie sind wunderschön, voller Hoffnung, Ermunterung und Liebe. In dem letzten Brief, den Celan an sie schrieb, steht: ›Alle Freude, Nelly, alles Licht!‹ Das war der ganze Brief. Ein paar Monate später stürzte er sich von einer Brücke in die Seine, und am Tag seiner Beerdigung starb auch Nelly, an demselben Tag, als man ihn in die Erde senkte. Also, die Eltern wurden umgebracht, und er selbst in ein Arbeitslager gesteckt. Er konnte entkommen, landete schließlich in Paris, heiratete und begann, Gedichte zu schreiben. Man würde meinen, all das sollte reichen, um einem Mann das Herz zu brechen, doch das Schicksal war noch nicht fertig mit ihm: Sein erstes Kind starb noch im Säuglingsalter. Danach kam ein weiterer Sohn, auf den Celan sehr stolz war, doch der Schatten jenes ersten Todes muss wie eine ständige Mahnung über ihm gehangen haben, eine Mahnung an seine Vergangenheit. Schrecklich, dem Tod entronnen zu sein und ihn dann wie einen Bluthund immer noch an den Fersen zu haben. Er schrieb und wurde ausgezeichnet, doch er litt unter einer Art Verfolgungswahn, und nicht ganz zu Unrecht – man vergisst gern, wie viel Antisemitismus den Krieg überlebt hat: Noch in den fünfziger und sechziger Jahren herrschte ein entsetzlicher Judenhass, den Nelly Sachs auch zu spüren bekam; das war eines der Dinge, die sie in Anstalten trieb, wo man ihr Elektroden an den Kopf drückte. Celan brach darunter geistig fast zusammen; er kämpfte dagegen an, und man spürt eine nagende Verzweiflung und Wut in seinen Gedichten, doch am Ende haben die Worte einfach nicht gereicht, er ging zu dieser Brücke und sprang.

Peter hat mir das erzählt. Es war der Pont Mirabeau. Er sagte, einmal in der Woche gehe er dorthin, blicke über die Brüstung und stelle sich den Fall vor. Mir wurde bewusst, dass ich erst an diesem Vormittag über genau diese Brücke gegangen war, dass sie mir gar nichts bedeutet hatte, mir aber der Name aufgefallen war. Das ist so ein schöner Name für eine Brücke, und er blieb mir im Gedächtnis haften. Er sagte noch etwas über Selbstmorde, dass Selbstmörder früher nicht in geweihter Erde begraben werden durften, weil sie menschliches und göttliches Gesetz gebrochen hatten – sie wurden verstoßen. Er erzählte mir, dass James Joyce einmal gesagt haben soll: ›Als wären ihre Herzen nicht schon oft genug gebrochen worden.‹ Peter meinte, daran denke er, wenn er dort auf dem Pont Mirabeau stehe. Er denke an die letzten Zeilen, die Celan an Nelly Sachs geschrieben hatte, und was wohl sein Herz, das so viel ertragen hatte, am Ende so unwiderruflich gebrochen haben mochte.«

Dent brach wieder ab, als stelle er sich dieselbe Frage; als wüsste er, dass es auf solcherlei Fragen nie eine Antwort geben kann, dass Selbstmord an sich so unerklärlich ist wie Wasser.

»Wir saßen dort bis Mitternacht«, fuhr er fort. »Wir waren total betrunken, und auf dem Weg hinaus auf die Straße mussten wir einander stützen wie zwei alte Männer. Wir sind danach nicht in Verbindung geblieben, als sei dieser eine Tag so vollkommen und außerhalb der Zeit gewesen, dass alles andere ihn nur besudeln oder auslöschen könnte. Er ist jetzt ziemlich berühmt, er schreibt wunderschöne Romane, und ich glaube, er muss auch nicht mehr hungern. Ich kehrte in mein Hotel zurück und schlief acht Stunden am Stück, bis ich am nächsten Morgen aufstand, und das war eine dieser seltenen Gelegenheiten, die manchmal vorkommen, wenn man Unmengen von Alkohol trinkt, aber ohne Kater davonkommt. Ich stieg einfach aus dem Bett, zog ein leeres Blatt in die Schreibmaschine ein und begann mit *Schwarzer Morgen.* Das klingt jungenhaft und unwahr, und ich kann es nicht richtig in Worte fassen, aber die ganze Zeit über, während ich daran arbeitete, hatte ich das Gefühl, es für Paul Celan zu schreiben, als wolle ich damit versuchen, sein totes, gebrochenes Herz zu heilen, was ihm mit seinen eigenen Worten am Ende doch nicht gelungen war. Sehen Sie«, erklärte er weiter, »das Seltsame war: Erst ein paar Wochen bevor ich Peter in diesem Café traf und er mir all diese Dinge erzählte, erst ein paar Wochen davor hatte Celan sich umgebracht. Ich habe das im Zeitungsarchiv recherchiert, ich habe extra in der Bibliothek nachgeforscht. Der Tag, an dem er sprang, war genau der, an dem ich nach Paris geflogen war. Ich stellte mir vor, wie wir über der Stadt gekreist waren, im Landeanflug, wie ich blind und nichts ahnend aus dem Fenster geschaut hatte in genau dem Moment, in dem er sich vom Pont Mirabeau stürzte. Also habe ich es für ihn geschrieben.«

Es folgte ein Augenblick der Stille, in dem die letzten Worte wie Rauch in der Luft hingen. Dent wirkte plötzlich schüchtern, als habe er mit dieser Erinnerung an ein jugendliches, idealistisches Selbst alle Regeln gebrochen, die besagten, dass man skeptisch und zynisch zu sein habe und nicht solche Sachen von sich geben dürfe.

Maude schaltete das Tonband ab und sagte: »Das reicht jetzt.«

Dent blickte erstaunt auf, und um die Wahrheit zu sagen, hatte Maude sich selbst damit erstaunt. Doch sie wusste, er sollte jetzt besser aufhören, und vor allem wusste sie, dass sie aufhören musste. Sie fühlte, wie sich ein Abgrund unmöglicher Träume vor ihr auftat, und sie musste hier raus.

Der Abend stand still und violett draußen vor den Fenstern, das Licht starb im Westen. »Gehen wir spazieren«, sagte sie. »Sie brauchen ein bisschen Bewegung. Wir sitzen schon zu lange hier.«

Nicht weit vom Haus gab es einen kleinen See. Sie stiegen einen dicht bewaldeten Hang hinauf und auf der anderen Seite wieder hinunter, und das Wasser erstreckte sich vor ihnen, silbrig, unberührt und spiegelglatt. In der Ferne erhoben sich blaue Berge, die Luft strich kühl und dünn über Maudes Gesicht, und in den Wäldern sangen Vögel. Sie spürte, wie die Spannung dieses langen Tages sich losmachte und davontrieb, hinaus ins klare Abendlicht.

Sie sprachen nicht, als wären Worte jetzt zu alltäglich und unbedeutend. Maude fühlte, dass die nahende Gefahr an ihnen vorbeizog, wie auf der anderen Straßenseite, ohne sie zu erkennen.

Später kehrten sie ins Haus zurück, Dent briet ein Hühnchen, das sie zu Brot und Rotwein mit den Fingern aßen, dann setzten sie sich in den hohen weißen Raum und sahen sich eine Fernsehsendung an, über Frauen mittleren Alters, die nach Griechenland zogen in der Hoffnung, dort ihre Version von *Shirley Valentine* aufzuziehen, und die Sendung war so blöde und klischeehaft, dass sie alle Gespenster vertrieb. Schließlich ging Maude erschöpft nach oben in ihr Bett und schlief endlich einmal eine Nacht durch, ohne aufzuwachen.

# 9

***Erst am letzten*** Tag ihrer Aufzeichnungen mit dem Recorder sprach Dent endlich über seine Frau.

Am Vormittag redete er noch ein wenig über das Schreiben, über Literatur, über andere Schriftsteller, die er bewunderte. Er bezog sich mit keinem Wort auf das, was er tags zuvor erzählt hatte, als gebe es nichts mehr hinzuzufügen.

Sie aßen Omelette zu Mittag, danach setzten sie sich wieder in das weiße Zimmer, und Dent sprach weiter. »Claudette«, sagte er und verstummte. Maude blieb ganz still. Sie spürte eine Angst in sich, als kämen sie nun an den entscheidenden Punkt, und sie war nicht sicher, ob sie das hören wollte. Sie meinte, vielleicht habe er schon genug enthüllt, aber dies war seine Vorstellung, und sie würde ihm gewiss nicht vorschreiben, wo er die Grenzen zu ziehen hatte.

»Claudette war das Schönste, das ich je gesehen hatte«, sagte Dent, doch es lag keine Bewunderung in seiner Stimme. »Es klingt so offensichtlich im Nachhinein«, sagte er, blickte auf und musterte Maude. »Sie kennen ja sicher die Fotos. Sie war berühmt für ihre Schönheit. Es gibt so viele Bilder von ihr.«

Etwas in seiner Stimme schien zurückzucken zu wollen, als könne er all diesen ikonischen Abbildern nie entrinnen. Claudette Dent lebte in Bildern fort: in Fotografien, Gemälden und lebhaften Schwarzweiß-Zeichnungen. So vielen großen Künstlern hatte sie im Laufe der Zeit als Modell gedient, dass sie bei jeder Ausstellung oder Retrospektive an der Wand hing, sichtbar für jedermann: in voller Lebensgröße, strahlend im eingefangenen Augenblick. Sie war erst neununddreißig, als sie starb, für sie fand der Abstieg verblassender Schönheit niemals statt; ihre Schönheit war in diesem Schrein bewahrt, in ihrer ganzen erstaunlichen Pracht. Sie überlebte in ewigem Glanz, wie all jene, die jung sterben und die einen Ruhm erlangen, der ihnen nie gewährt worden wäre, hätten sie das menschlich Alltäglichste getan, nämlich alt werden.

Maude fragte sich, wie oft Dent mit diesen Bildern konfrontiert wurde. Obwohl er hier draußen lebte, umgeben von Bergen wie von einem natürlichen Schutzwall, las er doch Zeitung. Obwohl er nicht im fauligen urbanen Fluss mitschwamm, musste er sie doch sehen, erinnert werden.

»Aber«, sagte er, nun mit einem unbestimmbaren ironischen Unterton, »die Bilder werden ihr nicht gerecht. Es gibt Frauen, deren Gesichtszüge flach besser aussehen, zweidimensional, so dass man enttäuscht ist, wenn man sie schließlich leibhaftig vor sich sieht. Bei Claudette war es umgekehrt. Diese Bilder zeigen einiges von ihr, doch nicht alles. Ihre Haut hatte so etwas Besonderes, eine Wildheit, die in ihr brannte wie ein Feuer; da war etwas an ihrer Art, sich zu bewegen, das eine Kamera niemals einfangen konnte. Wenn sie im Raum war, konnte man einfach niemand anderen ansehen.«

Er hielt inne, als sei das nicht die Richtung, die er hatte einschlagen wollen, könne aber nun nicht mehr zurück. Maude wollte sagen: Halt, genug, doch sie fand die Worte nicht.

Dent nahm sich eine Zigarette, zündete sie an und zog tief daran, während sein Gesicht vor Erinnerungen angespannt und verschlossen wirkte. »Wir waren furchtbar jung, als wir uns kennen lernten«, sagte er. »Jung und sehr dumm. Im gefährlichsten Alter, wenn man glaubt, alles zu wissen, wenn man meint, das Geheimnis des Universums ergründet zu haben, den Talisman der Jugend, den all diese alten Leute einfach vergessen haben. Ich hatte gerade meinen ersten Roman veröffentlicht, und sie war beeindruckt davon, dass ich Schriftsteller war, denn damals war jeder Rockstar, Modedesigner oder auf Selbsterfahrungstrip im Hindukusch. Sie hatte ein verdrehtes Wesen, und ich glaube, sie fand etwas Exotisches daran, dass ich den ganzen Tag lang zu Hause saß und mir Sachen ausdachte. Sie war ein intellektueller Snob, sie las Baudelaire auf Französisch, deshalb wollte sie auch nach Paris. Seit ihrem sechzehnten Lebensjahr hatte sie in London gelebt, und schon damals war sie berühmt; sie trat auf, als sei sie fünfundzwanzig und hätte schon alles ausprobiert, Liebhaber beiderlei Geschlechts, diverse Drogen und spontane Trips nach Marokko auf dem Rücksitz irgendeines Rolls-Royce. Irgendwie zog sie mich mit sich, ich konnte ihr nicht widerstehen. Einmal haben wir uns mittags betrunken, sind ins Standesamt in Chelsea gestolpert und haben zwei Trauzeugen von der Straße hereingeschleift – einer war ein bekiffter Hippie, von Kopf bis Fuß in violetten Samt gekleidet, der andere ein Veteran aus dieser Gegend in seiner roten Uniform, die Brust mit Orden behängt, als wären es Amulette. Zuerst wollte er nicht recht, weil er nicht wusste, ob das vielleicht unrecht sei, aber Claudette war so überzeugend und charmant, und obwohl er schon über achtzig war und zwei Kriege mitgemacht hatte, konnte er sich gegen sie genauso wenig wehren wie alle anderen. Und so haben wir geheiratet.«

Er machte eine Pause, atmete durch und zündete sich eine neue Zigarette am glühenden Stummel der letzten an, und wieder wollte Maude ihm Einhalt gebieten.

»Die Ernüchterung ließ nicht lange auf sich warten.« Dents Stimme durchdrang den stillen Raum. »Sie war in eine Vorstellung davon verliebt, wie ein Schriftsteller sein würde. Sie stellte sich ein Leben in romantischer Hemingway-Manier vor, wilde mittägliche Orgien, ungestüme Spontan-Trips nach Kuba, Besäufnisse mit Spielern und Tod am helllichten Nachmittag. Aber tatsächlich ist es nichts anderes, als in einem kleinen Zimmer vor leeren Seiten zu sitzen. Man lebt in seiner Fantasie, mit Figuren, die einem irgendwann so wirklich erscheinen wie die echten Menschen um einen herum; man wird rücksichtslos und ist nicht kompromissbereit, weil man sich Raum zum Schreiben schaffen muss. Für die meisten Leute ist das kein richtiger Beruf, sie meinen, sie könnten einen jederzeit unterbrechen, als liefe Inspiration wie eine Art Benzinzufuhr, als könne man sie nach Belieben an- und abdrehen. Claudette fand es unerträglich, dass ich nicht mit ihr auf jede Party ging und die Nächte durchmachte, sie fand es unausstehlich, wenn ich jedes Mal daran dachte, dass ich am nächsten Morgen aufstehen und arbeiten musste. Sie meinte, so lebten nur gewöhnliche Menschen, die Langweiler, die lahmen Säcke, aber doch kein Schriftsteller; Schriftsteller konnten sich die ganze Nacht hindurch zusaufen und trotzdem am nächsten Tag ausgehen und zwei Flaschen Rioja zum Mittagessen trinken. Und wissen Sie was«, setzte Dent hinzu, »das Komische ist, dass sie sich jahrelang, selbst nachdem die bittere Realität sie so enttäuscht hatte, immer noch an die Vorstellung klammerte. Sie las in der Zeitung und in Zeitschriften über uns und glaubte, das sei die Wirklichkeit, obwohl das so offensichtlich falsch war. Für sie drehte sich alles im Leben um den Auftritt, die Oberfläche: Sie liebte den Eindruck, den man von uns hatte, und hasste die Art, wie wir wirklich waren. Also zog sie hinaus und fand anderswo Trost; sie hat mich oft gefragt, warum ich das nicht auch tue. Das lag nicht daran, dass ich ein so guter Mensch wäre. Ich glaube, ich hatte den abscheulichen Wunsch, moralisch auf dem hohen Ross zu sitzen, was ich wirklich erbärmlich von mir finde. Und so wurde die Kluft zwischen uns immer breiter, ich zog mich in meine Arbeit zurück, und nach einer Weile stellte ich fest, dass es mir nichts mehr ausmachte. Das war es auch, was sie erst wirklich verrückt gemacht hat, denn teilweise sollten ihre Eskapaden dazu dienen, irgendeine Reaktion von mir zu provozieren, und ich glaube, sie konnte mir nie verzeihen, dass ich ihr die nicht gegönnt habe. Heute frage ich mich, ob die Wüste, zu der mein Gefühlsleben geworden war, mich dazu gebracht hat, sie zu hassen, in einem tief vergrabenen Teil meiner selbst; ich frage mich, ob es das war, wovor ich mich versteckte, weil ich es nicht ertragen konnte, das einzugestehen, nicht einmal mir selbst.

Und seit … seit … dem Unfall, da gibt es einen Teil von mir, der sich fragt, ob ich sie nicht doch gesehen habe, ob ich nicht unbewusst doch wahrgenommen habe, dass sie da war, und ob mich das für die eine entscheidende Sekunde davon abgehalten hat, auf die Bremse zu treten …«

»Nicht«, sagte Maude, und ihre Stimme tönte barsch und laut durch den Raum. »Sagen Sie es nicht.«

Dent blickte auf, und sie schaute weg, nach links und nach rechts; sie bemühte sich, wieder vernünftig zu klingen.

»Ich meine«, sagte sie und zwang ihre Stimme in eine tiefe, rationale Tonlage, »und das wissen Sie auch, dass Worte Macht haben, und wenn es einmal ausgesprochen ist, wenn es einmal da draußen ist, wenn man es laut gesagt hat, dann wird es zu einer Tatsache, und es gibt kein Zurück mehr.«

»Aber ich sage es«, entgegnete er, »in meinem Kopf. Jeden Tag sage ich es. Die Worte sind da, sie werden nur nicht ausgesprochen. Ausgerechnet Sie – Sie sind der eine Mensch auf dieser Welt, der das verstehen müsste.«

»Nein«, widersprach Maude, und das ängstliche Drängen war wieder in ihre Stimme eingekehrt. »Das stimmt nicht. Es ist nicht wirklich, all das: Es ist durch eine Menge dummer Zufälle dazu gekommen, und Sie messen dem Ganzen eine Bedeutung bei, die es gar nicht hat.«

Sie flehte ihn nun regelrecht an, bat ihn, ihr da herauszuhelfen. Sie konnte die Gefahr wieder deutlich erkennen, wie silbriges Eis auf tiefem Wasser: Ein weiterer Schritt, und es würde brechen, sie beide würden ertrinken.

Sie spürte Panik in sich aufsteigen wie eine giftige Wolke. Hastig schaltete sie den Recorder aus, nahm das Band heraus und hielt es vor ihm in die Höhe. »Hier ist alles drauf«, sagte sie. »Mehr ist es nicht. Siebzehn von diesen kleinen Plastikdingern.« Sie hatte sie am Abend zuvor gezählt: Siebzehn Stunden, die niemals jemand hören würde. »Ich werde sie zerstören«, erklärte sie. »Ich werde sie verbrennen, dann haben sie nie existiert, ich fahre zurück nach London, und es wird sein, als wäre all dies nie geschehen.«

»Es ist zu spät«, sagte Alexander Dent. »Dazu ist es zu spät.«

»Nein«, widersprach Maude. »Nein, ist es nicht. Das meinen Sie nicht ernst. Der Geist kann in seine Lampe zurückkehren, Sie kehren in Ihr Leben zurück, und nach einer Weile wird Ihnen das hier vorkommen wie ein Traum, wie eine ferne Erinnerung, wie etwas, das nie geschehen ist.«

»Warum haben Sie solche Angst?«, fragte Dent.

»Ich habe Angst«, entgegnete Maude, »weil das hier nicht im Drehbuch stand, weil ich gewisse Dinge weiß und das hier nie enthüllt werden sollte, einfach weil.«

Sie wäre in diesem Moment gegangen. Sie stand auf; sie steckte das Band in die Tasche und wandte sich zur Tür. Sie würde das Haus verlassen, egal, wie er darüber dachte, und sie würde den weiten Weg zurückfahren, den sie gekommen war. Sie würde all das hier vergessen; sie würde in ihren dunklen Keller zurückkehren, wo sie hingehörte.

Doch als sie aufstand, erhob er sich ebenfalls, kam um den Tisch herum, der zwischen ihnen stand, und hielt sie bei der Hand zurück; in dem Augenblick, als sie spürte, mit welcher Kraft und Wärme seine Hand sie festhielt, wusste sie, dass sie es nicht einmal bis zur Tür schaffen würde. Er war ihr zu nahe, und sie war sich seiner Nähe sehr bewusst, als pulsierte in ihm ein heißer Strom, der von seinem Körper in ihren lief. Wie vorhin wollte sie rufen: Halt, stopp, aber sie konnte nichts tun. Er zog an ihrer Hand, ihr Verstand rief immer noch: Nein, stopp, das nicht, und dann gab sie plötzlich nach, als bräche etwas in ihr mit einem tiefen Seufzen zusammen.

Sie schloss die Augen, ließ sich nach vorn sinken und spürte zum ersten Mal seine glatte Schulter an ihrer. Er küsste sie; seine Lippen waren kühl und trocken. Es war ein zögernder Kuss, als wolle er fragen: Ist das richtig so, ist es das, was du willst? Die Stimmen in ihrem Kopf verstummten, waren endlich einmal zum Schweigen gebracht, und es gab nur noch ihren Körper, der sagte: Das, das hier.

Dent zog den Kopf zurück, berührte ihr Gesicht und beugte sich wieder vor, um sie zu küssen, und sie wusste weder, was sie tat, noch wie sie hieß, sie hatte das Gefühl zu fallen, und ihr letzter Gedanke war, dass er genau hierüber gesprochen hatte.

Am nächsten Morgen erwachte sie im Sonnenschein; schon wieder Sonne, dachte sie, nördliche Sonne. Vor dem Denken kam nur Fühlen, ein Jubel, der in ihr aufstieg wie Rauch, verströmendes Glück. Sie fühlte sich verantwortungslos und albern; Sonne, dachte sie, so weit im Norden, aber es muss doch Herbst sein, die Zeit des Verfaulens, qualmender Feuer, Zeit für Nebel und feuchte Tage. Die Sonne schien immer noch zu ihrem Schlafzimmerfenster herein, doch dann merkte sie, dass dies gar nicht ihr Zimmer war (warum bezeichnete sie es überhaupt in Gedanken als ihres?), sondern ein fremdes Zimmer, größer und solider als ihr kleines Refugium.

Sie sah, dass dieselbe weiße Weite dominierte, der gleiche Dielenboden, die gleichen quadratischen Fensterrahmen, die so viel Licht hereinließen. Doch es waren vier Fenster, nicht zwei, und da stand ein robuster, mit Schnitzereien verzierter Kleiderschrank, in sehnsüchtigem, stumpfem Blau gestrichen, und ein langer Tisch an einer der Wände, bedeckt mit Büchern, einzelnen Münzen, irgendwelchen unordentlichen Papieren, einer kleinen Elfenbein-Schatulle und anderen Dingen, die sie nicht genau erkannte. An einer anderen Wand lehnte ein fast mannshoher, goldgerahmter Spiegel, der ein Stückchen Bett reflektierte, das Fenster hinter ihr und die Aussicht auf die fernen Berge, diese tiefblauen Berge, die sie hier überall sah, wohin sie den Blick wandte. Die Luft roch kühl, frisch, sauber.

Ihr fiel wieder ein, wer sie war, wo sie sich befand, was in der vergangenen Nacht geschehen war; sie schaute nach rechts und sah den langen Leib von Alexander Dent neben sich schlafen.

Er wirkte durchscheinend und still im frühen Morgenlicht. Er lag auf dem Rücken, einen Arm über den Bauch gelegt, die Decke war herabgerutscht, und sie konnte seine breite, magere Brust sehen, die weit auseinander liegenden Schultern, den Bogen seiner Schlüsselbeine, die sich unter der dünnen Haut abzeichneten. Dunkle, flache Leberflecken und ein paar hellere Sommersprossen hoben sich von der blassen Haut ab, ein Keil von Haaren verlief von seinem Bauchnabel aufwärts; sein Brustkorb hob und senkte sich im Rhythmus seines Atems, und sie konnte gar nicht verstehen, dass er nicht aufwachte, wenn ihr Blick so schwer auf ihm ruhte.

Sie hatte gedacht, dass sie vielleicht Scham oder Reue empfinden würde, doch da sie ihn nun ansah, spürte sie nur Begehren. Sie fing ein plötzliches Echo der Angst von gestern ein, als sie gewusst hatte, dass dies passieren würde, und alles getan hätte, um es zu verhindern. Nun erschien es ihr unvermeidlich, und sie verstand kaum mehr, warum sie geglaubt hatte, sie müsse es verhindern.

Sie wollte, dass er aufwachte, doch sie mochte ihn nicht wecken.

Sie wollte, dass er aufwachte, die Arme nach ihr ausstreckte, sie berührte und sie vögelte.

Kurz entschlossen drehte sie sich auf die Seite, legte das Gesicht nah an seines und beobachtete ihn. Aus diesem Winkel konnte sie ihn ganz aus der Nähe sehen, seine gerade Nase, den bleichen Bogen eines Augenlides, den zarten Schwung seiner Lippen. Solche Haut hatte sie noch nie bei einem Mann gesehen, feste, ein wenig graue Haut, fein und glatt, mit einem zarten Schimmer darauf. Sie fand, diese Haut sei das Schönste, was sie je gesehen hatte.

Sie rutschte vor, drückte die Nase an seine Schulter und roch den klaren, salzigen Duft, der von ihm ausging. Er roch nach Luft, See und Sand. Sie fragte sich, wie das kam; sie wusste zu wenig über andere Männer, um Vergleiche anstellen zu können, doch sich erinnerte sich daran, was Ruby eines Abends in jenem hohen grünen Raum in der Talgarth Road gesagt hatte: Dass man immer merke, wenn jemand etwas Geheimes, Wütendes in sich verbirgt, weil derjenige bitter rieche, nach Mandeln.

Maude fragte sich, ob sie ihn schlafen lassen sollte oder verwegen sein, ihn streicheln und wecken. Sie atmete langsam durch die Nase ein, dann seufzend durch den Mund aus und blies sacht die Luft auf ihn. Sie streckte die Beine aus und spürte, wie ihre Füße seine berührten; sie drehte sich auf dem dicken, weichen Laken um und hörte, wie er ein kehliges Geräusch von sich gab; sie blieb ganz still liegen und fürchtete sich plötzlich davor, ihn zu stören. Er schien im Schlaf zu seufzen, und sie kuschelte sich wieder hin und entspannte sich ein wenig. Da spürte sie seine linke Hand ihren Schenkel hinaufgleiten und glaubte immer noch, er tue das im Schlaf, doch die Hand fand einen festen Rhythmus, also rückte sie näher heran und legte ein Bein über seines. Als sie sich umdrehte, erblickte sie sein Gesicht, immer noch still und mit geschlossenen Augen auf dem Kissen, doch dann sah sie, dass er zu lächeln begann, die Hand strich das Bein bis ganz oben entlang, und sie wusste, er war wach.

Das Bett quietschte, als er sich zu ihr umdrehte, die Augen immer noch geschlossen, doch sein Mund öffnete sich an ihrem, und sie flüsterte hinein: Ja jetzt, ja da. Sie legte den Oberschenkel an seine Hüfte, so dass er in sie rutschen konnte; es war ganz still, und sie kamen ihr vor wie zwei Schlafwandler. Sie wiegte sich an ihm, ruhig und sanft, instinktiv und langsam. Nun schloss sie die Augen, ihr Kopf fiel zurück, sie spürte, wie er an ihrer Brust lächelte, und dann war es wie beim ersten Mal, sie wusste nicht, wer sie war, welcher Tag heute war oder wo sie sich befanden; seine Hand stütze sie, lag fest tief unten in ihrem Rücken. Da hörte sie ein Geräusch im Zimmer und merkte nach einer Weile, dass es ihre Stimme war, die sagte: »Ja jetzt, ja da, ja.«

Als es vorbei war, lag sie auf der Seite, schmiegte sich an ihn, legte das Gesicht an seinen Hals und ließ ihn sie festhalten. Sie atmete langsam, hielt die Augen geschlossen und wollte sich in ihm verstecken. Doch sie wusste, dass sie bald die Augen öffnen musste, dass sie sich trennen, aufstehen, sich anziehen würden, dass sie der Welt gegenübertreten musste. Alles hatte sich verändert, und das verunsicherte sie, sie wollte für immer in dieser friedlichen Ausnahme von der Realität liegen bleiben. Nur hier bleiben, mit seinen Armen fest um sie geschlungen, seinen Beinen schwer auf ihren, und sich geborgen fühlen. Sie hatte sich noch nie in ihrem Leben so geborgen gefühlt und konnte die Vorstellung nicht ertragen, dass sich das ändern sollte.

Er lag lange sehr still, dann bewegte er einen Arm, hob die Hand und streichelte ihr schwarzes Haar; sie spürte es und lächelte.

Sie war wohl wieder eingeschlafen, denn als sie aufwachte, fiel das Licht tiefer in den Raum hinein und Dent lag auf der Seite und beobachtete sie, einen Arm noch immer über ihren Bauch gelegt.

Plötzlich war sie verlegen, denn das hier kam ihr so seltsam vor. Nicht nur seinetwegen, sondern deshalb, weil sie so etwas nie tat: Sie wachte immer allein auf, und jetzt war jemand da, alles war anders, und sie wusste gar nicht, wie solche Situationen funktionierten.

Er lächelte sie an. Sein Gesicht war so nah, und ihre Verlegenheit wuchs.

»Geht es dir gut?«, fragte er. Es lag etwas Zögerliches in seiner Stimme, als empfinde er die Situation auch als fremd.

»Ja«, erwiderte sie. »Dir auch?«

»Ja«, sagte Dent. »Ja. Mir geht es gut.«

Wäre Maude eine andere Sorte Frau gewesen, so hätte sie jetzt einen Scherz gemacht, ihn geneckt, eine treffende, witzige, unemotionale Bemerkung angebracht. Sie spürte ihren absoluten Mangel an Erfahrung sehr deutlich, und diesmal beschützte er sie nicht, sondern ließ sie bloßgestellt und ängstlich im Regen stehen.

»Ich weiß nicht«, sagte sie leise, »was als Nächstes passiert.«

Dent lachte, als habe sie etwas Komisches gesagt. Er zog sie an sich, küsste sie und sagte: »Ich weiß es auch nicht.«

Er lachte noch ein wenig darüber, und Maude merkte, wie sie sich anstecken ließ und zu lächeln begann. Er fügte hinzu: »Ich weiß überhaupt nichts mehr«, und aus irgendeinem Grunde flößte ihr das Mut ein. Sie sah ihn an, zog die Brauen hoch und erwiderte: »Aber du solltest es wissen, du bist doch hier der Mann von Welt, du müsstest doch wissen, wie das funktioniert.«

Er lachte wieder und hielt sie weiter an sich gedrückt, und sie war glücklich.

»Du meinst, weil ich der ältere Mann bin«, erklärte er. »Das meint man doch mit Mann von Welt. Ich bin fünfzig«, sagte er.

Maude entgegnete: »Ich bin fünfunddreißig.«

Dent runzelte die Stirn. »Ist das wichtig?«, fragte er. »Spielt das eine Rolle? Fünfzehn Jahre.«

»Eine Rolle bei was?«, fragte Maude zurück.

»Hierbei«, antwortete er. »Für dich und mich. Für uns.«

Sie lag ganz still, und die Angst hämmerte ihr auf den Hinterkopf, als wolle sie sich vehement in Erinnerung bringen. Geborgenheit und Sicherheit fielen von ihr ab, und ihr blieb nur die gähnende Leere ihrer Ängste.

Sie wusste nicht, was dies hier sollte; nun, im hellen Tageslicht, erschien es ihr wie ein verrückter Augenblick, eine völlig unkontrollierte Explosion nach all diesem Reden, all diesen Enthüllungen. Letzte Nacht und beim Aufwachen im stillen Morgengrauen hatte sie für eine Weile geglaubt, alles sei anders, sie sei anders, doch nun wusste sie, dass manche Dinge sich nie veränderten. In der vergangenen Woche hatte sich etwas in ihr bewegt, doch es gibt keine Zauberstäbe, nicht in diesem Leben, und der ängstliche Teil von ihr erklärte deutlich und entschieden, dass sie das hier nicht verdient hatte, dass dies nur für eine Nacht sein konnte, dass es nie mehr davon geben würde.

Deshalb verstand sie nicht, was er meinte, als er »uns« sagte, denn das hier konnte keine Zukunft haben. Sie fragte sich, ob er nur einen Weg suchte, sie fortzuschicken, ohne allzu brutal zu sein.

Die alten Verteidigungs-Mechanismen kehrten zurück, als wären sie nie fort gewesen. Sie rückte von ihm ab, stieg aus dem Bett und griff nach ihrer Bluse; rasch zog sie sie über, um ihre Blöße zu bedecken, und schon kam es ihr vor, als seien die letzten paar Stunden eine seltsame Verirrung gewesen. Sie fühlte sich überhaupt nicht mehr geborgen, warm und sicher, sie fror und fühlte sich schutzlos.

»Ich weiß nicht«, sagte sie und hörte selbst, wie barsch und abrupt ihre Stimme klang. »Ich sollte jetzt gehen.«

»Wohin denn?«, fragte er.

»Einfach gehen«, erwiderte sie.

Es kam ihr vor, als habe man ihr einen kurzen Blick auf etwas Vollkommenes gewährt, etwas, das andere Leute kannten; als habe er ihr die niedrige Tür in der Wand einen Spalt aufgemacht, als habe sie hindurchgesehen und einen sonnendurchfluteten Garten erblickt. Doch nun schloss sich die Tür wieder, sie blieb draußen allein zurück, und jener flüchtige Blick konnte nie mehr sein als eine Erinnerung.

»Einfach gehen«, wiederholte sie.

Sie blickte sich nach dem Rest ihrer Kleidung um. Das Bett knarzte, Dent kam herüber, stellte sich vor sie hin und legte ihr die Hände auf die Schultern. Sie wandte das Gesicht ab, um sich nicht zu verraten.

»Maude«, sagte er. Zum ersten Mal hatte er sie bei ihrem Namen genannt, fiel ihr ganz zusammenhanglos auf. »Was tust du? Was soll das?«

Sie schüttelte den Kopf. »Ich kann nicht«, sagte sie. »Ich muss … einfach …«

»Was glaubst du denn, was das hier sollte?«, fragte Dent mit sicherer, drängender Stimme. »Meinst du vielleicht, das war ein Anfall von Wahn, dass ich, ich weiß auch nicht, dich benutzt hätte, als kleinen Trost, nachdem ich dir all diese Sachen erzählt hatte? Dass es jetzt vorbei ist und du gehen musst?«

Maude zwang sich, den Blick zu heben und ihn anzusehen. Sein Gesicht war so blass und schön, dass es ihrem Herzen einen Stich versetzte.

»Ja«, sagte sie mit lauterer Stimme. Sie hörte es, doch es war ihr schon egal; sie konnte sich nicht noch mehr zum Narren machen, als sie es ohnehin schon getan hatte.

»Ja«, wiederholte sie. »Genau so ist es, natürlich ist es so, und ich gehe jetzt. Ich hätte gleich gehen sollen, dann brauchst du nicht mehr darüber nachzudenken, weil es nichts weiter war.«

»Das stimmt aber nicht«, sagte Dent. »Das kannst du doch nicht wirklich glauben.«

»Ich kann«, erwiderte Maude. »Oh ja, ich kann.«

»Nein«, widersprach Dent. »So war es nicht. Es bedeutete etwas. Es bedeutet etwas.«

Maude setzte sich abrupt auf die Bettkante; sie hatte

keine Kraft mehr, ihm zu widersprechen. »Ich verstehe gar nichts«, klagte sie. »Ich weiß nicht, was du willst.«

Dent setzte sich neben sie und schaute von ihr weg in den weißen Raum. Obwohl er sie nicht berührte, konnte sie seinen Körper spüren; sie spürte seine Hitze, so nahe waren sie sich.

»Ich möchte, dass du bleibst«, sagte er. »Wenn du willst.«

Ein Schweigen entstand, und Maude wusste nicht, wie sie es füllen sollte. Zwanzig verschiedene Emotionen tobten in ihr, hundert willkürliche Gedanken.

Dent holte tief Atem. »Ich weiß nicht, wie ich dich darum bitten soll«, erklärte er. »Ich war hierin eingeschlossen, in diesem stummen Leben, zehn Jahre lang, seit dem Unfall. Du kennst das, denn du hast es genauso gemacht. Und ich hatte schon jeden Gedanken daran aufgegeben, dass etwas ... irgendetwas wie das hier geschehen könnte. Ich habe mich abgekapselt, weil mir das so sicher und angemessen vorkam, und dann bist du hier aufgetaucht, wir haben so lange geredet, und ich habe dir Dinge erzählt, die ich noch nie jemandem erzählt habe, und die ganze Zeit über habe ich daran gedacht, mich gefragt, ob ... Ich habe gehofft, dass du bleiben würdest.«

Er kann mich nicht im Ernst darum bitten, dachte Maude. Das hier passiert nicht wirklich. Das passiert nicht mir. Sie hielt den Blick abgewandt und konnte nicht sprechen, weil sie nicht wusste, was sie sagen sollte.

»Du möchtest wissen, was ich will«, fuhr Dent in ihr Schweigen hinein fort. »Es ängstigt mich auf ungefähr zehn verschiedene Arten, dir das zu sagen. Aber ich habe nichts zu verlieren. Ich möchte, dass du hier bleibst, bei mir. Ich weiß, ich sollte das vielleicht nicht sagen nach so kurzer Zeit, aber das Leben ist verdammt kurz, und man muss es leben, etwas riskieren, und ich glaube, wir beide haben ohnehin schon genug davon vergeudet. Ich möchte«, erklärte er, »dass du mit mir zusammenlebst und wir uns lieben. Das ist alles.«

Maude saß da wie erstarrt, versteinert vor Unglauben.

Er hat das nicht gesagt, dachte sie. Nein, nein, das könnte er gar nicht. Sie würde sich umdrehen und feststellen, dass es nur ein Scherz war, ein Trugbild; sie würde wieder in ihrem einsamen Kämmerlein sitzen und sich auslachen, weil sie so eine Idiotin war und so albernes Zeug träumte.

Doch sie wachte nicht auf, sie war immer noch hier, und sie spürte ihn neben sich, wie er auf ihre Antwort wartete, und es war echt, es war wirklich.

»Ja«, sagte sie.

»Ja was?«, fragte er.

»Ja, bitte«, sagte Maude, und es schlug ihr entgegen, als sitze sie in einer Achterbahn und rase auf weißen Gleisen in den Abgrund, den Fahrtwind im Gesicht. Sie wusste, dass es echt war, und sie begann zu lachen, als sei das der beste Witz aller Zeiten.

»Ja, bitte, ja, bitte«, sagte sie, und Dent fing auch an zu lachen, sie wandten sich einander zu und umarmten sich, bebend vor Lachen, Furcht und Erleichterung. Sie dachte: Es ist mir egal, es macht mir nichts mehr aus, zum Teufel damit, das hier ist echt, alles ist wirklich anders, es gibt kein Zurück, und es ist mir vollkommen egal.

# 10

***Der Oktober war*** gekommen, und das Land wurde von wilden, grandiosen Farben erleuchtet. Die Hügel waren violett, rot, dunkelgrün, und die Bäume starben in trotzigen Flammen. Das Wetter zog sich über die Tage hin wie ein Traum. Die Sonne schien noch immer, doch ohne die vorherige Hitze. Die Tage waren kühl, still und von klarem Sonnenschein erfüllt; das Licht war gelb und eindrucksvoll, dichter und älter als das Licht in London.

In den ersten Wochen taten sie, was Liebespaare eben so tun. Sie erzählten einander Geschichten aus ihrem Leben, sie enthüllten Geheimnisse und erfanden Witze, die kein anderer verstehen könnte, sie schliefen aneinander geschmiegt in Dents hohem, weißem Bett und atmeten im selben Rhythmus. Dent kutschierte Maude durch die wilde Landschaft in Richtung Inverness, wo die Berge sich öffneten wie ein Buch und das dünne schwarze Band der Straße sich über eine endlose, hoch gelegene Wildnis entrollte; nichts stand zwischen diesem Band und dem weiten Himmel, und meilenweit sah man kein Haus und keinen Menschen. Es war, als führen sie über das Dach der Welt.

Maude hatte noch nie eine solche Landschaft gesehen. Es kam ihr vor, als sei sie Tausende von Meilen weit weg von allem, was sie kannte, in einem fremden Land; sie konnte sich kaum vorstellen, dass London nur gut siebenhundert Kilometer entfernt sein sollte, auf derselben Insel, derselben Landmasse. Dies hier schien überhaupt nichts mit irgendetwas zu tun zu haben, das sie bisher gekannt hatte.

Eines Tages brachte Dent sie nach Westen, zu einem verborgenen Tal mit einem silbrig glänzenden See an einem Ende, umringt von steil aufragenden blauen Bergen, die in senkrechten Klippen ins Wasser fielen. Sie fuhren eine einspurige Straße entlang, flankiert von Moos, Gräsern und silbernen Birkenwäldern; die Baumstämme waren weiß, schmal und zierlich, sie lehnten sich einander zu wie Damen der Gesellschaft auf einer Cocktailparty in den zwanziger Jahren, doch die Blätter erstrahlten scharlachrot vor dem klaren Himmel. Sie kamen durch eine schmale Schlucht, wo ein Wasserfall donnernd in einen schwarzen Fluss stürzte und die sehr geheimnisvoll und abgeschieden wirkte, und als Maude es am wenigsten erwartete, fuhren sie um eine Kurve, und das Tal breitete sich vor ihnen aus: ein uraltes Gletschertal, keinen Kilometer breit, in dem ein Flüsschen träge durch den flachen Grund zog. Sie folgten dem Fluss bis an sein Ende, und da lag der See, lang, glitzernd und makellos, mit einem schmalen Stückchen weißen Sandes an der Spitze und dem fernen Ring hoher blauer Berge.

In der Talsohle tummelten sich Rehe, eine riesige Gruppe, vielleicht hundert oder mehr, die langsam am Fluss entlangzogen, und wieder überkam Maude plötzlich das Gefühl der Fremdartigkeit. Dies erinnerte sie an Bilder von Südamerika, die sie einmal gesehen hatte, irgendetwas an den Windungen des satten Flusses und an den leuchtenden, fremdländischen Farben; sie beobachtete, wie das Wild dem Leittier folgte, und wieder erinnerte sie das an Tiere in freier Wildbahn, die über eine Steppe irgendwo in Afrika zogen.

Sie hatte nicht geahnt, dass Schottland so sein würde. Sie wusste, dass es ein anderes Land war als England, doch sie hatte nicht gewusst, dass es sich wie ein anderes Land anfühlen würde.

Die beiden stiegen aus dem Auto und spazierten zum Wasser hinab. Dent hielt ihre Hand. (Wie Teenager, wie junge Liebespaare überall, wie neue Liebespaare überall, so mussten sie einander ständig berühren; sie spürten das drängende Verlangen nach irgendeinem kleinen Kontakt, dem warmen Schauer von Haut an Haut, eine kleine Erinnerung an Sex, daran, nackt nebeneinander zu liegen.)

Die Luft an Maudes Gesicht fühlte sich kühl und klar an; die Wasserfläche lag still und ungebrochen vor ihr. Vögel flogen paarweise darüber hinweg wie Jagdbomber und kreisten in perfekter Formation über dem See.

Hier herrschte etwas Machtvolles, etwas Geheimnisvolles und Altes, etwas, das über die prächtige Schönheit hinausging, etwas, das einen traf wie ein unerwarteter Faustschlag in die Magengrube. Maude bekam eine Ahnung davon, warum manche Menschen zu Mystikern wurden, wenn es um die Schönheit der Natur ging. Sie waren so uralt und unveränderlich, diese Berge; sie waren vor Millionen Jahren geformt worden und standen immer noch da, völlig unbeeindruckt von der rasanten Veränderung im menschlichen Dasein. Sie hatten hier schon ganze Weltalter gestanden, bevor Maude auch nur als ferner Traum existiert hatte; sie würden weitere Millionen Jahre hier stehen, nachdem sie längst nicht mehr war. Maude fühlte neue Perspektiven auf ihre Schultern fallen wie einen Mantel.

Sie gingen eine Weile spazieren, ohne einen anderen Menschen in der Nähe, und es schien, als sei all diese strahlende Pracht nur für sie beide. Maude sprach nicht, denn sie meinte, Worte könnten dem hier nicht gerecht werden, es gab nichts zu sagen, das sich nicht wie ein klägliches Klischee angehört hätte. Sie betrachtete ihre Umgebung, nahm alles in sich auf und versuchte nicht, es mit einem Namen zu versehen.

Am Wasser blieben sie stehen, Dent stellte sich hinter sie und schlang die Arme um sie. Sie lehnte sich an ihn, und er fühlte sich in ihrem Rücken stark und fest an, wie in der Erde verwurzelt. Sie fand es merkwürdig, dass etwas so neu und seltsam sein konnte (dieser Mann, dieser Schriftsteller, an den sie jahrelang voll Bewunderung gedacht hatte, der nun bei ihr stand, die Arme um ihre Taille gelegt) und zugleich so vertraut und behaglich. Es war, als habe sie ihn nie gekannt und kenne ihn doch schon immer, und sie wusste nicht, ob es sich für alle Menschen so anfühlte, oder ob das etwas zwischen ihnen beiden war; ob es eine Art Anzeichen oder Barometer darstellte – dies ist kein Strohfeuer, nicht nur Lust und Wahn, dies ist das Wahre. Sie konnte sich nicht überwinden, das Wort Liebe zu gebrauchen, noch nicht, nicht jetzt; es war zu beängstigend, zu groß für ihre Gedanken. Es hatte seine ganz eigene Macht, und sie wusste, wenn es einmal ausgesprochen war, konnte man es niemals zurücknehmen und alles mit einem Schlag ruinieren. Sie hatte keine Ahnung, woher sie das wusste, aber es war ihr völlig klar.

Nach einer Weile sagte sie: »Danke, dass du mich hierher gebracht hast.«

Er stützte das Kinn auf ihre Schulter und entgegnete so leise, dass sie es kaum hören konnte: »Ich glaube, das hier ist es, was mich letztendlich gerettet hat.«

Sie drehte sich um, sah ihn an und hätte weinen mögen, denn er war unendlich lang allein gewesen, und wenn man so daherstolpert und sich derart heftig und unerwartet in jemanden verliebt, dann ist die Vorstellung, etwas könne diesen Menschen schmerzen, einfach nicht zu ertragen.

»Ich glaube nicht an Gott«, sagte Dent und lächelte sie auf seine fragende, selbstironische Art an. »Aber hieran glaube ich.«

Er wollte noch etwas anderes sagen, überlegte es sich jedoch anders und brach ab; Maude wollte ihn fragen, was es war, doch sie tat es nicht. Wochen später fragte sie ihn dann, und er erinnerte sich genau an diesen Moment und erklärte: »Ich wollte sagen, dass auch du mich gerettet hast, aber es war noch zu früh, ich konnte es nicht sagen, denn das ist eine zu große Bürde; das kann man niemandem auferlegen, den man erst so kurze Zeit kennt.«

Maude sah ihn an und entgegnete: »Trotzdem habe ich damals gehofft, dass du genau das denkst.«

Ganz am Anfang gab es Tage, an denen Maude die Fremdartigkeit sehr stark empfand. Nicht nur, dass er ihr fremd war, sondern dass sie überhaupt eine Liebesbeziehung hatte. Sie hatte so etwas noch nie getan, in ihrem ganzen Leben nicht. Es hatte diesen Jungen an der Uni gegeben, dem sie ihre Jungfräulichkeit vor die Füße geworfen hatte; es hatte ein paar Männer gegeben, vor dem

Unfall, aber irgendwie kam es nie richtig in Gang, sie war nie mit dem Herzen dabei. Und seit dem Unfall kaum noch etwas.

Es hatte auch einen Abend gegeben, an dem sie erst sehr spät aus einer Besprechung mit einem Lektor gekommen war. Sie war müde und ging auf dem Heimweg noch auf einen Drink in eine Bar in Soho, ein Typ machte sie an, und sie sagte Ja, noch bevor sie darüber nachdenken konnte, weil die Einsamkeit in ihr toste wie Wildwasser. Er nahm sie mit in seine Wohnung, nur ein Zimmer mit Bad, obwohl er älter war als sie. Er behauptete, Dichter zu sein, was das Zimmer erklärte. Er spielte ihr Dinah-Washington-Platten vor, sprach zärtlich mit ihr, ging mit ihr ins Bett, und er war vorsichtig und sanft, ohne Leidenschaft oder besondere Technik, und Maude lag da und fühlte gar nichts; kein Mitleid, keine Nähe, kein Verlangen. Einfach nur nichts. Er rief sie danach noch mehrmals an. Sie ließ ihn lange Nachrichten auf ihren Anrufbeantworter sprechen, während sie in der Küche saß, zuhörte und nie den Hörer abnahm. (Nun, weit offen von Lebensfreude und Glück, dachte sie an ihn und wünschte, sie hätte seine Nummer, damit sie ihn anrufen und sich entschuldigen könnte; damals war es nur eine weitere kleine Kerbe am Stecken ihres jämmerlichen Daseins gewesen.)

Daher wusste sie im Gegensatz zu anderen Frauen ihres Alters nicht das Geringste über die vielen Kleinigkeiten im Zusammenleben mit einem Mann. Sie kannte sich mit solchen Sachen wie dem Badezimmer nicht aus – sollte sie die Tür schließen, oder galt das als unhöflich und unfreundlich, wenn man schon mal nackt mit jemandem zusammengelegen hatte? Sie wusste nicht, um wie viel sie bitten durfte, wie viel sie nehmen durfte. Sie wusste nicht, wie viele Fragen sie stellen durfte, wie viel von seinen persönlichen Dingen sie immer noch nichts angingen. Er erzählte ihr eine Menge, aber es gab durchaus noch einige Themen, um die er einen Bogen machte, und sie spürte ein brennendes Verlangen, all das jetzt zu erfahren, alles über ihn zu wissen.

Bei anderen Gelegenheiten wirkte ihre Unwissenheit als Befreiung von Konventionen oder Erwartungen, sie ließ sich von diesem neuen, unbekannten Gefühl ergreifen und tat genau das, wonach ihr war, ohne sich um Regeln oder Erwartungen zu scheren.

Dent fand das lustig. »Du bist so wild«, sagte er. »All diese Jahre im Dunkeln, und jetzt bist du so wild.«

Es überraschte ihn, dass sie einfach alles loslassen konnte, ohne an die Konsequenzen zu denken. »Wie machst du das bloß?«, fragte er.

»Ich weiß nicht«, antwortete Maude. »Ich weiß gar nichts. Du bist der Schriftsteller. Du bist der alte Mann, du solltest es wissen.«

In ihr steckte dieses sorglose Wesen, sie spürte, wie es sie übernahm, und es fühlte sich an, als sei sie betrunken oder gesetzlos, und es war ihr egal.

»Ich weiß das alles in der Theorie, im Kopf«, erklärte Dent. »Ich weiß nicht, wie das im richtigen Leben geht.«

»Freunde dich mit deiner weiblichen Seite an und genieß das Leben«, entgegnete Maude, die an Ruby in ihrem hohen Loft dachte.

»Macht es dir etwas aus, dass ich alt bin?«, fragte Dent, und aus irgendeinem Grund musste sie darüber laut auflachen.

»Fünfzig«, sagte sie, stotternd vor Lachen. »Ach, weißt du, es kommt darauf an, was man daraus macht. Du bist ziemlich sexy für einen alten Knacker.«

Aber ihm machte es etwas aus, und anscheinend war er nie ganz sicher, ob sie nur Spaß machte oder nicht.

»Warum hast du keine Angst davor, alt zu werden?«, fragte Dent.

»Hast du denn Angst davor?«, fragte Maude zurück.

»Vielleicht«, antwortete Dent.

»Frauen haben ein anderes Verhältnis zum Tod«, erklärte Maude, und sie fand es seltsam, dass sie dieses Wort jetzt aussprechen konnte, und es war wirklich nur irgendein Wort. »Wir wissen, dass er uns eines Tages ereilen wird, also ist es nicht so ein Schock für uns, wenn wir das mittlere Alter erreichen und wissen, dass der Tod mehr als flüchtige Spekulation ist. Ich glaube, es hat etwas damit zu tun, dass wir Kinder gebären können. Da ist man so damit beschäftigt, sich die Finger schmutzig zu machen, dass man sich sentimentale Erwägungen über die Unsterblichkeit nicht leisten kann.«

»Aber Frauen beschäftigt das Älterwerden doch auch«, protestierte Dent.

»Nicht auf die gleiche Weise«, erwiderte Maude, die an ihre Nachmittage mit Rita Lane dachte. »Es ist eher ein kosmetisches Problem, weil uns seit fünfhundert Jahren aus jeder nur erdenklichen Richtung versichert wird, dass von dem Moment an, da wir die fünfunddreißig überschritten haben, niemand mehr mit uns ins Bett gehen will, und das macht uns traurig.«

»Das Alter«, fuhr sie fort, küsste seine harte Schulter und sog seinen salzigen Duft ein, »ist gar nichts, nur ein willkürlicher Strich im Sand. Du hast einen guten, starken Körper und ein schönes, intelligentes Gesicht, und ich will nichts weiter, als mit dir schlafen. Heißt das jetzt, dass fünfzig nichts taugt?«

Dent lächelte und küsste sie.

Maude lachte wieder, auf eine Art, die sie noch vor drei Wochen nicht im Traum für möglich gehalten hätte; sie lachte, als hätte sie den Teufel im Leib, sie war vollkommen schrankenlos. »Aber ich muss zugeben«, erklärte sie, »es ist ein Glück, dass du keinen Bierbauch gekriegt hast und jede Menge Hühneraugen und eine Denkerstirn mit ein paar vereinzelten Haaren darüber, denn sonst sähe fünfzig vielleicht doch nicht mehr so sexy aus.«

Dent lehnte sich zurück und machte ein schockiertes Gesicht. »Aber Frauen behaupten doch immer, solche Sachen stören sie nicht«, sagte er. »All diese schönen Frauen, die mit hässlichen Gnomen gehen – ihr liebt uns doch wegen unseres wunderbaren Humors, das weißt du genau.«

»Ja, klar doch«, entgegnete Maude. »Aber Frauen sagen auch, jedes Mal, wenn sie gefragt werden, dass die Größe nicht wichtig sei, und wir wissen schließlich alle, was für eine dicke Lüge das ist.«

Dent schüttelte den Kopf.

»Du darfst mir jetzt die Kleider vom Leib reißen, wenn du möchtest«, erklärte Maude.

Dent sagte: »Es ist vier Uhr nachmittags.« Maude sah ihn an, lachte, beugte sich zu ihm hinüber, küsste ihn, und dann gingen sie nach oben.

Dent hatte Recht; Maude hatte etwas Wildes in sich. Weil sie auf keinerlei Erfahrung zurückgreifen konnte, versuchte sie gar nicht mehr dahinter zu kommen, wie sie sich verhalten sollte, sondern ließ sich einfach von ihrem Instinkt leiten, denn anscheinend war das alles, was ihr zur Verfügung stand. Sie fühlte sich wie eine Wandernde, die sich in einem fremden Land einzig an der Sonne orientiert. Es gab keine Regeln: Sie kannte keine, und sie hatte nichts zu verlieren.

Sie war von seinem Körper wie berauscht; sie wollte ihn immerzu anfassen, sie wollte mit ihm nackt sein, und sie konnte nie genug bekommen. »Noch ein Mal«, sagte sie immer, »nur noch ein Mal.«

Für sie gab es keine Schranken, wenn sie mit ihm im Bett war. Es war, als wolle sie all den Sex aufholen, den sie nie gehabt hatte. Sie lachte, redete und keuchte laut; sie stieß ihn, zog an ihm und rollte ihn herum. Sie hatte eine Heftigkeit in sich, eine verrückte, wilde Entschlossenheit – sie saß auf ihm, stieß mit den Hüften auf ihn ein, wollte, dass er kam, wollte dafür sorgen, dass er kam. »Komm, komm«, drängte sie, und wenn sie selbst kam, schrie sie triumphierend auf, ließ sich auf die Matratze fallen, lächelte und lachte wieder; sie küsste ihn auf die Schulter, den Schenkel oder das Gesicht, je nachdem, wo sie gerade lag. Sie räkelte sich wie eine Katze, und manchmal schlief sie auf der Stelle ein, mitten in einem Satz, während er sie ansah, und manchmal knipste sie das Licht aus und sprach mit ihm, leise, im Dunkeln.

Dann wieder war sie zärtlich und hingebungsvoll, müde und schutzlos, und sie bat ihn, sie im Arm zu halten, damit sie seine Haut an ihrer, seinen warmen Körper an ihrem spüren und seinen Duft riechen konnte, diesen sauberen Geruch, den sie so liebte. »Du riechst nach Meer«, sagte sie, »nach Wasser, Salz und Sand.« Es gab andere Stimmungen, in denen sie ihm übers Gesicht strich, als lese sie es in Blindenschrift, und seine Züge in einem Singsang aufzählte: »Sieh nur, deine wunderschönen Augen, sieh nur, deine hohen Brauen, sieh nur, deine edle Nase« – bis er lachen musste und sie bat, damit aufzuhören.

Einmal weinte sie danach.

»Was denn?«, fragte Dent und zog sie an sich. »Was hast du?«

Sie blickte zu ihm auf, als hätte sie ihn noch nie gesehen; Tränen strömten ihr über die Wangen und tropften auf das Kissen. Dann lief es wie ein Ruck über ihr Gesicht, das Weinen hörte ebenso plötzlich auf, wie es begonnen hatte. Sie wischte sich mit dem Handrücken über die Wangen, ihr Blick wurde wieder klar, sie erkannte ihn und sagte: »Es ist nur Gefühl, weiter nichts. Nicht gut oder schlecht, nicht glücklich oder traurig, einfach nur Gefühl.«

Sie konnte vier Orgasmen hintereinander haben, und manchmal brauchte er sie kaum zu berühren, da kam sie schon in schnellen, flachen Wellen, und dann lächelte sie, halb stolz und halb beschämt, und sagte: »Mein Körper ist so leicht zu unterhalten.«

Einen Monat lang lebten sie in einem Bannkreis, verzaubert und abgeschnitten von der Welt.

Sie redeten, fuhren durch die Berge, gingen spazieren, aßen ausgiebig zu Mittag, hörten Musik und liebten sich, immer und immer wieder. Die ganze Zeit über spürte Maude, wie ein unaufhaltsames Gefühl in ihr stärker wurde. Manchmal, wenn sie lange genug stillhielt und darüber nachdachte, machte es ihr Angst, weil es ihr so fremd war und sie nicht wusste, was sie damit anfangen sollte oder was es bedeutete. Sie war nicht sicher, ob es Dent ebenso erging, obwohl er anfangs ja gesagt hatte, was er gesagt hatte, und sie wollte ihn fragen, wusste aber nicht, wie. Sie fürchtete, wenn sie es in Worte fasste, könnte es ebenso rasch vergehen, wie es entstanden war.

Am Ende des ersten Monats, sehr spät an einem Freitagabend in der stillen Kühle der Dunkelheit, rollte sie von ihm herunter, legte sich auf die Seite und betrachtete sein Gesicht im silbrigen Licht des Mondes, der von draußen hereinschien und rund und voll am Fenster vorbeisegelte wie ein Schiff auf hoher See. Er schloss nie die Fensterläden, und das gefiel ihr.

Dent lag auf dem Rücken und blickte mit offenen Augen und ohne zu blinzeln zur Decke. Maude berührte seine Wange, die sich warm und vertraut anfühlte, und sie wollte ihm alles sagen.

»Was habe ich nur gemacht, bevor es dich gab?«, fragte sie.

Dent wandte sich ihr zu, und seine Augen blickten düster und verzweifelt. »Was hast du denn gemacht?«, fragte er.

»Ich habe in meinem einsamen Kämmerlein gehockt, sonst nichts«, sagte Maude. Die Erinnerung überkam sie wie eine Welle, und sie erschauerte. »Ich habe dagesessen, mich mit Vorwürfen gequält und gewusst, dass ich nie mehr sein kann als nur ein halber Mensch.«

»Es war nicht deine Schuld«, entgegnete Dent. Er runzelte die Stirn. »Es muss doch einen Teil von dir gegeben haben, der das wusste«, sagte er, »und trotzdem hast du dir weiter die volle Verantwortung für das gegeben, was passiert ist.«

»Da waren Kinder«, erzählte Maude, »auf dem Bürgersteig. Ich habe sie gesehen, aus dem Augenwinkel. Da ging eine Gruppe von Kindern, und ich hätte langsamer fahren sollen, aber das habe ich nicht getan. Sie haben mich vor Gericht gestellt, weil man deswegen belangt werden kann, das hat etwas mit Sorgfaltspflicht zu tun. Sie sagten, ich hätte meiner Sorgfaltspflicht genügen müssen, und das habe ich nicht, das habe ich auch zugegeben, doch meine Anwälte waren so verdammt gut, dass sie gewonnen haben. Ich kam mir vor wie eine Betrügerin, weil so ein fetter Kerl mit einer Perücke mich mit Spitzfindigkeiten da rausgeholt hat. Alle haben gesagt: Ach, weißt du, das hätte jedem passieren können, aber das ist es nicht, es ist mir passiert. Ich träume viel, weißt du, das habe ich schon immer gemacht, seit ich ein Kind war. Ich trete irgendwie weg, in eine Fantasiewelt. Ich glaube, das kommt daher, dass ich selten jemanden hatte, mit dem ich mich unterhalten konnte. Meine Mutter hat immer die Nase darüber gerümpft, sie hatte kein Fünkchen Fantasie. Also glaube ich, vielleicht habe ich auch im Auto geträumt, ich habe mich nicht aufs Fahren konzentriert, aber das hätte ich tun sollen, denn ich wusste doch, dass da Kinder auf dem Gehsteig waren, dass gerade Schulschluss war, und ich hätte meiner Sorgfaltspflicht genügen müssen. Hinterher habe ich also gedacht, wenn irgendjemand anderes in diesem Auto gesessen hätte, wäre das nicht passiert, und dieses Kind wäre noch am Leben. Es ist gestorben, weil ich in diesem Auto saß. Es war wie eine Bestätigung für dieses nebulöse Gefühl, das ich immer schon gehabt hatte – dass ich nirgends hineinpasste, irgendwie verkehrt sei, nicht gut genug.«

Dent sagte gar nichts. Manchmal wusste er einfach, dass es nichts zu sagen gab.

»Es passierte direkt vor seiner Haustür«, fuhr Maude fort. »Der Junge hat die Straße überquert, um nach Hause zu gehen. Keine drei Meter, zehn Sekunden früher oder später, und alles wäre anders gekommen. Er wäre noch am Leben. Daran denke ich. Das gehört zu den Dingen, die ich all die Jahre lang gemacht habe, ich habe in meinem Zimmer gesessen und darüber nachgedacht.«

Sie hielt inne. Dent sah sie an, und sie wusste, dass sie nichts weiter zu sagen brauchte, dass er sie vollkommen verstand.

»Ich habe mich aus der Welt herausgenommen«, sagte sie, »danach war nichts mehr da. Leerer Raum, weiter nichts. Da war eine leere Stelle, und jetzt ist sie wieder gefüllt, und ich weiß nicht, wie ich damit umgehen soll.«

Sie schwiegen eine Weile, und Maude fragte sich, was er wohl denken mochte. Sie hätte gern eine Leitung in seinen Kopf verlegt, um alles sehen zu können, was darin vorging. Sie fand es seltsam, dass sie ihm so nahe sein konnte, so nackt und bloß bei ihm sein, aber dennoch diese Kluft blieb, eine Distanz, weil sie nie genau wissen konnte, was er wirklich dachte.

Sie wollte ihn fragen, doch sie hatte genug Filme gesehen und Bücher gelesen, um zu wissen, dass die meisten Männer genau diese Frage von Frauen nicht hören wollten.

»Ich bin das nicht gewöhnt«, erklärte Dent nach einer Weile. »Ich glaube, ich weiß auch nicht, wie ich damit umgehen soll.«

Maude war neugierig. »Du musst aber doch mehr wissen als ich«, sagte sie. »Du hast all dies doch schon gekannt, du warst verheiratet. Du kennst das.«

Dent schüttelte den Kopf. »Das war nicht das Gleiche«, erwiderte er. »Ich weiß nicht, warum, aber es war ganz anders. Wir waren zu jung, vielleicht lag es daran. Und dann ging es schief, es verdarb, es gab nur noch Vorwürfe, Ablehnung und Missverständnisse, wo vorher Liebe gewesen war, wenn es überhaupt Liebe war. Was immer es war. Es war jedenfalls anders.«

Maude wollte fragen: Wie, warum, und was ist das hier jetzt, diese neue Sache, wie fühlte sich das für ihn an, doch sie blieb stumm.

»Das war die Vergangenheit«, sagte Dent, »bekanntlich ein fernes Land. Das hier ist anders. Ich habe andere Leute von so etwas reden gehört, aber ich konnte es mir nie vorstellen, habe kaum daran geglaubt, als hätten sie das nur erfunden, um festzustellen, wie leichtgläubig ich bin. Es fühlt sich an, als käme ich nach Hause, wie ein Schiff, das in den Hafen einläuft.«

Oh, dachte Maude, sag so etwas nicht, wenn du es nicht ehrlich meinst. Sag es nicht nur, weil es spät ist, der Mond scheint, wir uns gerade geliebt haben und es nichts gibt, das dich davon abhält.

Sie wollte einerseits, dass er weitersprach, andererseits, dass er damit aufhörte, und sie nahm seine Hand und drückte sie ganz fest, weil sie solche Angst hatte.

»Ich liebe dich«, sagte er. »Genau das ist es.«

Bei seinen Worten fühlte Maude etwas in sich fallen, sie hielt den Atem an und konnte ihn nicht wieder loslassen.

»Ich möchte, dass du bleibst«, sagte er, langsam und leise. »Nicht nur eine Woche, nicht nur einen Monat.

Ich möchte, dass du für immer bleibst. Würdest du das tun?«

Maude brachte kein Wort hervor. Alles verharrte auf einmal reglos, das Zimmer war schwarz und still, und sie hatte Hunderte Worte im Kopf, aber keines davon ergab einen Sinn für sie.

»Es tut mir Leid«, sagte Dent in die lange Leere ihres Schweigens. »Ist das zu viel? Ist das eine zu große Bitte?«

Plötzlich wurde Maude klar, dass er es ernst meinte und dass dies die Wirklichkeit war, kein Traum, und sie war derart erleichtert, glücklich und befreit, dass sie laut zu lachen begann.

»Was?«, fragte Dent. »Ist das so komisch?«

»Ich kann nicht ...«, japste Maude. »Ich will nicht ...«, sagte sie. Das Lachen verebbte, und sie spürte eine weite Ruhe, die sich auf sie herabsenkte wie Schnee an einem stillen Wintertag.

»Es ist nicht komisch«, sagte sie. »Überhaupt nicht. Ich hätte nur nie gedacht, dass so etwas je passieren würde.«

»Also, was meinst du?«, fragte er. Seine Stimme klang steif, er bewegte sich nicht; vielleicht hatte sie ihn verletzt, und sie wollte es ihm erklären.

»Das ist der reinste Terror«, begann sie. »So lange habe ich dieses Gefühl für dich mit mir herumgetragen, und ich wusste nicht, ob du genauso empfindest, ob es bald vorübergehen würde, ob es nur Lust oder Wahn oder sonst etwas war. Ich habe mir nicht erlaubt, daran zu denken, weil alles so plötzlich kam und so seltsam war. Ich dachte, eines Tages würde es einfach verglühen oder ausbrennen, schließlich konnte ich ja nicht wissen, dass du das sagen würdest. Deswegen habe ich gelacht. Die Anspannung hat sich gelöst, das war alles.«

Er drehte den Kopf und sah sie an, worauf sie direkt in seine ernsten Augen blickte und sagte: »Ich liebe dich mehr, als ich je geglaubt hätte, jemanden lieben zu können, und ich will nur bei dir bleiben, alles andere ist mir egal.«

Da brach er ebenfalls in Lachen aus, zog sie fest an sich, und sie lagen aneinander gedrückt in dem hohen weißen Bett, wie Schiffbrüchige auf einer Planke in der stürmischen See, als müssten sie ertrinken, wenn sie einander losließen.

Maude spürte all ihre Angst und die Jahre der Einsamkeit von sich abfallen und dachte: Ich muss mich hieran erinnern, ich darf das nie vergessen, denn so etwas bekommt man nur einmal im Leben geschenkt. Ich darf das niemals vergessen.

Am nächsten Morgen wachten sie früh auf und frühstückten in der niedrigen blauen Küche. Dent briet Eier mit Speck, es gab Brot mit Marmelade, und Maude aß alles auf, weil sie noch nie in ihrem Leben so hungrig gewesen war. Sie fühlte sich jetzt sicher und frei, sie konnte absolut alles aussprechen.

»Ich muss wieder arbeiten«, sagte sie, obwohl das nicht unbedingt das war, was sie hatte sagen wollen. Aber sobald sie es ausgesprochen hatte, wusste sie, dass es stimmte: Auf einmal merkte sie, dass ihre Arbeit ihr wichtig war, auch wenn ein anderer Name auf dem Buchrücken stand.

»Ich werde nicht über dich schreiben«, erklärte sie und lächelte ein wenig neckisch zu ihm auf, »denn das wäre nicht mehr passend, jetzt nicht mehr.«

Dent erwiderte das Lächeln, stützte die Ellbogen auf

den Tisch, und sie fand es wundervoll, wie das Licht auf sein bleiches, kluges Gesicht fiel. In seinen Augen hing noch ein wenig Schlaf, und auf einer Wange hatte das Kopfkissen einen schwachen rötlichen Abdruck hinterlassen.

Er sagte: »Ich glaube, da hast du Recht.«

»Ja«, entgegnete Maude. »Ich will, dass es unser Geheimnis bleibt. Das ist etwas nur zwischen uns beiden, und da sollte es auch bleiben. Aber ich hatte ein anderes Angebot, bevor ich hergekommen bin, vielleicht ist das noch offen, und dann werde ich es wohl annehmen.«

»Es gibt ein Zimmer«, sagte Dent. »Ich habe ein leeres Zimmer, das ich bisher als Abstellkammer genutzt habe. Da steht ein Schreibtisch drin, und vom Fenster aus schaut man auf die Hügel hinaus. Das könntest du haben.«

»Das wird mir genügen«, erklärte Maude. »Ich werde im Verlag anrufen und fragen, ob das Projekt noch zu haben ist.« Sie aß noch etwas Brot mit scharlachroter Marmelade drauf und meinte, noch nie etwas so Gutes gegessen zu haben. »Du musst doch sicher auch allmählich wieder an die Arbeit«, sagte sie. »Ich habe dich lange genug davon abgehalten.«

Ein Schatten huschte über Dents Gesicht, den sie nicht genau bestimmen konnte; später sollte sie sich daran erinnern.

»Ja«, sagte er. »Ja.«

Maude glaubte, dieser Schatten rühre von der Angst her, die Realität werde hereinbrechen und die kleine Insel der Fantasiewelt verderben, die sie sich aufgebaut hatten. Nach dem, was er gestern Nacht gesagt hatte, hatte sie das Gefühl, die Starke zu sein; abrupt stand sie auf, lief um den Tisch herum, schlang die Arme um seine Schultern, fuhr mit einer Hand in sein Haar und legte seinen Kopf an ihren.

»Es wird nichts ändern«, sagte sie ruhig und spürte dabei seine raue, noch unrasierte Wange. »Wir können ins richtige Leben zurückkehren, ins normale Leben, und es wird uns vorkommen, als wäre es schon immer so gewesen.« Sie setzte sich wieder hin und lächelte ihn an, als könne sie alles in Ordnung bringen, weil er ihr den Schlüssel zum ganzen Universum ausgehändigt hatte.

»Das ist es, was Erwachsene tun«, erklärte sie. »Ich habe mich die ganze Zeit gefühlt, als wäre ich gerade mal achtzehn Jahre alt, als wären diese verlorenen Jahre spurlos an mir vorübergegangen und ich würde jetzt von vorn anfangen, wie ein junges Mädchen. Jetzt will ich das machen, was Erwachsene machen. Wir werden arbeiten und uns lieben, und alles wird gut gehen.«

Als sie da so saß, am Anfang eines neuen Tages, durch die Macht seiner Liebe gegen alle Widrigkeiten gerüstet, da glaubte sie tatsächlich, es sei so einfach.

Sie fuhr den holprigen Weg entlang zu der roten Telefonzelle, von der aus Dent seine Anrufe tätigte, rief Joan Bellow an und fragte, ob der Entdecker immer noch einen Ghostwriter suche.

»Ich bin aus London weggezogen«, erklärte sie. »Wenn er es im persönlichen Gespräch machen will, könnte es also schwierig werden.«

Joan klang nicht überrascht. Sie fragte nicht, warum Maude plötzlich aus der Talgarth Road ausgezogen sei. Sie sagte, sie hätten noch niemand anderen gefunden, und der furchtlose Held wolle auf Tonbänder sprechen, die dann transkribiert und zusammengeschrieben werden sollten.

»Er hat kaum Kontakt zu anderen Menschen«, sagte sie. »Er will das Ganze in ein Gerät diktieren, es mit der Post verschicken und hinterher wie durch Zauberhand ein Buch zurückgeschickt bekommen.«

»Dann mache ich es«, sagte Maude.

Sie kamen zum Geschäft: Geld und Zeit. Maude hatte keinen Agenten, aber sie arbeitete schon lange genug mit Joan zusammen, um zu wissen, dass sie faire Konditionen bekommen würde. Sie feilschten ein wenig, aus alter Gewohnheit, einigten sich dann auf Termin, Honorar und Beteiligung, und Maude legte den Hörer auf und wusste, die Welt hatte sie wieder; sie war froh darüber.

Danach rief sie Sadie an. »Ich weiß, das kommt jetzt sehr unerwartet«, begann sie. »Aber ich werde hier bleiben.«

»Oha«, entgegnete Sadie, deren Stimme klar und vertraut vom anderen Ende der Leitung kam, »möchtest du mir das vielleicht näher erklären?«

»Das ist eine lange Geschichte«, sagte Maude. »Ich erzähle sie dir ein andermal. Es ist verrückt, aber es ist tatsächlich wahr, und ich war noch nie in meinem Leben so glücklich; nicht in meinen wildesten Träumen.«

Sie wusste, Sadie würde sie verstehen, und so war es auch.

»Das ist«, sagte Sadie, »das Beste, was ich je gehört habe. Du willst also wirklich dort bleiben?«

»Ja«, antwortete Maude. »Er hat mich gebeten, zu bleiben, und ich muss mir irgendwas wegen meiner Wohnung überlegen.«

Sie besprachen noch ein paar logistische Details, und es stellte sich heraus, dass Sadies Mietvertrag auslief, und schließlich kamen sie überein, dass sie Maudes Wohnung mieten würde. »Ich wäre gern so nah bei den anderen«, erklärte Sadie. »Und auf merkwürdige Art mag ich deine Wohnung. Sie ist dunkel und seltsam, und das gefällt mir. Ich werde mich für dich darum kümmern, bis du entschieden hast, was du damit machen willst.«

»Der Gedanke, dass du darin wohnst, gefällt mir«, sagte Maude. Sie dachte, wenn Sadie dort wohnte, würde dieses finstere Kellerloch aufgehellt von etwas anderem, von dem Leben, der Gewissheit und Furchtlosigkeit, die Sadie ausstrahlte, und das würde ausreichen, um die alten Gespenster zu verjagen. Maude lächelte bei dieser Vorstellung; sie gefiel ihr gut.

Sie unterhielten sich noch ein wenig, um alles gründlich zu regeln, und dann sagte Sadie in einem Ton, als sollte sie es lieber nicht sagen: »Und, ist es?«, und Maude sagte: »Ja, ja, ist es«, und sie brauchten nichts weiter zu sagen.

# 11

***Maude erhielt die*** Tonbänder von dem verwitterten alten Forscher, Dent räumte das kleine Zimmer für sie aus, und sie richteten ein Arbeitszimmer darin ein. Maude fuhr in den nächsten Ort, kaufte Stifte, Papier und andere Notwendigkeiten ein und blendete den Ladeninhaber mit dem Lächeln, das ihr Gesicht einfach nicht mehr verlassen wollte. Sie installierte ihren Computer und richtete sich einen E-Mail-Account ein.

»Du weißt hoffentlich«, sagte sie zu Dent, »dass du hier einen Telefonanschluss hast?«

»Ja«, sagte er sehr ernst.

»Aber du hast kein Telefon«, wunderte sie sich.

»Nein«, antwortete er. »Habe ich nicht.«

»Wir könnten eines anschaffen«, bemerkte Maude.

»Oder auch nicht«, sagte Dent, worauf sie lachte und die Sache auf sich beruhen ließ.

Sie entwickelten eine kleine alltägliche Routine. Sie standen früh auf, frühstückten zusammen, dann las Dent die Zeitung und Maude ging nach oben und nahm ein Bad – das war ihre Zeit zum Nachdenken, ihr Beginn des Tages. Das Bad hatte ein Fenster, und sie konnte in der Wanne liegen und zusehen, wie das Wetter über den Himmel zog. Bis sie wieder herunterkam, war Dent in seinem Arbeitszimmer verschwunden, und sie ging in ihres; sie lernte die raue Stimme des Polarforschers so gut kennen wie die eines Freundes. Motiviert machte sie sich Notizen und überlegte, wie das Buch aussehen sollte. Sie fühlte ihre Schreibmuskeln wieder erwachen, kräftig und rein, und weil sie verliebt und alle ihre Sinne geschärft waren, gefiel ihr dieses Gefühl. Bald merkte sie, dass sie es zum ersten Mal richtig empfand, nicht behindert von der alten Last an Verlust- und Schuldgefühlen, die sie mit sich herumgeschleppt hatte wie ein riesiges Kreuz.

Sie aßen zusammen zu Mittag und gingen danach spazieren, wenn das Wetter schön war. Dent zeigte ihr die verschiedenen Berge, und sie lernte allmählich ihre Namen. Sie begann nach den Möwen zu suchen, wenn die von einem Sturm an der Küste landeinwärts kamen, zusammengedrängt wie dicke weiße Tratschweiber, wie sie sich kabbelten und in den Tag hinauskeiften. Sie beobachtete Bussarde, die wie Drachenflieger über den Himmel segelten, und verrenkte sich fast den Hals, um den einsamen Reiher zu sehen, der in ihr Blickfeld sank wie ein außerirdisches Wesen, das kaum Ähnlichkeit mit einem Vogel hatte. In den Wäldern lebten winzige, flinke rote Eichhörnchen, schreckhaft und nervös, gar nicht wie ihre fetten grauen Verwandten, die sich im Hyde Park breit machten wie Touristen, als wollten sie den vorübergehenden Menschen sagen: Leg dich bloß nicht mit mir an. Wenn es regnete, sah sie zu, wie der Bach anschwoll und über die Ufer trat, so dass das Wasser wie ein glitzernder Spiegel auf den ebenen Flächen ausgebreitet lag.

Nachmittags kehrten sie dann in ihre getrennten Zimmer zurück, machten gegen fünf Uhr Feierabend, kamen wieder heraus und tranken eine Kanne Kaffee, manchmal mit Kuchen. Dabei schlang Maude stets die Arme um Dent, küsste jeden Zentimeter seines Gesichts und fühlte sich plötzlich wie zerfressen, weil sie ihn so viele Stunden nicht gesehen hatte. Manchmal nahm sie ihn noch vor dem Abendessen mit nach oben ins Bett, weil sie die Nacht nicht mehr abwarten konnte. Er tat schockiert, doch sie wusste, dass das nur gespielt war; sie wusste, ohne dass er es ihr sagen musste, dass er es mochte und brauchte, genauso wie sie.

»Die Liebe«, sagte sie an einem jener verbotenen Nachmittage, »bleibt nicht lange so. Das hier ist der wilde Teil, ohne Sinn und Verstand. Romantische Liebe ist eine Art von Verrücktheit«, erklärte sie. »Wusstest du, dass Psychologen sich manchmal weigern, ihre Patienten zu behandeln, wenn diese frisch verliebt sind, weil sie dann zu verrückt sind, als dass man etwas mit ihnen anfangen könnte?«

»Das wäre aber doch der Zeitpunkt, zu dem sie die Couch am dringendsten brauchen«, wandte Dent ein.

»Also«, sagte Maude und strich mit einer Hand über seine Brust, die glatte, weiche Haut und das kleine Dreieck pelziger Haare, »sollten wir diese Zeit gut nutzen, denn in einer Weile wird das Feuer niederbrennen, und dann bleiben nur noch Tee und Pantoffeln und einmal im Monat, wenn wir Glück haben.«

Dent sah sie an. Die Falten um seine Augen waren tief eingegraben, doch die dunklen Schatten, die bei Maudes Ankunft noch darunter gelegen hatten, waren verschwunden.

»Pantoffeln vielleicht«, sagte er. »Aber einmal im Monat – niemals.«

Manchmal ging Maude allein spazieren, während Dent arbeitete. Das Licht wurde spärlicher, um vier Uhr nachmittags war es schon dunkel. In der verzauberten Stunde des Sonnenuntergangs, wenn die Wolken sich wie Inseln aus dem Himmel erhoben und Gestalten bildeten, wie sie sie noch nie gesehen hatte, ging sie ums Haus herum, fing das letzte Stückchen Tag ein und ließ ihre Gedanken zur Ruhe kommen. Manchmal gab es einen wilden Sonnenuntergang zu bewundern, beinahe vulgär und knallbunt, leuchtend pink, orange und lila; an anderen Tagen war er feiner und strahlender in acht verschiedenen Blautönen, und diese Sorte gefiel ihr am besten. Sie hatte noch nie so viele verschiedene Arten von Wolken an einem einzigen Himmel gesehen. An manchen Nachmittagen erhoben sich dicke Kumulus- und Nimbostratus-Monstren, sie stiegen hinter den Bergen auf wie riesige Staubwolken, darüber feine Zirrusschweife, durchscheinend und vergänglich, und darüber wiederum hingen lange, kräftige Streifen Violett, als habe irgendein gespenstischer Maler einen breiten Pinsel quer über den Himmel gezogen.

Diese abgeschiedenen Abende erfüllten sie mit einem namenlosen Gefühl. Es kam ihr vor, als sei all diese Schönheit, all diese frei zur Schau gestellte Pracht allein für sie, gesandt von irgendeiner Macht, nur um ihr damit zu sagen, dass sie hier richtig war. Sie vergaß all die irren, wirren, schlimmen Dinge und meinte, die Welt würde sich bis in alle Ewigkeit in unerklärlicher Schönheit weiterdrehen. Dieses Gefühl hatte sie noch nie verspürt, auch vor dem Unfall nicht, und sie fragte sich, ob es für andere Leute selbstverständlich war. Sie fragte sich, ob sie es erst jetzt sehen konnte, weil sie verliebt war und ihre Wahrnehmung geschärft. Wenn sie hierher gekommen wäre ohne Dent, ohne diese Liebe, hätte es sie auf die gleiche Weise berührt? Empfanden die Menschen, die schon immer hier lebten, es ebenso tief wie sie, oder waren sie so sehr daran gewöhnt, dass sie es kaum mehr bemerkten?

Während dieser einsamen Spaziergänge versuchte sie, die Gedanken, die ihr ungezügelt im Kopf herumrasten, einzufangen und ordentlich in Fächer zu sortieren, aber es gelang ihr nie. Sie hatte ein suchendes Verlangen nach Ordnung und Gewissheit; doch schlussendlich wusste sie auch, dass jeder Tag anders sein würde und dass es keine Garantien gab. In manchen Augenblicken fühlte sie sich schwach und dankbar für die gewundene Kette von Ereignissen, die sie zu Dents Tür geführt hatten, und sie wünschte, sie kenne einen Gott, zu dem sie beten oder dem sie danken könnte. Wenn sie das beruhigende Federn des Torfs unter ihren Füßen spürte und den kalten, metallischen Geruch frischer Luft um die Nase, dachte sie, dass es sowieso auf nichts eine Antwort gab, also sollte sie es einfach nehmen, wie es kam, und nicht zu viele Fragen stellen. Dann lachte sie über sich selbst und ging ins Haus auf eine Tasse Tee, wo Dent schon auf sie wartete.

Eines Morgens sagte Dent beim Frühstück: »Richard kommt morgen zurück.«

Maude hatte Richard Hunter, der hinter dem Haus wohnte, ganz vergessen. Sie empfand eine plötzliche, kindische Abneigung gegen ihn, als werde jemand in ihre Idylle einbrechen.

»Oh«, sagte sie. »Wie nett.«

Dent sah sie an und sagte: »Nichts wird sich deswegen ändern.«

»Ich will nicht, dass sich etwas ändert«, sagte sie. »Aber das wird trotzdem passieren. Es kommt mir nur so bald vor, dass ist alles.«

»Nichts wird sich ändern«, wiederholte Dent. »Er führt ein ruhiges und zurückgezogenes Leben. Manchmal bekomme ich ihn tagelang nicht zu Gesicht.«

Maude wusste, dass es die Dinge ändern würde, sie fühlte es als einen innerlichen Ruck, wie Magenschmerzen. Weil dieser Richard ein Teil von Dents Schuld war, Teil seiner Buße, seines alten Lebens. Sie wusste nichts über das Verhältnis der beiden, doch sie kannte Dent schon gut genug, um zu wissen, dass es sehr tiefgründig sein musste; sie konnte nicht einmal erraten, wie es aussah, und das machte ihr Angst.

Richard Hunter kam am nächsten Mittag in einem zwanzig Jahre alten grünen Landrover die Auffahrt herauf. Maude und Dent gingen gerade spazieren, als das Auto um die Kurve bretterte und die Stille zerriss. Dent winkte, Richard Hunter bremste, beugte sich aus dem Fenster und sagte: »Hallo, Al«, und Dent sagte: »Hallo, Richard, wie war's im hohen Norden?«. Er drückte Maudes Hand, zog sie an sich und sagte: »Das ist Maude, sie wohnt jetzt hier.«

Maude sagte mit schüchterner Stimme: »Hallo, wie geht's?«, und Richard Hunter sah sie direkt an und entgegnete: »Hallo, Maude, freut mich, Sie kennen zu lernen«, und Maude wusste im selben Augenblick, dass er sie nicht ausstehen konnte.

Später versuchte sie, sich diesen Eindruck rational zu erklären. Wenn man jemandem so nahe steht wie einem

Bruder, für ein paar Wochen wegfährt, dann wiederkommt und feststellt, dass derjenige sich mit einer Wildfremden zusammengetan hat, wie würde sie sich da fühlen? Vielleicht übertrieb sie, und er hasste sie gar nicht, vielleicht war Richard Hunter einfach ein stiller Typ. Aber sie wusste, was sie wusste, und sie konnte Dent nichts davon sagen, weil er diesen Mann sehr mochte, also musste sie versuchen, ihn auch zu mögen. Dies war das erste Geheimnis zwischen ihnen, und sie fürchtete es sehr.

Danach sahen sie Richard ein paar Tage lang nicht. Wie Dent gesagt hatte, blieb er meist für sich. Maude bildete sich manchmal ein, er beobachte sie von irgendwoher, doch sie wusste, dass das albern und unwahrscheinlich war. Er war nur ein tief verletzter Mann, der schlimme Zeiten durchgemacht hatte und jetzt zurückgezogen lebte. Sein Häuschen stand hinter einer Kurve am Weg, verdeckt von einigen Bäumen. Maude konnte es vom Haupthaus aus gar nicht sehen, doch nun war er da, und sie fühlte es dort stehen wie einen Schatten.

»Erzähl mir mehr über Richard«, sagte sie zu Dent. Sie saßen in dem hohen, weißen Raum. Die Fensterläden waren geschlossen, das Feuer knisterte, das Licht war gedämpft, und es roch leicht nach Rauch. Maude lag auf dem roten Sofa ausgestreckt, die Füße in Dents Schoß.

»Ich habe es dir doch schon erzählt«, erwiderte er.

»Tu nicht so geheimnisvoll«, drängte Maude. »Ich bin es, mit der du sprichst.«

Dent lächelte. »Das weiß ich«, sagte er. »Es kommt mir vor, als hätten wir schon mein ganzes Leben lang hier gesessen und geredet.«

Maude streckte den Nacken, drehte sich um und lehnte sich mit dem Rücken an ihn, so dass er sie im Arm halten konnte. Sie spürte sein Kinn auf ihrem Haar und vergaß Richard, ließ die Woge der Liebe, die in ihr wohnte, aufsteigen und über sie hereinbrechen. Manchmal fragte sie sich, wie lange dieses Gefühl noch anhalten würde. Sie fragte sich, wie es sein würde, wenn sie alt waren.

»Manchmal bekomme ich Angst«, erklärte sie. »Als sei das hier nicht erlaubt. Wie kann es mir erlaubt sein, so glücklich zu sein?«

»Du darfst das«, sagte Dent. »Jeder darf das.«

»Aber kaum jemand ist es«, wandte Maude ein. »Manche Leute erfahren nie so etwas. Manche Leute verbringen ihr ganzes Leben, ohne zu wissen, wie sich das hier anfühlt. Oder sie bekommen es, aber es ist der falsche Mensch, oder der falsche Zeitpunkt, alles geht schief und ist kaputt, ihnen bleiben nur die Trümmer, und sie wissen nicht, wie sie sie wieder aufsammeln sollen.«

»Wir haben Glück gehabt«, entgegnete Dent. »Weiter nichts.«

»Aber es erscheint mir unfair«, sagte Maude. »Manchmal denke ich, ich werde dafür bezahlen müssen.«

»Du hast schon dafür bezahlt«, sagte Dent, und Maude hörte an seiner Stimme, dass er sehr ernst war. Sie drehte sich um, damit sie sein Gesicht sehen konnte, und er erwiderte ihren Blick, die Augen voller Düsternis.

»Du hast bezahlt«, sagte er. »Zehn Jahre lang hast du bezahlt. Und das ist genug. Das ist genug für jeden. Du kannst es jetzt loslassen und frei sein.«

Später, als sie an ihn gekuschelt im Bett lag und seinen langen, starken Körper an ihrem spürte, wie ein Bollwerk gegen die Welt, da wollte sie ihm danken, doch sie fand die Worte nicht.

Sie hatte genug gelesen, um zu wissen, dass man niemanden retten konnte, so sehr man sich auch bemühte. Dent hatte das auch gesagt, in der ersten Woche, als er noch über andere Dinge sprach, und sie wusste, dass es stimmte. Das musste jeder für sich selbst tun. Doch sie hatte das kaum fassbare Gefühl, dass sie einander gerettet hatten; dass sie ohne ihn zu lebenslangem Elend in jenem einsamen Kämmerlein verurteilt gewesen wäre, und ihr schieres Glück verschlug ihr den Atem. Die alten Stimmen kehrten von Zeit zu Zeit wieder, fern und bruchstückhaft wie aus einem Radio mit schlechtem Empfang, Schatten aus vergangenen Zeiten, bevor alles anders geworden war. Die alten Stimmen sagten ihr, dass sie das hier nicht verdient habe, dass sie eine Betrügerin sei, dass das hier nicht der Sinn der Sache sei. Aber nun brauchte sie nur Dent anzusehen, um diese Stimmen zum Schweigen zu bringen, denn er war hier, tatsächlich und wirklich, und er hatte ihr sein Herz geschenkt.

Lass nicht zu, dass sich das ändert, dachte sie im Dunkeln. Lass nichts kommen, das es verändern könnte; diesen Mann zu lieben, ist das Beste, was ich je im Leben getan habe – das Einzige, was zählt.

Richard Hunter kam am nächsten Tag zur Mittagszeit in die Küche.

Maude saß an dem langen Tisch und aß verträumt einen Pfirsich. Dies war nicht die Jahreszeit für Pfirsiche, Dent fuhr extra zu einem Laden, um sie zu kaufen, importiert aus einem fernen, sonnigen Landstrich, weil er wusste, dass sie die Früchte mochte, obwohl sie um diese

Jahreszeit ein wenig pelzig und hart waren. Sie dachte gerade an die endlosen Weiten der Antarktis und ihren furchtlosen Forscher. Sie war so erfüllt von Liebe, dass sie anscheinend genug davon für die ganze Welt besaß, und sie entwickelte große Zuneigung zu diesem trotzigen Engländer mit seiner altmodischen Beharrlichkeit und seinem brennenden Verlangen danach, die wilden, weißen Eiswüsten jenes erstarrten Kontinents zu erobern. In ihren Gedanken wurde er zu einer Mischung aus Captain Oates und Jack London, doch da war noch etwas anderes, eine Art Poesie, etwas von Thoreau in den Wäldern, trotz seiner wohlerzogenen Reserviertheit und seiner ehrlichen Bescheidenheit.

Sie bekam einen furchtbaren Schrecken, als Richard hereinkam, ohne anzuklopfen, und fragte: »Wo ist Al?«

Maude fuhr zusammen, blickte auf und richtete den Blick in die Wirklichkeit, fort von den Schneewehen und der blendenden Sonne. Abneigung durchfuhr sie wie ein Schock, als sie die Art hörte, wie Richard Al sagte. Sie nannte Dent niemals Al oder auch nur Alexander; sie gebrauchte keine platten Kosenamen wie Liebster, Schatz oder Geliebter. Sie nannte ihn Dent, denn so hatte sie immer schon an ihn gedacht. Manchmal fand sie es seltsam, dass sie ihn liebte, mit ihm schlief, mit ihm zusammenlebte und ihn mit Nachnamen ansprach, doch sie sagte es so, dass es weich und vertraulich klang. Das war ihr Name für ihn, und sie fand es abscheulich, dass Richard ihn Al nannte – sie wusste, dass das unsinnig war, aber genau so empfand sie eben.

»Hallo«, sagte sie und hoffte, dass ihr die Gedanken nicht ins Gesicht geschrieben standen. Dent behauptete immer, das sei eines der Dinge, die er an ihr liebe. Er liebe es, den wandelnden Schatten auf ihrem Gesicht zuzusehen.

Nun hielt sie ihre Miene still und ausdruckslos, weil sie sich bei Richard Hunter nicht verraten wollte.

»Er ist einkaufen gefahren«, sagte sie. »Essen kaufen.«

»Oh«, sagte Richard, machte aber keine Anstalten, wieder zu gehen.

»Ich wollte gerade Kaffee kochen«, sagte Maude, obwohl sie das gar nicht vorgehabt hatte. Sie meinte, sie sollte freundlich sein, weil Richard hinten raus wohnte und auf irgendeine unterirdische Weise mit Dent verbunden war, die sie nicht recht einschätzen konnte; sie wusste, dass sie damit leben und das Beste daraus machen musste. »Möchten Sie auch welchen?«, fragte sie.

Richard sah sie einen Moment lang an, als müsse er erst etwas abwägen, dann nickte er knapp und setzte sich. »Das wäre nett«, sagte er.

Er hatte ein plattes blasses Gesicht und ein kantiges Kinn mit einer Spalte; sein Haar war dünn und braun, seine Augen waren klein und standen unter einer niedrigen Stirn eng beieinander.

Maude beschäftigte sich mit dem Kaffee, mahlte die Bohnen und kochte sie auf dem Herd, und als er fertig war, brachte sie ihn zum Tisch und setzte sich. Die ganze Zeit über sprach Richard Hunter kein Wort.

Maude fragte sich, was er mit seiner Zeit so anfing in seinem kleinen steinernen Häuschen, abgeschirmt von immergrünen Bäumen. »So«, sagte sie und goss den Kaffee in weiße Tassen. »Hier sind Milch und Zucker.«

Richard trank seinen Kaffee schwarz. Maude meinte, das hätte sie sich denken können.

»So«, sagte er und sah sie an. »Sie kommen also aus London.«

»Ja«, sagte sie. »Da bin ich hergekommen.«

Sie dachte an London. Sie dachte, wenn Ruby, Pearl oder Sadie hier wären, würden sie einen Witz machen oder eine einleitende Frage stellen; mir ihrer urbanen Selbstsicherheit und ihrem gesunden Menschenverstand hätten sie mit diesem stummen, seltsamen Mann etwas anfangen können. Doch sie waren nicht hier, sondern Maude; sie war sich ihrer langen Jahre der Einsamkeit bewusst, die dazu geführt hatten, dass sie völlig ratlos war, wenn es um solche Dinge ging. Dent sagte, sie wisse mehr von der Welt, als ihr bewusst sei, nur nützte ihr das gerade jetzt überhaupt nichts.

Sollte sie Richard Hunter erklären, dass sie hergekommen war, um Dent zu interviewen, und dann geblieben war? Doch das erschien ihr zu persönlich. Vielleicht würde Dent es ihm erklären, doch sie meinte, das sei nicht ihre Entscheidung.

»Es ist sehr schön hier«, sagte sie, und sie hörte selbst, wie lahm und hohl die Worte im Raum hingen. »Mit den Bergen und so. Ich habe vorher in der Talgarth Road gewohnt«, erklärte sie, »zwischen der Straße und den Eisenbahnschienen.«

»Und jetzt wohnen Sie bei Al«, entgegnete Richard.

»Ja«, erwiderte Maude und zog den Kopf ein. »Ja, jetzt wohne ich hier.«

»Hat er Ihnen von mir erzählt?«, fragte Richard.

Maude nickte. »Ein bisschen«, sagte sie. »Dass er Sie kennen gelernt hat, als Sie … als Sie gerade in einer schwierigen Situation waren, und dass Sie dann hierher gezogen sind, das war eigentlich alles.«

Würdest du dich besser fühlen, dachte sie – die alten Stimmen flammten wieder in ihrem Kopf auf, die wütenden, verbitterten Stimmen, die einen Verbündeten entdeckt hatten –, würdest du dich besser fühlen, wenn ich dir sagte, dass ich ein Kind getötet habe, und dass ich eigentlich deshalb hier bin?

Richard rutschte auf seinem Stuhl herum; von den vielen Stühlen um den langen hölzernen Tisch hatte er sich ausgerechnet den direkt neben Maude ausgesucht. Er war ihr zu nahe: Maude wollte die sichere, schwere Barriere des Tisches zwischen ihm und sich haben, doch da war nur ganz wenig Raum, und sein stämmiger Körper füllte ihn aus; das hatte etwas Bedrohliches, und sie wollte von ihm abrücken.

»Hat er Ihnen erzählt, dass meine Schwester gestorben ist?«, fragte er.

Maude nickte und wich seinem Blick aus. Sie nippte an ihrem Kaffee. Er war zu heiß und hinterließ einen verbrannten, roten Geschmack in ihrem Mund. »Ja«, sagte sie. »Es tut mir Leid. Das tut mir wirklich Leid. Es ist schlimm, wenn so etwas passiert.«

Sie hörte, wie die Worte kläglich und unzulänglich aus ihrem Munde kamen, wusste aber nicht, was sie sonst zu ihm sagen sollte.

»Es war meine Schuld«, erklärte Richard. »Hat er Ihnen das auch erzählt?«

»Nein«, antwortete Maude kopfschüttelnd. »Nein. Er sagte, es sei ein Unfall gewesen.«

»Es war kein Unfall«, behauptete Richard Hunter, dann flog krachend die Tür auf, Dent kam herein, und Maude war noch nie in ihrem Leben so froh gewesen, jemanden zu sehen.

Richard stand auf und sagte: »Al, ich muss dich sprechen.« Die beiden Männer gingen zur Hintertür hinaus, und Maude konnte sie durchs Fenster sehen; sie redeten leise miteinander, und sie hörte immer wieder Richards Stimme in ihrem Kopf sagen: Es war kein Unfall.

Später dachte sie sich, er habe damit wohl gemeint, dass er genauso empfand wie sie, was ihren »Unfall« anging: Schuldig, verantwortlich, angeklagt – der alte Spruch: Schlimme Dinge passieren auch guten Menschen. Doch in dem Augenblick, als er es sagte, hatte sie ein Bild im Kopf, klar wie ein Filmausschnitt, von dem Boot und der See und dem tosenden Sturm, und statt Richard zu sehen, wie er die Hand ausstreckte, um seine um sich schlagende Schwester zu retten, sah sie ihn ihren Kopf unter Wasser drücken, überlegt, gewollt und mit voller Absicht. Später schalt sie sich, das sei falsch und dumm von ihr, doch das Bild blieb in ihrem Kopf hängen, und sie wurde es nie wieder los.

# 12

**_Dent liebte Jazz._** In den stillen Nächten, wenn er und Maude in dem hohen weißen Raum saßen, das Feuer im Kamin knisterte und der Himmel schwarz vor den Fenstern stand, spielte er die Musik, die er liebte. Er spielte ihr Charlie Mingus und Charlie Parker und Stan Getz vor, Ornette Coleman, Albert Ayler und andere in Vergessenheit geratene Namen, die sie noch nie gehört hatte. Er spielte ihr *Sketches of Spain* vor und *Kind of Blue* und die frühe Thelonius-Monk-Aufnahme von *Round Midnight* mit John Coltrane am Tenorsaxophon. Er liebte diese Musik, aber er liebte auch die Geschichten, die verfolgten Leben voller Liebe und Verzweiflung, Drinks und Drogen und dem ewigen Dämmerlicht zerschellter Träume. Er sagte, er finde es seltsam, dass alle immer nur glücklich sein wollten, doch dass die Geschichten, die die Leute am meisten faszinierten, die sie bewegten und fesselten, die traurigen Geschichten seien.

»Wir erinnern uns oft nur an die gescheiterten Existenzen und die Selbstmörder«, sagte er, »an die, die es nie geschafft haben, die immer auf der Suche waren nach etwas, das gar nicht da war. Woran liegt das nur?«

Es waren nun bereits zwei Monate; Maude kam es vor, als habe sie schon ewig hier bei ihm gelebt. Die Liebe, die in ihr lebte, wuchs wie ein lebendiges Wesen. Jeder Tag war neu für sie, eine Überraschung; sie hatte keine

Erfahrungen, auf die sie zurückgreifen konnte, nur Dinge, die sie aus zweiter Hand aufgelesen hatte, aus den Filmen im Spätprogramm und den vielen Büchern. Die Leute schrieben ständig über die Liebe, doch das schien ihr nun aus weiter Ferne zu kommen. Oder vielmehr ging es da immer um die Art Liebe, die unmöglich ist, die mit Tränen, gebrochenen Herzen und Katastrophen endet, verbotene Liebe, die mit einem Leichnam auf den Bahngleisen endet, Anna-Karenina-Liebe, zum Scheitern verurteilte Liebe. Vielleicht war es genau so, wie Dent gesagt hatte, dass wir alle glücklich sein wollen, mit jemandem zusammenleben und ihn wirklich lieben, doch die Geschichten, die wir lesen, drehen sich um die andere, die dunkle Seite.

»Das Glück schreibt mit weißer Tinte«, erklärte Dent. »Es ist auf dem Papier nicht zu sehen. Ich weiß das, alle behaupten das, es ist ein ewiges Thema. Aber ich könnte, glaube ich, nicht sagen, woran das liegt.«

»Dann sollte das die größte Herausforderung überhaupt sein«, entgegnete Maude. »Für einen Schriftsteller. Darum sollten sie sich alle bemühen, wenn das am schwierigsten ist.«

»Vielleicht«, sagte Dent. »Vielleicht hast du Recht.«

Der November war kalt; das Wetter kam von Osten, mit bitterkalten Winden und einem harten, glasklaren Himmel. Morgens glitzerte der Nachtfrost dick und weiß, und die letzten trotzig flammenden Blätter tanzten von den Bäumen herab und ließen die Zweige kahl und schwarz vor den Bergen aufragen. Es wurde früh dunkel, Dent machte Licht, zündete ein Feuer an, und er und Maude rückten gegen die Kälte dicht zusammen. London schien sehr, sehr weit weg, in einer anderen Zeit und einem anderen Leben zu liegen.

Eines Freitagabends erklärte Dent, sie würden heute ausgehen. Sie gingen nie aus, und Maude war das eigentlich ganz recht. Schließlich hatte sie noch nie ein Leben außerhalb ihrer Selbst gehabt; nun hatte sie Dent, und weiter brauchte sie niemanden. Sie hatte ihn und ihren antarktischen Eroberer, der für sie mit jedem Tag wirklicher und lebendiger wurde; sie schrieb lange E-Mails an Sadie, die sie mit den neuesten Nachrichten versorgte. Das war genug für einen einzelnen Menschen, fand sie; es war genug für sie.

»Wo gehen wir denn hin?«, fragte sie.

»Das ist eine Überraschung«, sagte Dent lächelnd. »Du wirst schon sehen.«

Sie fuhren in die Nacht hinaus, und Maude konnte nicht erkennen, wohin sie unterwegs waren. Auf der Straße herrschte überhaupt kein Verkehr, sie lehnte sich zurück und ließ die Schwärze vorbeifliegen. Sie fühlte sich versteckt und geborgen in diesem Auto mit Dent, wohin sie auch fuhren. Er stellte die Stereoanlage an, und der sehnsüchtige Klang einer gedämpften Trompete erfüllte den engen Raum; Maude lächelte im Dunkeln.

»Sind da auch andere Leute?«, fragte sie.

»Ja«, antwortete er, »da sind Leute.«

»Und was werden die denken?«, fragte sie weiter.

»Ich weiß nicht«, erwiderte er. »Aber das ist egal. Es ist mir egal, was andere Leute denken, sollen sie doch denken, was sie wollen.«

»Ich glaube, Richard denkt sich auch etwas«, bemerkte Maude. »Ich bin nur nicht sicher, was es ist. Ich glaube, er fragt sich, warum ich einfach so gekommen und geblieben bin.«

»Kann sein«, sagte Dent.

»Hast du ihm etwas erzählt?«, fragte Maude.

»Nein«, entgegnete er. »Er hat nicht gefragt.«

Eine ganze Weile später hielten sie vor einem steinernen Gebäude, einem quadratischen grauen Turm; Autos waren davor aufgereiht, und Licht ergoss sich aus den Fenstern in die blauschwarze Nacht. Der herbstlich rote Vollmond hing tief am Himmel, raste durch die Wolken und ließ sie in Gold, Silber und Weiß erstrahlen.

»Was ist das hier?«, fragte Maude.

»Du wirst schon sehen«, sagte Dent.

Die Tür war offen, sie gingen hinein, und Dent führte sie durch einen kleinen ockerfarbenen Flur und die Treppe hinunter. Sie wusste nicht, was sie erwarten sollte, und war dennoch überrascht, als sie es sah. Es war ein Nachtclub; ein niedriger Raum mit dunkelroten Wänden, mit Tischen und Kerzen überall, mit Stühlen, Weinflaschen, dicken, unzerbrechlichen Gläsern und vielen Leuten, die sich unterhielten und lachten, als kämen sie immer hierher.

»Eine Party«, sagte Maude. »Ist es das?«

»Irgendwie schon«, entgegnete Dent.

Ein stämmiger Mann mit dunkelbraunem Haar, Schultern wie ein Quaterback und einem breiten, offenen Gesicht kam herüber, als er sie sah, legte einen Arm um Dent und sagte: »Ihr habt es also geschafft.« Dent lächelte und erwiderte: »Ja, wir haben's geschafft, die Straßen waren frei.«

»Der Wetterbericht hat Schnee vorausgesagt«, bemerkte der Mann an Maude gewandt, als würde er sie schon kennen. »Der zieht sehr schnell über die Berge herein, und dann sind die Straßen dicht, da kann man nichts machen, nicht mal mit Vierradantrieb.«

»Das ist Mickey«, sagte Dent. »Mickey, das ist Maude.«

»Hallo, Maude«, sagte Mickey. Auf seinem gelassenen Gesicht breitete sich ein Lächeln aus, und Maude, die gerade schüchtern werden wollte, ließ es sein und lächelte zurück, denn es war offensichtlich, dass dieser Mann sich gar nichts dabei dachte – er freute sich einfach, sie zu sehen, egal, wer sie war.

»Hallo«, sagte sie.

Dent holte ihnen etwas zu trinken. Als er den Raum durchquerte, drehten einige Leute sich nach ihm um, begrüßten ihn und gaben ihm die Hand, und Maude fand das seltsam, denn sie hatte sich ihn immer als menschenscheuen Einsiedler vorgestellt, wie sie es gewesen war, doch nun wurde ihr klar, dass da noch viel mehr an ihm war.

Mickey lächelte sie wieder an und bemerkte: »Alexander hat uns schon gesagt, dass Sie kommen würden.« Maude blickte in plötzlichem Schrecken auf. Er legte eine Hand auf ihren Arm, als habe er es bemerkt, und sagte: »Es ist gut so, es ist wunderbar, denn er ist ein netter Mann, und er war sehr lang allein.«

Mit seiner direkten Art erinnerte er sie ein wenig an Dean, und das beruhigte sie.

»Ich war nicht …«, sagte sie. »Ich hatte nicht …« Sie hielt inne und schüttelte den Kopf. »Ist das Ihr Haus?«, fragte sie schließlich.

»Ja«, antwortete Mickey. »Es gehört mir und meinem Bruder William.« Er deutete in eine Ecke, wo ein anderer dunkelhaariger Mann sich mit zwei jüngeren Frauen unterhielt. William war größer und älter, doch ansonsten seinem Bruder sehr ähnlich. Beide trugen Jeans und schwarze Pullover, und irgendwie erinnerten sie Maude an Beat-Fans, oder vielleicht noch etwas Späteres aus den Sechzigern. Sie konnte sie sich gut vorstellen, wie sie Joints rauchten, Gitarre spielten, Richard Brautigan lasen und Bob Dylan hörten, als der noch akustisch spielte.

»Ich finde es sehr schön«, sagte Maude.

»Danke«, erwiderte Mickey. »Das finden wir auch. Jetzt, da Sie sich eingelebt haben, können Sie uns ja besuchen kommen. Im Sommer haben wir viele Schriftsteller hier; wir haben eine Scheune ausgebaut, und da oben können sie in Schlafsälen übernachten und Meisterwerke über Tod und Teufel schreiben.«

»Wirklich?«, fragte Maude und lachte überrascht.

»Na ja«, sagte Mickey, erwiderte das Lächeln und zog eine Braue hoch, als habe er genug von der Welt gesehen, um sich von nichts mehr überraschen zu lassen. »Sie halten sie jedenfalls für Meisterwerke, und wer bin ich schon, dass ich ihnen widerspreche?«

»Kennen Sie Alexander daher?«, fragte sie und überlegte, ob die beiden uralte Freunde seien oder sich über das Schreiben kennen gelernt hatten, oder wie sonst.

»Nein«, erklärte Mickey. »Er ist einmal hier über den Hügel gefahren und im Schnee stecken geblieben, als es ohne Vorwarnung furchtbar geschneit hat, wir haben ihn für die Nacht untergebracht, und daher kennen wir ihn. Ich wusste lange gar nicht, wer er ist; ich lese selbst nicht viel. Ich züchte Schafe und komponiere, da habe ich nicht viel Zeit dazu. Aber eines Tages stand ein Artikel über ihn in der Sonntagszeitung, ich habe ihn auf dem Foto erkannt, und ab da wusste ich Bescheid. Ich habe ihn nie danach gefragt. Er hat es mir später selbst erzählt. Es war mitten in der Nacht, da hat er es mir eröffnet, und ich habe ihm nicht gesagt, dass ich es schon wusste, weil ich das Gefühl hatte, es liege bei ihm, mir das zu erzählen.«

Dent kehrte mit zwei Gläsern Rotwein zurück, reichte Maude eines davon, und Mickey sagte: »Dein Mädchen gefällt mir, Alexander«, und es machte ihr nichts aus, dass er sie ein Mädchen nannte, obwohl sie das schon lange nicht mehr war; doch hier in diesem düsteren, verrauchten Raum klang es ganz richtig.

»Mir gefällt sie auch«, sagte Dent, und Maude lächelte, weil sie mit ihm hier war, unter vielen Menschen, und alle wussten, dass sie sein Mädchen war.

Sie kam nicht dahinter, wer all diese Leute waren; sie waren anders als die Menschen, die sie hier erwartet hätte, mitten im Nirgendwo, in dieser bäuerlichen Umgebung, in diesem harschen, gebirgigen Landstrich. Stadtmenschen, so wurde ihr auf einmal klar, hatten keine Ahnung, was sich außerhalb der Städte abspielte. Sie hatte bisher vage an abgehärtete Bauern in den Hügeln gedacht, oder an ausgestiegene Hippies, die Tofu aßen und ihre eigenen Ziegen molken. Sie hatte eine verschwommene Vorstellung gehegt, dass auf dem Land wettergegerbte Leute mit Landrover und schlanken Hirtenhunden lebten, mit abgetragenen grünen Jacken und roten Gesichtern, weil sie bei jedem Wetter draußen waren; und dann an den Lord in seinem Schloss, die verfehdete schottische Aristokratie, die sich auflehnte gegen die Regierung in Westminster, gegen Bürokratie und die liberale Bedrohung.

Nun wurde ihr bewusst, dass sie keine Ahnung hatte. Die meisten Leute hier waren jung, etwa in den Dreißigern, und eigenartig schick, kein dornensicherer Tweed oder Florgarn-Strick weit und breit. Sie trank ihren Rotwein und ließ Dent von ihrer Seite weichen, sie vergaß ihre Schüchternheit und unterhielt sich mit den Anwesenden; sie sagte: »Hallo, ich bin Maude«, und sie hatte nicht das Gefühl, sich näher erklären zu müssen. Die Leute stellten ihr keine unangenehmen Fragen oder warfen ihr misstrauische Blicke zu, als habe sie hier nichts zu suchen; einer oder zwei sagten: »Ach ja, du bist Alexanders Freundin«, als sage ihnen das genug.

Es gab hier Künstler und Musiker und einen Mann, der sein Geschäft über das Internet betrieb, von einem ehemaligen Kuhstall aus. Es gab einen Computer-Techniker (»Ich schreibe gerade ein Software-Handbuch«, sagte er und lachte über sich, als wolle er ihr damit zuvorkommen), und eine Frau mit traurigen Augen, die Wasserkunst machte. »Ich würde sie ja gern als Brunnen bezeichnen«, erklärte sie, »aber alles würde vor Lachen vom Stuhl fallen, wenn ich das täte.« Da war ein Mann mit Schlafzimmeraugen, der Whisky herstellte. »Ich fahre nach Glasgow«, erzählte er, »da ist die Destille, und ich kippe die geheime Zutat hinein, und dann verkaufen wir das Ganze palettenweise an Supermärkte in Tennessee.« Da war eine Frau mit kurzem, wasserstoffblondem Haar, die für eine Tierschutzorganisation arbeitete und den Wolf in Osteuropa zu retten versuchte. »Ist dieser Wolf denn in Schwierigkeiten?«, fragte Maude und spürte ein Lachen in sich aufsteigen. Die Frau blickte sie unter tiefen, schwarzen Brauen hervor an und sagte: »Dieser Wolf steckt echt in der Scheiße.«

Wer sind diese Leute?, wunderte sich Maude, während der Abend um sie floss und sie mitzog. Was tue ich hier?

Nie hätte sie so etwas erwartet. Und Dent war mittendrin, alle kannten und mochten ihn, einige hatten seine Bücher gelesen, anderen wieder waren sie völlig egal, und die Leute akzeptierten Maude fraglos, weil sie mit ihm zusammen war, also musste sie schon in Ordnung sein.

Vielleicht bin ich ja in Ordnung, dachte sie, vielleicht bin ich endlich gut.

Dann hob die Musik an, und sie erkannte, warum Dent hierher kam. Drei Männer und zwei Frauen stellten sich ganz hinten im Raum auf und begannen zu spielen: ein Saxophon, zwei Trompeten, Percussion und ein Kontrabass. Sie spielten altmodischen, improvisierten Jazz, und ihr wurde klar, warum sie an Mickey und William diesen nostalgischen Look ausgemacht hatte, denn genau so war die Musik. Alle verstummten und hörten zu, und die Mengc rückte zu kleinen Grüppchen aneinander; Paare fanden zusammen, Schulter an Schulter – an einer Wand sah Maude eine schlanke Frau mit rotem Haar, das auf ihrem Kopf zusammengedreht war wie ein Fragezeichen, sich an William lehnen; er legte einen Arm um sie und zog sie an sich. Maude dachte, dass diese Art Musik genau das tat, sie sorgte dafür, dass man jemanden festhalten wollte und alles andere in die Nacht hinausschicken, weil nichts wirklich so wichtig war. Dent schlängelte sich zu ihr durch; sie merkte, dass er nach ihr gesucht hatte, und sie wurde ganz froh und still.

Er sah sie an, um ihre Meinung einzuschätzen, sie lächelte, und er schien sich zu entspannen, als sei er nicht ganz sicher gewesen, was sie davon halten würde. Er zog sie an sich, so dass sie an seiner Brust lehnte, seine Arme vor ihrem Busen gekreuzt. Sie ließ das Kinn auf seinen Unterarm sinken und spürte die Hitze und Kraft darin; sie konnte seine Brust an ihrem Rücken spüren, er hatte das Gesicht in ihr Haar gedrückt, und sie konnte nicht mehr sagen, wo wer anfing oder aufhörte. Die Musik erfüllte den Raum mit einer drängenden Melancholie, und es war genau wie in all den Filmen über jene letzten verrauchten Tage, als jeder Schwarz trug, auf den Straßen demonstrierte und wusste, dass man die Welt retten konnte, solange man nicht gerade barfuß in Wohnungen im dritten Stock herumlief und Sex am Nachmittag hatte.

Die Musik wuchs und wandelte sich, wurde schneller, wirbelte sich selbst in eine Art verrückte Feier. Ein Mann mit einem Bodhrán gesellte sich zu den Musikern, und später stand eine Frau in weinrotem Samt auf und begann zu singen. Sie sang *Night and Day*, *I've Got You Under My Skin* und das alte Lied von Bessie Smith über den *Buggy Ride.* Sie hatte eine Stimme wie Sand und Klebstoff, und sie war älter als die anderen, doch sie trug ihr Alter offen wie ein Abzeichen, als sei das nichts, wovor man sich fürchten müsste.

Maude drehte sich um, hob das Gesicht Dent entgegen, strich über seine Wange, küsste ihn auf den Mund, und er erwiderte den Kuss, obwohl sie in einem Raum voller Menschen standen; sie spürte seine Lippen kühl und trocken auf ihren, und sie dachte: So ist es also, mit jemandem zusammen zu sein, ein Paar zu sein, geliebt und gewollt zu werden, und sie hatte wieder dieses Gefühl, dass sie sich das gut einprägen sollte, um es nicht zu vergessen, weil es etwas war, das sie sich nie hatte vorstellen können.

Die Party zog sich bis spät in die Nacht hinein. Die Leute schlenderten umher, lachten, tranken Rotwein und rauchten zu viele Zigaretten.

Irgendwann drehte Maude sich um und sah Mickey neben sich stehen.

»Und«, fragte er, »wie finden Sie es?«

»Ich finde«, sagte Maude und lächelte vor Freude, ein Lächeln, das ihr neu war, das sie gerade erst lernte, »ich finde es hier schön.«

»Ja«, sagte Mickey und blickte sich um. »Ich auch.«

Später kam die Frau in Rot herüber. »Ich heiße Violet«, sagte sie. »Und Sie sind Maude.«

»Ja«, erwiderte Maude. »Die bin ich.«

»Sie sind mit Alexander hier«, bemerkte Violet. Sie hatte ein eckiges Gesicht, ihre Augen waren weder blau noch grau, und ein lebhaftes Lächeln, das in ihr kam und ging wie Quecksilber. Sie hatte etwas Loses, Unstrukturiertes an sich, als wäre sie es nicht gewöhnt, sich an Regeln zu halten. Sie hatte Sommersprossen auf dem Nasenrücken, einen breiten Mund, und sie schien vor innerem Lachen zu strahlen, als habe sie einen Witz verstanden.

»Ja«, sagte Maude. »So ist es. Mit ihm bin ich hier.«

»Ich wohne hier«, erklärte Violet, als sei es ihr wichtig, diese Information anzubringen, bevor sie sich der eigentlichen Unterhaltung zuwandten. »Mit William zusammen. Ich habe lange in London gelebt, ich war ein echtes Großstadt-Mädchen, und dann habe ich Will kennen gelernt, bin übers Wochenende hergekommen und nie wieder zurückgekehrt.«

»Ich auch«, sagte Maude und lachte ganz ohne Grund. »Genauso war es bei mir auch.«

»Es ist ein fantastisches Leben«, meinte Violet, und sie lächelte Maude verschwörerisch zu, als teilten sie bereits ein Geheimnis. Maude fragte sich, ob sie sich wieder sehen würden, ob diese Frau ein Teil ihres Lebens sein würde, ob sie Freundinnen werden würden, die langen Winter zusammen verbringen, über die Schneewehen reden und davon, dass im Süden immer die Sonne schien, während sie es mit echtem Wetter aufzunehmen hatten.

»Ich mag Alexander«, sagte Violet. Ihre schweren Brauen zogen sich zusammen, und sie wirkte ernst und sicher. »Es war furchtbar, was ihm passiert ist. Es freut mich, dass er jetzt jemanden hat.« Sie hielt inne, einige Sicherheit fiel von ihr ab, und plötzlich wirkte sie jung und voller Zweifel. »Ich weiß nicht, ob ich das sagen sollte«, erklärte sie. »Aber das ist es, was ich denke. Ich hoffe, es macht Ihnen nichts aus.«

Maude sagte: »Ganz und gar nicht.«

Dann setzte die Musik wieder ein, und sie lächelten einander an, als wollten sie damit sagen: Das Eis ist gebrochen, nachher mehr, in aller Ruhe. Violet schlenderte davon, mit leicht wiegendem Gang, und Maude sah sie zu William hinübergehen und sich wieder an ihn lehnen, so dass sie genauso standen wie vorher, um sich von der Musik forttragen zu lassen.

# 13

***Gegen Mitternacht*** neigte sich die Party dem Ende zu. Die Leute holten ihre Mäntel und gingen hinaus in die dunkle Nacht. »Bis nächstes Mal«, sagten sie, als zweifelten sie nicht daran, dass es ein nächstes Mal geben würde. Maude dachte, vielleicht sollte sie ein paar dieser Annahmen lernen, die anderen Leuten so selbstverständlich waren.

Die Kerzen brannten nieder, leere Weinflaschen standen herum wie Wachen, und die, die noch nicht gehen wollten, versammelten sich um einen Tisch in der Mitte des Raumes. William und Violet saßen nahe beieinander, Mickey setzte sich auch dazu, und der Mann, der Kontrabass gespielt hatte – er hieß Edgar. Er erzählte Maude, seine Mutter sei Französin und er sei in Paris aufgewachsen.

»Ich war sehr *rive gauche*«, erklärte er. »Eigentlich vor allem links. Ich habe auf verklemmte Art zu viele Gitanes geraucht, in einem Schuppen im Marais gespielt und schweigsame männliche Models mit so gut wie keinen Hüften geliebt, und ich habe mich für das Allerschärfste gehalten. Dann wurde es mir langweilig, ich kam nach Schottland und hörte mit der ganzen Show auf.«

»Warum Schottland?«, fragte Maude. Das schien ihr so weit weg von Paris zu sein, von der klassischen Architektur, den breiten Boulevards und Straßencafés, wo selbst die Taxifahrer über Sartre diskutierten.

»Warum nicht?«, entgegnete Edgar. »Viel Platz, Freiheit, keine Staus. Und ich finde immer noch einen Schuppen, in dem ich spielen kann. Eigentlich«, sagte er und wirkte ein wenig verlegen, »ist es so: Ich habe mal *Local Hero* gesehen, als ich jünger war, und ich musste immer an diese rote Telefonzelle und das Nordlicht denken, und wie da jeder jeden kannte. Manche Menschen träumen von einem Haus in der Provence oder einer Hütte auf Hawaii. Ich habe von Schottland geträumt.«

»Das verstehe ich«, erklärte Maude ernsthaft; sie hatte noch nie in ihrem Leben darüber nachgedacht, bis sie hierher kam und sich verliebte. »Das ist überhaupt nicht merkwürdig.«

Edgar lächelte. Er hatte ein aufrichtiges Lächeln und ebenmäßige Zähne, und plötzlich wollte Maude ihm alles erzählen. Sie konnte nicht sagen, ob das an ihm lag, oder daran, dass es spät war und sie sehr viel Wein getrunken hatte, oder einfach daran, dass sie glücklich war.

»Ein bisschen schon«, sagte er. »Vielleicht ein bisschen merkwürdig. Aber das ist mir inzwischen ziemlich egal.«

»Und was machen Sie«, fragte Maude, »wenn Sie nicht in diesem Schuppen spielen?«

»Ich mache Tische«, antwortete Edgar. »Ich mache alle möglichen Möbel. Aber Tische mache ich am liebsten. Es gibt Leute, die eine Menge Geld für einen wirklich guten Tisch bezahlen.«

Der Mann, der Trompete gespielt hatte, kam hinzu und setzte sich neben Edgar. Er hatte strahlend blaue Augen, selbst bei dieser schummrigen Beleuchtung, und er trug dazu ein passendes dunkelblaues Hemd. Sein spitzes Gesicht hätte leicht mädchenhaft gewirkt, wäre da nicht seine Nase gewesen, die einmal gebrochen worden war. Er lachte und legte einen Arm um Edgars Schulter.

»Die Gage ist erbärmlich«, sagte er. »Aber für Gin und Zigaretten reicht es.«

»Das ist Christy«, sagte Edgar. »Kennst du Maude schon? Sie ist Alexanders Freundin.«

Christy lächelte bedeutungsvoll und gab Maude über den Tisch hinweg die Hand. »Das habe ich schon gehört. Freut mich für euch«, sagte er.

Woher wissen sie alle, dass das eine gute Sache ist?, fragte sich Maude. Sie war es nicht gewöhnt, dass Leute mit ihr einverstanden waren; sie war an nichts hier gewöhnt. Sie stellte fest, dass es ihr gefiel.

Dent setzte sich zu ihr, und sie lehnte sich an seine Schulter. Die Frau, die vorhin Blues gesungen hatte, kam dazu und nahm auf seiner anderen Seite Platz; sie streckte die Hand aus, stibitzte eine Zigarette aus einer Schachtel auf dem Tisch und erklärte Maude, ihr Name sei Nora. Irgendwann waren die anderen alle gegangen, sie waren nur noch zu acht in dem leeren Raum, die Kerzen flackerten in ihren Ständern und warfen unwirkliche Schatten an die Wände.

Sie führten nächtliche Gespräche über unwichtige Dinge, und Maude war froh, einfach dazusitzen und zuzuhören, sich von der Unterhaltung mitrollen zu lassen. Dents Arm lag warm an ihrem, und sie amüsierte sich gut.

Später, als sie müde wurde und sich fragte, wann sie wohl fahren würden, ging die Tür auf, und ein Mann, den sie vorhin schon gesehen hatte, kam herein.

»Paolo«, sagte Mickey. »Ich dachte, ihr wolltet nach Hause.«

Paolo hob die Hände. »Es hat irrsinnig geschneit«, sagte er. »Die Straße ist zu. Das Heimfahren kann ich vergessen.«

Mickey lächelte in die Runde. »Das gilt wohl für uns alle. Ihr steckt hier fest.«

Violet führte Maude und Dent zu einem Schlafzimmer ganz oben im Haus. Der Putz an den Wänden war bröckelig, der Dielenboden kahl, und es gab ein hohes Bett aus dunklem Holz mit einem Federbett in scharlachrotem Satin. Maude fand, es sah aus wie aus einer Oper.

Violet öffnete das Fenster. »Es ist heiß hier«, sagte sie. »Mickey gibt sein ganzes Geld fürs Heizen aus, er kann Kälte nicht ausstehen. Was manche Leute an einem Schafzüchter vielleicht seltsam finden.«

Draußen vor dem Fenster fiel der Schnee in gespenstischer Stille. Maude fühlte sich isoliert, abgeschnitten von der Welt. Sie wollte für immer in diesem Raum mit dem scharlachroten Bett bleiben.

»Kommt so etwas oft vor?«, fragte sie Violet.

Violet ließ ihr schnelles Lächeln aufblitzen. »Ein- oder zweimal jeden Winter«, erklärte sie. »Es gibt hier oben ein paar alte Leutchen, die einem erzählen, dass sie in den alten Zeiten jedes Jahr fünf Monate lang eingeschneit waren. Wir hätten es leicht, sagen sie, mit diesem Treibhauseffekt.«

»Jedenfalls vielen Dank«, sagte Maude. »Es ist sehr hübsch.«

»Ich mag dieses Zimmer«, sagte Violet. »Ich habe hier geschlafen, als ich zum ersten Mal hier war«, sagte sie und warf Maude wieder einen dieser verschwörerischen Blicke zu, als stünden sie auf derselben Seite, und vielleicht war es auch so. »Das Bad ist nebenan; da liegen neue Zahnbürsten und alles.«

Sie küsste Maude auf die Wange, und Maude musste plötzlich an Ruby denken und an ihren ersten Besuch oben in dem großen grünen Loft; wie dünn und zweifelhaft hatte sie sich da empfunden. Violet winkte Dent zu, ging hinaus, schloss leise die Tür hinter sich, und sie waren ganz allein.

»Das«, erklärte Maude, »ist das Romantischste, was mir je passiert ist. Hast du das alles so geplant?«

Dent küsste sie, und sie konnte spüren, wie sein Mund an ihrem lächelte. »Alles«, erwiderte er. »Sogar den Schnee.«

Der nächste Morgen erwachte mit Sonnenschein. Der Schnee hatte sich zu einer hohen, glitzernden Masse aufgetürmt, unter der das Land kaum wieder zu erkennen war. Maude konnte sich nicht erinnern, wann sie das letzte Mal Schnee gesehen hatte. Sie war ganz aufgeregt, wie ein Kind.

Dent und sie gingen eine gewundene steinerne Treppe hinab in die Küche, einen niedrigen, quadratischen Raum, der das gesamte Erdgeschoss einnahm. Durch die Fenster zu allen Seiten fiel das Licht herein. Dieser Raum war teils Küche, teils Wohnzimmer, teils Büro, voller Möbel und Betrieb und Topfpflanzen. An einem Ende stand eine riesige steinerne Urne, die unter der niedrigen Decke seltsam fehl am Platze wirkte, gegenüber ein Baum in einem gewaltigen, verzinkten eisernen Topf.

»Der Baum war Violets Idee«, erklärte William, als er bemerkte, dass Maude ihn betrachtete.

Er trug einen Morgenmantel, eine Schlafanzughose

und Bartstoppeln im Gesicht, und Maude war überzeugt, dass sie in einer seiner Taschen eine Ausgabe der *Howl* finden könnte. Er verhielt sich, als begegneten sie sich jeden Tag beim Frühstück.

Mickey und Violet saßen an einem weißgescheuerten Tisch mitten im Raum und lasen Zeitung. »Die Straße zum Ort ist befahrbar«, sagte Mickey gerade. »Bei der Cockbridge ist Schluss, wie immer. Ach ja, jedes Jahr dasselbe Lied. Paolo ist doch nach Hause gekommen, hat sich mit einer Schaufel den Weg freigebuddelt.«

Er blickte auf, als Maude und Dent Platz nahmen. »Guten Morgen«, sagte er. »Seht euch nur mal an, so sauber und unschuldig. Warum seid ihr denn schon so früh auf?«

Maude blinzelte schüchtern und überrascht, doch Dent schien sich nichts dabei zu denken. Vielleicht war er an Mickey gewöhnt.

»Es wäre schade um so einen schönen Tag«, entgegnete er schlicht.

»Edgar und Christy vergeuden ihn, während wir hier sitzen«, erklärte Mickey.

»Schäm dich«, sagte Violet darauf, »du weißt doch gar nicht, ob das stimmt.«

Sie trug einen dicken Wollpulli über ihrem Nachthemd und ein Paar schmutzige schwarze Gummistiefel. Maude sah sich manchmal Modezeitschriften an, und ab und an wurde es denen langweilig, ihre Aufnahmen immer in Miami oder auf Bali zu machen, und dann gingen sie nach Connemara und lichteten irgendein verkümmertes Model in genau diesem Look ab – eine Opa-Strickjacke über einem Designer-Ballkleid oder irgendein Chiffon-Fähnchen mit Wanderstiefeln darunter. Auf den Fotos wirkte das immer aufgesetzt und unsinnig, doch an Violet sah es natürlich und sehr passend aus, als sei sie eben erst aufgestanden und habe sich etwas Warmes zum Drüberziehen geschnappt, damit sie rausgehen und die Hühner füttern konnte.

Sie lächelte Maude an und schenkte ihr eine Tasse Kaffee ein. Maude erwiderte das Lächeln. Sie war fasziniert von Violets umwerfend lockerer Präsenz, von dieser Selbstsicherheit, die ihr erlaubte, im Nachthemd und ungeschminkt einer Fremden gegenüberzusitzen, morgendliche Konversation zu machen und ganz und gar sie selbst zu sein, ohne irgendwelche Verschönerung oder Erklärungen zu brauchen. Maude fragte sich, ob sie selbst sich je so fühlen würde. Die alten Zeiten fielen von ihr ab wie die Haut einer Schlange; doch wie eine Schlange, so hatte sie das Gefühl, noch viele Häute abwerfen zu müssen.

William machte Unmengen Würstchen und Spiegeleier, die sie mit Brot und Ketchup aßen.

Nora kam später, als sie fast fertig waren. Sie war komplett geschminkt, die Lippen so rot wie Beeren im Schnee, die Lider in einem unnatürlichen Smaragdgrün, das schwarz gefärbte Haar mit einem lackierten Ess-Stäbchen hochgesteckt. Sie trug ihr Kleid vom vorigen Abend, bischöflich violetter Samt bis zum Boden.

»Komm mir bloß nicht zu nahe mit diesen Würstchen«, sagte sie zu William, als sei er ein ungehorsamer Schuljunge. »Ich hätte gern eine Tasse Kaffee, sonst nichts.«

Sie schenkte Maude ein verblasstes Lächeln, setzte sich, zündete sich eine Zigarette an und blickte rundum aus den hohen Fenstern in den weißen Tag hinaus.

»Na«, sagte sie, »sieht nicht aus, als ob wir demnächst abreisen könnten. Ich hoffe, ihr Süßen habt nicht allzu viel zu tun«, sagte sie an William und Mickey gewandt.

»Es ist Wochenende«, entgegnete Mickey. »Die Tiere sind schon versorgt. Wir stehen den ganzen Tag zu deiner Unterhaltung zur Verfügung.«

»So mag ich das«, erklärte Nora. »Ich will lange, verschachtelte Geschichten und Enthüllungen am Nachmittag.«

Am späten Vormittag machten sie einen Spaziergang. Die Sonne schien immer noch von einem makellosen Himmel. Sie glitzerte auf dem Schnee, dessen Weiß strahlende Lanzen von Licht reflektierte.

Vom Haus aus fiel die Landschaft zu einem Flusstal hin ab, das sich durch ein Tannenwäldchen hindurchzog. Schwer lag der Schnee auf den dunkelgrünen Armen der Bäume – manchmal sank ein Ast unter dem Gewicht sanft ab und ließ seine Last in einer bebenden Lawine zu Boden fallen. Jeder Laut war gedämpft; ihre Schritte erklangen nur als knappes Stapfen.

Violet und William gingen hinter den anderen; Violet zog eine kurvenreiche Spur, zu sehr vom Himmel fasziniert, um darauf zu achten, wo sie entlanglief. Mickey und Dent stapften zügig voran, als hätten sie einen Termin.

Nora und Maude hielten sich in der Mitte. Nora trug immer noch ihr langes Samtkleid, hatte sich aber angesichts der Temperaturen einen ausgebeulten Tweedmantel von Mickey geliehen, der aussah, als sei er zuletzt in den dreißiger Jahren getragen worden. Sie hatte sich auch ein paar solide schwarze Gummistiefel geborgt, die eigentlich William gehörten und ihr drei Nummern zu groß waren, so dass Nora sie mit mehreren Paar Socken trug. Sie schlug sich tapfer darin, mit schweren Schritten.

Eine Zeit lang gingen sie schweigend, gewöhnten sich ans Gehen auf dem verschneiten Abhang, beugten sich leicht zurück und gaben Acht auf die gefährlichen Stellen, wo der Schnee Mulden und Gräben verbarg. Dann kamen sie aus dem Wald heraus auf flacheres Gelände und konnten die sinnlichen schwarzen Windungen des Flusses sehen; er glitzerte in der Sonne, die nun tief am Himmel stand und das Land in schräg einfallendes ockerfarbenes Licht tauchte.

»Also«, sagte Nora mit Blick auf die beiden Gestalten vor ihnen, Mickey und Dent, die in raschem Tempo am Fluss nach rechts abbogen und auf dem höher gelegenen Damm neben dem Fluss weitergingen, die Köpfe im Gespräch gesenkt. »Sie sind jetzt mit Alexander zusammen.«

Maude dachte an den vergangenen Abend zurück, als viele Leute das zu ihr gesagt hatten. Manchmal als Feststellung, manchmal eher als Frage: Sie sind jetzt mit Alexander zusammen.

»Ja«, sagte sie. »Ich bin mit ihm zusammen.«

Bei Nora hatte sie nicht, wie bei Edgar, das Gefühl, ihr alles erzählen zu wollen. Sie konnte nicht sagen, ob es daran lag, dass sie sich nun draußen im hellen Tageslicht aufhielten und nicht im schummrigen Dunkel des Kellerraums, oder ob es an Nora selbst lag.

Nora sagte: »Das ist in Ordnung«, als habe sie Maudes Gedanken gelesen.

Maudes Kopf fuhr herum, und sie sah Nora an. Die

marschierte einfach weiter, ihr Profil zeichnete sich fast schwarz vor all dem Weiß ringsum ab.

»Das ist kein Test«, sagte Nora. »Für Sie ist das hier vielleicht etwas seltsam, weil wir uns alle kennen und weil wir auch Alexander kennen. Aber wir denken uns nichts weiter dabei, außer, dass wir uns für ihn freuen, weil wir ihn gern haben.«

Maude war durcheinander. Das war schon die eine Hälfte dessen, was sie gedacht hatte, aber sie machte sich auch noch andere Gedanken, und die konnte sie nicht in Worte fassen.

»Ich weiß nicht«, sagte sie. »Ich weiß nicht recht, wie ich das finde.«

Es entstand eine Pause; Nora ging weiter, und ein Lächeln spielte um ihren Mund, als hüte sie ein Geheimnis.

»Nur zu«, forderte Maude sie schließlich auf. »Sagen Sie ruhig, was Sie denken.«

»Diese Sache«, sagte Nora mit einer Handbewegung, »diese kleine Gruppe hier, was auch immer, das ist recht neu für ihn. Ich meine, sie kennen ihn erst seit ein paar Jahren, und das auch nur rein zufällig. Sie treffen sich ab und zu, um Jazz zu hören, denn das hält sie zusammen, und einigen von ihnen hat er die ganze Geschichte erzählt. Aber, sehen Sie, ich kenne ihn schon von früher.«

Maude verspürte einen Stich der Eifersucht. Nora war etwa in Dents Alter, vielleicht ein paar Jahre älter. Womöglich, dachte sie, war das der Grund, weshalb sie Nora nicht alles erzählen wollte. Vielleicht hatten sie und Dent etwas miteinander gehabt, vielleicht gab es da eine lange Geschichte, die Maude nicht einmal erraten konnte. Die

Schluchten der unbekannten Vergangenheit taten sich vor ihr auf, schwarzes Eis auf dem Grund.

»Oh«, meinte sie, weil sie den Mund auf einmal kaum mehr aufbekam.

»Nein«, sagte Nora, blieb stehen, lachte und sah sie an. »Nein, nein, nichts dergleichen. Du meine Güte, sind Sie empfindlich.«

Maude musste über sich selbst lachen. Sie sah wieder Nora an, und die beiden maßen einander mit Blicken, nur einen Herzschlag lang; es war, als fließe eine Art Verständnis zwischen ihnen. Dann stapften sie weiter, im Gleichschritt durch den dicken weißen Schnee.

»So ist es besser«, erklärte Nora. »So gefällt mir das.«

Sie hatten den Fluss erreicht, und vor ihnen fiel das Land zum Ufer hin wieder ab. Ein beißender Wind wehte aus Ost, daher wandten sie die Gesichter ab und gingen nach rechts am Flussufer entlang. Die Bergkette in der Ferne leuchtete fast durchscheinend in der tief stehenden Sonne; Maude hob den Kopf, genoss die Aussicht und fühlte sich besser.

»Tut mir Leid«, sagte sie. »Das ist nur alles so neu für mich, und da gibt es so vieles, was ich nicht weiß. Er hat mir seine Geschichte erzählt, viel davon, aber ich weiß sehr wohl, dass es da noch Lücken gibt.«

»Klar«, entgegnete Nora, und plötzlich erschien sie Maude wie eine Verbündete, jemand, der auf ihrer Seite stand. »Ich kenne ihn von früher«, sagte Nora. »Ich kannte ihn, als er verheiratet war; wissen Sie, wir haben uns in Paris getroffen.«

Paris, dachte Maude, alles lief irgendwie auf Paris hinaus. Von dort kam Edgar, dort war Dent seinem hungrigen Schriftsteller begegnet. In welchem Film sagte noch gleich die Heldin: »Uns bleibt immer noch Paris«? Doch Maude hatte keinerlei Paris, sie war noch nie dort gewesen.

»Erzählen Sie mir von Paris«, bat sie.

Sie erinnerte sich an einen anderen Film, eine der vielen hundert flimmernden Geschichten, die sie in ihrem alten Leben gesehen hatte, als sie in ihrem dunklen Kämmerlein saß und fiktive Gestalten ihre einzige Gesellschaft waren. In diesem Film war die Heldin Schriftstellerin, talentiert und leidenschaftlich, aber wenig lebenstüchtig. »Warum enden sie immer allein?«, sagte sie. »All die Frauen in den Geschichten, warum sind sie am Schluss immer allein?« Doch die Worte, an die Maude sich jetzt erinnerte, als sie durch den Schnee stapfte, waren: »Ich war sehr jung, und Paris war sehr alt.«

»Erzählen Sie mir davon«, wiederholte Maude. »Ich möchte so gern mehr wissen.«

Nora drehte sich um und sah sie an; sofort hatte Maude das Gefühl, es falsch angepackt zu haben, zu abrupt und drängend, und dass sie das erklären sollte.

»Als wir uns kennen gelernt haben«, begann sie also, »da hat er immerzu geredet. Ich bin hier heraufgekommen, um mit ihm über sein Leben zu sprechen, ich wollte darüber schreiben. Er hat fünf Tage lang ununterbrochen erzählt. Und dann haben wir uns verliebt, jetzt bin ich mit ihm zusammen, und nun erzählt er mir nicht mehr so viel. Es ist, als habe er mir alles gesagt, was ich zu wissen brauche. Aber ich sehe immer wieder diese Lücken, ich kenne ihn noch so wenig, und ich möchte mehr erfahren. Ich möchte alles wissen, aber ich bin unsicher, ob das nicht zu viel verlangt ist.«

Sie blieben stehen und sahen zu, wie der Fluss an ihnen vorbeizog. Das Wasser wirkte schwarz und ölig, es schimmerte an der Oberfläche im Sonnenlicht und reflektierte den weißen Schnee.

»Im Sommer«, sagte Nora, »ist dieser Fluss ganz klar und grün, man kann die Steine auf dem Grund sehen. Man kann richtig hindurchsehen.«

Sie gingen wieder den Hügel hinauf, auf die Bäume zu.

»So ist es immer am Anfang«, erklärte Nora. »Alle Liebesbeziehungen verlaufen anders, aber in gewisser Weise auch alle gleich.«

»Ich hatte noch nie eine«, sagte Maude. »Ich bin fünfunddreißig Jahre alt und hatte noch nie eine richtige Beziehung.«

Sie sagte es rasch, bevor sie es recht merkte; als sie hörte, wie ihre Worte in der stillen Luft hingen, fiel ihr auf, wie seltsam das klang. »Mir ist etwas passiert, als ich jünger war«, versuchte sie zu erklären. »Ich habe mich von der Welt abgeschnitten, weil das die einzige Möglichkeit zu sein schien, und dann bin ich hergekommen, und da war Dent. Ich habe eine Beziehung, und in meinem Alter sollte man eigentlich wissen, wie so etwas funktioniert, aber ich weiß es nicht, und das macht mir Angst. Manchmal fühle ich mich frei wie ein Vogel, weil es für mich gar keine Regeln gibt, und dann wieder fürchte ich mich davor.«

Nora lachte, und das hatte Maude nicht erwartet. »Wissen Sie«, sagte Nora, »das Seltsame ist, egal, wie oft man sich verliebt, egal, wie viele Beziehungen man schon hinter sich hat, es fühlt sich immer so an. Man kommt da an und denkt, du solltest doch wissen, wie das läuft, du hast das schon mal gemacht – das Komische ist nur, dass man es dann doch nie weiß.«

»Stimmt das wirklich?«, fragte Maude. »Oder wollen Sie nur nett zu mir sein?«

»Oh nein«, entgegnete Nora und lachte ein wissendes, kehliges Lachen. »Nein, nein. Das ist die volle Wahrheit. Ich kenne nicht viele absolute Wahrheiten, aber das ist eine davon. Jedes verdammt Mal ist wie das erste Mal.«

Sie erreichten die Hügelkuppe, und das Haus kam wieder in Sicht. Es war gedrungen und braun, aus verwittertem Stein; es stand solide und beruhigend vor dem Schnee, den Bergen und den Bäumen.

Links von ihnen war eine Bank, genau an der Stelle, von der aus man die schönste Aussicht hatte. Nora wischte mit einem Tweedärmel den Schnee herunter und setzte sich.

Maude ließ sich neben ihr nieder, und sie blickten über den weit geschwungenen Hügel hinunter. Der Himmel stand in strahlendem Blau über den weißen Bergen, doch im Westen zogen sich neue Wolken zusammen.

»Deshalb war ich in Paris«, begann Nora, »weil ich verliebt war. Und ich hatte keine Ahnung, was da passierte oder was das alles zu bedeuten hatte. Ich war jung und glaubte an die Liebe, dass sie über allem anderen stehe, dass nichts anderes wichtiger sei. Ich glaube, ich habe einmal zu oft *An der Grand Central Station setzte ich mich hin und weinte* gelesen – ich trug es damals mit mir herum wie ein eselsohriges Taschenbuch. Ich stand Künstlern Modell, was sollte man sonst tun, wenn man in Paris und verliebt war, und so habe ich Claudette kennen gelernt. Sie hat damals einfach allen Modell gestanden, so etwas hatte es noch nie gegeben, aber sie hat alle mit ihrer Schönheit umgehauen.«

Nora lächelte bei der Erinnerung daran und zog die

Brauen in die Höhe, so dass Maude ihre grün geschminkten Lider sehen konnte. »Ich fand sie immer ein bisschen langweilig«, fuhr Nora fort. »Da war ihre Schönheit, die einen dazu brachte, sie anzustarren, und dann kam nicht mehr viel. Manchmal denke ich, wirklich schöne Menschen, sowohl Männer als auch Frauen, müssen nie viel Persönlichkeit oder Humor entwickeln, sie brauchen keinen Witz, sie brauchen nur einen Raum zu betreten, und alle suchen ihre Nähe. Ich mochte Alexander, denn der hatte wirklich viel zu sagen. Oh ja, er war der Interessante von den beiden. Er war der Tiefgründige. Ich habe einen Blick auf ihn geworfen und gedacht: Oho, stille Wasser. Claudette hat sich nur durch all diese Künstler und Fotografen gepennt, aber er hatte wirklich etwas zu bieten.«

»Sie hat also einfach mit allen geschlafen, und es war ihr egal?«, fragte Maude.

»Oh ja«, antwortete Nora. »Sie hat getrunken, das war ihr Problem. Und wenn sie getrunken hat, war ihr alles egal, also hat sie sich bereitwillig ausgezogen. Kennen Sie dieses Lied – *There were so many people you just had to meet, without your clothes*? Ich liebe diesen Song, obwohl er ein bisschen zu tief für mich ist, ich bringe keinen Ton davon heraus.«

»Hat sie ihm das Herz gebrochen?«, fragte Maude.

Nora sah sie an. »Warum fragen Sie?«, erwiderte sie.

»Ich denke viel über gebrochene Herzen nach«, erklärte Maude. »Das ist eines von den Dingen, die mich beschäftigen.«

Nora nickte, als gehe das in Ordnung. »Ich weiß nicht«, sagte sie gedehnt. »Ich glaube, sie wollte sich damit vor allem rächen, weil er so in seine Arbeit vertieft war, dass sie nie richtig zu ihm vordringen konnte. Ich glaube, er hat sie nie so geliebt, wie sie geliebt werden wollte. Das ist schwer zu sagen, die Geheimnisse einer Beziehung zwischen einem Mann und einer Frau kann man nie ganz erraten. Wir haben uns damals sehr viel gesehen, trotzdem konnte ich auch nur raten, was da vor sich ging.«

»Aber eines kann ich Ihnen sagen«, erklärte sie dann nachdenklich. »Ich glaube, sein Herz ist gebrochen, als sie starb, nicht weil er sie so sehr geliebt hätte, sondern weil er es nie konnte. Sie war nicht sehr liebenswert, trotz dieser sensationellen Schönheit. Man konnte sich einfach nicht richtig für sie erwärmen. Sie war theatralisch, anspruchsvoll und verwöhnt; sie war nur Fassade. Er glaubte wohl irgendwie, wenn er sie mehr geliebt hätte, wäre sie nicht gestorben, er hätte sie bemerkt. Zum Schluss hat er sie überhaupt kaum noch wahrgenommen.«

»Ja«, sagte Maude. »Das verstehe ich.«

Es entstand eine Pause, sie saßen nur da und starrten in die Landschaft, und die steinerne Bank fühlte sich hart und kalt an.

»Der besondere Charme des verletzten Mannes«, sagte Nora mit wehmütigem Schulterzucken. »Immer eine starke Anziehungskraft.«

»Es ist nicht nur das«, wehrte sich Maude leicht beleidigt. »Ich bin auch verletzt. Es ist eher so, dass er mich deshalb versteht.«

»Ich glaube, was er jetzt empfindet, ist Liebe«, entgegnete Nora, »und das sollte ich vermutlich nicht sagen, aber ich sage es trotzdem, was soll's. Ich habe ihn noch nie so gesehen.«

»Glauben Sie, dass die Liebe ein gebrochenes Herz heilen kann?«, fragte Maude.

Nora lachte wieder, und diesmal schwang etwas Nostalgisches und Sehnsüchtiges darin mit, als habe sie sich schon dasselbe gefragt.

»Ich weiß nicht«, sagte sie. »Ich weiß nicht, wie das geht. Aber ich sage Ihnen was – ich glaube, selbst die ganz schlimm gebrochenen Herzen werden irgendwann wieder gekittet. Das menschliche Herz ist zäher, als man allgemein annimmt. Die Leute flicken ihr Herz wieder zusammen, manchmal auf seltsamste oder störrischste Art.«

»Aber«, fuhr sie in völlig anderem Ton fort, »ich weiß gar nicht, warum ich Sie hier mit meinem Gefasel über die Liebe festhalte. Gehen wir lieber rein und essen zu Mittag.«

Also standen sie auf und gingen zum Haus, während hinter ihnen die Wolken aufzogen, sich vor die Sonne schoben und einen düsteren Schatten über die Berge warfen.

Es war schon fast ein Uhr, als sie hereinkamen. Edgar und Christy kochten.

»Das ist doch wohl das Mindeste«, erklärte Edgar, der sich eine blauweiß gestreifte Schürze umgebunden hatte. Er wirkte reinlich und tüchtig.

»Na, ihr Früchtchen?«, sagte Nora. »Habt ihr den ganzen Vormittag wilden Sex gehabt, während wir über die Hügel gewandert sind?«

»Nicht den ganzen Vormittag«, entgegnete Christy. Sie setzten sich um den großen Tisch und aßen Risotto mit Pilzen. Mickey machte eine Flasche Wein auf, den sie zum Essen tranken.

Am Nachmittag zündete William ein Kaminfeuer an, sie saßen auf den langen Sofas und lasen Zeitung, während Violet und Christy um hohe Einsätze Backgammon spielten.

Maude fühlte sich schwerfällig von dem Wein. Sie ging nach oben und schlief in dem hohen Holzbett, und als sie wieder aufwachte, war es dunkel und einen Moment lang wusste sie nicht, wo sie war. Ganz kurz glaubte sie, sie sei wieder in ihrem alten Leben, begleitet von dem vertrauten Gefühl, dass sich ihr der Magen umdrehte, wie immer, wenn sie aufwachte und einem weiteren leeren Tag begegnen musste. Dann ging die Tür auf, Dent kam herein, und ihr fiel alles wieder ein. Sie war so froh, dass sie unfreiwillig in Tränen ausbrach.

Dent kam zu ihr, legte den Arm um ihre Schultern und hielt sie fest.

»Was?«, fragte er. »Was ist denn?«

»Nichts«, sagte Maude, und die Tränen versiegten. Sie spürte seine Körperwärme, und das beruhigte sie. Sie blickte lächelnd zu ihm auf. »Ich habe einen Moment lang vergessen, wo ich bin. Ich dachte, ich wäre wieder in meinem alten Leben. Ich habe vergessen, dass es ja dich gibt.«

»Schon gut«, sagte Dent. »Das geht mir auch manchmal so.«

»Wirklich?«, fragte sie.

»Ja«, sagte er. »Genau so.«

»Wir müssen mehr miteinander reden«, erklärte Maude. »Wir haben anfangs so viel geredet, und jetzt ist es, als sei schon alles gesagt, und wir betrachten so vieles als selbstverständlich. Das will ich nicht. Ich will alles über dich wissen. Ich will wissen, dass du immer noch genauso empfindest.«

Dent sah sie eindringlich an. »Ich empfinde noch genauso«, sagte er. »Ich empfinde jeden Tag mehr davon.«

»Das musst du mir sagen«, entgegnete Maude. »Sonst vergesse ich es und bekomme Angst.«

»Hab keine Angst«, sagte Dent. »Ich liebe dich. Wirklich.«

»Ja«, sagte Maude. »Genau das musst du sagen. Das ist die einzig richtige Antwort.«

Dent lachte. »Vielen Dank«, sagte er.

»Möchtest du ein Bad nehmen?«, fragte er dann. »Das Abendessen ist bald fertig.«

»Ja«, antwortete Maude. »Ja, ich nehme ein Bad.«

Einen Augenblick lang fragte sie sich, ob er das Thema absichtlich gewechselt hatte. Sie spürte, dass sie noch etwas sagen wollte, oder etwas von ihm hören wollte, doch das war ein flüchtiger, zusammenhangloser Gedanke. Es hatte wohl etwas damit zu tun, dass sie in einem fremden Zimmer aufgewacht war, mit diesem desorientierten Gefühl, das man oft nach einem Schläfchen am Nachmittag hat. Das ist alles, sagte sie sich. Das ist alles.

Sie aßen zusammen zu Abend. William hatte Lamm mit Rosmarin und Kartoffeln gekocht, es wurde geredet und gelacht; später spielte Christy Gitarre, und Nora sang traurige Lieder. Am nächsten Tag wachte Maude früh auf, und der Himmel war trüb vor Regen. Sie schaute aus dem Fenster und sah, dass es getaut hatte; sie wusste, die Straßen waren nun frei, und es gab keinen Grund mehr, noch länger hier zu bleiben, was sie sehr bedauerte.

# 14

***Die Tage fanden*** zur gewohnten Routine zurück. Das Wetter blieb harsch und kalt, der Himmel hing tief und bedrohlich über ihnen.

Maude machte sich wieder an die Arbeit, als sei das Wochenende hinter den Bergen einem Traum entsprungen. Das Leben des kühnen Forschers breitete sich vor ihr aus, während sie seine Bänder transkribierte. Seine Erzählung war klar und durchgängig, angefangen vom Tod seiner Mutter im Kindbett und seiner schweigsamen Kindheit mit einem Vater, der ihm das nie verzieh. Seine Schulzeit als gepeinigter Außenseiter überging er fast mit monotoner Stimme; einsame Jugend; frühes Erwachsenenalter in einer zugigen Wohnung in London. Dann lernte er einen Mann in einem Laden kennen (einem Imbiss, ausgerechnet), der ihm von Ernest Shackleton erzählte, und eine Leidenschaft war geboren.

Der Forscher sprach über die Antarktis wie über eine Geliebte, rezitierte ihre Geschichte wie ein Epos. Er sprach von der polynesischen Legende: von Häuptling Ui-te-Rangiora, der sich in seinem Kriegskanu Te-lui-Atea nach Süden aufmachte, bis der Ozean von weißem Pulver bedeckt war und riesige weiße Felsen sich hoch in den Himmel erhoben. Die alten Griechen nannten die Konstellation über dem Nordpol Arktos; später benannten sie auch die Konstellation über dem Südpol, anti-Arktos. Aristoteles behauptete, die Erde sei eine Kugel und die nördliche Landmasse Eurasiens müsse irgendein Gegengewicht in Gestalt eine noch unbekannten südlichen Kontinents haben, den er als Antarktikos bezeichnete. Tausend Jahre lang verdammte man seine Ideen als ketzerisch, doch dann brach das Zeitalter der großen Seereisen an, das Zeitalter von Marco Polo, Kolumbus, Magellan, und die Menschen begriffen zum ersten Mal, dass die Erde keine Scheibe war, dass die Seeleute nicht über den Rand und in die unvorstellbare Tiefe dahinter fallen würden.

Als Amerika im sechzehnten Jahrhundert zum ersten Mal kartografiert wurde, vermuteten die Kartografen ein riesiges, reiches Land südlich von Afrika; Schiffe machten sich auf die Suche danach. 1578 machte Francis Drake sich auf, die Südsee zu besegeln und alle Länder für die Krone zu beanspruchen, die keinen christlichen Herrscher hatten; mit der *Golden Hind* entdeckte er Kap Horn. Fast hundert Jahre später sichtete ein Londoner Händler, Antonio de la Roché, eine antarktische Insel südlich des 54. Breitengrades.

Andere Namen folgten; liebevoll erklärte der Forscher jeden einzelnen. Yves Joseph de Kerguelen-Tremarec, der im achtzehnten Jahrhundert ins Gefängnis kam, weil er Geschichten über ein Paradies im Süden erzählte, Jacob Roggeveen, Captain Cook, der erste Mensch, der über den südlichen Polarkreis hinaussegelte, William Smith und Edward Bransfield mit ihrem umstrittenen Anspruch, als Erste das antarktische Festland betreten zu haben; der Russe Thaddeus Bellingshausen mit der *Vostok*, Robert Fildes mit der *Cora*, Kapitän John Davis mit der *Cecilia;* der große schottische Seebär James Weddell mit der *Jane*, Henry Foster mit der *Chanticleer*, Dumont d'Urville mit der *Zelée*, Kapitänleutnant Charles Wilkes mit der *Vincennes*.

All diese längst verklungenen Namen strömten flüssig und lebhaft aus seinem Mund. Maude liebte den Klang dieser wunderbaren, verlorenen Namen. Sie spielte diesen Teil der Aufnahmen immer wieder ab und staunte darüber, wie diese Litanei toter Männer und vergessener Schiffe etwas so Unmittelbares und Faszinierendes heraufbeschwören konnte. Diese Geschichte der Abenteuer stand in scharfem Kontrast dazu, wie steif der Forscher die Daten seines Privatlebens herunterratterte. Schweigsam und sehr britisch, gehemmt wirkte er, wenn er über sich selbst sprach. Er mochte Abstraktes; er redete frei über Eis und Schnee und die weiten, weißen, unerforschten Räume, die seine Gedanken beherrschten, seit er ein einsamer junger Mann war, der in einer Schuhschachtel hauste, mit einem flackernden Gasofen als einziger Gesellschaft. Er war im Versicherungswesen, arbeitete Policen für Schiffe aus, die in die ganze weite Welt hinausfuhren, und jedes Mal, wenn eines nach Süden auslief, flogen seine Träume mit ihm.

Schließlich kamen die Expeditionen selbst, jede bis ins kleinste Detail beschrieben. Erst die Vorbereitungen, die Hoffnung und Erregung, die Träume von Eroberungen. Danach die Wirklichkeit, die wilden weißen Wüsten, die eisigen Ebenen, die tückischen Gletscherspalten, die Schneeblindheit, die gleißende Sonne, die plötzlichen Stürme, die die Grenze zwischen Land und Himmel verschwinden ließen. Er erzählte beschönigend von den körperlichen Qualen, der schrecklichen Angst, den nagenden Erfrierungen und abgepellten Fingern, den blutig aufgesprungenen Lippen.

Während Maude sich durch jede Expedition arbeitete, fiel ihr auf, dass er eines kaum je erwähnte: Jede seiner Reisen war gescheitert. Er gehörte nicht zur erfolgreichen Steger-Étienne-Expedition; voll Bewunderung sah er der ruhmreichen Rückkehr von Stroud und Fiennes zu, die als Erste ganz allein den antarktischen Kontinent überquert hatten. Seine eigenen Expeditionen endeten in niederschmetternder Enttäuschung, verfolgt von schlechtem Wetter, Pech, versagender Ausrüstung. Er schaffte nie, was er sich vielleicht erträumt hatte, doch es sprach keine Bitterkeit aus seiner Erzählung.

»Ich habe den Südpol gesehen«, sagte seine kräftige Stimme auf dem Band. »Ich habe ein Land gesehen, das noch immer wirklich wild ist, unbezwingbarer, als man sich vorstellen kann.«

Ganz am Ende des letzten Bandes gab es eine kleine Pause, und abschließend kam etwas ganz anderes; persönlicher und leiser sagte er: »Ich weiß nicht, wer Sie sind, weil ich nicht danach gefragt habe, und wir werden uns wohl nie begegnen, aber Sie transkribieren meine Aufzeichnungen, und Sie werden mein Buch schreiben, und Sie fragen sich bestimmt, was der Sinn des Ganzen ist. Ich habe einen Bekannten in einem Verlag, und er hat das vorgeschlagen. Er sagte, so etwas würde dem britischen Lesepublikum gefallen, weil sie ehrenvolles Scheitern mehr schätzen als heldenhafte Eroberung. Wenn ich ein stolzer Mensch wäre, hätte ich wohl abgelehnt. Aber vom Forschen kann man nicht leben, und ich brauche das Geld. Das haben Sie also vor sich, eine Geschichte vom Versagen, für Geld.«

Beim letzten Satz lag etwas Trockenes in seiner Stimme, als könne er gut genug über sich selbst lachen, um die bittere Ironie darin zu sehen.

Nachdem Maude die Schlusszeilen in ihren Computer getippt hatte, saß sie lange da und dachte darüber nach. Draußen wurde es gerade dunkel, und das Licht in ihrem Zimmer dämmrig; eine zögerliche junge Mondsichel schimmerte über dem fernen Schatten der Berge auf. Sie roch den schwachen Duft von Holzrauch und Piniennadeln in der Luft, die zum halb geöffneten Fenster hereinströmte.

Sie hatte ihr Leben immer als gescheitert betrachtet; seit jenem Nachmittag im Norden Londons wusste sie, dass es so beschlossen war. Nun gab es Dent, und allmählich fragte sie sich, ob sie vielleicht doch keine totale Versagerin war. Als gelte die Tatsache, dass sie diesen Mann lieben konnte, ihn festhalten, trösten und glücklich machen konnte, als ein Erfolg, etwas, das das Leben aufwiegen würde, das sie genommen hatte. Doch nun fragte sie sich, worin ihre Leistung eigentlich bestand, was Erfolg war, was das Gegenteil von Scheitern war. Der alte Polarforscher hatte behauptet, er sei gescheitert, doch der Meinung war sie nicht. Sie fand etwas Edles und Wahres an ihm; er hatte gegen seine Schwäche und Vergänglichkeit angekämpft und seinen Traum gelebt, auch wenn er damit nie im Guinness-Buch stehen würde. Noch dazu hatte er das mit einer seltenen Integrität getan. Etwa in der Mitte der Aufnahmen sagte er, er habe nie geheiratet, weil er niemandem diese hoch riskante Lebensweise zumuten wollte. »Ich könnte nie eine Familie zu Hause zurücklassen, während ich in meiner Überheblichkeit das Schicksal herausfordere«, sagte er. »Entschuldigung«, fügte er rasch mit seiner barschen Stimme hinzu,

»das klingt unerträglich geschwollen. Aber ich konnte wirklich nicht einsehen, weshalb ich jemanden in so ein Leben hineinziehen sollte, der sich das nicht selbst ausgesucht hatte, wo ich doch nie wusste, ob ich lebend zurückkommen würde.« Maude fragte sich, ob andere Männer auch so konsequent gewesen wären.

Sie wollte ihm schreiben, dass er ganz und gar kein Versager sei, sondern ein strahlender Sieger, dass er seine Träume wahr gemacht habe, wie immer er selbst darüber denken mochte. Sie wusste, dass das nicht ging, also beschloss sie, seine Geschichte so gut zu schreiben, wie sie es nur konnte. Sie würde all ihre Fähigkeiten hineinstecken, die neue Leidenschaft und Lebendigkeit, die sie nun hatte, und sie würde der Welt zeigen, dass er eben doch ein echter Held war.

Alles eine Frage des Blickwinkels, dachte sie und blickte in die finstere Nacht hinaus. Nichts ist an sich gut oder schlecht, unsere Gedanken machen es dazu. Und wenn sie nie wieder ein Buch schrieb, dieses hier würde es wert sein.

Als sie an diesem Abend ihr Arbeitszimmer verließ, war sie ganz euphorisch. Dent saß in der Küche. Er blickte auf, als sie hereinkam.

»Hast du je das Gefühl«, fragte sie, »wenn du schreibst, dass du damit wirklich etwas verändern kannst? Dass wir alle im Grunde so klein und unbedeutend sind im Zusammenhang der Geschichte, im unendlichen Weltraum, aber dass wir manchmal einen kleinen Kratzer auf dieser riesigen Fläche hinterlassen können, der zählt?«

Sie wusste kaum, was sie da sagte, und als es ausgesprochen war, merkte sie, dass es hochtrabend und unwahrscheinlich klang, schlicht vermessen. Er war der wahre Schriftsteller, das war sein Beruf und sein Revier, sie dagegen war nur jemand, der unsichtbar Texte verfasste und dessen Name nie auf einem Cover auftauchte. Doch so fühlte sie, und sie wusste, sie konnte ihm alles sagen, er würde es verstehen.

Er runzelte die Stirn, und sie dachte, dass sie sich vielleicht etwas angemaßt hatte, dass viel von ihrer Überzeugung irrig sei. »So sehe ich das nicht«, sagte er. In seiner Stimme lag eine Schärfe, die sie noch nie gehört hatte. Sie war noch ganz aufgeregt, weil sie mit den Bändern fertig war, deshalb traf es sie sehr tief und sie wünschte, sie hätte nichts gesagt.

Er hatte zum ersten Mal so mit ihr gesprochen, und es war, als wäre etwas in ihr zersplittert. »Nein«, sagte sie, leise und hastig. »Nein, natürlich nicht, das war dumm von mir.«

Sie verließ die Küche wieder und wusste nicht, wohin, denn dies war sein Haus; sie wohnte hier, aber nichts hier drin gehörte ihr. Alles seins, ausgesucht und aufgestellt, lange bevor es sie gegeben hatte. Alles, was sie hatte, waren ihr Computer und ein Koffer mit Kleidung, und plötzlich wurde ihr klar, dass sie nicht mehr war als ein Untermieter. Sie war hier nicht zu Hause, das war nicht ihr Heim; sie wurde hier nur geduldet, bis ihre Zeit ablief.

Sie ging hinaus. Die Nacht war dunkel, still und kalt, und sie blickte zu den Sternen auf, die über die dunkelblaue Weite über ihr verstreut waren; und zum ersten Mal, seit sie bei Dent war, fühlte sie sich schrecklich, rettungslos allein. Nichts hatte sie darauf vorbereitet. Sie wusste nicht, dass man mit jemandem zusammen sein und sich so einsam fühlen konnte.

Da hörte sie ihn hinter sich herauskommen. Sie hörte die Tür aufgehen und seine gemessenen Schritte auf dem Kies. Sie stand unbeweglich, versteinert, und starrte in die Dunkelheit. Sie wollte weinen und schreien und wusste nicht, wonach. Ich heule den Mond an, dachte sie.

»Es tut mir Leid«, sagte Dent. Er stand dicht hinter ihr, sie konnte seine Wärme, seine Nähe spüren, doch er berührte sie nicht. »Wirklich«, sagte er. »Ich habe einfach den Mund aufgemacht.«

»Ist schon gut«, sagte sie, obwohl sie selbst wusste, dass das nicht ganz stimmte.

»Es ist nicht gut«, widersprach er. »Da ist irgendwas, ich weiß nicht, was, und du solltest es mir sagen. Ich meine«, fügte er hinzu, als wolle er sich korrigieren, »du solltest es mir sagen können.«

Sie drehte sich um und sah ihn an; sein Gesicht wirkte ernst und sorgenvoll im Halbdunkel. »Das ist dein Haus«, sagte sie, und ihre Stimme brach ein wenig. »All dies ist deins. Ich habe hier nichts, keine Bücher, Platten oder bedeutungslosen Kram. Es ist so schnell passiert, und wir haben getan, als sei alles geklärt, wir haben es als selbstverständlich hingenommen. Tatsache ist, ich bin ein Gast in deinem Haus, ich kenne dich nicht besonders gut, und obwohl ich in meinem finsteren Kellerloch furchtbar einsam war, war es meines, das war mein Zuhause, da gehörte ich hin.«

»Nein«, erwiderte Dent. »Das ist nicht richtig.«

»So fühle ich aber«, sagte Maude. »Ich kann nicht anders. Dieses Haus, in dem wir zu Besuch waren, das war das Haus von mehr als einem Menschen, sie waren dort verwurzelt. Das hier, jetzt – es kommt mir vor, als wären wir im Urlaub, wie einer dieser wilden Ferienflirts unter südlicher Sonne, wo die Regeln des Alltags außer Kraft gesetzt sind. Es ist nicht echt.«

»Es ist echt«, widersprach Dent. »Wirklich. Wir können dafür sorgen, dass es sich wirklicher anfühlt. Ich will, dass du bleibst, das war mein voller Ernst.«

»Ich weiß«, sagte Maude.

Sie schüttelte den Kopf, ging ein paar Schritte den Hügel hinab, blieb dann stehen, drehte sich um und sah ihn wieder an.

»Nein, ich weiß es nicht«, sagte sie.

»Ich kann es verkaufen«, schlug Dent vor. »Wir können uns zusammen etwas anderes suchen. Oder du richtest es dir ein.«

»Nein«, entgegnete Maude. »Das ist es nicht. Ich will keine Lösung. Ich will … ich weiß nicht, was ich will. Ich will, dass wir mehr miteinander reden; ich will, dass meine Bücher neben deinen im Regal stehen. Ich will, dass es sich dauerhafter anfühlt, so, als würde es sich nicht gleich auflösen, wenn ich nur hinpuste.«

Dent kam zu ihr, zog sie an sich und hielt sie in den Armen, und sie roch den schwachen Duft von Salz und Frische, der ihn stets umgab, sie klammerte sich an seine breite, harte Brust, und ihr ganzer Bauch war verkrampft vor namenlosen Ängsten.

»Es tut mir Leid«, sagte sie. »Ehrlich. Es war alles so perfekt, und jetzt fühle ich mich so verloren und weiß nicht, warum.«

»So leicht konnte es ja auch nicht sein«, erklärte Dent. »Es ist leicht, wenn man jung ist, ohne Narben und unberührt vom Leben und seinen Sorgen; dann scheint es eine gerade Straße zu sein, die direkt zum Horizont führt.

Vielleicht ist genau das unser Problem. Es ging so schnell, dass wir geglaubt haben, es würde einfach sein, obwohl es eigentlich entsetzlich kompliziert ist, und damit müssen wir uns nun auseinander setzen.«

Maude wusste, das war es immer noch nicht ganz. Es klang so logisch und richtig, wie er das sagte; es war schon beinahe richtig, knapp vorbei am eigentlichen Kern, aber das war es nicht. Sie konnte es ihm nicht mehr erklären, denn sie konnte sich selbst nicht erklären; sie fror und zitterte und wollte ihm nur nahe sein. Sie sagte: »Ja, vielleicht ist es das«, er brachte sie wieder hinein, sie gingen ins Bett, und sie zog sich aus und ritt ihn heftig, als wolle sie sich in diesem schwindelnden körperlichen Empfinden verlieren. Doch das war es immer noch nicht. Als es vorbei war, rollte sie von ihm herunter, drehte ihm den Rücken zu und lag steif wie ein Brett neben ihm. All die unausgesprochene Angst ballte sie fest in sich zusammen, zu einer kleinen bleiernen Kugel, und sie wollte weinen, was nicht ging, denn er könnte sie ja hören.

Dent lag neben ihr und atmete gleichmäßig und tief ein und aus, bis sie überzeugt war, er sei eingeschlafen. Sie spürte eine Lücke zwischen ihnen, eine unerforschte Kluft, und obgleich sie nur wenige Zentimeter breit war, kam sie ihr vor wie der Grand Canyon. Damit hatte sie nicht gerechnet, und sie fühlte sich völlig allein gelassen. War dies das Ende von allem, war alles nur ein Trugbild gewesen? Sie hatte geträumt, sie sei frei, und das war nur vorgegaukelt, ein schöner Schein, der sie die dunkelsten Stunden überstehen ließ.

Sie wusste nicht recht, ob sie schlief oder nicht. Es

schien ihr nur ein Augenblick vergangen zu sein, als sie wieder auf den Wecker auf dem Nachttisch schaute (sein Wecker natürlich, nichts hier war ihres, es war sein fremder Wecker), zeigten die zwei matten grünen Punkte drei Uhr morgens an. Drei Uhr früh, dachte sie; in der finsteren Nacht der Seele ist es immer drei Uhr früh.

»Wir könnten heiraten«, sagte Dent hinter ihr.

Sie fragte sich einen Moment lang, ob sie träume; doch seine Stimme klang kräftig, tief und wirklich. »Wir könnten heiraten und Kinder bekommen«, sagte er. »Willst du mich heiraten?«

»Tust du das nur, damit ich mich besser fühle?«, fragte sie zurück. Die bleierne Kugel lag noch immer tief in ihrem Bauch, als ginge sie damit schwanger.

»Nein«, antwortete er, und da wusste sie, dass sie nicht träumte und dass auch er die ganze Zeit über wach gewesen war. »Sondern weil ich es will. Ich liebe dich, ich brauche dich, und ich will, dass es für immer ist, in Gesundheit und Krankheit. Ich möchte dich heiraten und mit dir alt werden, ein Zuhause mit dir finden und Kinder mit dir bekommen und immer mit dir zusammen sein. Genau das will ich.«

Eine flüchtige Sekunde lang freute sich Maude, dass er das sagte. Zugleich, genau im gleichen Moment wie in einem dieser coolen postmodernen Filme, wo zwei Geschichten in demselben geteilten Bild nebeneinander laufen, wusste sie, das war es nicht; das war nicht die Lösung.

Vor allem war ihr klar, dass es nicht das war, was sie wollte. Etwas aus ihrer fernen Vergangenheit stieg auf und überflutete sie, und sie wusste, dass sie gleich etwas

Irrationales und Destruktives tun würde; sie hätte alles gegeben, um das zu verhindern.

»Das ist es nicht«, sagte sie.

»Warum nicht?«, fragte er.

Sie hörte seine Stimme hinter ihrer Schulter, sie sah sein langes, klares Gesicht vor sich; sie konnte es nicht ansehen.

»Weil«, sagte sie, »das nicht die Lösung ist.«

»Ich kenne das Problem gar nicht«, entgegnete er. Er drehte sich im Bett herum, sie hörte die Decke über seinen Körper gleiten und spürte, wie die Matratze auf das verlagerte Gewicht reagierte. Ein Teil von ihr wollte sich umwenden, sich ihm an den Hals werfen, ihn ganz fest im Arm halten und sagen: Bitte versteh doch, bitte verzeih mir, bitte begreif es endlich, bitte versteh, dass da etwas in mir so verängstigt und kompliziert ist, dass ich es nicht in Worte fassen kann. Aber ich wünsche mir, dass du es benennst, denn du bist der Schriftsteller, du bist der Mann, der das Nichts in Worten einfangen und allem einen Sinn geben kann. Obwohl sie wusste, dass sie das nicht durfte, und dass es im wahren Leben auch nicht funktionierte, wollte sie sagen: Bitte rette mich.

»Heirate mich«, sagte er. »Sag Ja. Werde meine Frau.«

Die Stimme in ihrem Kopf wurde lauter: Das ist nicht die Lösung. Alle halten es dafür, aber das ist sie nicht. Die Sache ist viel komplizierter; das ist nicht das Allheilmittel für sämtliche Übel, für nächtliche, einsame Panik, für all die Schrecken und Gespenster.

»Du verstehst mich nicht«, sagte sie, und ihre Stimme zitterte unter der aufgerollten Spannung all der vielen Dinge, die sie nicht verstand, die er nicht verstand.

»Doch«, sagte er. »Doch, ich verstehe dich. Heirate mich.«

Dann war sie tatsächlich aufgesprungen und floh, nicht nur in Gedanken, sondern körperlich; sie schoss aus dem Bett, durch den Raum, fuhr im Dunkeln in ihre Kleider, stieß sich den Zeh am Schrank und prallte mit dem Unterschenkel gegen das harte Holz der Bettkante.

»Nein, nein«, sagte sie. »Scheiße«, entfuhr es ihr, als sie sich den Ellbogen an einer Stuhllehne stieß.

Sie zog sich an, sie wusste kaum, was. Sie musste ihren nackten Leib mit Kleidern bedecken und raus aus diesem Haus.

»Was?«, fragte er. In dem bleichen Schimmer, der durchs Fenster drang, sah sie, wie er den Kopf hob, auf eine Schulter gestützt, und versuchte, sie im Dunkeln auszumachen.

Er war verwirrt vor Müdigkeit und den nächtlichen Ereignissen. »Was ist los?«, fragte er. »Wo willst du hin?«

Sie hielt mitten im Raum in ihrer wilden Flucht inne.

»Heiraten ist es nicht«, sagte sie. »Verstehst du denn nicht? Das ist nicht die Lösung. Wie viele glückliche Ehen kennst du? Es gibt ungefähr vier perfekte Ehen auf dieser Welt. Alle sagen: Oh, sieh sie dir nur an, diese makellosen Ehen, die ewig halten, wo man noch verliebt ist und zugleich die besten Freunde, wo die Partner sich aufeinander verlassen, einander zum Lachen bringen, sich nie langweilen oder betrügen, und das ist das A und O. Aber meistens läuft es doch nicht so. Für so viele Menschen ist die Ehe das Ende von allem, das Ende der Zärtlichkeit. Ein Jahr lang ist es neu und aufregend, und dann gibt es gezückte Schwerter, eisiges Schweigen, fiese Bemerkungen, gleichgültige Seitensprünge und grauenhafte, unausgesprochene, unterirdische Ablehnung und Feinseligkeit. Die Leute behaupten, heiraten sei die Lösung für alles, dabei ist es die Lösung für gar nichts.«

Dent setzte sich jetzt auf und spähte im Dunkeln nach ihr. Maude stand mitten im Zimmer, angezogen, auf dem Sprung.

»Nein«, sagte er. »Das ist nicht wahr. Es kann auch gut sein. Es kann besser sein. Das ist vielleicht nicht die ganze Lösung, aber es ist immerhin etwas. Es ist ein Vertrauensvorschuss, ein Fehdehandschuh vor die Füße der Ungewissheit.«

»Nein«, entgegnete Maude, die allmählich laut wurde und es nicht verhindern konnte. Sie wusste, dass sie sich unverständlich ausdrückte, doch sie wusste auch, dass sie die Wahrheit aussprach. Sie wollte unbedingt, dass er es verstand, all die Dinge, die sie ja selbst kaum nachvollziehen konnte; mehr als alles, was sie je gewollt hatte, wollte sie jetzt, dass er auf ihrer Seite stand.

»Ich will keinen Fehdehandschuh«, sagte sie also. »Es ist nicht so einfach. Du sagst, lass uns heiraten, und plötzlich ist das Leben auf Rosen gebettet. Aber so ist es nicht. Das hier ist das echte Leben, und so läuft es nicht.«

»Es könnte so sein«, widersprach Dent. »Es könnte. Heirate mich. Sei mutig und sag Ja. Ich will dich lieben, Kinder mit dir bekommen, und das können wir auch.«

»Ich kann es nicht«, sagte Maude mit gebrochener Stimme. »Verstehst du denn nicht? Wie kann ich je ein Kind bekommen? Wie kann ich ein Kind bekommen nach dem, was ich getan habe? Kapierst du es denn nicht?«

Es war seltsam, wie reglos sie beide blieben.

»Du musst dir vergeben«, sagte er, und seine Stimme

war leise und vernünftig. »Das weißt du. Du schaffst es. Wir könnten zusammen ein Kind bekommen, und du würdest es lieben, es wäre ein neues Leben, es wäre wie ein Symbol. Und du könntest dir vergeben.«

»Was, wenn ich es nicht schaffe?«, fragte Maude. »Manchmal lieben Mütter ihre Kinder nicht. Sie tun so, als ob, weil alle behaupten, sie müssten ihre Kinder lieben, dass Mutterliebe uns einprogrammiert sei. Aber manchmal hassen sie ihre Kinder und lehnen sie ab, und alles ist nur gespielt und vorgetäuscht, und dann wäre ich schuld an einem doppelten Tod, einem doppelten Verrat, und ich wäre wieder genau da, wo ich hergekommen bin.«

»Du würdest es lieben«, wandte Dent ein.

Während dieses ganzen Wortwechsels blieb er vernünftig, ruhig und sachlich, als habe er alle Antworten parat. »Bestimmt«, sagte er. »In dir schlägt ein gutes, großzügiges Herz, wir könnten ein Baby bekommen, und du würdest es lieben.«

»Frauen tun ihren Kindern schreckliche Dinge an«, erklärte Maude, als habe er gar nichts gesagt. »Sie tragen sie vierzig lange Wochen in ihrem Bauch mit sich herum, sie gebären sie und füttern sie und tun ihnen schreckliche Dinge an. Was, wenn ich wie meine Mutter werde? Was, wenn ich kalt und distanziert wäre und dann stürbe?«

»Das ist völlig irrational«, sagte er. Seine Stimme war immer noch leise und besonnen, und sie hätte ihn dafür schlagen mögen, sie wollte ihn anschreien, spucken, ihm wehtun. »Das Ganze ist irrational«, wiederholte er in demselben Tonfall. »Das sind nur nächtliche Ängste, morbide Hingespinste.«

»Ja«, sagte Maude. »Das ist gut möglich, aber so empfinde ich nun mal, und erzähl du mir bloß nicht, was ich fühlen sollte oder was richtig und falsch ist, denn du musst diesen Teil ja nicht erfüllen, du musst es nicht zwischen deinen Beinen hervorquetschen, du musst nicht schreien und fluchen vor Schmerzen, also erzähl mir ja nicht, du wüsstest darüber Bescheid, denn du hast keine Ahnung. Behaupte nicht einfach, es wird schon alles gut gehen, das ist die Antwort.«

Nun rannte sie tatsächlich, als könne ihr Körper sich nach all dem statischen Gerede endlich bewegen. Sie raste aus dem Zimmer, die Treppe hinunter und prallte gegen die Wand, weil sie sich nicht die Zeit nahm, erst Licht zu machen. Sie erreichte die Haustür, hastete hinaus und ließ sie hinter sich offen stehen; sie tastete sich ins Auto, stieß den Schlüssel ins Zündschloss und startete den Motor. Er sprang sofort an, und sie schaltete die Scheinwerfer an, die die Arkade dunkler Bäume anstrahlten. Der Kies spritzte unter ihren Reifen, als sie in die Nacht hinausraste, als sei der Leibhaftige hinter ihr her.

Eine Zeit lang fuhr sie einfach schnell, ohne zu wissen, wohin, die glatte, ölige Schwärze der Straße unter ihren Rädern, den Verstand völlig ausgeschaltet.

Dann hielt sie am Straßenrand und saß im Auto, starrte aus dem kleinen Rechteck der Windschutzscheibe, während die Nacht hinter dem Glas sich langsam erhellte und der Mond gleichgültig über die schwarze Silhouette der Berge zog. Sie erinnerte sich an etwas, das sie einmal gelesen hatte: Verletzte, geschädigte Menschen sind gefährlich, stand da, weil sie wissen, dass sie überleben können. Sie fand das völlig falsch. Verletzte Menschen waren zutiefst verängstigt, das wusste sie nun, da sie in den Überresten der leeren Nacht saß, sie haben schreckliche Angst, dass sie nicht überleben werden; sie sind gelähmt vor Angst, denn sie wissen: So gut sie all die Bruchstellen auch verdecken mögen, es braucht nur einen kleinen Stoß, einen winzigen Riss, und alles liegt wieder völlig bloß, die klaffenden Wunden treten offen zutage, tiefer und unergründlicher als je zuvor. Derart verletzte Menschen haben schreckliche Angst davor, dass sie niemals wieder heil werden, egal, was sie tun oder wie sehr sie sich bemühen. Es war sinnlos, davon zu träumen, die Liebe könnte ein gebrochenes Herz heilen, denn bei manchen Herzen vermochte die gesammelte Liebe der ganzen Welt nichts auszurichten.

Ich weiß nicht mehr, was ich tue, dachte sie. Was tue ich hier?

Erst nach fünf Uhr morgens kam sie zurück. Es war noch stockdunkel, doch sie wusste, dass der Morgen anbrach. Sie hatte keine Ahnung, was sie sagen sollte oder weshalb sie sich so verhalten hatte. Sie öffnete die Tür, spürte sie hart und kalt an ihrer Hand, und sie wusste nicht, was sie drinnen erwartete.

Dent saß unten auf dem roten Sofa, in einem grünen Morgenmantel mit Paisley-Muster; er saß wach und aufrecht da und wartete auf sie. Das Feuer im Kamin war erloschen, doch der Geruch von Torfrauch hing noch dick im Raum.

»Es tut mir Leid«, sagte sie und sah ihm in die Augen. »Habe ich alles kaputtgemacht?«

Er erwiderte ihren Blick, und sein Gesicht war kalkweiß. Er schüttelte mit einem angedeuteten Lächeln den Kopf und sagte gar nichts. Dann ging er hinüber zum Plattenspieler, suchte eine Platte aus und legte sie auf, nachdem er die glatte Vinyl-Fläche mit dem Ärmel abgewischt und sanft etwas Staub weggepustet hatte. Sie knisterte ein wenig, doch dann fand die Nadel die Rille, und Ella Fitzgerald sang *It's Only A Paper Moon.*

Die ganze Zeit war Maude in der Tür stehen geblieben. Nach etwa einer Minute erklang der Refrain, und sie lächelte. Sie ging zu Dent hinüber, baute sich aufrecht vor ihm auf, sah ihm in die klaren Augen und sagte: »Du meinst also, es ist ganz einfach, ich brauche nur an dich zu glauben?«

Er erwiderte ihren Blick und sagte: »Ja, du solltest mehr Vertrauen in mich haben.«

Sie ließ den Kopf sinken und spürte, wie ihr Nacken schmerzte vor Angst und Erschöpfung. Sie schloss die Augen und ließ ihren Körper sich nach vorn neigen. Er war da, um sie aufzufangen, und er ließ die Platte einfach laufen, als er sie die Treppe hinaufführte, so dass die Stimme hinter ihr immer schwächer wurde. Als sie das Schlafzimmer erreichten, sagte sie: »Ich bin zu müde für alles, ich bin sogar zu müde, um mich auszuziehen.« Er entgegnete: »Ist schon gut«, setzte sich auf das Bett und zog sie sanft zu sich herunter. Er deckte sie zu, sie lächelte schwach und fragte wieder: »Habe ich alles kaputtgemacht?«, und er erwiderte: »Gar nichts ist kaputt.« Sie sagte: »Nimmst du mich in den Arm?«, und sie spürte, wie er sich neben sie legte und seinen Körper von hinten an ihren schmiegte; und ohne jeden Grund wusste sie, dass diese Gefahr vorüber war.

# 15

**Sie sprachen nie** wieder über diese Nacht. Es war, als wäre etwas zwischen ihnen abgehandelt und ausgemacht. Maude würde ihn nicht heiraten, aber er wünschte es sich. Er wollte, dass sie blieb, und sie wollte ebenfalls bleiben, also würden sie das als Ausgangspunkt nehmen.

Maude hielt das für den normalen Gang der Dinge; erst kam der frühe, leidenschaftliche Teil, wo nichts wirklich wichtig war, die Welt zurücktrat, alles vollkommen war und es noch keinen Horizont zu überblicken galt. Dann kam etwas und ließ die Traumwelt zerplatzen, die Illusionen auffliegen. Danach fiel es entweder ganz auseinander, oder es überlebte und wurde stärker.

Es konnte nicht vollkommen sein, sagte sich Maude, nicht nach all dem. Nichts ist vollkommen, alles hat seine Macken, mal mehr, mal weniger ausgeprägt.

Woher weiß ich das alles, dachte sie, wie bin ich darauf gekommen?

Doch sie wusste es, woher auch immer – all diese Bücher, die sie gelesen, die Filme, die sie gesehen, und Träume, die sie geträumt hatte. Sie wusste auch, dass sie ihre erste Feuerprobe bestanden hatten, und darin fand sie Trost.

Weil nun all dieses unbegreifliche Entsetzen hervorgekommen war, die scharfen, spitzen Scherben ihres zerbrochenen Selbst, weil er es gesehen und sich nicht von ihr abgewandt hatte, kam ihr das Ganze hier auf eine Art, die sie sich selbst nicht erklären konnte, wirklicher vor, mehr wie etwas, worauf sie sich verlassen konnte. Er hätte sagen können, sie habe es verdorben, es sei zu viel, doch das hatte er nicht. Für sie war das mehr wert als Diamanten.

Dent fuhr an den Wochenenden mit ihr einkaufen, zu seltsam verlorenen Einkaufsmeilen am Straßenrand, zu Antiquitätenläden und Flohmärkten, und sagte, sie solle sich Sachen kaufen, sie im Haus aufstellen und es damit zu ihrem Zuhause machen. Sie kaufte einen dicken Sessel mit abgewetztem grünem Lederbezug und kleinen bronzenen Rollen an den Beinen, so dass sie ihn herumschieben konnte. Sie kaufte zwei feine rote Flaschen mit Gravur und ein winziges blaues Gemälde, ein Seestück von irgendeiner westlichen Küste. Der Mann, der es ihr verkaufte, war Amerikaner. Er war zwanzig Jahre zuvor von Philadelphia an die Ostküste gezogen und besessen von schottischen Künstlern des neunzehnten Jahrhunderts. Er erzählte ihr, der Maler heiße Thomas Bunting und habe um die Jahrhundertwende in Aberdeen gearbeitet. Aberdeen, dachte Maude, die silberne Stadt, die Stadt aus Granit; an einem grauen Tag konnte die Stadt trübseliger aussehen als jedes andere Fleckchen Erde, doch wenn die Sonne hervorkam, erstrahlte sie wie poliertes Zinn. Maude meinte, es müsse schön für einen Maler sein, so etwas zu betrachten, die schimmernden silbernen Wände, das überirdische Licht und die offene Weite des Hafens, wo die Seemöwen vor dem Himmel wie weiße Pfeile umherschossen und sich kabbelten. Sie trug ihr Bild von dannen wie eine Trophäe und hängte es in dem Schlafzimmer auf, das sie mit Dent teilte, so dass es das Erste war, was sie sah, wenn sie morgens erwachte.

Mit jedem neuen Gegenstand fühlte Maude sich mehr zu Hause, sicherer: Dies ist meins, das ist meins, dachte sie, hier in diesem Haus. Dent wollte alles bezahlen, doch das ließ sie nicht zu. »Ich habe so viel Geld«, sagte sie. »Ich bekomme immer noch Schecks von dem Buch über Rita, nach all diesen Jahren. Ich habe ja nie etwas ausgegeben, außer für die Waisenkinder. Ich möchte, dass diese Sachen wirklich mir gehören.«

Dent ermunterte sie, die Möbel umzustellen, die Küche umzuräumen und neue Bettwäsche anzuschaffen. Sie kauften auch Pflanzen für den Garten, obwohl jetzt die falsche Jahreszeit dafür war, und sie pflanzten sie zusammen ein, gruben sie in die harte, kalte Erde, und Dent sagte, dann könnten sie sie im Frühjahr wachsen sehen. Es ist lange hin bis zum Frühling, dachte Maude, aber sie sprach es nicht aus.

Sie hatte immer noch das Gefühl, zu wenig von ihm zu wissen und zu kennen, doch nun meinte sie, sie könne es abwarten, die Dinge sich so entwickeln lassen, wie es ihnen gefiel. Es dauert Jahre, bis man jemanden kennt, dachte sie; und das Herz eines anderen Menschen kann man niemals kennen.

»Es ist, als hätte er irgendein Geheimnis«, schrieb sie via E-Mail an Sadie. »Es ist, als liege tief in seinem Inneren irgendein dunkles Geheimnis verborgen, und eines Tages werde ich herausfinden, was es ist.«

»Vielleicht haben alle Menschen ein Geheimnis«, schrieb Sadie postwendend zurück.

Richard sah Maude manchmal, wenn er in seinem

Landrover davonfuhr oder am Fluss unten am Fuße des Hügels spazieren ging. Manchmal fragte sie sich, ob dieses Geheimnis, das sie in Dent vermutete, etwas mit Richard Hunter zu tun habe.

Weihnachten rückte näher. Dent schleifte eine große, kegelförmige Fichte herein und stellte sie beim Kamin auf, und weil er keinen Christbaumschmuck besaß, fuhr Maude nach Aberdeen, wo die Weihnachtsdekoration vor den strahlenden granitenen Wänden leuchtete, die Bürgersteige überfüllt waren wie bei einem Straßenfest, und bunte Fahnen in der kalten Abendluft wehten. Sie kaufte bunte Lichterketten und Christbaumkugeln, und sie behängten den Baum damit, bis er aussah wie eine Karnevals-Dekoration. Maude hängte noch mehr Lichterketten in die Fenster und stellte überall Kerzen auf, und Dent schleppte Holzscheite und Kiefernzapfen für das Kaminfeuer herein, und alles wirkte festlich wie bei einem Ball.

»Wir bekommen Besuch«, sagte er am Tag vor Heiligabend. »Morgen. Meine Tochter und ihre Freunde.«

Maude blickte entsetzt zu ihm auf. Sie spickte gerade eine Orange mit Gewürznelken, um eine Art Duftkugel zu produzieren. Sie hatte darüber einen Artikel in einer Zeitschrift gelesen, und das war ihr so exotisch erschienen, dass sie nicht widerstehen konnte. Ihre Finger waren empfindlich, gerötet und hatten gelbe Flecken von der Orangenschale; der beißende Zitrusduft stieg ihr in die Nase, vermischt mit dem würzigen Duft der Nelken, der sie an irgendetwas erinnerte, wenn sie auch nicht wusste, woran.

»Besuch«, sagte sie. »Deine Tochter. Mit Untertiteln

für Hörgeschädigte. Das kannst du doch nicht einfach so mit mir machen.«

»Ich habe es vergessen«, sagte Dent leicht betreten. »Sie kommt jedes Jahr zu Weihnachten.«

Maude wusste, dass Dent eine Tochter hatte, das hatte sie schon in den Büchern über ihn gelesen, bevor sie ihn kannte. Doch er hatte nicht einmal von einem Kind gesprochen in der ganzen Zeit, seit Maude hier war, und sie hatte nicht gefragt. Sie fand, es gab Dinge, die er ihr von selbst erzählen sollte, wenn er so weit war.

»Du sprichst nie von ihr«, sagte Maude. »Das ist richtig seltsam. Warum nicht?«

»Ich habe mich daran gewöhnt, nie von etwas zu sprechen«, erklärte Dent.

Maude warf ihm durch gesenkte Lider einen skeptischen Blick zu.

»Ach, na schön«, sagte er daraufhin. »Ich weiß auch nicht. Ich rede eben nicht von ihr. Sie ist sehr auf ihr Privatleben bedacht. Sie wollte nicht gern als meine Tochter bekannt sein, nach allem, was passiert war und bei dem ganzen Presserummel. Sie hat ihren Namen geändert. Ich denke, wir haben einander in eigenen Schubladen in unserem jeweiligen Leben verschwinden lassen, wie sehen uns nur zu Weihnachten, das ist alles.«

»Du hättest mir sagen müssen, dass sie kommt«, erwiderte Maude und ließ das Thema ansonsten ruhen. Sie lernte gerade, Dinge auf sich beruhen zu lassen, unter anderem. »Haben wir genug zu essen?«

»Ich habe eine Gans besorgt«, antwortete Dent.

»Und ich habe ein Hühnchen mit dir zu rupfen«, gab Maude zurück.

»William, Mickey und Violet kommen auch«, bemerkte Dent und sah aus dem Fenster.

»Weißt du, was komisch ist?«, sagte Maude, lehnte sich auf dem Stuhl zurück und lachte. »Gerade, wenn ich denke, du bist irgendwie nicht normal, etwas, was so nicht mehr hergestellt wird, dann benimmst du dich so, dass ich nur noch denken kann: Männer sind doch alle gleich.«

»Ich kann nichts dafür«, sagte Dent und wandte sich ihr mit verlegenem Lächeln wieder zu. »Das ist Biologie.«

»Das ist also deine Ausrede«, erwiderte Maude.

Am nächsten Tag nach dem Mittagessen kam Sadie zur Küchentür herein, küsste Dent auf die Wange und sagte: »Hallo, Alexander.«

Dent erwiderte den Kuss und sagte: »Hallo, Cal.«

Maude sagte: »Wie bitte?«

Sadie trug einen roten Mantel und hippe Stiefel mit Holzabsätzen, als sei sie auf dem Weg zu einer Filmpremiere oder einem Foto-Shooting; sie zog ihre Handschuhe aus, setzte sich und fing an zu lachen.

»Oh Maude«, sagte sie. »Sei nicht so verwirrt. Das ist mein Vater. Tatsächlich.«

Maude blickte vom einen zur anderen, und plötzlich begriff sie es. Auf einmal erinnerte sie sich an Sadies seltsame Miene, als sie zum ersten Mal in ihrem Kellerloch gewesen war und die lange Latte Bücher von Alexander Dent entdeckt hatte. Sie erinnerte sich, dass Sadie sie gedrängt hatte, ihm zu schreiben, weil er mit ihr vielleicht sprechen würde.

»Oh«, sagte sie, denn die Schuppen fielen ihr so

schnell von den Augen, dass sie sich fragte, wie sie das alles hatte übersehen können. »Ich verstehe«, fügte sie hinzu. Misstrauen machte sich in ihren Gedanken breit, dem Begreifen hart auf den Fersen. »Das Ganze war also ein abgekartetes Spiel, was?«, fragte sie.

»Nein, nein«, widersprach Sadie und schüttelte den Kopf, dass ihr das lange dunkle Haar wie Flaggen um den Kopf wehte. »Ganz und gar nicht. Ein glücklicher Zufall, weiter nichts. Eine Laune des Schicksals.«

»Du hast das eingefädelt«, sagte Maude. Sie wusste nicht, ob sie lachen oder spucken sollte.

»Ich habe nur eines getan«, erklärte Sadie. »Als du sagtest, du wolltest etwas über ihn schreiben, da bin ich dir zuvorgekommen und habe ihn gebeten, sich mit dir zu treffen. Das war alles. Der Rest war allein deine Sache. Ich muss sagen, ich habe nicht damit gerechnet, dass du wegfährst und nie wiederkommst. Das stand ganz sicher nicht auf meinem Programm.«

»Ach«, sagte Maude und gab es auf. »Ich weiß nicht, was ich davon halten soll.«

»Dann denk nicht drüber nach«, riet Sadie. »Lach mit uns, trink was und wundere dich über seltsame Zufälle. Komm schon, Alexander«, sagte sie zu Dent, »lass den Korken knallen.«

»Es ist drei Uhr nachmittags«, entgegnete Dent.

»Es ist Weihnachten«, beharrte Sadie. »Wir sind die heiligen drei Könige. Stille Nacht. Freuet euch, macht hoch die Tür. Du weißt schon.«

Sie blickte sich um und streckte den Nacken. »Dean bringt gerade das Gepäck rein«, sagte sie.

»Dean ist auch da?«, fragte Maude.

»Dean ist auch da«, erwiderte Sadie, als sei das selbstverständlich. »Und Ruby steckt hier auch irgendwo. Sie haben keine Familie, also kommen sie hierher, über die Feiertage.«

»Wissen sie alle Bescheid?«, fragte Maude.

»Natürlich wissen wir Bescheid«, erklärte Ruby, die eben hereinkam. »Mach nicht so ein Gesicht, denn was morgen wird, weiß allein der Wind.«

»Welcher Wind denn?«, fragte Dean.

»Du hast die Taschen hochgebracht?«, fragte Sadie und sah liebevoll zu ihm auf. Er küsste sie mitten auf den Mund und sagte: »Natürlich habe ich sie hochgebracht«, und Maude musste wider Willen lachen, denn sie verstand kein Wort mehr.

Da musste sie also schon wieder mit ganz neuen Dingen klarkommen. Dass Dent ihr urplötzlich seine Tochter vorsetzte, hatte sie in der vorigen Nacht bis in den Schlaf verfolgt: Sie hatte sich einen schweigsamen, muffeligen Teenager vorgestellt, der sie über die Gans hinweg in stummem Misstrauen anstarrte. (Das war ziemlich dumm, dachte sie nun. Wenn sie einmal nachgerechnet hätte, wäre ihr klar geworden, dass die Tochter in Sadies Alter war.) Jetzt musste sie auch noch mit Dent das Paar geben, vor Sadie, Ruby und Dean, die sie alle von früher kannten, in ihrer vorherigen Inkarnation, und plötzlich wusste sie nicht mehr, wo sie ihre Augen oder Hände lassen und wie sie sich verhalten sollte.

Alle gingen auseinander, um auszupacken und sich einzurichten, und Maude blieb allein und verwirrt in der Küche zurück. Später kam Ruby herunter und fand sie allein dort stehen, völlig verloren.

»Da bist du also«, bemerkte Ruby.

»Trinken wir einen Tee«, schlug Maude vor, weil sie nicht wusste, was sie sonst sagen sollte. Sie hatte das Gefühl, bei etwas ertappt worden zu sein. Es war so offensichtlich, dass sie und Dent miteinander schliefen, er war Sadies Vater, und Sadie war nicht viel jünger als sie selbst; sie fühlte sich ganz verkehrt.

»Ja, trinken wir einfach eine schöne Tasse Tee«, stimmte Ruby in den Geist des Tages ein. »Na los«, sagte sie und sah sich um, »stell den Kessel auf.«

Maude sah sie an und begann zu lachen. »Oh«, sagte sie. »Oh, das hatte ich nun wirklich nicht erwartet.«

»Ich habe ihr ja gesagt, wir sollten vorher anrufen«, erklärte Ruby, als Sadie hereinkam. »Habe ich es nicht gesagt?«

»Ich wollte dich überraschen«, sagte Sadie, die sich offensichtlich königlich amüsierte. »Außerdem gibt es hier kein Telefon.«

»Wo ist Dean?«, fragte Ruby.

»Er und Alexander vertiefen gerade ihr Männerfreundschaft«, entgegnete Sadie. »Sie sind draußen im Holzschuppen, oder wo Männer zu so etwas eben hingehen.«

Maude setzte sich.

»Wir kochen gerade Tee«, erklärte Ruby, holte ein paar Tassen vom Regal und stellte sie auf den Tisch, als wolle sie ihre Worte unterstreichen.

»Maude braucht dringend einen Whisky«, behauptete Sadie.

Sie tranken dann alle Whisky, obwohl noch helllichter Nachmittag war. Sadie meinte, sie sollten sich ein wenig betrinken, weil das die Dinge manchmal erklärlicher mache.

»Saufen wir uns einen an«, meinte sie, »und dann kann ich dir alle meine Geheimnisse erzählen, damit du nicht mehr böse auf mich bist.«

»Ich bin nicht böse«, erwiderte Maude, obwohl sie das selbst nicht so recht wusste.

»Ich an deiner Stelle wäre es«, sagte Ruby. »Das war gegen die Spielregeln.«

»Du solltest doch auf meiner Seite stehen«, tadelte Sadie sie mit einem strengen Blick. »Außerdem war das nur ein wenig harmlose Ermunterung, weiter nichts.« Sie lachte ein wenig schuldbewusst und sah Maude an. »Ich habe ihm gesagt, er solle sich mit dir unterhalten, das war alles. Ich habe ihm nicht gesagt, dass er sich in dich verlieben soll oder so was. Das habt ihr ganz allein geschafft.«

Nach Sadies Worten entstand eine Pause, denn es war noch zu neu und irgendwie seltsam, obgleich keine von ihnen hätte sagen können, woran das genau lag.

»Das sind ein paar Zufälle zu viel«, bemerkte Maude, die ebenso wusste, dass noch mehr daran war. »Wie kann so etwas passieren? Das gibt es doch im wahren Leben gar nicht.«

Sie hatte sich allmählich an das wahre Leben gewöhnt, daran, sich halbwegs in der Welt zurechtzufinden und nicht nur in der verzerrt gespiegelten, erfundenen Version, die sie aus Büchern, Filmen und traurigen alten Songs abgeleitet hatte. Dies hier war zu unwahrscheinlich, und das gefiel ihr nicht. Sie erinnerte sich an das, was Dent über Zufall und Schicksal gesagt hatte, wie verführerisch all das sei, und sie zweifelte. Sie zweifelte ernsthaft daran, dass ihr das gefiel.

»Oh nein«, widersprach Sadie. »Damit kenne ich mich

sehr gut aus. Zufälle gibt es nun mal im Leben, das ist ja der Sinn der Sache. Das schreiben sie nur nicht in ihren Büchern, weil da alle zu genau hinschauen und behaupten, das sei doch leicht an den Haaren herbeigezogen. Wenn man zu gründlich über Wahrscheinlichkeiten nachdenkt, dreht sich einem irgendwann der Kopf.«

»Du kannst jetzt zur Sache kommen«, warf Ruby ein. »Wenn du möchtest.«

»Maude macht sich Sorgen«, erklärte Sadie geduldig, »weil sie jahrelang von Alexanders Büchern besessen war. Dann stand ich auf einmal vor ihrer Tür, und jetzt stellt sich heraus, dass wir verwandt sind, und das gefällt ihr nicht.«

»Du hättest es ihr ja wirklich erzählen können«, bemerkte Ruby.

Es war wieder genau wie in dem hohen grünen Raum, dachte Maude, als sie die beiden beobachtete, in diesem Raum, wo sie sich neckten und aufzogen und genau wussten, was sie zu sagen hatten, während sie nur stumm und fremdartig daneben sitzen konnte.

»Sieh mal, Maude«, begann Sadie und stützte das Kinn auf die Hände, genau wie Maude es aus der Talgarth Road in Erinnerung hatte. »Es ist ungewöhnlich, aber Wahrscheinlichkeiten sind sinnlos. Jede Woche gewinnt jemand im Lotto, die Wahrscheinlichkeit ist eins zu vierzehn Millionen. Vierzehn Millionen zu eins, was ergibt denn das für einen Sinn? Trotzdem passiert das jede Woche einem ganz normalen Menschen. Und man hört auch immer diese Geschichten von Leuten, die nach Indien reisen und auf einem gottverlassenen Bahnhof irgendwo vor Kalkutta ihrem Lehrer aus der Grundschule über den Weg laufen.«

»Ich weiß nicht«, sagte Maude.

»Ich will dir mal eine Geschichte erzählen«, sagte Sadie, nun in voller Fahrt und nicht mehr aufzuhalten. »Ruby und ich sind mit diesem Mädchen zur Schule gegangen.«

»Nicht die olle Kamelle«, unterbrach Ruby sie kopfschüttelnd.

»Du weißt doch, wie toll die Story ist«, gab Sadie ungerührt zurück.

»Es ist tatsächlich eine gute Geschichte«, sagte Ruby zu Maude, »und, so komisch das klingt, sie ist wirklich wahr.«

»Dieses Mädchen«, erzählte Sadie, »hatte einen Onkel, der mit einundzwanzig bei einem Autounfall ums Leben kam. Er war sehr attraktiv und talentiert, es war 1966, alle liebten ihn, und in einer dunklen Winternacht ist er mit seinem Lotus irgendwo in Chelsea auf einen Lastwagen aufgefahren. Jahre später hat sich der Stiefvater dieses Mädchens mit einer dicken, reichen Frau davongemacht, die er im Flugzeug kennen gelernt hatte, so dass das Mädchen und seine Mutter ohne Zuhause und mit ganz wenig Geld dastanden und in eine Mietwohnung im Keller in der Nähe der Earl's Court Road ziehen mussten. Eines Tages sagte die Vermieterin zu meiner Freundin: Ist Ihr Onkel tatsächlich der, den ich meine? Und es stellte sich heraus, dass die Vermieterin in den Sechzigern in Chelsea gewohnt hatte, gleich beim Redcliffe Square; eines Nachts um zwei hörte sie einen gewaltigen Krach und ging nachsehen, was da passiert sei, und sie fand den zertrümmerten Lotus. Der Fahrer war noch ausgewichen, um seine Beifahrerin zu retten, irgendein langbeiniges Model im Pelzmantel. Bei dem Aufprall war das Autoradio rausgeflogen, es hing noch an seinen Eingeweiden aus der Verankerung und spielte auf voller Lautstärke, und das Model war so bekifft, dass es auf der Straße tanzte. Die Vermieterin sagte: Ich habe Ihren Onkel über dem Lenkrad verbluten gesehen, während dieses Mädchen auf der Straße tanzte. Das Seltsame war, dass meine Freundin die Geschichte so ähnlich schon öfter gehört hatte, aber sie hat sie nie geglaubt, sie hielt sie für zu abwegig. Und dann, fast zwanzig Jahre danach, wohnte sie im Haus der einzigen Person, die tatsächlich Augenzeugin beim Tod ihres Onkels gewesen war, und sie erfuhr, dass diese Gerüchte doch stimmten. Du siehst also, solche Sachen passieren andauernd.«

»Ist das wirklich wahr?«, fragte Maude.

Sadie verzog die Lippen zu einem Lächeln. »Das ist die wahrste Geschichte, die ich kenne«, meinte sie. »Jawohl.«

»Ach, trinken wir noch einen Whisky und hören auf, daran zu denken«, schlug Ruby vor. »Ich will fröhliche Weihnachten, außerdem sind wir sowieso schon nicht mehr ganz nüchtern.«

Maude schüttelte den Kopf und zuckte die Achseln. Plötzlich dachte sie, dass sie trotz allem froh war, die drei hier zu haben, auch wenn sie innerlich immer noch beunruhigt und misstrauisch war. Es war irgendwie tröstlich, die beiden Frauen hier bei ihr in der Küche sitzen zu haben. Ihr wurde klar, dass sie ihnen möglicherweise Dinge erzählen würde, die Dent vielleicht nicht verstehen könnte. Dieser Gedanke schockierte sie, aber unterschwellig war er auch erregend.

»Was ist denn mit dir und Dean?«, fragte sie in ganz anderem Tonfall; Sadie hörte es, warf Maude einen scharfen Blick zu und nahm sich einen Moment Zeit, als erkenne sie die Frage an, bevor sie sagte: »Anscheinend finden wir Trost beieinander.«

»Wurde aber auch Zeit«, bemerkte Ruby und nippte an ihrem Drink.

»So offensichtlich ist das auch wieder nicht«, widersprach Sadie. »Ich hasse es, zu offensichtlich zu sein.«

»Für mich schon«, erwiderte Ruby.

»Und der bindungsunfähigste Mann der Welt?«, fragte Maude.

»Ist zu seiner Ehefrau zurückgekehrt«, sagte Sadie.

»Du wusstest doch, dass das passieren würde«, stellte Ruby fest.

»Er hat behauptet, sie hätten sich getrennt. Er hat gesagt, dass er nie wieder zu ihr zurückkehren würde, egal, was passiert«, sagte Sadie.

»Na klar«, meinte Ruby mit tiefem Blick.

»Ach, na schön«, gestand Sadie. »Er hat mir das Herz gebrochen, aber das war keine Überraschung. Und dann«, fügte sie nachdenklich hinzu, »war da noch die Kleinigkeit mit den paar anderen Mädels, die er nebenbei laufen hatte.«

»Das hat dich immer noch nicht vom Rauchen abgehalten«, warf Ruby ein.

»Wenn einen der geliebte Mann verlässt, muss man doch etwas mit seinen Händen anfangen können«, erklärte Sadie würdevoll.

Ruby sah sie streng an. Sadie seufzte und sagte zu Maude, als habe sie ein Recht, das zu erfahren: »Ich war völlig am Boden, wenn du's genau wissen willst. Ich schätze, ganz tief drinnen wusste ich immer schon, dass es aussichtslos war, aber ich habe ihn geliebt, und er hat mich belogen und betrogen, und ich kam mir so dumm vor. Ich habe jede seiner Ausreden geglaubt, und ich habe sorgfältig die Augen vor dem verschlossen, was ich nicht sehen wollte. Ich wusste ja, dass ich ohne ihn besser dran war, aber als das volle Ausmaß seiner Verlogenheit ans Licht kam – ich glaube, ich habe mich noch nie im Leben so schrecklich betrogen gefühlt. Ich habe mir immer wieder vorgesagt: ›Ich bin gesund, ich liebe meine Arbeit, die ganze Welt steht mir offen‹, aber ich hatte das Gefühl, als hätte mich jemand mit einer riesigen Narrenkappe auf dem Kopf durch die Stadt gescheucht, so dass alle mit dem Finger auf mich zeigen und sich kaputtlachen können.«

»Jetzt weißt du Bescheid«, sagte Ruby. »Die meisten Menschen werden früher oder später einmal betrogen. Bei mir musste es natürlich früher passieren.«

Maude blickte überrascht zu Ruby auf. Sie hatte angenommen, Ruby könne einfach alles, sie sei unverwundbar. Sie wusste nicht, wie sie darauf gekommen war, doch das hatte sie gedacht.

»Ich war sechsundzwanzig«, erzählte Ruby, die ihren Blick bemerkt hatte. »Steckte voller Illusionen. Eines Tages kam ich rein, und da lag eine andere Frau in meinem Bett. Und sie war nicht mit Kreuzworträtseln beschäftigt, das kann ich dir versichern.«

»All so etwas passiert?«, fragte Maude. »Im echten Leben?« Plötzlich merkte sie, wie gründlich sie der Welt den Rücken gekehrt hatte – sie glaubte bereits, dass sich solches Leben hauptsächlich in Filmen abspielte.

»All das passiert«, bestätigte Sadie, »und trotzdem denken wir immer noch, so etwas würde nur anderen Leuten passieren.«

»Bist du deshalb immer noch allein?«, fragte Maude Ruby.

Ruby zuckte mit den Schultern und lächelte angespannt. »Das ist jetzt drei Jahre her«, sagte sie. »Aber die Erinnerung daran ist in meine Netzhaut eingebrannt. Jedes Mal, wenn jemand mit netten Worten um mich herumstreicht, erinnere ich mich an all die Lügen und kann kein Wort glauben. Das Leben als Single kann auch sehr schön sein«, setzte sie hinzu, und Maude merkte, dass sie das selbst glaubte, »trotzdem wäre es schön, die Wahl zu haben.«

»Dieser Teil ist ihnen nicht klar«, sagte Sadie, »wenn sie dich belügen. Sie begreifen nicht, dass es nicht nur um den Schmerz und die Demütigung geht. Ich glaube, sie machen sich nicht bewusst, dass einem das bleibt, wie eine Narbe, wie irgendein hässliches, bösartiges Ding, das in den langen, einsamen Nächten wehtut vor Scham.«

»Jetzt hast du ja Dean«, sagte Maude.

Sadie nickte. »Ich weiß, dass es so etwas wie Sicherheit nicht geben kann«, erklärte sie. »Aber ich kenne ihn gut genug, um sicher zu sein, dass er mir immer nur die Wahrheit sagen wird. Das heißt ja nicht, dass wir für immer nur in Friede, Freude Eierkuchen zusammenbleiben. Aber es heißt, dass ich bestimmt nicht über andere Kanäle von einer willigen Blondine erfahren werde.«

»Eines verstehe ich trotzdem nicht«, sagte Ruby und blickte in ihr Whiskyglas, als wären die Geheimnisse des Lebens darin verwahrt. »Warum glauben wir weiterhin, dass die meisten Leute uns die Wahrheit sagen, obwohl das doch praktisch keiner tut?«

»Wir können träumen«, sagte Sadie und lachte. »Wir können die Augen schließen und ein bisschen träumen.«

Später sagte Sadie, sie wolle nach oben gehen und ein Bad nehmen. »Ich weiß ja, wo mein Zimmer ist«, sagte sie, ohne nachzudenken, und Maude kam sich wieder vor wie auf Besuch in einem fremden Haus. Eine Sekunde lang hätte sie Sadie umbringen mögen, weil sie es ihr nicht gleich zu Anfang gesagt hatte, bevor alles so kompliziert geworden war.

Ruby und Maude blieben am Küchentisch zurück, in einem kleinen Teich aus Schweigen. Dann lächelte Ruby ihr liebes, vertrautes Lächeln und fragte: »Können wir noch einmal um den Block gehen, obwohl es schon dunkel ist?«

»Ja«, sagte Maude. »Gerne.« Sie merkte nun, dass sie aus dem Haus musste. Sie war erst einmal mit Ruby allein gewesen, als sie über den Tod von Sadies Mutter gesprochen hatten – die, wie Maude nun wusste, Claudette war –, doch sie fühlte sich auf sanfte Weise wohl mit ihr. Sie wollte Ruby all ihre Geheimnisse erzählen und all ihre Fragen stellen.

»Wenn wir nah beim Haus bleiben«, sagte Maude, »haben wir genug Licht.«

Um das Haus herum führte ein kurzer Weg, und das Licht fiel wie Balsam aus den Fenstern auf den Kies. Der Mond war voll, und die schwarzen Schatten der Berge zeichneten sich vor dem kräftig dunkelblauen Himmel ab. Die Luft war kalt und klar und schien nachts noch dichter, gehaltvoller zu sein. Sie gingen langsam im Gleichschritt, suchten sich ihren Weg, und ihre Schuhe knirschten leise und nah auf dem Kies.

»Sei nicht böse auf Sadie«, bat Ruby. »Sie hat geglaubt, sie tue damit nur etwas Gutes für das große Ganze. So war sie früher schon, auch vor dem Tod ihrer Mutter. Sie wollte immer mit bloßen Händen die Welt retten.«

»Ja«, sagte Maude, »das ist mit klar. Es ist nur ein Schock für mich. Ich hasse die Vorstellung, dass Leute etwas wissen, was ich nicht weiß. Vielleicht fürchte ich mich davor, zum Narren gehalten zu werden.«

Ruby blieb stehen und sah Maude im Dämmerlicht an. »Erzählst du mir bitte«, fragte sie, »was dir eigentlich passiert ist?«

Maude schilderte es ihr, in kurzen, harten Sätzen. Sie zögerte nicht. Sie erzählte ihre Geschichte nun erst zum dritten Mal, und sie empfand nicht viel dabei; ein seltsam distanziertes Gefühl überkam sie, als spreche sie über eine fremde Person.

Ruby sog scharf den Atem ein und stieß ihn seufzend wieder aus. »Mein Gott«, sagte sie. »Ah. Das ist ja mal eine Geschichte.«

Sie nahm Maude beim Arm; dieser kleine körperliche Trost sagte mehr als tausend Worte, und Maude merkte, dass ihr Tränen in die Augen stiegen, die der Nachtwind wieder trocknete.

»Unser aller Herzen bluten und werden gebrochen«, sagte Ruby. »Das ergeht jedem so, jedem einzelnen Menschen. Aber das ist wirklich eine andere Dimension. Kein Wunder, dass du und Alexander … Ich meine, für keinen von euch könnte es sonst jemand anderen geben.«

»Ja«, sagte Maude. Sie gingen weiter, hinten ums Haus herum. Durch das Küchenfenster erblickten sie strahlend bernsteinfarbenes Licht, das sein Versprechen von Wärme und Trost in die stille Nacht hinaussandte. »So kommt es mir auch vor«, erklärte Maude. »Ich dachte, ich würde für alle Zeit allein leben, und dann war da jemand, der mich verstehen konnte wie niemand sonst.«

»Manchmal«, fuhr sie fort, »werde ich ängstlich und bin wie verzerrt, weil ich in diesen zehn Jahren so viele Bücher gelesen habe, in denen immer dasselbe steht. Da steht, dass man sich selbst retten muss. Ich bekomme oft Angst, weil ich glaube, dass eigentlich er mich gerettet hat, und das erscheint mir falsch.«

»Du rettest ihn doch auch«, entgegnete Ruby. »Sicher tust du das. Männer zeigen das nur nicht so wie wir, dieses Bedürfnis danach, gerettet zu werden. Es gibt diese unterschwellige Vorstellung, dass Frauen die Bedürftigen sind und Männer wie knorrige Eichen, unabhängig und unerschütterlich, in der Erde verwurzelt. Aber jeder kümmert sich um Männer, sie haben Ehefrauen und Mütter und Frauen, die sich wie Mütter verhalten; es wird für sie gewaschen und gekocht, und es gibt jemandem, bei dem sie weinen dürfen, mitten in der Nacht. Das wird den Frauen beigebracht. Also sieht es nur so aus, als seien Männer unabhängiger, weil sich die ganze Zeit jemand um ihre Bedürfnisse kümmert. Sie werden aber nicht dazu erzogen, das Gleiche für Frauen zu tun, sondern ihre Frauen müssen darum bitten, und dann werden sie als bedürftig bezeichnet, was mir sehr unfair vorkommt.«

Maude blieb stehen und dachte darüber nach. Sie hatte es noch nie so betrachtet. »Na ja«, sagte sie, »vielleicht hast du Recht.«

»Natürlich habe ich Recht«, erwiderte Ruby. »Was die

Theorie angeht, bin ich unschlagbar. Die Praxis hingegen ist nicht meine starke Seite.«

»Was ist mit Sadie?«, fragte Maude. »Sie kommt mir immer so vor, als hätte sie auf alles eine Antwort.«

»Ihre Mutter hat sich ausgeklinkt«, sagte Ruby. »Schon lange, bevor sie dann starb. Sie war nie da und hat sich nie gekümmert. Sie war nur damit beschäftigt, herumzujetten, schön zu sein und ihr Bild in die Zeitung zu bekommen. Alexander hat sein Bestes getan, aber er konnte diese Lücke nie füllen. Deshalb ist sie an den größten Bindungsphobiker der Welt geraten, und deshalb gibt es jetzt Dean. Ich hoffe, diesmal geht es gut. Das hoffe ich wirklich.«

»Und du?«, fragte Maude. »Was ist mit dir?«

»Im Leben geht es nicht nur darum, Teil eines Paares zu sein«, erklärte Ruby. »Das ist nicht das Einzige, das funktioniert. Es gibt genug scheußliche, faule Kompromisse, die uns das beweisen, genug Fälle von Grausamkeit, Lügerei und Verzweiflung. Man muss wissen, warum man sich darauf einlässt und dass man selbst entscheiden kann, nicht auf Gedeih und Verderb darauf angewiesen ist. Du hast Recht, man kann eigentlich niemanden retten, aber man kann sich gegenseitig wiederbeleben, wenn man Glück hat. Ich war zu tief verletzt, das war alles, und ich brauchte etwas Zeit, um darüber hinwegzukommen. Mein Vater ist gestorben und hat mir dieses Haus in der Talgarth Road vererbt. Da habe ich die Monate lang gesessen und getrauert, und dann kam dieser Mann, der mich belogen und betrogen hat. Was für ein abgedroschenes Klischee das doch war, dachte ich damals, als ich mitten in der Nacht weinte, hätte er sich nicht etwas Originelleres einfallen lassen können? Also ist das alte Narbengewebe wieder aufgebrochen und hat den ganzen Fußboden vollgeblutet, und im Moment warte ich nur ab, sammle neue Kräfte, und das ist in Ordnung.«

Die beiden hatten das Haus umrundet und gingen nun auf die Haustür zu. Sie liefen entspannt und immer noch im Gleichschritt; Maude huschte der Gedanke durch den Kopf, zu schnell, als dass sie sich einen Reim darauf machen konnte, dass dieser Spaziergang ebenso bedeutsam für sie war wie das, was mit Dent geschehen war. Später dachte sie, es liege daran, dass sie sich mit ihrer Rolle als Außenseiterin abgefunden hatte und damit, kein Talent für menschliche Nähe zu besitzen, sogar schon vor dem hässlichen Unfall, der sie auf ewig als andersartig gebrandmarkt hatte. Sie fand, es gab viele verschiedene Arten von Liebe, und alle sind für uns lebenswichtig, um gebrochene Herzen heilen zu können.

Als erahne sie einige dieser Gedanken, bemerkte Ruby: »Es wird gut gehen, mit Alexander, meine ich. Ihr werdet bestimmt glücklich miteinander, denn euch beiden ist so übel mitgespielt worden, und jetzt könnt ihr dafür sorgen, dass es euch besser geht. Und ich, ich warte einfach ab, bis mein arg gebeuteltes Herz wieder Mut gefasst hat, und dann, wer weiß?«

»Wer weiß?«, wiederholte Maude. Sie dachte an die Frauen in ihrem Leben: an Sadie, an diesen Spaziergang mit Ruby, und an Violet, und es kam ihr vor, als stünden sie in einem magischen Schutzkreis, in dem ihnen nichts etwas anhaben konnte.

Das war nur ein flüchtiger Gedanke; als sie eintrat, überkamen sie wieder die gehemmten Ängste des Nachmittags. Sie ging nach oben und fragte sich, warum die Menschen sich immer weiter nach Einfachheit sehnen, obwohl stets alles so kompliziert ist.

Später, als sie in der Badewanne lag, kam Dent herein. Der Himmel stand schwarz vor dem Fenster; sie hatte sich nicht die Mühe gemacht, die Läden davor zu schließen, und es wirkte wie ein Loch im Raum.

»Was machst du?«, fragte er.

»Nachdenken«, antwortete Maude.

»Es tut mir Leid«, sagte er. »Sie hat mich darum gebeten, es dir nicht zu erzählen. Sie wollte dich überraschen.«

»Das ist eine Verschwörung«, sagte Maude. Sie wusste, dass das nicht stimmte, aber es kam ihr schon ein wenig so vor. Ihre Stimme klang scherzhaft, doch da war sie nicht ganz sicher.

»Es ist nicht gerade Watergate«, entgegnete Dent. Er setzte sich auf den Rand der Wanne und blickte auf ihren langen, nackten Leib hinab.

»Warum nennst du sie Cal?«, fragte Maude plötzlich.

»Das ist ihr richtiger Name«, erklärte er. »Ihr richtiger Name ist Callisto. Eigentlich ein ziemlich dummer Name, Claudette hat damals gerade Ovid gelesen, und das waren die Siebziger. Sie hat sich in Sadie umbenannt, das war ihr zweiter Vorname, weil sie nicht von der Presse verfolgt werden wollte. Sie wollte ihr eigenes Leben führen und nicht nur die Tochter eines Paares mit schillernder Vergangenheit sein.«

»Ja«, sagte Maude. »Das kann ich verstehen.«

Dent sah sie an und lächelte. Seine Augen wurden schmal, wenn er lächelte, die Augenbrauen bogen sich nach oben, und die Mundwinkel rutschten aufwärts in seine Wangen; normalerweise reichte allein dieser Anblick, damit Maude ganz schwach und dankbar wurde.

»Darf ich reinkommen?«, fragte er.

»Nein«, erwiderte Maude, die reglos im Wasser lag. »Ich denke nach, und hier drin ist nur Platz für einen.«

Dent blieb sitzen und sah sie an. »Was hast du denn mit Dean im Schuppen gemacht?«, fragte sie.

»Geredet«, sagte er. »Neuigkeiten ausgetauscht.«

Das war so untypisch für ihn, dass Maude es sofort als Halbwahrheit erkannte. Dent hatte noch nie in seinem Leben Neuigkeiten ausgetauscht, sie kannte ihn gut genug, um das zu wissen. Sie glaubte, dass er das noch nie getan hatte, nicht einmal vor dem Unfall.

»War Richard auch da?«, fragte sie.

»Äh, ja«, antwortete Dent. »Er war dabei.«

»Also habt ihr drei euch unterhalten«, sagte Maude. »Vier Stunden lang.«

»Wir haben ein Bierchen getrunken«, erklärte Dent.

»Und worüber habt ihr euch unterhalten?«, fragte Maude. »Ihr drei mit euren Bierchen im Schuppen? Vier Stunden lang.«

»Keine Ahnung«, sagte Dent. »Alles Mögliche. Du weißt schon.«

»Nein«, erwiderte Maude. »Ich weiß überhaupt nichts.«

Das Wasser war dünn und kühlte allmählich aus, doch sie wollte sich nicht bewegen.

»Worüber habt ihr euch denn unterhalten?«, versuchte er es mit einem Gegenangriff. »Ihr drei Frauen, den ganzen Nachmittag lang?«

»Geheimnisse und Lügen«, erklärte Maude; sie stand

mit einer einzigen blitzschnellen Bewegung auf, so dass das Wasser von ihrem Körper herabstürzte, die Ruhe des Badezimmers erschütterte, und Dent überrascht zurückwich.

»Und wir haben dabei Whisky getrunken«, erklärte sie triumphierend, ging ins Schlafzimmer und schloss die Tür hinter sich.

# 16

***Am ersten*** Abend konnte Maude sich kaum entspannen. Sie war deswegen auch wütend auf sich selbst. Dent und Sadie bereiteten die Gans zu; sie brieten sie im Rohr, bis die Haut dunkelbraun glänzte, dazu gab es Kartoffeln und Rotkohl – ein wunderbares Weihnachtsessen. Es war Heiligabend und Maude kam sich vor wie ein Zuschauer bei diesem Fest.

Ich weiß nicht, warum, ich weiß nicht, warum, das ging ihr immer wieder im Kopf herum. Ich wünschte, dachte sie, sie hätten mir die Wahrheit gesagt. Sie lächelte, nickte und sah zu, wie sich der Abend vor ihren Augen abspielte wie ein Film mit ausgeschaltetem Ton.

Es hatte auch etwas damit zu tun, dass die anderen alle zuerst hier gewesen waren. Dent lebte doch nicht ganz so zurückgezogen, eigentlich immer weniger zurückgezogen, je besser sie ihn kannte. Da war Richard, ihn hatte es schon von Anfang an gegeben; da waren Mickey, Violet und William; da war Nora mit ihren gemeinsamen Erinnerungen an Paris. Und Ruby und Dean waren jedes Jahr zu Weihnachten hier.

Maude kam sich vor, als stünde sie draußen vor dem Fenster, das Gesicht an die Scheibe gedrückt, und sehe dort drinnen all die fröhlichen Leute an ihrer festlichen Tafel. Sie saß an einem Ende dieser Tafel, trank ein Glas guten Rotwein und verachtete sich.

Außerdem, dachte sie, war sie vielleicht auf absurde Weise eifersüchtig auf Dent; auch er war schon vorher da gewesen, und zwar bei Sadie. Sadie war schließlich der Vorläufer zu allem gewesen; Sadie hatte Maude einen ersten Vorgeschmack darauf gewährt, wie es wohl sei, dazuzugehören. Nun beobachtete sie Sadie mit Dent und merkte, dass sie einander sehr gut kannten, Geheimnisse und Erinnerungen teilten, die siebenundzwanzig Jahre zurückreichten, und Maude hatte das Gefühl, nicht weiter wichtig zu sein.

»Sag doch auch mal was, Maude«, forderte Sadie sie auf. »Sag, wie hat dir die Gans geschmeckt?«

»Die Gans war gut«, sagte Maude und setzte ein so strahlendes, breites Lächeln auf, dass hoffentlich niemand die Risse unter dieser Tünche bemerkte.

Später, als sie neben dem schlafenden Dent im Dunklen lag, überlegte sie, ob es vielleicht auch an Weihnachten lag. Sie hatte Weihnachten immer gehasst, schon als kleines Kind. Ihre Eltern ignorierten damals Weihnachten, weil sie es einerseits für eine zynische Marketing-Veranstaltung hielten und andererseits als gute rationale Humanisten nicht an Gott glaubten. Außerdem war ihnen der ganze Aufwand, der damit einherging, einfach zu viel. Wenn es für andere Kinder den Weihnachtsmann, Minzpastete, Plumpudding und Glückskekse gab, bekam Maude nur einen ganz gewöhnlichen Tag; einen öden, ruhigen Tag, wie ein Sonntag, an dem alle Geschäfte geschlossen hatten und kaum Verkehr auf den Straßen war. Das erzeugte in ihr immer das Gefühl, eine schreckliche Katastrophe habe sich ereignet, und gleich würde das Radio knisternd mit H.-G.-Wells-Verkündungen erwachen, wie bei *Krieg der Welten,* das ihr Vater ihr zu ihrem achten Geburtstag geschenkt hatte. Seither hatten die Gedanken ans Ende der Welt sie verfolgt, und Weihnachten fühlte sich für sie immer nach Apokalypse an.

Nach dem Unfall wurde es noch schlimmer; sie meinte, an diesem Tag müsse die Mutter ihr totes Kind am meisten vermissen. Also fügte sie dem postapokalyptischen Grauen noch die schwere Bürde ihrer Schuld hinzu und veranstaltete für sich ein richtig fröhliches Weihnachtsfest, ganz allein mit einem Schinken-Sandwich in ihrem finsteren Kellerloch.

Nun bekam sie zum ersten Mal eine Ahnung davon, wie es sein könnte, Herzen und Tore weit zu machen, doch anstatt sich darüber zu freuen, fühlte sie sich leer und starr, weil Sadie mit ihrem Geheimnis, ihrem Scherz hier aufgetaucht war und Maude sich vorkam, als sei sie die Einzige, die ihn nicht verstand.

Am Weihnachtsmorgen wachte Maude früh auf. Sie sah Dent neben sich schlafen, weckte ihn und kuschelte sich an ihn, und er legte die Hand zwischen ihre Beine, so dass sie lächeln musste. Er küsste sie, und das vertraute Gefühl des Abgleitens überkam sie, als rolle sie über den Rand einer Klippe, und für eine Weile war es ihr ganz egal, was heute für ein Tag war.

Danach sah er sie lange an, streichelte ihr Haar, und sie erwiderte den Blick direkt in seine Augen, als läge die ganze Welt darin, als sei nichts anderes von Bedeutung. Er beugte sich über sie, küsste sie auf die Augenlider und sagte: »Frohe Weihnachten«, und Maude lächelte zurück und dachte, dass die Apokalypse vielleicht doch nicht heute stattfinden würde.

Sie schenkte Dent eine alte Ausgabe von *Das wüste Land,* die sie in einem Antiquariat in einer Seitengasse von Elgin gefunden hatte. Er strich über den verblassten Leineneinband und die stockfleckigen Seiten, las ihre Widmung, blinzelte ein wenig und sagte dann: »Ich danke dir, das ist das schönste Geschenk, das ich je bekommen habe.«

Er schenkte ihr einen Ring.

»Das soll keine Andeutung sein«, erklärte er. »Es hat nichts mit Heiraten oder sonstigen Verbindlichkeiten zu tun. Er ist hübsch, weiter nichts, und ich fand, er passt sehr gut zu dir.«

Der Ring war mit einem kleinen, quadratisch geschliffenen Amethyst besetzt, und er passte perfekt an Maudes Mittelfinger.

»Dir kann man einfach nicht trauen«, sagte sie.

»Ich will dir doch mein Brandzeichen aufdrücken«, bemerkte er mit trockener Ironie, »damit kein anderer Mann auf die Idee kommt, sich an dir zu schaffen zu machen.«

»Zu schaffen zu machen«, sagte Maude, drehte sich im Bett um und küsste sein Schulterblatt. »In was für Gesellschaft hast du dich denn herumgetrieben?«

Beim Frühstück fühlte sie sich wieder einen Augenblick lang befangen und gehemmt, als sie mit wirrem Haar und schlaftrunkenen Augen in die Küche kam, wo Ruby und Sadie bereits am Tisch saßen und sich über Schuhe unterhielten.

»Wir unterhalten uns eigentlich nicht über Schuhe«, erklärte Sadie. »Wir diskutieren die gegenwärtig vorherrschenden westlichen Moralvorstellungen mit besonderem Bezug auf Absätze.«

»Frohe Weinachten«, sagte Maude.

»Wo ist mein Strumpf?«, fragte Sadie. »Ich glaube nämlich immer noch an so was.«

»Wo ist der Schnee? Das wüsste ich gern«, entgegnete Ruby und blickte hinaus in den unerschütterlichen Tag. Es war ein klarer, verwelkter Morgen, die Sonne schien zu den Fenstern herein, und die Berge standen verschwommen und blau in der Ferne. »Wir haben Weihnachten, wir sind in Schottland, und wo, bitte schön, bleiben Schneestürme und Eiszapfen?«, fragte Ruby und lachte über sich selbst. »Ich verlange mein Geld zurück.«

»Es schneit nie zu Weihnachten«, sagte Sadie. »Das weißt du doch.«

»Es schneit im November und im März«, bestätigte Maude und dachte dabei an Violet am Frühstückstisch in einem anderen Haus, in einer anderen Zeit. »Hier oben gibt es alte Männer, die dir erzählen, sie könnten sich noch an die Zeiten erinnern, als sie hier jedes Jahr eingeschneit waren, von Oktober bis April, so zuverlässig wie ein Uhrwerk.«

»Treibhauseffekt«, sagte Sadie düster. Sie betrachtete den Tisch. »Ist das auch Plantagen-Teak?«

Dean und Dent kamen auch bald herunter. Dent briet Eier, sie saßen um den Tisch, aßen und plauderten. Maude fühlte sich zunächst fremd, fehl am Platze und ertappt, doch sie ließ diese Gefühle allmählich in sich zusammenfallen. Sie flackerten noch manchmal auf, wenn Sadie den Kopf wandte und sie zu rasch, zu forschend ansah; dann wollte sie den Blick abwenden und sich verstecken. Doch Sadie war ja selbst verliebt; das erkannte Maude nun zum ersten Mal. Sobald Dean den Raum betrat, verstummte Sadie, setzte kurz aus, lächelte albern über das ganze Gesicht, und danach musste sie jedes Mal fragen: »Was? Wo war ich gerade?«

Dean saß direkt neben ihr, und Maude zweifelte nicht daran, dass ihre Beine sich unter dem Tisch berührten, und sie sah auch, dass Sadie sich dessen bewusst war, und dass sie in gewisser Hinsicht im selben Boot saßen.

Ruby aß sich durch vier Scheiben Toast mit Marmelade und lächelte sie alle selig an, wohl wissend, was die vier anderen heute schon getan hatten.

»Ich komme mir vor wie eine verdammte Mutter Oberin«, bemerkte sie im Plauderton. »Das ist kein Effekt, den ich je erzielen wollte.«

Nach dem Frühstück zogen sich alle an, kamen wieder herunter und machten sich ans Geschenke-Auspacken. Dent holte eine Flasche Champagner hervor und ging mit Dean in die Küche, um das Mittagessen vorzubereiten.

»Ich kann nicht kochen«, sagte Maude. »Ich habe so lange allein gelebt, da habe ich immer nur aus Dosen gegessen und mich dafür geschämt, als verstöße ich gegen ein Naturgesetz.«

»Das ist so bei den Juden«, sagte Sadie. »Oder bei den Italienern. Das ist so mit dem Essen. Wenn man verliebt ist, will man seine Liebsten füttern, man will ihnen vollkommene kleine Häppchen von irgendetwas machen, das sie sonst nirgendwo bekommen, und sich damit ihrem sinnlichen Erinnerungsspeicher einprogrammieren.«

»Ist das so?«, fragte Ruby. »Liegt es wirklich daran?«

»Ja«, antwortete Sadie. »Genau so ist das. Ach, ich weiß es doch auch nicht, wer weiß das schon? Aber diese Erklärung ist so gut wie jede andere. Und das ist die Art Theorie, die mir gefällt.«

»Bist du in Dean verliebt?«, fragte Maude und ermahnte sich, sie betrete ziemlich dünnes Eis, doch vielleicht war es besser, kopfüber einzubrechen, als zentimeterweise tiefer zu sinken. Früher oder später würden sie über die Liebe sprechen müssen – warum also nicht am Weihnachtstag, während die Lichterketten im Baum strahlten und Sadies Vater in der Küche stand, um den Truthahn vorzubereiten?

»Ja, bin ich«, sagte Sadie. »Diesmal ist es so anders als sonst, dass ich die Unterschiede nicht an zehn Fingern aufzählen könnte. Mit dem größten Bindungsphobiker der Welt war es immer Anspannung, Angst und Wagemut, ich musste meine Gutgläubigkeit bis über den Anschlag springen lassen. Das hier ist leicht, wie wenn man in ein Federbett fällt. Das ist, als käme ich nach Hause.«

Maude senkte den Blick und erinnerte sich an das, was Dent über das Heimkommen gesagt hatte.

»Das Gefühl ist sehr verbreitet«, bemerkte Ruby.

»Ich hielt es für etwas ganz Besonderes«, sagte Sadie.

»Nein, das gibt es sehr oft«, erwiderte Ruby. »Man ist schon ewig befreundet, gut befreundet, nichts weiter, und es ist nicht komplizierter, als die Finger an deiner Hand zu zählen, und dann, eines Tages, gibt es einen Ruck, als würden sich zwei tektonische Platten verschieben, und schon fallen die Klamotten.«

»Aha, verstehe«, sagte Sadie. »War das bei uns auch so?«

»Ja«, antwortete Ruby. »Für mich war es ganz offensichtlich. Natürlich war es so. Es war nicht zu übersehen.«

»Sie weiß es immer gern am besten«, bemerkte Sadie zu Maude.

Sie tranken Champagner; draußen war immer noch heller Tag, doch sie hatten trotzdem alle Lichter angeschaltet, so dass sie in strahlendem Glanz saßen. Das Feuer knackte im Kamin, es roch leicht nach Torf, und aus der Küche hörten sie Dean und Dent lachen.

»Ich liebe ihn wirklich«, sagte Sadie. »Aber wer weiß, wie das wieder ausgeht?«

Maude glaubte einen Moment lang, jetzt werde Sadie sie nach Dent fragen. Bitte tu es nicht, dachte Maude. Noch nicht, ich habe noch keine Worte dafür, weil doch jetzt wieder alles anders ist. Gib mir ein wenig mehr Zeit, damit ich es besser einfassen kann.

Die Tür ging auf, Mickey, Violet und William kamen herein, und auf einmal war das Haus voller Leute, es war Weihnachten und gar keine Zeit für so etwas.

»Fröhliche Weihnachten«, wünschte Violet, ging direkt auf Maude zu und küsste sie auf beide Wangen, als feierten sie schon seit Jahren gemeinsam Weihnachten hier oben im Norden. »Ich habe euch Christrosen und getrockneten Lavendel mitgebracht.«

Sie hielt ihr die Blumen in einer langen Tüte aus altem Zeitungspapier hin; die Schlagzeilen vom Oktober vergilbten um die grünen Zweige. Den Lavendel hatte sie in zarte Musselinkissen eingenäht, so duftig wie Libellenflügel, und Maude war aus irgendeinem Grund zutiefst gerührt. Noch nie hatte jemand etwas für sie genäht.

»Danke«, sagte sie und schaute auf ihre Geschenke hinunter. »Danke schön. Sie sind wunderbar.«

»Die sind fürs Kopfkissen«, erklärte Violet und lächelte, dass ihre kraftvollen Augen sich als schwarze Striche vor ihrem kantigen Gesicht abzeichneten; sie lächelte Maude an, als sei niemand sonst im Raum, als sei nichts anderes wichtig, außer diesem Schenken. »Die sorgen dafür, dass du nachts besser schläfst. Ich kann nie schlafen. Das habe ich einfach nicht gelernt.«

Maude sah sie überrascht und freudig an; sie erinnerte sich an das Gefühl von Verschworenheit, das sie bei ihrer ersten Begegnung mit Violet überkommen hatte, in diesem niedrigen roten Raum über den Bergen.

William und Mickey stampften trotz des trockenen Wetters mit den Stiefeln auf, als hänge Schnee daran, dann begrüßten sie Ruby und Sadie. Ruby betrachtete Mickey mit leicht spekulativem Blick, den Mickey sofort erwiderte, und Maude dachte, das sei einer dieser Tage, an denen einfach alles passieren könnte, nur weil Weihnachten war, sie sich in einem immer noch fremden Haus befand und nichts so war, wie es schien.

»Die Männer sind in der Küche, sie tratschen und stopfen die Füllung in diesen Vogel«, sagte Sadie zu William und Mickey. »Geht lieber rein und helft ihnen. Ich hole inzwischen noch mehr Champagner«, erklärte sie, als ginge es um Leben und Tod.

Maude dachte: Sollte ich das nicht tun? Sie hatte keine Ahnung, wie es war, ein solches Haus zu führen, die Gastgeberin zu sein. Ihre Mutter hatte so etwas nie getan. Es kamen ständig Leute zu ihnen nach Hause, es war nie leer; aber das waren alles keine förmlichen Anlässe – die Leute kamen wie Flüchtlinge, auf der Durchreise aus fernen Ländern, ohne Geld und Ziel in London gestrandet. Sie schafften es bis zu dem dunklen, schmalen Haus in der Nähe des Russell Square und blieben manchmal wochenlang; Maude begegnete ihnen auf der Treppe, sie tätschelten ihr den Kopf und sagten etwas in einer Sprache, die sie noch nie gehört hatte.

Manche Frauen, dachte sich Maude, wussten einfach, wie man einen Haushalt führte, wie man Gäste bewirte-te, wie man Lebensart ins einundzwanzigste Jahrhundert transportierte. Doch sie war völlig verloren, konnte nicht einmal ein Vorbild nachahmen, also ließ sie Sadie einen Krug mit Champagner und Orangensaft füllen, ließ Sadie allen einschenken und ihnen sagen, wo es langging.

Warum weiß Sadie das, ich selbst aber nicht?, fragte sich Maude. War Claudette die letzte große Gastgeberin gewesen, hatte sie einen literarischen Salon geführt, in dem die Glanzlichter der Kulturszene auf langen Sofas herumsaßen und darüber diskutierten, was mit dieser Welt nicht stimmte? Hatte Sadie all das von ihrer wunderschönen Mutter gelernt?

Mit einem hässlichen Schrecken merkte Maude, dass sie eifersüchtig war. Nicht deshalb, weil Sadie und Dent etwas verband, das sie nie wirklich kennen würde; das war es nicht. Sie waren schließlich Vater und Tochter, wie konnte man da eifersüchtig sein? Maude wusste, dass es trotzdem geht, denn Eifersucht ist nicht rational und auch nicht beherrschbar; hat sie einen einmal in ihren starren grünen Fängen, kann man nicht mehr viel tun, außer ganz still halten und hoffen, dass es ihr irgendwann langweilig wird, so dass sie einen wieder in den Sumpf plumpsen lässt, wo sie einen aufgelesen hatte. Man vermag sich Eifersucht nicht auszureden, weil Worte ihr nicht viel bedeuten. Doch das machte Maude eigentlich nicht zu schaffen, merkte sie nun, als sie zusah, wie Sadie allen einschenkte, noch etwas Holz aufs Feuer legte und sich wieder in ihrem Sessel niederließ, ganz offensichtlich hier zu Hause, denn dies war das Haus ihres Vaters. Nein, das war es nicht.

Es lag daran, dass Sadie ein Überbleibsel ihrer Mutter war. Sadie war Claudette, zumindest zur Hälfte, und sie sah ihr unglaublich ähnlich; sie besaß nicht dieselbe blendende Schönheit, aber sie hatte Claudettes dunkle, keltisch anmutende Ausstrahlung, die weiße Haut, die schwarzen Haare und die dunklen, blitzenden Augen. Obgleich Claudette tot war, war es eigentlich sie, auf die Maude so eifersüchtig war, noch dazu auf eine ihr unbegreifliche Weise – ging es denn noch irrationaler, als auf eine tote Frau eifersüchtig zu sein?

»Erzähl mir etwas von deinem Leben«, sagte Violet und setzte sich neben Maude.

Maude konzentrierte sich wieder auf ihre Umgebung; sie bemerkte, dass Violet ihr rotes Haar mit einem zinnoberroten Band verflochten und hochgesteckt hatte, was sehr hübsch aussah. Sie trug ein gemustertes grünes Kleid, das wirkte wie aus einem Second-Hand-Laden in Greenwich Village. Maude lächelte, denn ihr gefiel Violets Stil, als sei jeder Tag ein Kostümfest. Maude beneidete sie auch ein wenig darum, denn man musste schon ziemlich selbstsicher sein, um solche Sachen tragen zu können, und sie wusste, dass sie nicht so war, noch nicht, und vielleicht niemals so sein würde. Sie fragte sich, ob das irgendwann so sehr zu einem gehörte, dass man es gar nicht mehr bemerkte, Selbstsicherheit, so natürlich und unwillkürlich wie das Atmen. Sie fragte sich, wie man dazu kam und wie man sie sich erhielt; was wohl dazu nötig sei, sie zu zerstören, so dass nur eine Erinnerung daran blieb. Sie fragte sich, ob sie angeboren sei oder ob man sie lernen musste, und zwar, wie die meisten Dinge, auf die harte Tour.

Um zwei Uhr aßen sie zu Mittag. Der Tisch war mit einem Leinentuch gedeckt, mit silbernem Besteck, schwer und ehrbar gealtert, und mit grünen Stechpalmenzweigen geschmückt. Der Truthahn war perfekt, das Fleisch zart und duftend von den vielen Kräutern in der Füllung. Es gab zwei verschiedene Arten, einmal mit Kastanien und Salbei und einmal mit Hackfleisch und Oregano; es gab Kartoffeln, in Gänseschmalz gebacken und mit Knoblauch und Rosmarin gewürzt, dazu winzige Rosenkohl-Köpfchen, kaum größer als dicke Bohnen, eine Brotsauce, die nach Nelken und Lorbeer duftete, außerdem Erbsen mit Butter und Minze, Pastinaken, in Olivenöl gebraten, und passierten Sellerie mit Muskat. Maude meinte, noch nie in ihrem Leben solches Essen gesehen zu haben. Von solchem Essen hatte sie noch nicht einmal geträumt.

Sie blickte am Tisch hinauf zu Dent. Er lachte gerade über eine Bemerkung von Ruby, und sie fragte sich, wer dieser Mann war, der solches Essen zubereiten konnte.

Als sie sich umblickte, fiel ihr auf, dass ein Extra-Platz eingedeckt war, es gab eine Lücke am Tisch. Sie fragte sich gerade, für wen dieser Platz gedacht war, wer noch fehlen könnte, als die Tür aufging und Richard Hunter hereinkam. Dent sah von der Flasche auf, die er entkorken wollte, und sagte: »Ah, Richard, komm herein, komm rein und setz dich.« Maude spürte, wie sich ihr der Magen umdrehte, als würde ihr gleich schlecht.

Aber das Mittagessen verlief gut. Alle lachten und redeten, tranken und aßen, selbst der schweigsame Richard unterhielt sich und lachte, als sei er oft zum Mittagessen eingeladen. Maude vergaß den Knoten in ihrem Magen und dachte: Heute ist Weihnachten, das ist nichts, wovor du dich fürchten müsstest. Also wandte sie sich an William, der neben ihr saß. Sie lächelte ihn an, und er erzählte ihr von den Fischadlern, die er in der Nähe von Boat of Garten beobachtete; er glaube, sie würden sich im kommenden Jahr paaren. Er hoffe es, denn es gab nur noch hundertfünfzig Paare in ganz Großbritannien, und sie seien wirklich wunderschöne Vögel. Maude dachte, das hier ist gut, das ist das wahre Leben, das ist Weihnachten. Sie dachte: Eines Tages, wenn wir schönes Wetter haben, fahre ich mal nach Speyside und schaue mir diese seltenen Vögel an.

Der Pudding wurde aufgetragen, triefend vor Cognac und flambiert, und als alle ihre Portion hatten, fanden sie darin silberne Glücksbringer und Fünfzig-Pence-Stücke. »Genau wie früher, als wir noch klein waren«, freute sich Violet lachend. »Diesen Glücksbringer werde ich für immer behalten, er wird mich beschützen.« Es war eine Plakette des heiligen Christophorus, Schutzpatron der Reisenden, und Violet fand das sehr passend. Als sie das sagte, warf William ihr einen drängenden, ängstlichen Blick zu, bevor er sich davon abhalten konnte, und obwohl er sich gleich wieder in der Gewalt hatte und seine normale, fröhliche Miene aufsetzte, hatte Maude den Blick bemerkt und wusste – als ob sie daran erinnert werden müsste –, dass nichts je so war, wie es oberflächlich schien.

Dent stieß mit allen an, auf Weihnachten und das leckere Essen, und alle erhoben die Gläser; dann sagte er: »Ich möchte einen Toast auf Maude ausbringen, weil sie alles verändert hat.« Maude wand sich vor Schüchternheit und zog den Kopf ein. Sie fand das seltsam, denn er war eigentlich keiner, der viel auf Trinksprüche gab. Sie fragte sich, ob er vielleicht zu viel Wein getrunken hatte, doch dann blickte sie auf und sah sein Gesicht, und da wurde ihr klar, dass er das getan hatte, weil er ihr etwas beweisen wollte, indem er es vor all diesen Leuten laut aussprach, auch vor seiner Tochter, von der er ihr nichts erzählt hatte.

Sadie lächelte, als freue sie sich darüber, und Maude glaubte, zwischen ihnen würde alles wieder gut. Doch dann schaute sie über den Tisch hinweg zu Richard Hunter, und es kam ihr vor wie in Stein gemeißelt. Sie dachte: Es ist Weihnachten, die Zeit der Herzlichkeit und Vergebung, und alle an diesem Tisch wünschen mir nur Gutes, aber dieser Mann wünscht sich, ich wäre tot.

Der Gedanke zischte durch ihren Kopf, flüchtig wie Wasserdampf, und später dachte sie, sie hätte sich etwas eingebildet, dass Richard Hunter nur irgendwie die falsche Saite in ihr anschlug und weiter nichts. Er war nur ein Mann, den nicht viel sympathisch machte. Vielleicht war sie auch eifersüchtig auf ihn, genau wie auf Claudette, auf diese zwickende, irrationale Art, weil er zuerst da gewesen war und sie Dent so sehr liebte, dass sie alles von ihm wissen wollte, ihn ganz für sich haben wollte, sich wünschte, dass niemand vor ihr da gewesen sein sollte, niemand ihn vielleicht besser kennen sollte als sie. Das war kindisch, und sie wusste, dass sie darüber hinauswachsen musste, ausgeglichen und rational werden und aufhören, solch dummes Zeug zu denken, denn das tat ihr gewiss nicht gut.

Doch viel später erinnerte sie sich an Richards Blick am Weihnachtstag, und sie war nicht sicher.

Am zweiten Weihnachtsfeiertag reisten alle wieder ab, packten ihre Sachen, stiegen in ihre Autos und fuhren in verschiedene Richtungen davon. Maude stand in dem großen Hausflur und sagte: »Auf Wiedersehen, auf Wiedersehen, kommt bald wieder, bis bald.« Die anderen küssten sie, dankten ihr und erklärten, wie zauberhaft das Fest gewesen sei, und sie lachte über sich selbst, denn noch vor drei Monaten hatte sie in ihrer dämmrigen Welt gelebt und kaum gewusst, wie sie mit Mr. Seth umgehen sollte. Aber nun fragte sie sich, ob es immer so sein würde. Würden nun öfter Leute zu ihnen kommen, zu Weihnachtsfeiern und übers Wochenende? Vielleicht würden sie im Sommer Ausflüge machen, mit Picknickkörben in die Berge ziehen, sich an einen kristallklaren Bach setzen und Hühnchen-Sandwiches und hartgekochte Eier essen. Es erschien ihr seltsam, aber durchaus möglich.

Als das Haus wieder leer war, kam es Maude nicht zu still und trist vor, wie manche Häuser nach einem Fest. Es fühlte sich ruhig, sauber und wohl geordnet an, als gehöre es ihr, und sie dachte, dass sie eben zum ersten Mal dieses Haus so empfand. Es war, als hätten all diese Leute ihr das Haus geschenkt, indem sie es verließen.

Sie legte Holz aufs Feuer, holte sich ein paar Stückchen von dem Mohnkuchen, den Dent vorige Woche gebacken hatte, setzte sich auf das rote Sofa und blickte aus den hohen Fenstern in den blauen Nachmittag hinaus.

Es war kein Laut zu hören, nicht einmal Vögel in den Wäldern, und sie war müde, friedvoll und dankbar, allein zu sein.

Später kam Dent herein und fand sie im Dämmerlicht sitzen. Er kuschelte sich zu ihr, zog ihren Kopf an seine Schulter und sagte: »Fandest du es nett?«

»Ja«, sagte sie. »Manchmal war es ein bisschen merkwürdig, aber ich glaube, es war ganz nett.«

»Das finde ich auch«, sagte er.

»Ich wusste gar nicht, dass du so gut kochen kannst«, bemerkte Maude. Sie nahm seine Hand in ihre und strich über den Handrücken, als streiche sie ein paar Falten aus einem Tischtuch. Sie glättete und glättete sie, bis sie fertig war.

»Nora hat mir das Kochen beigebracht«, erzählte Dent. »Sie hatte damals eine Wohnung in Paris, und sie hat den ganzen Tag lang gekocht. Sie saß an ihrem Tisch, las Elizabeth David und füllte die Küche mit Essen; sie machte etwas einmal so und einmal so, um auszuprobieren, was besser schmeckte, und manchmal hatte sie um Mitternacht so viel Essen beisammen, dass sie zur Closerie des Lilas hinuntergehen und ein paar Clochards heraufholen musste, damit sie es aufaßen und Nora am nächsten Tag von vorn anfangen konnte.«

»Siehst du«, sagte Maude und hob den Kopf. »Genau solche Geschichten. Ich brauche mehr davon.«

»Was meinst du?«, fragte Dent, obwohl Maude glaubte, das wisse er ganz genau.

»Ich meine«, sagte sie geduldig, weil sie erkannte, dass er es aus irgendeinem Grunde Schwarz auf Weiß benannt haben musste, »ich meine, du bist deine Geschichten. Du bist die Summe aller deiner Geschichten, und ich will sie kennen. Ich möchte, dass du mir jeden Tag eine Geschichte erzählst; jeden Tag will ich eines deiner Geheimnisse kennen lernen.«

Dent schwieg eine ganze Weile, und Maude lehnte den Kopf an seinen Arm und sah zu, wie das Licht um sie her erlosch. Dann sagte er: »In Ordnung, ich denke, das kann ich tun«, und sie nickte, als sei das damit erledigt.

# 17

***Als Sadie wieder*** in London war, schickte sie Maude E-Mails, genau wie zuvor, als habe sich nichts geändert, als sei alles gesagt, was gesagt werden musste. Sie ging wieder an die Arbeit, dachte über ein neues Projekt nach, war in Dean verliebt, und selbst das schien schon ewig so zu sein.

Maude war da langsamer: Sie brauchte länger, um mit plötzlichen Richtungswechseln zurechtzukommen. Manchmal sah sie jetzt Dent an und erkannte etwas von Sadie in ihm, wie er die Hände bewegte, oder ein heimliches Lächeln, das ihm übers Gesicht huschte, wenn er mit den Gedanken woanders war. Jedes Mal spürte Maude ein Zwicken, und sie wusste nicht recht, was das war. Sie fand die Vorstellung scheußlich, dass man sie getäuscht hatte, so gut die Absichten auch gewesen sein mochten.

Sie wusste nicht recht, woher sie diesen Tick hatte, diesen Hass auf Geheimnisse und Lügen. Ihre Mutter hatte vor ihrem Tod nie viel Zeit mit ihr verbracht, aber an eines erinnerte Maude sich ganz genau: ihre absolute Wahrheitsliebe. Einmal gab es einen Skandal um eine Kollegin ihrer Mutter, die eine Quelle gefälscht hatte und der daraufhin all ihre Preise und akademischen Titel wieder aberkannt wurden, selbst ihr Lehrstuhl an einer der altehrwürdigen Universitäten; noch wochenlang danach sprachen die Leute, die sich in Maudes Elternhaus versammelten, von nichts anderem.

»Wie konnte sie das nur tun?«, fragten sie in einhelliger Missbilligung. »Was hat sie sich dabei gedacht?«

Eines Abends kam die gestrauchelte Professorin noch spät zu ihnen nach Hause, und Maudes Mutter weigerte sich, sie zu empfangen. Maude öffnete ihre Zimmertür einen Spalt breit, um zu lauschen, und hörte laute Stimmen auf der Treppe. Ihr Vater sagte: »Sie ist den weiten Weg hierher gekommen, da solltest du dir wenigstens anhören, was sie zu sagen hat«, und Maudes Mutter erwiderte mit leiser, wütender Stimme: »Ich weiß alles, was ich wissen muss, sie hat gelogen, und nun muss sie damit leben. Ich will nichts, aber auch gar nichts damit zu tun haben, ist das klar?«

Maudes Vater ging die Treppe hinunter; Maude konnte seine Stimme nur undeutlich und gedämpft hören, und dann eine Frauenstimme, höher, verzweifelt. Nach ein paar Minuten schlug die Haustür zu, und die ganze Zeit über stand Maudes Mutter auf der Treppe und lauschte.

»Geh ins Bett, Maude«, sagte sie, obwohl sie nicht zu Maudes leicht geöffneter Tür aufgeschaut und Maude auch keinen Laut von sich gegeben hatte. »Geh ins Bett und schlafe den Schlaf der Gerechten, das ist weit mehr, als gewisse Leute sich erträumen können.« Maude erkannte an ihrem Tonfall, dass sie wirklich wütend war, wütender, als Maude sie je gehört hatte.

Maude schloss ihre Zimmertür, saß im Dunkeln und schwor sich, niemals zu lügen, wenn das solche Folgen nach sich zog.

»Ich möchte, dass du etwas für mich tust«, erklärte Maude Dent an diesem Abend vor dem Einschlafen, in der stillen, entrückten Zeit zwischen Wachen und Schlafen, in der man nicht ganz sicher ist, was man sagt, wer man ist oder ob etwas überhaupt einen Sinn ergibt. »Versprich mir eins, was auch immer geschieht, weil das das Einzige ist, was ich nicht ertragen kann: Belüg mich niemals. Erzähl mir all deine Geheimnisse. Erzähl mir jedes bis ins Detail, damit wir nie wieder irgendwelche Überraschungen erleben.«

Dent sagte nichts. Er küsste sie in den Nacken und schlang die Arme noch fester um sie, und sie schlief mit dem Gedanken ein, dass es bei ihnen keine knallenden Türen mitten in der Nacht geben würde, und dass hier niemand auf der Treppe stehen und sich die gedämpfte Schmach anderer anhören musste.

In diesem Jahr kam der Frühling sehr spät, selbst für schottische Verhältnisse. Die Kälte hielt an, der Himmel hing tief und trüb über den Bäumen, die länger kahl blieben, als Maude es für möglich gehalten hätte. Das schöne Weihnachtsfest verblasste wie eine alte Fotografie, und die Zeit schien still zu stehen, als hätten Minuten und Stunden eine ganz neue Dimension erhalten, die nur noch niemand entdeckt hatte. Maude hatte das Gefühl, dass der Sommer ganz ausblieb, dass sie selbst nie älter werden würde, dass sie in einer bernsteinfarbenen, geheimnisvollen Zwischenwelt festhing und nie auf der anderen Seite wieder herauskommen würde. Manchmal meinte sie, es sei deswegen, weil sie so weit weg war von allem, was sie kannte. Manchmal fühlte sie sich auch wie zu ihrem alten Forscher in die Antarktis versetzt und vom gleißenden Licht geblendet.

Sie lebte in zwei Welten: Es gab die weiße Fantasiewelt, die sie während ihrer Arbeit bewohnte, und die Welt, in der sie tatsächlich lebte, in der es nur sie und Dent gab, und dieses merkwürdige, zum Stillstand gebrachte Wetter, als habe jemand sämtliche Uhren angehalten und die Außenwelt abgestellt und mitsamt ihnen beiden darin versiegelt.

In mancher Hinsicht gefiel ihr das auch, doch sie wusste, dass es nicht von Dauer sein würde, und sie fürchtete sich vor dem, was darauf folgte. Sie wollte in die Zukunft blicken können, konnte es aber natürlich nicht, und das machte sie unzufrieden.

»Das ist es, was Frauen wollen«, bemerkte Dent dazu. »Alle möchten doch wissen, was Frauen wollen. Freud ist nie dahinter gestiegen, was Frauen wirklich wollen. Ich glaube, sie wollen in die Zukunft sehen können, sie wollen eine eingebaute Kristallkugel. Frauen denken sehr viel mehr über die Zukunft nach als Männer.«

»Stimmt das?«, fragte Maude. »Gibt es deswegen fast nur weibliche Wahrsagerinnen?«

»Ja«, antwortete Dent und fing an zu lachen. »Ja, genau. Das muss der Grund dafür sein.«

»Warum willst du nicht wissen, was passieren wird?«, fragte Maude.

»Weil man ja meistens doch nichts daran ändern kann, also warum sich Sorgen darum machen, bevor es so weit ist?«, fragte Dent.

»Aber man könnte sicherer sein«, wandte Maude ein, »wenn man es wüsste. Manche Dinge jedenfalls, nicht alles, aber etwas.«

»Das finde ich nicht«, widersprach Dent. »Ich denke, sicher kann man nur sein, wenn man sich verschiedene Möglichkeiten ausdenkt, wie die Zukunft aussehen wird, und dann darauf abzielt, wie auf einer Dartscheibe, so dass man gar nichts anderes mehr sieht.«

»Denkst du das wirklich?«, fragte Maude.

»Das denke ich wirklich.«

»Ich weiß nicht«, sagte Maude. »Ich weiß nicht, was ich denke. Ich weiß auch nicht, ob du Recht hast.«

Dent lachte wieder. »Vielleicht weiß ich es auch nicht so genau.«

Später dachte Maude daran zurück, und sie fragte sich, ob ein Blick in die Zukunft irgendetwas geändert hätte.

Dann, eines Tages Anfang Mai, brach ohne Vorwarnung der Frühling an. Es war, als hätte die Welt sich über Nacht verändert und alles in neue Bahnen versetzt. An einem Tag gab es noch den tiefen weißen Himmel, die kahlen schwarzen Bäume, die dunkelbraunen Berge und die toten Stämmchen der Narzissen, die den geisterhaften, empfindlichen Schimmer weißer Blüten boten; am nächsten Tag erwachte Maude, der Himmel war blau, die Sonne schien heiß und gelb, und die ganze Welt war grün. Die Bäume hatten geradezu wundersam schnell ausgeschlagen und junge Triebe von so lebhaftem, grellem Grün hervorgebracht – Maude konnte kaum fassen, dass eine solche Farbe existierte. Unten am Bach war ein Busch in goldgelben Blüten explodiert, so dass er im Sonnenlicht zu brennen schien, heimgesucht von überirdischen Flammen.

»Sieh nur«, sagte sie, stieg aus dem Bett und ging barfuß durchs Zimmer, um das Fenster zu öffnen und die Luft neu und zart im Gesicht zu spüren. »Sieh nur, was passiert ist, während wir geschlafen haben.«

Dent setzte sich wie üblich in sein Arbeitszimmer, doch Maude war zu aufgeregt. Sie nahm sich den Vormittag frei, ging im Wald spazieren und atmete tief den Duft von Leben, jungem Grün, Erde und Wachstum ein, erinnerte sich wieder an diese Dinge. Es schien ihr lange her zu sein, seit sich das Land so angefühlt hatte, und allmählich hatte sie schon geglaubt, dass es auf ewig schlafen würde. Nun war es hellwach. Vögel sangen, und Tiere regten sich in den Wäldern; die Austernfischer waren von der Küste zurückgekehrt und bauten ihre Nester unten am Fluss, die Möwen segelten, kreisten tief über den Feldern auf der anderen Seite und lärmten wie betrunkene Seeleute auf Landurlaub.

Im Wald war es dunkel und geheimnisvoll, und anfangs hatte Maude sich zu sehr gefürchtet, um allein hier entlangzulaufen. Der Boden bestand aus dicken braunen Kiefernnadeln und harter Erde, und die Bäume wuchsen so dicht beieinander, dass kaum Licht hindurchdrang, nur in merkwürdigen, einsamen Strahlen. Der Wald war voll seltsamer Geräusche, die sie noch nie gehört hatte und nicht identifizieren konnte, nicht einmal als menschlich oder tierisch.

Jetzt machte ihr das keine Angst mehr. Sie hatte das Gefühl, das stehe symbolisch für irgendetwas, doch sie kam nicht dahinter, für was.

Wenn sie den Hügel hinaufging bis ganz nach oben, kam sie in einer kleinen Lichtung heraus mit einer tollen Aussicht über drei Bergketten, die hintereinander in steilen blauen Hängen davonrollten wie Meereswogen. An manchen Tagen, wenn das Licht genau richtig war, der Himmel eine ganz bestimmte Farbe hatte und die Wolken hoch oben dahinzogen, dann konnte man nicht sagen, wo die Berge aufhörten und der Himmel anfing. Doch heute würde sie es genau sehen können, denn der Himmel war vollkommen makellos; ein gewaltiger, prachtvoller Bogen aus ungebrochenem Blau.

Sie erreichte die Spitze kurz nach zehn Uhr, und die Sonne stand hoch am Himmel. Als sie den endlosen Blick über Berge und Himmel genoss, konnte sie den Morgennebel noch im Tal hängen sehen. Sie lächelte aus kindlicher Freude, denn so etwas Schönes hatte sie noch nie erlebt. Sie wusste, es bedeutete das Ende dieser stillen Zeit, des erstarrten Winters, und nun würde sich alles ändern, wie immer, wenn es warm wurde, und das erfüllte sie mit Erregung, nicht mit Angst. Ihr wurde bewusst, dass sie sich nicht mehr so vor Veränderungen fürchtete wie früher, dass das Zusammenleben mit Dent sie auf unbestimmte Weise mutiger machte.

In diesem Moment, als sie über diese geheimnisvolle, unglaubliche Landschaft hinausblickte, fühlte sie sich unbesiegbar, als könne sie einfach alles tun, als könnten all die dunklen Dinge dieser Welt sie nie wieder ins Bockshorn jagen. Sie hatte irgendwie das Gefühl, als stehe das Land auf ihrer Seite, als würden die Berge sie nie im Stich lassen. Sie fühlte sich, als könne sie fliegen.

Ich muss Dent von diesem Gefühl erzählen, dachte sie; sie wusste, er würde sie verstehen.

Später ging sie zum Bach hinunter, und dort war die Umgebung sanfter, nicht so wild und grandios wie weiter oben, sondern still und ruhig, grün und glänzend in der Sonne. Das Wasser war so klar wie geschliffenes Glas, und wenn Maude ganz still stehen blieb und scharf hinsah, konnte sie die Schatten kleiner brauner Fische ausmachen, die über die gesprenkelten Steine flitzten. Sie erinnerte sich an Nora und den schwarzen Fluss bei Mickeys Haus, und daran, dass Nora davon gesprochen hatte, wie klar das Wasser im Frühling wurde. Die Erinnerung machte sie froh, gab ihr ein vages Gefühl, hiermit verbunden zu sein, sich eine eigene Geschichte an diesem Ort aufzubauen, auf Erinnerungen hier oben zurückblicken zu können.

Sie drehte sich um und schaute zum Haus hinauf, das in der Sonne leuchtete; die Steine fingen das Licht ein und ließen es tanzen. Wenn Häuser lächeln könnten, meinte sie, dann würde dieses es tun.

Ich werde ja ganz sentimental, dachte sie, die Sonne vernebelt mir den Verstand. Aber es war ihr egal, denn sie fühlte sich von kindlicher Hoffnung und Möglichkeiten erfüllt; so kannte sie sich seit dem Tod ihrer Eltern nicht mehr. Es war, als bekäme man ein Geschenk, obwohl gar nicht Weihnachten war oder man Geburtstag hatte oder aus sonst einem Anlass, sondern einfach nur so. Ihr war nach Rennen und Radschlagen und Freudengeschrei zu Mute, doch sie tat es nicht; sie betrachtete das Haus, in dem sie mit Dent lebte, und sie bewahrte all diese Gefühle in sich, so dass sie sich in ihrem Bauch auftürmten, bis sie glaubte, gleich abzuheben.

Ich bin glücklich, dachte sie, das ist es. Ich bin glücklich, weil die Sonne scheint und in dem Haus da oben, hinter dem dritten Fenster von links, der Mann schreibt, den ich liebe, und er weiß nicht, dass ich zu seinem Fenster aufschaue und an ihn denke, und dass mein Herz so voll von ihm ist, dass ich grinse wie eine Idiotin.

Sie lachte in sich hinein, wandte sich vom Haus ab und blickte wieder zu den fernen Hügeln, und plötzlich hatte sie Hunger. Sie fragte sich, ob es zu früh zum Mittagessen sei. Sie dachte an Brot und Käse, Butter und dünn geschnittenen Schinken und saure Gürkchen, als Richard Hunter neben sie trat, so lautlos, als schleiche er auf Strümpfen umher.

Er überraschte Maude, und sie brauchte einen Augenblick, um ihre erschrockene Miene in ein Willkommenslächeln zu verwandeln. Richard Hunter sollte niemals sehen, wie wenig sie ihn leiden mochte, also setzte sie immer ein freundliches Gesicht auf, wenn er in der Nähe war, doch diesmal war er zu schnell für sie gewesen, und er musste etwas gesehen haben, denn er grinste hässlich und fragte: »Wo ist Al?«

Maude lächelte falsch zurück und sagte: »Er schreibt.«

Später sollte sie sich an die kleinsten Einzelheiten erinnern: an das leise Murmeln des Baches, an die Brise, die plötzlich über ihr Gesicht strich, an die Rufe der Lämmer von einer fernen Weide, an zwei Schwalben, die über der Wiese tanzten.

»Er schreibt nicht«, entgegnete Richard.

»Doch«, beharrte Maude. »Er ist in seinem Arbeitszimmer. Ich habe mir heute Vormittag frei genommen.«

»Er schreibt überhaupt nicht«, sagte Richard. »Er schreibt seine Bücher nicht. Er hat nicht ein einziges Wort geschrieben, seit seine Frau gestorben ist.«

»Ich weiß nicht, was Sie meinen«, sagte Maude. »Natürlich schreibt er. Seitdem sind vier Romane erschienen, ich habe sie doch gelesen.«

»Die Romane gibt es schon«, sagte Richard Hunter, »aber er hat sie nicht geschrieben.«

Maude wollte in kindischem Ton fragen: Na klar, und wer hat sie dann geschrieben?

»Wer sonst?«, fragte sie mit ganz normaler Stimme.

»Ich«, antwortete Richard Hunter.

Die Welt blieb stehen, alles fiel herunter und Maude zappelte mitten im leeren Raum.

Sie zweifelte nicht daran, dass er die Wahrheit sagte.

»Gut«, sagte sie mit einer Stimme, die nicht zu ihr gehörte. »Gut gemacht.«

Sie drehte sich um und ging zum Haus zurück, und obwohl die Sonne immer noch genauso strahlte wie vor ein paar Augenblicken, bevor sie dieses neue Wissen gewonnen hatte, dieses schreckliche Wissen, das sie gar nicht wollte – trotzdem schien es, als liege das Haus unter schwarzen Schatten, als sei aus heiterem Himmel eine finstere Wolke erschienen und habe sich darüber gelegt.

Maude ging schnurstracks in Dents Arbeitszimmer. Sie war noch nie hier drin gewesen; er hatte sie nie hereingebeten, und sie hatte nie von sich aus gefragt. Sie respektierte diesen Ort, sein privates Zimmer, weil sie glaubte, dass er hier arbeitete, und das respektierte sie auf jeden Fall. Jeder braucht seinen Rückzugsraum, dachte sie, wo ihn niemand stören kann.

Dent saß an einem großen schwarzen Lacktisch und schaute aus dem Fenster. Vor ihm lag ein geschlossenes Buch, falsch herum, so dass Maude den Titel nicht erkennen konnte. In einer silbernen Ablage tummelten sich Stapel von Papier, und dann stand da noch ein Becher mit Stiften, aber sonst nichts, womit man tatsächlich hätte schreiben können.

»Richard hat mir dein eigentliches Geheimnis erzählt«, sagte sie, und es klang hässlich, vorwurfsvoll und theatralisch wie aus einer billigen Soap. Sie schämte sich schon im selben Moment dafür, doch sie war so wütend, so verletzt und betrogen, dass nur ein kleiner Teil von ihr auf so etwas achtete.

»Ja«, sagte Dent. Es schien ihn nicht zu überraschen. Es war, als habe er auf sie gewartet, als habe er die ganze lange Zeit über hier vor dem geschlossenen Buch an seinem glänzenden schwarzen Schreibtisch gesessen, aus dem Fenster gestarrt und darauf gewartet, dass sie mit der Wahrheit hereinkam.

»Ist das alles?«, fragte Maude.

»Was willst du denn von mir hören?«, fragte er. Er sah sie nicht an, konnte ihr nicht in die Augen schauen. Maude schien es, als müsse sie zusehen, wie alles, was sie kannte, was sie liebte und woran sie glaubte, vor ihren Augen zu Staub zerfiel. Er sah auf einmal kleiner aus, geringer.

»Du hast mich belogen!«, rief Maude. »Du hast gelogen und geschwiegen und du hast mich glauben lassen, das alles seien deine Arbeiten, ohne je ein Wort zu sagen.«

»Ich wusste nicht, wie ich es dir beibringen soll«, erklärte Dent. Er rutschte auf seinem Stuhl herum und konnte sie noch immer nicht ansehen. Sein Profil hob sich vor dem Fenster vor ihm ab, dieses kantige Profil, das sie so liebte, das sie so gut zu kennen glaubte.

»Ich habe gewartet«, sagte er tonlos. »Ich habe auf den richtigen Zeitpunkt gewartet. Ich wollte mir noch einen Moment geben, in dem du es nicht weißt; ich wollte sicher gehen, dass unsere Basis solide genug ist, bevor du es erfährst. Es tut mir Leid, das war feige von mir.«

Er ist so ruhig, dachte Maude, als lese er die Worte von

einem Teleprompter ab. Beinahe hätte sie sich umgesehen, wo die Ansagetafeln versteckt sein mochten.

»Nein«, erwiderte sie. »Das reicht nicht. Verstehst du denn nicht? Du hast alles kaputtgemacht. Es ist zerschmettert und verdorben, und es hat überhaupt keinen Sinn mehr.«

»Das ist doch nur eine Sache«, sagte er in demselben überirdisch gelassenen Ton. »Das sind doch nur Wörter auf Papier.«

»Das ist eine weitere dicke Lüge«, entgegnete Maude. Plötzlich wollte sie sein Gesicht packen, es zwischen die Hände nehmen und herumdrehen, so dass er sie ansehen musste. Sie fühlte alles, woran sie geglaubt hatte, ihr ganzes zerbrechliches junges Vertrauen, in tausend Stücke zerspringen. »Das ist die dickste Lüge überhaupt. Es ist alles. Es ist das, was du bist. Es ist das, wofür ich dich gehalten habe, und jetzt ist da nichts mehr.«

»Ich bin immer noch derselbe Mensch«, wandte Dent ein, als habe er das in einem Workshop geprobt. »Verwechsle nicht die Arbeit mit dem Menschen.«

»Hast du das in einer deiner gelehrten Monographien geschrieben?«, fragte Maude. Sie bemerkte die widerliche Herablassung in ihrer Stimme und konnte sie doch nicht heraushalten, denn sie war so verletzt und wollte auch ihn verletzen. Sie wollte ihm jede scharfe Hässlichkeit aus ihrem Arsenal an den Kopf werfen und zusehen, wie sein Blut in Strömen floss. Aber er blieb still und gelassen, und es war beinahe, als sehe sie ihn durch eine gläserne Wand. Sie wollte diese Wand sprengen und ihn mit den Splittern bewerfen, doch sie konnte die schwache Stelle nicht finden, und das Glas hielt.

»Das hier ist völlig sinnlos«, sagte Maude. Das Tragische war, dass er sie, als sie sein Verständnis wirklich brauchte, einfach im Morast treiben ließ, rettungslos verloren. Sie fühlte sich so verlassen wie ein kleines Kind, das auf Eltern wartet, die nie wiederkommen werden.

»Ich gehe jetzt«, sagte sie, denn sie wusste nicht, was sie sonst sagen oder tun konnte. Das ist das Ende, dachte sie – sie sah es klar und scharf, der Abspann rollte über die dunkle Leinwand – ENDE.

»Geh nicht«, bat er.

Nun sah er sie zum ersten Mal an, und sie erkannte etwas in seinen Augen: Scham, Schmerz oder Angst, sie wusste es nicht. Sie fragte sich später, ob sie geblieben wäre, wenn er in diesem Moment die Hände nach ihr ausgestreckt hätte, wenn er aufgestanden und die paar Schritte zwischen ihnen überwunden und sie in den Arm genommen, sie körperlich am Gehen gehindert hätte. Sie gab ihm einen Augenblick, wartete, ob noch etwas käme, doch es kam nichts; er wandte sich ab und schaute wieder aus dem Fenster.

»Ich möchte, dass du bleibst«, sagte er, und Maude erinnerte sich daran, dass er diese Worte schon einmal gebraucht hatte. Sie erinnerte sich daran, wie dabei ihr Herz seine Fesseln gesprengt und sich in den Himmel erhoben hatte, doch nun lag ihr das Herz wie ein Stein in der Brust, und sie konnte sich nicht vorstellen, dass es sich je wieder leicht anfühlen würde. Worte waren jetzt nicht mehr genug: Sie waren klein und erbärmlich und bedeuteten überhaupt nichts.

»Ich gehe«, sagte sie.

Sie wartete noch einen Augenblick, während alles in ihr in die Tiefe stürzte, während all die Leichtigkeit, die sie eben erst kennen gelernt hatte, auf dem Boden zerschellte wie ein gebrochenes Versprechen.

»Leb wohl«, sagte sie. Sie ging aus dem Zimmer, die Treppe hinauf, packte ihre Sachen in den kleinen Koffer, nur die, mit denen sie gekommen war, ließ alles andere zurück, alles, was sie gemeinsam gekauft hatten, und es war so wenig, dass sie nur fünf Minuten brauchte. Als sie die Treppe herunterkam, war das Haus leer.

Sie schlich zur Haustür und ließ sie hinter sich weit offen stehen, stieg in ihr Auto und fuhr stetig die Auffahrt hinunter. Sie bog nach links auf die Hauptstraße ein, fünfzehn Kilometer weiter nahm sie die rechte Abzweigung, die sie über die Berge und hinunter auf die Straße nach Edinburgh brachte, dann fuhr sie nach Süden, durch Carlisle und Kendal, Liverpool und Manchester, Birmingham, Oxford und Thame, bis sie wieder in der Talgarth Road anlangte, wo sie aufgebrochen war.

# 18

***Es ist seltsam,*** wie leicht man in ein altes Leben zurückkehren kann, wie schnell alles wieder bekannt und vertraut ist und der erste Schock gleich wieder abklingt, wie Wassertropfen, die auf einer Glasscheibe trocknen.

Die Wohnung war dunkel und leer, als Maude aufschloss. Als sie in der dämmrigen Stille stand, fiel ihr auf, dass heute Sonntag war, der gleiche Wochentag wie bei ihrem Aufbruch. Es war kein Licht zu sehen und nichts zu hören, nicht einmal das Grollen der Züge.

Sadie war nicht da. Sie hatte Maude vor zwei Tagen geschrieben (vor zwei Tagen – es hätte ebenso gut ein ganzes Leben her sein können), dass sie beruflich ins Ausland müsste, dass sie ein paar Wochen fort sein werde. »Ich werde alles doppelt abschließen und die Lampen an eine Zeitschaltuhr hängen. Ruby sieht ab und zu nach dem Rechten«, schrieb sie, und Maude, die eben lernte, optimistisch zu sein, schrieb fröhlich zurück, sie solle alle Türen offen lassen, damit Gerald und seine Kumpane hereinkommen und es sich gemütlich machen konnten.

Nun war sie froh, dass Sadie fort war, denn sie wollte es nicht erklären müssen. Sie wollte mit niemandem sprechen. Sie wollte ihr Geheimnis an sich drücken, ihr gebrochenes Herz; sie wollte die Bruchstücke an die Brust gepresst mit sich herumtragen und keine unangenehmen Fragen beantworten müssen.

Ein Herz heilt vielleicht einmal, aber niemand bekommt eine zweite Chance. Woher wusste sie das? Sie wusste es eben, das war die einzige Sicherheit, die ihr blieb. Sie setzte sorgfältig die Füße darauf, als könne ein Schritt ab vom bekannten Weg nur in Treibsand und Verderben führen.

Es war nichts zu essen da; Sadie hatte vor ihrer Abreise alles ausgeräumt. Die Wohnung sah aus wie künstliche Räume in einem Möbelhaus, strahlend, still und leer.

Maude schaute bei Mr. Seth vorbei, der sie mit seinen ernsten Augen anblickte, blinzelte und sich durch nichts anmerken ließ, dass ihm ihre lange Abwesenheit aufgefallen war.

»Hallo, Missy«, sagte er gedehnt. »Wollen Sie Sonnencreme kaufen? Das Ozonloch ist nämlich hinüber. Sie werden Melanome auf ihrem ganzen hübschen Köpfchen haben, bevor Sie noch Treibhauseffekt sagen können. Ich habe Gerald schon einen Hut gegeben, aber er hat ihn gegen Dope eingetauscht.«

Nichts hat sich verändert, dachte Maude. Alles ist gleich geblieben. Die letzten paar Monate waren ein Trugbild; das ist einer anderen Frau passiert, nicht mir. Aber das Datum auf der Zeitung hatte sich verändert. Es war nicht mehr Altweibersommer, September; diesmal war richtig Sommer, Juni, Schauer und tief hängende Wolken, die Art von Sommer, die hier im Süden eben herrschte. Als sie die vielen Datumszeilen sah, in säuberlichen, unwiderruflichen Reihen angeordnet, da wusste Maude, dass all das ihr passiert war.

Sie kaufte Essen, ohne darüber nachzudenken, alles, was sie in den Regalen sah: Kichererbsen und Kreuzkümmel, dicke grüne Salzgurken, dünnen spanischen Schinken, Eier von einer Hühnerfarm bei Penzance, Vignabohnen und mit Bindfaden zusammengeschnürte Korianderbüschel; sie kaufte Kirschtomaten, Schalotten und die langen, blassen lila Auberginen, wie man sie im Osten kannte. Sie kochte nie, aber nun kaufte sie Essen, sie wusste auch nicht, warum. Sie kaufte ein paar Flaschen Ginger Ale und Angostura Bitter und dünne Täfelchen Schokolade aus Guatemala.

»Sie legen wohl Vorräte an, Missy«, sagte Mr. Seth mit düster lobendem Nicken, »falls der Asteroid einschlägt. Die Schlipsträger in Whitehall trauen sich nur nicht, es uns zu sagen, aber sie wissen, dass er kommt.«

Das Geschäft roch wie immer nach Safran und Garam Masala, nach Limetten und einem nicht identifizierbaren, urbanen Geruch; es war kein Londoner Geruch, etwas aus einer heißeren Stadt, Madras vielleicht, oder noch weiter östlich. Maude war nie im Fernen Osten gewesen, doch so musste es dort riechen. Ein kleiner, verborgener Teil von ihr war beinahe froh, wieder zu Hause zu sein.

Sie ging in ihren Keller, räumte das Essen in die Schränke, setzte sich und machte sich eine Tasse Kaffee. Sie lenkte ihre gesamte Aufmerksamkeit darauf: die gemahlenen Bohnen abzumessen, lehmig feucht und schwarz, die mattsilberne Kanne zusammenschrauben und auf den Herd stellen, eine einzelne Tasse hinstellen – nicht ihre –, eine zarte Porzellantasse aus irgendeinem fernen Land, die Sadie gekauft haben musste, eine hellblaue Tasse, dünn wie Papier, mit einem zierlichen Goldrand. Maude hatte noch nie in ihrem Leben eine Tasse mit Untertasse besessen.

Als der Kaffee fertig war, goss sie ihn in diese wunderhübsche, fremdartige Tasse, sah den Dampf daraus aufsteigen und sog den vertrauten heißen, bitteren Geruch ein. Sie saß an ihrem sauberen Küchentisch in ihrer stillen Wohnung, mit ihren Dosen und Schachteln voller Essen auf den ordentlichen Regalen, und sie betrachtete diese perfekte Porzellantasse, die nicht ihr gehörte, sie öffnete den Mund, als wolle sie etwas sagen, ein schrecklicher Schrei kam heraus, und alles war gebrochen.

Nein, nein, nein, dachte sie; dann hörte sie es sich sagen, laut in den Raum hinein: »Nein, bitte nicht.«

In ihrem Inneren herrschte Panik, die alten Stimmen brüllten Befehle: Nicht weinen, nicht weinen, nicht loslassen; du hast das schon einmal überstanden, du schaffst es auch diesmal. Lass nicht zu, dass du hier in der Küche in Stücke brichst, denn wer soll die Schweinerei beseitigen, wer sollte denn kommen und die Stücke wieder zusammensetzen?

Sie blickte an sich hinab und merkte, dass sie die Hand auf den Unterleib gepresst hielt, als wolle sie verhindern, dass etwas aufbrach, etwas hervorquoll. Aber sie konnte es nicht halten, es tat zu sehr weh, wie die Sorte Bauchschmerzen, bei denen man schreien und weinen muss, weil der Schmerz so entsetzlich schlimm ist, dass man ihn nur überleben kann, wenn man laut hinausschreit. Die Panik wuchs, und sie wusste nicht, wohin damit. Sie stand auf, stolperte in eine Ecke und kniete sich hin, doch das half nicht, das war nicht richtig. Also schleppte sie sich in einer Art Krabbengang vornübergebeugt ins Bad: Sie brauchte etwas Hartes, Sicheres, worin sie Schutz suchen konnte. Die Badewanne war weiß und stabil, und sie lehnte sich daran; es fühlte sich kalt und beruhigend an. Sie drückte eine Seite an die Wanne, hockte sich auf den Boden, tief über die Knie gebeugt, und wiegte sich vor und zurück. Die Tränen tropften aus ihren Augen auf das schwarze Linoleum, so dass sie sie in kleine, glitzernde Pfützen platschen sah, und Maude brüllte so laut, dass sie froh war, als der Lärm der Züge wieder einsetzte und ihre Schreie übertönte.

Was geschieht, wenn man in ein Leben zurückkehrt, das man für tot hielt? Man haucht ihm neues Leben ein, Tag für Tag, man bläst die alten Routinen wieder auf, bewegt sich in denselben ausgetretenen Pfaden.

Als hätte es die vergangenen Monate nicht gegeben, glitt Maude in die schale Rinne ihrer alten Gewohnheiten. Nach diesem erschütternden Augenblick im Bad kehrte sie in ihr altes Leben zurück, als habe sie es nie verlassen.

Eines Abends kam Ruby herunter und sagte: »Ich habe das Licht gesehen und dachte, da sind Einbrecher«, und Maude entgegnete: »Nein, das bin nur ich.«

Ruby stand unschlüssig auf der Schwelle. Sie hatte das Haar zurückgebunden, trug dunkelroten Lippenstift, und ihre Augen wirkten müde.

»Kann ich reinkommen?«, fragte sie, und Maude überlegte einen Moment lang, ob etwas nicht stimmte, weil Ruby sonst nicht so zurückhaltend war; die Vertrautheit, die bei jenem fernen Weihnachtsspaziergang zwischen ihnen gewachsen war, galt jetzt wohl nichts mehr. Dann dachte sie: Mit ihr ist alles in Ordnung, sie kann nur sehen, dass bei mir etwas nicht stimmt.

Einen Augenblick lang wollte sie die Mauern einreißen: Sie wollte Rubys Arm packen, schnell und fest; sie wollte sie in die Küche ziehen und ihr die ganze scheußliche Geschichte erzählen.

»Nein«, sagte Maude, und ihre Stimme war kalt und abweisend. »Komm nicht rein. Ich bin jetzt allein, ich brauche ein bisschen Zeit für mich allein … Es ist nichts weiter«, fügte sie dann hinzu. Die Lüge kam ihr ohne weiteres über die Lippen, ihr, der die Wahrheit immer so viel bedeutet hatte. »Wirklich überhaupt nichts.«

Ruby hätte ebenso gut eine blinkende Tafel mit der Aufschrift ICH WEISS, DASS DAS NICHT STIMMT hochhalten können, doch anscheinend verstand sie, dass Menschen manchmal Lügen brauchen, und dass man sie ihnen dann auch abkaufen muss, obwohl sie so dünn und durchsichtig sind, dass man eine Hand hindurchschieben könnte, ohne sie auch nur reißen zu hören.

»Ist gut«, sagte sie. »Ich bin oben. Ich arbeite jetzt zu Hause. Ich habe eine Ausstellung, den anderen Job habe ich aufgegeben, und Pearl und Dean sind ausgezogen, also bin nur noch ich da.«

Maude wusste auch so, was Ruby damit sagen wollte: Da oben gibt es Trost, da sind wir unter uns, ganz ungestört, du kannst deine Geheimnisse mit raufbringen, und niemand wird dich verachten, auslachen oder in die Pfanne hauen. Da ist ein Ort, wo du angehört wirst.

Das war ein gutes Angebot, und Maude wusste, dass sie es nicht annehmen durfte. Sie wohnte wieder in einem Kartenhaus, und wenn sie auch nur ein Pikass verrückte, würde das Ganze über ihr zusammenstürzen und nur noch Ruinen hinterlassen.

Sie funktionierte gut, effizient; glatt und geübt fügte sie sich wieder in ihr schweigsames Leben.

Sie schrieb ihr Buch. Sie aß mit der Lektorin zu Mittag. Sie bezahlte ihre Rechnungen und kümmerte sich ums Geschäftliche. Sie kaufte jeden Tag die Zeitung und eine Flasche Wasser bei Mr. Seth, und sie begann, abends zu kochen. Sie lernte alles über Gewürze und Saucen, brachte sich bei, wie man mit Knoblauch und Ingwer umging, mit Erdnussöl und Tamarinde. Aus irgendeinem Grund erlernte sie die Finessen der asiatische Küche; sie machte dünne saure Suppen mit genug scharfem Chili darin, um sich den Kopf wegzusprengen. Sie aß sie langsam, während ihr vor Schmerz die Tränen über die Wangen liefen.

Nachts, wenn sie nicht schlafen konnte, erinnerte sie sich so lebhaft an Dent, als sitze er direkt neben ihr; dann wiegte sie sich heftig vor und zurück, um die Erinnerung aus ihrem Körper zu treiben. Sie konnte sich daran erinnern, wie er schmeckte, wie sich seine straffe Haut anfühlte und wie sie nach Meer roch; sie erinnerte sich daran, wie sie immer die Nase an die weiche Stelle an seinem Oberarm drückte und seinen Duft einsog, wie sie sich daran berauschte. Sie erinnerte sich daran, wie sein Gesicht im Schlaf aussah und wie sie manchmal aufgewacht war und er neben ihr lag, seine starke Hand auf ihrer Seite. Sie erinnerte sich an seine Art, sich zu bewegen, bei kleinen alltäglichen Verrichtungen; wie er Schinken für ein Sandwich aufschnitt oder eine Kanne Kaffee aufsetzte. Sie erinnerte sich an den schwarzen Geruch des Kaffees dort, an den verbrannten, exotischen Geschmack auf ihrer Zunge, und wie sie diesen Geschmack mit ihm verband. Sie erinnerte sich, wie sie manchmal den Blick von ihm abwenden musste, weil sie so voller Liebe war, dass sie nicht mehr wusste, wohin damit.

Nachts, wenn sie nicht schlafen konnte, wurde sie von diesen Erinnerungen heimgesucht; sie fielen machtvoll und erbarmungslos über sie her wie ein Bienenschwarm, und manchmal hob sie tatsächlich eine Hand, um sie zu vertreiben, als schwirrten sie ihr wirklich im Dunkeln um den Kopf.

Wie eine Sportlerin, die täglich trainiert, um die Schmerzgrenze noch weiter zu überwinden, bis sie immun dagegen ist, bis der Schmerz neben ihr hertrottet wie ein alter Hund, so lernte Maude, damit zu leben. Mit zusammengebissenen Zähnen sagte sie sich: Du kannst das. Du kannst das. Sie hatte es schon einmal geschafft.

Laut der kranken, deformierten alten Logik, die nie ganz verschwunden war, konnte sie sich sagen, dass dies angemessen und richtig war, genau, was sie verdiente. Die erste Stimme, wieder in bester Verfassung, als habe sie sich während ihrer Pause gut aufgewärmt, erklärte ihr, selbstverständlich sei es das, was sie verdiente, und die bloße Vorstellung, sie könnte geliebt und geheilt werden, sei an den Haaren herbeigezogen und absolut lachhaft.

Also lag sie jede Nacht in ihrem Bett und verscheuchte Erinnerungen, versuchte sie zu zerquetschen, wie man eine surrende Steckmücke erschlägt, und sagte sich, dass es kein Zurück gab.

Sadie kam Ende Oktober wieder.

Sie war drei Monate fort gewesen, war durch die kleinen, staubigen Orte der amerikanischen Südstaaten gefahren mit ihrem Kamerateam und ihrem Mutterwitz, und heraus kam das Werk, mit dem sie sich einen Namen machen sollte, das sie in die Oberliga aufsteigen lassen würde. Aber das wusste sie damals noch nicht.

Maude hörte die Tür gehen und blickte in einer minimalen, ruckartigen Bewegung auf. Sie hatte während der letzten drei Wochen darauf gewartet, dieses Geräusch zu hören; unbewusst wartete sie schon darauf, seit sie wieder hier war. Inzwischen sollte sie eigentlich eine Ahnung davon haben, was sie dann sagen wollte, aber nun, da der Schlüssel im Schloss stocherte, flogen die Worte auf und davon und hinterließen nichts als vernebelte Leere. Sie hatte keine Ahnung, wie sie erklären sollte, warum sie hier war. Es war Sadie, sie war ihre Freundin. Aber sie wusste, dass es sich nicht so anfühlen würde.

Sadie schaltete das Licht an und sagte: »Warum sitzt du denn hier im Dunklen?«

Dann hielt sie inne, die Welt holte sie wieder ein, und sie fragte: »Warum bist du überhaupt hier?«

»Setz dich«, sagte Maude und stand auf. »Setz dich, und ich hole dir ein Bier, du siehst fertig aus und warst lange weg, und dann erzähle ich es dir.«

Sie holte zwei Flaschen Bier aus dem Kühlschrank. Irgendeine amerikanische Marke, Sadie hatte sie dagelassen, in einer braunen Glasflasche mit einem hektischen Label, und Maude, die nie Bier trank, war froh bei diesem Anblick. Das taten Leute, wenn es an eine wichtige Unterhaltung ging, sie tranken ein Bier, rauchten eine Zigarette, sahen einander in die Augen und sagten die Wahrheit.

Sadie setzte sich abrupt an den Resopaltisch. Ihr Gesicht war weiß und schmal vor Müdigkeit, und es lag etwas in ihren Augen, wie wenn Menschen Dinge gesehen haben, die sie vielleicht gar nicht sehen wollten.

Sadie nahm das Bier, schüttelte eine Zigarette aus einer dünnen Papierschachtel, zündete sie an, sog den Rauch ein und kniff die Augen zusammen. »Ich kann einfach nicht aufhören«, sagte sie. »Ich will ja aufhören, aber ich kann nicht.« Sie seufzte. »Was ist passiert?«, fragte sie einen Moment später. »Bei mir ist noch Texas-Zeit, also bin ich gerade nicht die Hellste.«

Maude wollte weglaufen. Sie wollte das nicht erzählen; sie wollte nicht darüber sprechen. Sie hatte dieses Gefühl, wie es Kinder haben, oder vielmehr Erwachsene haben es und finden es kindisch: die wütende Forderung, dass es gar nicht passiert sei, nicht Dent, nicht jener Nachmittag im Norden Londons, nicht der Tod ihrer Eltern, nichts von alledem durfte passiert sein. Ich wünschte, ich wäre nie geboren worden, so etwas sagten Teenager: Ich habe nicht darum gebeten, zur Welt zu kommen. Maude wollte das alles wegwischen wie mit einem Schwamm, dann wäre da nur noch eine freie Stelle, und statt der dumpfen Schwere in ihrem Bauch gäbe es Luft und Freiheit.

Sie erinnerte sich an etwas und beobachtete, wie dieser Gedanke durch ihren Kopf flatterte, ähnlich einem Vogel im Morgengrauen. Es war ein Satz aus einem Film, den sie einmal gesehen hatte: eine dieser Figuren, einer dieser angeschlagenen, abgestumpften, zynischen Charaktere, bei dem sich zum Schluss herausstellt, dass er eben doch ein Herz aus Gold hat (natürlich, natürlich). Die Frage ist nicht, warum man sich umbringt, sondern warum man es nicht tut.

»Ich habe das mit den Büchern herausgefunden«, sagte Maude.

Sadie setzte zum Sprechen an, als wisse sie nicht, welche Bücher, doch dann wurde ihr Blick schärfer und ihr Verstand sprang an, als habe die Nadel die Rille gefunden, und was auch immer sie hatte sagen wollen, es kam nie irgendwo an.

»Oh«, sagte sie. »Oh, ich verstehe.«

»Richard Hunter hat es mir gesagt«, erklärte Maude. Sie sprach mit leiser, ruhiger Stimme, mit einer vernünftigen Stimme, als könne sie damit für Ruhe und Ordnung sorgen. »Richard Hunter hat mir gesagt, dass er Dents letzte vier Bücher geschrieben habe, also bin ich gegangen.«

»Alexander hat es dir nicht gesagt«, stellte Sadie fest.

Maude fiel plötzlich etwas auf. »Du hast es die ganze Zeit gewusst?«, fragte sie.

Sadie hielt ihrem Blick stand. »Ja«, antwortete sie. Sie zuckte mit den Schultern und legte den Kopf schief. »Ja. Ich wusste es.«

»Warum hast du mir nichts gesagt?«, fragte Maude, und nun begann die vernünftige Stimme zu bröckeln, der nackte Fels kam dahinter zum Vorschein, und es wurde langsam hässlich.

»Es lag nicht bei mir, dir das zu sagen«, erklärte Sadie. Sie schüttelte den Kopf. »Nein. Das war nicht meine Sache. Das konnte ich dir nicht einfach erzählen.«

Maude wurde plötzlich bösartig und unvernünftig. »All diese Sachen, die du mir verschwiegen hast«, stieß sie hervor. »Seit du diese Wohnung zum ersten Mal betreten und die Bücher deines Vaters hier gesehen hast. All diese Lügen durch Verschweigen. Ich habe dich für meine Freundin gehalten. Du warst die erste Freundin in meinem ganzen Leben.«

Sie wusste, sie klang jetzt jämmerlich und voller Selbstmitleid, und sie verachtete sich dafür. Als sie dieser klugen, müden Frau an ihrem Küchentisch gegenübersaß (sie war so real, Sadie, sie war so deutlich, so sehr da), da wurde ihr klar, dass sie doppelt betrogen worden war. Sadie war die Vorhut, die erste Vertraute, sie ebnete den Weg für Dent, und dabei hatte sie ständig gelogen und Dinge verheimlicht.

»So sehe ich das nicht«, sagte Sadie. »Das ist keine objektive Tatsache, sondern nur das, was du daraus machst. Es tut mir Leid, wenn du es so siehst. Das wollte ich nicht.«

»Aber so fühle ich«, sagte Maude. »Und jetzt ist es noch schlimmer als vorher. Es ist schlimmer, als wenn das alles nicht geschehen wäre. Ich habe einen kurzen Blick auf etwas erhascht, auf das Leben, auf meine Befreiung, und dann hat man mir alles wieder weggenommen.«

»Nein«, erwiderte Sadie. »Das stimmt nicht. Es ist nicht haargenau so, wie du es dir erträumt hast, weiter nichts. So ist das Leben, das passiert andauernd. Das kannst du niemandem vorwerfen.«

Maude wollte schreien: Doch, das kann ich! Doch, das kann ich!

»Ich verstehe immer noch nicht, warum du hier bist«, sagte Sadie.

»Du verstehst überhaupt nichts«, gab Maude zurück.

»Na dann«, sagte Sadie, und nun war sie es, die ihre Stimme leise und ruhig hielt, unterschwellig angespannt, als müsse sie sich beherrschen, um nicht zu schreien, »warum erklärst du es mir nicht?«

»Ich konnte nicht bleiben«, sagte Maude. »Ich konnte einfach nicht. Lügen sind das Einzige, das ich nicht ertrage. Ich habe ihn gebeten: ›Erzähl mir alle deine Geheimnisse‹, und er hat gesagt: ›Ja, das kann ich.‹ Ich habe gesagt: ›Ich möchte, dass du eines für mich tust. Erzähl mir nie etwas anderes als die Wahrheit.‹ Und die ganze Zeit über hat er mich belogen, er hat mich glauben lassen, er sei das, wofür ich ihn gehalten habe, dabei war das alles falsch.«

»Nicht unbedingt«, entgegnete Sadie. »Vielleicht hatte er Angst, es dir zu sagen, vielleicht wollte er ja, aber er konnte nicht.«

»Ich bin müde«, sagte Maude. »Ich habe es satt, im Dunkeln herumzutappen. Alles ist kaputt und verdorben, weil mir niemand die Wahrheit gesagt hat. Also habe ich ihn verlassen, und ich gehe nie wieder zurück, und das war's.«

»Du brichst dir selbst das Herz«, sagte Sadie. Ihr Ton hatte eine neu, harte Note, die Maude noch nie gehört hatte. »Du musst das doch nicht tun. Das Leben wird dir schon von ganz allein das Herz brechen, du brauchst ihm nicht noch dabei zu helfen.«

»Nicht ich tue hier etwas«, erklärte Maude. »Wenn man jemanden liebt, ihm vertraut und sich ihm öffnet, sich ihm nackt und verletzlich ausliefert, und dann entdeckt, dass er einen in einem fort so von Grund auf belogen hat, dann ist der Vertrag zerfetzt. Das weißt du doch.«

»Wo hast du bloß all diese Regeln her?«, fragte Sadie. »Wer hat dir das eingetrichtert?«

»Ich bin selbst dahinter gekommen«, antwortete Maude.

»Du bist eine Närrin«, sagte Sadie. Ihre Stimme klang

barsch und ungehalten, und Maude sah, dass sie wirklich wütend war. »Du bist eine Närrin, du bist dumm und schwach, denn du bist nicht allein für dein eigenes Herz verantwortlich. Alexander hat dich mehr geliebt als irgendjemanden sonst in seinem Leben, sogar mehr als meine Mutter. Er hat einen kleinen menschlichen Fehler gemacht, und du bestrafst ihn dafür, weil du solche Angst vor dem Leben hast, dass du nach der geringsten Ausrede gesucht hast, um wegzulaufen. Schön, du hast sie gefunden, und du bist weggelaufen. Ich hoffe, du bist zufrieden.«

Maude starrte sie überrascht an. »Ich bin nicht zufrieden«, sagte sie. »Ich gehe durch die Hölle.«

»Nur du kannst das ändern«, erklärte Sadie. »Kehr zurück zu ihm und ergreife diese Chance auf Leben, die dir geschenkt wurde, lass es ihn erklären; es ist nicht vorbei, das hast du nur so entschieden, in einem Anfall von Panik oder Selbstgerechtigkeit oder was auch immer. Er hat nichts Schlimmes getan; du lässt ihn dafür büßen, als habe er gegen Geld mit einer Fremden geschlafen, Drogen an einer Straßenecke verkauft oder sonst etwas wirklich Schreckliches und Grausames verbrochen. Ich verstehe nicht«, fügte sie hinzu, »wie jemand, der so viel gelitten hat wie du, jemanden derart selbstgerecht verurteilen kann. Ich dachte immer, Leid mache Menschen tolerant und mitfühlend. Nun, in deinem Fall hat das offensichtlich nicht funktioniert.«

Maude trafen diese Worte wie Tiefschläge, wie Fäuste in ihr weiches Fleisch.

»Du solltest jetzt gehen«, sagte sie. Eigentlich wollte sie sagen: Hau ab, scher dich zum Teufel und lass mich in Ruhe, komm ja nie wieder. Sie wollte sagen: Ich hasse dich, weil du meine Freundin warst und mich angelogen hast, und jetzt liegt alles in Scherben, es ist nichts mehr übrig geblieben.

»Ich gehe«, sagte Sadie. »Dean ist ausgezogen. Er wohnt jetzt in Kensal Rise. Ich werde zu ihm ziehen.« Sie sah in ihre Handtasche, holte ein Scheckbuch heraus und stellte einen Scheck aus. »Hier ist das Geld für die Miete«, sagte sie.

Sie stand auf und starrte auf Maude hinab. »Dir wurde eine Chance auf wahres Glück gewährt«, sagte sie. »Ich weiß nicht, warum du dich von der Welt zurückgezogen hast, du hast es nie für nötig gehalten, es mir zu erzählen, aber ich erkenne genug, um eines zu wissen: Du hast geglaubt, Glück würde dir niemals widerfahren, und dann kam es doch. Du hast gesehen, dass du die Trümmer deines Herzens, die du wie ein verkohltes Opfer mit dir herumträgst, wieder zusammensetzen könntest, und diese Chance bekommt nicht jeder. Aber ich glaube, nach all diesen Jahren bist du in dieses Schattendasein hineingewachsen, und kaum hat sich dir eine Ausrede geboten, um wieder in deine verschlossene Welt zurückkehren zu können, da hast du die Gelegenheit sofort ergriffen, ohne irgendjemandem eine Chance zu geben, es dir zu erklären. Du kannst mich beschuldigen, so viel du willst, weil mir das egal ist, aber wage es ja nicht, Alexander die Schuld zuzuschieben, denn er ist ein guter, ehrenhafter Mann, und das weißt du auch.«

Sie stürzte aus der Küche und den düsteren grünen Flur entlang und zur Tür hinaus. Die schloss sich mit einem lauten Schnappen hinter ihr, und ein leidenschaftsloser Beobachter in Maudes Gedanken sagte: Welch großartiger Monolog zum Abschied, welch grandioser Abgang – als spiele sich das gar nicht wirklich ab, als säßen sie im Theater, und jeden Moment würde der Vorhang fallen und der Applaus würde einsetzen wie Regen auf Asphalt.

In den langen, trübseligen Wochen danach dachte sie über Sadies Worte nach. Sie wusste in gewisser Weise, dass Sadie Recht hatte: Sie verhielt sich unfair, machte mehr aus dieser Sache, als sie eigentlich sollte. Sie wusste, dass Dent ein guter Mann war, der sie sehr liebevoll behandelt hatte. Er hatte nicht mit anderen Frauen geschlafen und das als Nichtigkeit abgetan; er hatte sie nicht betrogen und über ihre Leichtgläubigkeit gelacht.

Aber jedes Mal, wenn sie begann, vernünftig darüber nachzudenken, zu erwägen, dass sie zu ihm zurückgehen und noch einmal neu anfangen könnte, scheute etwas in ihr davor zurück wie ein erschrockenes Pferd. Er hat gelogen, er hat gelogen. Sie hörte diesen Satz in ihrem Kopf wie einen quälenden Refrain. Sie liebte ihn und bot sich ihm dar; er log über die wichtigste Sache in seinem Leben. Wie konnte sie ihm danach je wieder vertrauen? Dieses Abkommen, das sie mit ihm, mit sich selbst geschlossen hatte, war so neu und zerbrechlich, dass ein einziger Schlag es unwiederbringlich in Fetzen reißen konnte, und sie fand keinen Weg, es wieder zusammenzufügen.

In den dunklen, einsamen Stunden, wenn ihre Arbeit getan war, wenn sie in ihrem Kämmerlein saß, ohne Licht zu machen, während das Dämmerlicht in Scheiben durch ihre Jalousien fiel und den Raum in dünne Blässe tauchte – da fragte sie sich, ob sie vielleicht einen Ausweg finden könnte, wenn sie nur ein anderer Mensch wäre. Sie fragte sich, ob etwas in ihr schon seit jeher gebrochen gewesen war, ob der Unfall ihr nur einen sichtbaren, einen plausiblen Grund für etwas geliefert hatte, das ohnehin immer so gewesen wäre. Vielleicht war sie als Einsiedlerin auf die Welt gekommen, einer dieser Menschen, die mit normalen menschlichen Beziehungen nie so ganz zurechtkamen, die ihr Leben abgesondert verbrachten, abseits, und nur zuschauen konnten, während andere Leute sich damit beschäftigten, in der wirklichen Welt zu leben.

Sie blickte in die Vergangenheit zurück, die sich hinter ihr erstreckte wie ein schmaler Korridor; sie erkannte ihre Unfähigkeit, Freundschaften zu schließen, einen Freund zu finden, Teil einer Clique zu sein. Vielleicht war sie wie diese Leute mit dem Tourette-Syndrom, in deren Gehirn eine wesentliche Verbindung fehlt, so dass sie im Supermarkt den Gang entlanglaufen und schreien: »Ficken, ficken, Scheiße, verdammt, Scheißdreck«, und all die braven Kunden erschreckten. Vielleicht war es bei ihr auch so, vielleicht fehlte irgendeine Synapse, war ein Kabel nicht richtig angeschlossen, so dass sie sich nie wirklich in der Welt zurechtfinden konnte. Vielleicht war das auch nur eine Ausrede, vielleicht hatte sie einfach schreckliche Angst, und in diesem dunklen, stillen Keller wusste sie immerhin, wie alles funktionierte, und es gab keine Überraschungen.

Der Oktober verging, ebenso der November, und sie versuchte nicht daran zu denken, was letztes Jahr um diese Zeit gewesen war. Doch sie erinnerte sich sehr gut daran, bis sie sich wünschte, sie hätte einen Schalter im Kopf, mit dem sie die Gedanken ausschalten könnte wie einen Fernseher, so dass sie vor einem leeren Bildschirm saß und nicht vor diesen quälenden Erinnerungen.

Sie fragte sich, ob Dent herkommen und um sie kämpfen würde. Sie versank in Hoffnungslosigkeit, die Ideen gingen ihr aus, doch es blieb der hartnäckige Gedanke, dass er es womöglich tun würde; vielleicht würde er kämpfen. Sie dachte, wenn er vor ihrer Tür stand, wenn er bettelte und flehte, dann könnte sie es vielleicht wieder finden, mutig genug sein, um neu anzufangen. Aber sie hörte nichts von ihm. Sie ertappte sich dabei, dass sie das Telefon im Auge behielt und morgens auf den Postboten lauschte; aber das Telefon klingelte nie, und die Post brachte nur Rechnungen und Werbung.

Es ist ihm egal, dachte sie. Wenn ich ihm wirklich etwas bedeutete, wenn er mich wirklich zurückhaben wollte, dann würde er sich aufraffen und um mich kämpfen. Wenn er nicht kämpft, dachte sie, dann war er es auch nicht wert; es hätte sowieso nicht funktioniert.

Dann hasste sie ihn dafür, dass er nicht kam, um sie zu holen.

Das Wetter schlug um, die Blätter wurden bunt und schließlich braun und fielen von den Bäumen. Maude versuchte, nicht an ihren wilden Herbst in Schottland zu denken, in dem sie glücklich gewesen war. Als es kälter wurde und sie die Wollpullis und den Wintermantel hervorholte, versuchte sie, nicht an die Nacht zu denken, die sie und Dent bei Mickey, William und Violet verbracht und wie alle gesagt hatten: Ah, sie ist mit Alexander hier.

Sie versuchte, sich nicht daran zu erinnern, wie sie mit Nora im Schnee gestanden und über Paris geredet hatte.

Sie versuchte es mit aller Kraft, aber sie erinnerte sich an alles so deutlich, als wäre es gestern gewesen, und sie wusste nicht, wie sie das ertragen sollte.

Es gab ja die Arbeit: Die Arbeit würde sie da durchbringen. Arbeit war schließlich das, was einem blieb. Liebe war ein Trugbild, eine veraltete Erlösungsfantasie. Niemand glaubte mehr an die Liebe, nicht heutzutage, nicht bei den sprunghaft ansteigenden Scheidungszahlen.

Sie schrieb den Polarforscher fertig. Sie legte ihr ganzes Herz, ihre ganze fehlgeleitete Leidenschaft und ihre Wut hinein, und es war auch etwas von ihrem jüngeren Selbst darin, etwas von der Art, wie sie vor so vielen Jahren über Rita Lane geschrieben hatte.

Der Verlag war sehr zufrieden, und der Polarforscher schrieb ihr einen zurückhaltenden, förmlichen Dankesbrief, und obwohl er nur eine knappe Seite kurzer englischer Sätze umfasste, schenkte er ihrem erfrorenen Herzen ein wenig Wärme, nur für einen Augenblick, als sei ein einzelner Sonnenstrahl durch die Eiseskälte gedrungen.

Sie ging mit Joan Bellow zum Mittagessen, als sei alles ganz normal. Sie saß da, aß das Essen, sprach in ganzen Sätzen und nahm einen weiteren Auftrag an, der ihr mehr Geld bringen würde.

»Ich will Arbeit«, sagte sie. »Ich schreibe dieses Buch, und danach würde ich gern gleich mit etwas anderem weitermachen.«

»Sie haben Urlaub verdient«, bemerkte Joan. »Warum fahren Sie nicht mal irgendwo hin?«

»Ich muss arbeiten«, sagte Maude. »Arbeit ist jetzt genau das, was ich will. Geben Sie mir einfach, was Sie haben.«

Mr. Seth behauptete, die Globalisierung schreite so schnell voran, dass bald die ganze Welt mit Fast-Food-Ketten und blinkenden Neonschriften zugepflastert sei, dass kein Stück wilder Natur mehr bleibe und sich in zwanzig Jahren niemand mehr daran erinnern würde, wie richtiges Essen schmeckte.

»Wir werden alle Gift essen und an Tumoren sterben, für die sie noch nicht einmal einen Namen haben«, erklärte er mit düsterer Befriedigung. »Der einzige Mensch, der dagegen ankämpft, ist ein Bauer in Frankreich, und der ist schon so gut wie gestorben, an Altersschwäche und Verzweiflung.«

Im Buchladen blieb die alte Jungfer schweigsam und gefühllos, und Maude dachte, es könne nicht mehr lange dauern, bis sie selbst genauso wurde. Sie fragte sich mit bitterer Ironie, ob sie ihr anbieten sollte, den Laden zu übernehmen, wenn die gute Frau sich zur Ruhe setzte.

Sadie hielt sich fern, als sei alles gesagt. Maude hatte sich gefragt, ob Sadie um sie kämpfen würde, so wie sie es von Dent erhofft hatte. Als nichts kam, kein Anruf, kein Besuch, hielt Maude das für einen Beweis dafür, dass ihre aufkeimende Freundschaft Sadie nichts bedeutete, als habe Dents Tochter sie abgeschüttelt und schlicht vergessen, dass jemand namens Maude je existiert hatte.

An manchen Tagen kam es Maude so vor, als habe sie tatsächlich nie existiert, als werde ihr jämmerlicher Lebensversuch einfach aus dem Register gelöscht, wie in einem dieser Science-Fiction-Filme über Paralleluniversen und Zeitsprünge. Sie bildete sich ein, dass die Leute auf der Straße durch sie hindurchschauten und nur Leere sahen, wo ein menschliches Wesen hätte sein sollen.

# 19

***Weihnachten rückte*** unerbittlich näher. Maude versuchte, es zu ignorieren. Doch selbst Mr. Seth ließ seinen Laden nach Gewürznelken und Orangen duften, und über seinem Kopf strahlte eine Kette aus roten Papiersternchen mit kleinen Lampen darin, während er Zeitungen und die neusten Nachrichten vom Ende der Welt austeilte.

Maude fühlte sich, als werde ihr Kopf nur noch von einem Gummiband zusammengehalten, und sie fragte sich, wann es endgültig reißen würde.

Zwei Tage vor Weihnachten hämmerte es an der Tür. Der Nachmittag war pechschwarz, als habe jemand vergessen, die Straßenlaternen einzuschalten, und als Maude die Tür öffnete und drei schattenhafte Gestalten »Oh Tannenbaum« anstimmten, hielt sie sie für betrunkene Fremde, die sich einen Spaß daraus machten.

Dann sagte Sadie: »Jetzt musst du uns auf Kuchen und einen Sherry hereinbitten«, und obwohl Maude wieder vollkommen in ihrer isolierten Blase steckte, hermetisch abgeriegelt von allem, was man als Leben bezeichnen könnte, lachte sie plötzlich, mit einem so intensiven Schock, als habe jemand ihr einen Eimer eiskaltes Wasser über den Kopf geschüttet. Sie konnte nicht anders. Sadie war das bei ihr schon immer gelungen, von Anfang an.

Sadie trug eine rote Weihnachtsmann-Mütze mit weißem Pelzbesatz, und hinter ihr standen Ruby und Dean. Sadie riss sich den lächerlichen Kopfputz herunter, zog Maude an sich und umarmte sie. »Es tut mir Leid«, flüsterte sie Maude ins Ohr. »Es tut mir Leid. Ehrlich.«

Dann richtete sie sich wieder auf und war ganz die alte Sadie, die furchtlose, lachende Frau, die Maude bei ihrer ersten Begegnung so beeindruckt hatte, und sie sagte: »Na los, lass den Korken knallen.«

»Ich wusste nicht, wie ich mich sonst entschuldigen sollte«, erklärte sie etwas später, als alle mit einem Glas Whisky in Maudes Wohnzimmer saßen, denn sie hatte nichts anderes. »Nachdem ich diese schrecklichen Sachen zu dir gesagt habe. Ich war so wütend, dass ich nicht mehr wusste, was ich von mir gebe, und dann wusste ich nicht, wie ich es wieder gutmachen sollte. Das hier war Deans Idee. Er hat gesagt, ich sollte mich entschuldigen, er meinte, es war noch nie jemand so gütig zu ihm wie du, als ihm das Herz gebrochen wurde, und dass ich nicht herumlaufen und über alle Welt urteilen dürfte. Er hat mich an Nick Carraways Vater erinnert, der einmal gesagt hat: Wenn man über Leute urteilt, darf man nicht vergessen, dass nicht jeder so begünstigt ist wie man selbst.«

Dean beobachtete Sadie, als sie das sagte; sie sprach schnell, als sei sie nicht daran gewöhnt, sich in dieser Rolle wiederzufinden, und daher nicht ganz sicher, wie das ging. Maude merkte, wie er sie beobachtete, und sie wusste ohne den geringsten Zweifel, dass er Sadie mehr liebte, als er je im Leben jemand anderen lieben könnte. Sie erinnerte sich daran, dass Dent sie genauso angesehen hatte, und musste für einen Moment die Augen schließen, damit ihr nicht ganz schwindelig davon wurde, damit sie nicht vom Stuhl kippte und eine Szene machte.

»Alle werden irgendwann auf andere wütend«, erklärte Dean. »Alle regen sich ständig über irgendetwas auf, verletzten Stolz oder eingebildete Kränkungen, und ich finde, das Leben ist zu kurz, wir sind alle keine Engel, und ihr dürft mich ruhig als altmodisch bezeichnen.«

»Dürften wir«, sagte Ruby, und auf ihrem Gesicht breitete sich ein Lächeln aus. »Aber das werden wir nicht.«

Eine kleine Weile erinnerte Maude sich daran, wie es war, als sie nach all diesen Jahren des Schweigens wieder einen Blick auf das Leben erhascht hatte. Es war so verlockend, es reizte sie. Doch da waren die Stimmen wieder und schrien in ihrem Kopf herum, dass das, was passiert war, aus einem bestimmten Grund geschehen war, und dass es diesmal kein Zurück gab.

Plötzlich fiel ihr auf, dass etwas fehlte; etwas war anders. »Wo ist Pearl?«, fragte sie.

»Sie hat einen Job in Tasmanien gefunden und ist nicht wieder zurückgekommen«, erklärte Dean. »In drei Jahren wird sie eines Tages vor unserer Tür stehen, mit einem lachenden Mann und vier kaffeebraunen Kindern. Das wäre genau ihre Art.«

Maude fragte sich, wie es wäre, zu so etwas fähig zu sein.

Sie gingen um Mitternacht, ziemlich betrunken.

»Ich kann dir nicht sagen, was du tun sollst«, erklärte Sadie, »denn es ist dein Leben und geht mich nichts an, aber wenn du je beschließt, dass du dich doch nicht für immer wegsperren willst, wenn du je mit dem Gedanken spielst, es dir anders zu überlegen und zu ihm zurückzugehen, dann wirst du etwas tun müssen. Er wird es nicht tun. Das weiß ich. Er ist der stolzeste Mensch, den ich kenne, er wüsste gar nicht, wie das geht. Wenn du willst, dass sich dein Leben ändert, dann musst du es selbst in die Hand nehmen. Es ist dein Schicksal, und du musst es wollen und danach handeln. Also sitz hier nicht herum und wünsche vor dich hin, falls du dir etwas wünschst! Ich weiß, dass ich nicht einmal so viel hätte sagen dürfen, also darfst du mich jetzt erschießen.«

»Ist schon gut«, sagte Maude. »Du kannst sagen, was du willst, weil du vor meiner Tür aufgetaucht bist und Weihnachtslieder gesungen hast, und das hat noch nie jemand für mich getan.«

»Na siehst du«, meinte Sadie, aber sie erklärte nicht, was Maude sehen sollte. Sie küsste Maude auf beide Wangen, sagte: »Sei keine Fremde«, hakte sich bei Dean auf der einen und bei Ruby auf der anderen Seite unter und stapfte sicheren Schrittes die Treppe hoch hinaus auf die Straße. Maude ging wieder rein, saß die ganze Nacht lang in der Küche und sah schließlich zu, wie es dämmerte, weil sie überhaupt nicht schlafen konnte.

Auch in der folgenden Nacht konnte sie nicht schlafen, und in der Nacht danach ebenso. Sie konnte an Heiligabend nicht schlafen, am ersten Weihnachtstag nicht, und am zweiten auch nicht. Sie lief wie in Trance in ihrer Wohnung herum und wusste nicht mehr, was wirklich war und was nicht. Wenn man so müde ist, kann man über nichts mehr nachdenken, man muss sich zu sehr auf die kleine, einfache Aufgabe konzentrieren, seinen Körper durch einen weiteren Tag zu bringen. Maude fragte sich, ob das ein kluger Schachzug ihres Unterbewusstseins sei, das sie zwang, wach zu bleiben, damit sie nicht über Sadies Worte nachdenken konnte.

In einer dieser langen Nächte, in denen sie nicht einmal ihr gemütliches Bett ertrug, weil es sie allzu sehr daran erinnerte, still an Dent gekuschelt dazuliegen, saß sie in ihrem dunklen Kämmerlein und sah fern. Sie starrte mit leerem Blick auf die Mattscheibe und nahm die flackernden Bilder kaum wahr, die vor ihr kamen und gingen.

Ein alter Film fing an, und es war der Film, mit dem Rita Lane vor vielen Jahren ihr Comeback gefeiert hatte. Der junge Regisseur, der sie angerufen und ihr eine Rolle gegeben hatte, war ziemlich berühmt geworden, tauchte ständig bei der Oscar-Verleihung auf und holte sich Preise in Cannes ab, und nun gab es eine Retrospektive seiner Arbeit. Es war ein roher, eindringlicher Film in strahlenden, singenden Farben, ein Film, wie man ihn nur machen kann, wenn man jung und unerschrocken ist und absolut nichts zu verlieren hat.

Maude sah Rita und erinnerte sich an die vielen Tage, die sie zusammen in dem staubig türkisfarbenen Raum am Hans Crescent verbracht hatten; sie erinnerte sich an Ritas Trotz und Mut. Sie fragte sich, wo Rita jetzt sein mochte. Vielleicht war sie nach Bel Air gezogen, nun, da sie wieder zu den Erfolgreichen zählte, gefeiert und gefragt, nun, da sie als Grande Dame der Kinoleinwand wieder auf ihren Thron gesetzt worden war.

Doch bei diesem Film hatte sie all das noch vor sich; er stammte noch aus den alten Zeiten, als sie ganz unten angekommen war. Ihre Filmfigur war völlig pleite und am Ende, sozusagen eine ramponierte Schönheit, Rita spielte sie gerade heraus, ohne augenfällige schauspielerische Tricks, und es brach einem das Herz beim Zusehen. »Wer hat denn behauptet, dass es leicht sein würde?«, sagte sie, tauchte in die nächste Flasche ein und wartete ab, ob sie schwimmen oder untergehen würde. »Niemand hat behauptet, das sei ein Sonntagsspaziergang. Aber man kann einen Karneval daraus machen, in manchen Nächten, wenn der Lichteinfall stimmt.«

Drei Tage nach Weihnachten nahm Maude ein Taxi und fuhr zu der Straße im Norden Londons, in der die Mutter des Kindes wohnte, das sie getötet hatte.

Maude wusste nicht, ob die Frau überhaupt noch dort wohnte, es war inzwischen elf Jahre her, und wer wohnte heute schon noch länger am selben Ort. Aber sie fuhr trotzdem hin, weil sie wusste, dass sie dies schon vor Jahren hätte tun sollen; es kam ihr vor, als stehe sie vor einer kahlen Mauer, und sie musste endlich nachsehen, ob es einen Weg darum herum gab, oder ob sie umkehren und denselben Weg wieder zurückgehen musste. Sie wusste, es war höchste Zeit, etwas zu tun, zu handeln, denn sie saß schon viel zu lange in ihrem Kämmerlein.

Sie war immer noch betäubt vor Elend, Verblüffung und mangelndem Schlaf. Sie stieg in das Taxi und nannte die Adresse, bevor sie es sich anders überlegen konnte.

Der Taxifahrer war klein, mittleren Alters und schweigsam. Maude betrachtete seinen runden, kahlen Hinterkopf; sie war froh, dass er nicht reden wollte.

Sie fuhren durch die leeren Straßen, alles war ruhig und still, wie immer in London während der Weihnachtsferien, als habe jemand für einen Moment die ganze Stadt angehalten, leiser gestellt. Die Bäume hoben sich kahl gegen den trüben Himmel ab, niemand war zu sehen, und es gab kein Anzeichen dafür, dass sich hier jemals etwas Bemerkenswertes ereignet hatte.

Sie bogen in eine Straße mit kleinen Reihenhäusern ab, ordentliche rote Backstein-Häuschen, weiß gestrichene Fenster und Blumenkästen mit ein paar tapferen Rosen darin, die im Winter blühten. Es war eine ruhige, respektable Straße, deren Bewohner ihr braves, vorhersehbares Leben lebten.

Maude bezahlte das Taxi, klopfte und fragte sich, ob jemand zu Hause sei, da öffnete die Mutter auch schon die Tür. Maude erkannte sie augenblicklich, obwohl es elf Jahre her war. Mrs. Patricia Burns sah noch genauso aus wie damals in dem trüben Gerichtssaal, nur dass ihre Augen jetzt nicht mehr so wild, rotgeweint und wütend waren. Sie war hübsch und adrett, und noch etwas, dachte Maude: irgendwie in sich geschlossen, klar umrissen. Das braune Haar war zurückgebunden, und sie hatte frische Wangen, als sei sie gesund und zufrieden.

Sie brauchte einen Augenblick. Sie runzelte die Brauen, öffnete den Mund zum Sprechen, hielt inne, schaute noch einmal hin und sagte: »Ach, du meine Güte.«

»Entschuldigung«, begann Maude, die die Worte hastig hinausschickte, bevor sie die Nerven verlor. »Entschuldigen Sie, dass ich Sie einfach so überfalle, aber ich würde sehr gern mit Ihnen sprechen. Ist das in Ordnung? Ich kann auch wieder gehen, wenn Ihnen das lieber ist. Erinnern Sie sich an mich?«

Patricia Burns nickte. Einen flüchtigen Moment lang blickte sie gequält drein, doch dann lächelte sie und sagte: »Natürlich. Kommen Sie ruhig herein.«

Das Haus war ebenso adrett und glänzend wie sie. Es

war warm, die Wände waren weiß gestrichen, überall hingen Bilder, und gelbe Lampen erhellten den ungemütlichen Tag.

»Gehen wir in die Küche«, sagte Patricia Burns. »Kommen Sie, setzen Sie sich, ich mache uns eine schöne Tasse Tee. Sie haben einen guten Zeitpunkt erwischt, meine Familie geht gerade im Park spazieren, also bin ich ganz allein. Sie heißen Maude, richtig?«

Maude nickte kläglich und wünschte, das sei nicht ihr Name, sondern der von irgendjemand anderem.

»Setzen Sie sich«, sagte Patricia Burns und rückte einen der Stühle ein wenig vom Küchentisch ab. »Ich bin Pat. Na ja, das wissen Sie wahrscheinlich noch.«

Sie machte Tee in einer grün glasierten Kanne, die chinesisch aussah. Dann stellte sie alles für den Tee auf den Tisch, Milch in einem zierlichen Kännchen, Zucker in einer blauen Schale, Tassen und Untertassen, und schließlich setzte sie sich Maude gegenüber und sah sie an.

Es war elf Jahre her, und sie war dieselbe, aber doch völlig anders. Die unbezähmbare Trauer, an die Maude sich so gut erinnerte, war verschwunden, doch es war mehr als das. Die Frau sah aus, als hätte sie einen Pakt mit dem Leben geschlossen, um dann zu merken, dass es nicht hielt, was es versprochen hatte, worauf sie das Geschäft mit einem Handschlag beendete und nie wieder darauf zurückkam.

Maude dachte, sie hätte nicht kommen sollen. Sie hatte eine Woche lang nicht geschlafen und spürte, wie eine Art Wahnsinn in ihr aufkam, in ihr aufstieg wie eine Krankheit. Sie wusste noch, dass die Japaner Schlafentzug als beliebte Foltermethode einzusetzen pflegten, als den schnellsten Weg, tapfere und findige Männer zu brechen, bis sie all ihre Geheimnisse ausplauderten.

Mrs. Patricia Burns musterte Maude, und dann sagte sie etwas völlig Unerwartetes. »Ach, Schätzchen«, sagte sie, und Maude schüttelte vor Überraschung über diesen Kosenamen den Kopf, »Sie sehen furchtbar aus. Was ist Ihnen denn passiert?«

Nein, nein, dachte Maude, das sollte genau umgekehrt gehen. Das Furchtbare ist ihr passiert, und ich habe es angerichtet.

»Ich bin hergekommen«, sagte Maude. Sie hielt inne, weil sie nicht wusste, wie sie es ausdrücken sollte. Was wollte sie damit erreichen, so viele Jahre später? Warum war sie nicht schon längst hier gewesen? Warum war sie so ein widerlicher Feigling gewesen, hatte sich die ganze Zeit in ihrem Kämmerlein verkrochen, anstatt hierher zu kommen und Wiedergutmachung zu leisten? »Ich bin gekommen«, fing sie von vorne an, »weil ich Ihnen sagten wollte … sagen wollte … Ich wollte Ihnen sagen, wie entsetzlich Leid es mir tut. Es tut mir so schrecklich, schrecklich Leid. Das wollte ich Ihnen sagen.«

Das sind nur Worte, dachte sie, und die zählen nicht viel. Sie zählten eigentlich überhaupt nicht. Sie fand, Patricia Burns habe absolut das Recht, sie aus dem Haus zu werfen, sie aus der Stadt zu jagen.

»Sie Ärmste«, sagte Patricia Burns langsam. Sie lächelte Maude mit umwerfendem Mitgefühl an. Maude musste den Kopf abwenden. »Sehen Sie deshalb so aus, nach all diesen Jahren? Sie haben das so lange mit sich herumgetragen, und jetzt sehen Sie vor lauter Gram aus, als hätte Ihnen jemand zwei blaue Augen geschlagen und als ruhten die Sorgen der ganzen Welt auf Ihren Schultern.«

Später wunderte Maude sich darüber, dass sie so gesprochen hatte; ihr wurde klar, dass das Bild von einer verbitterten, gebrochenen, sprachlosen Frau, das sie so lange mit sich herumgetragen hatte, nur ein Mythos war, etwas, das vielleicht nie existiert hatte.

»Das ist so lange her«, sagte Patricia Burns. »Und das Leben muss weitergehen, denn sonst ist es irgendwann vorbei, und es bleibt Ihnen nichts als Reue.«

»Wie machen Sie das?«, fragte Maude. »Ich habe Ihnen so etwas Schreckliches angetan, und Sie bitten mich auf einen Tee herein.«

Patricia Burns lächelte. Da sah Maude, dass sich durchaus noch Traurigkeit auf ihrem Gesicht spiegelte, die vielleicht nie vergehen würde. Doch da waren auch andere Dinge zu sehen, da war Raum für mehr.

»Es war schrecklich«, sagte Patricia. »Ach, es war entsetzlich, und ich vergesse es nicht. Ich werde David nie vergessen, ich denke jeden Tag an ihn. Aber es war nicht Ihre Schuld.«

»Doch«, entgegnete Maude. »Doch, das war es. Es war meine Schuld.«

»Es war ein Unfall«, erklärte Patricia. »Ein Unfall. Man wünscht sich immer jemanden, dem man die Schuld geben kann, wenn das Schlimmste passiert. Ich wollte Ihnen damals die Schuld geben, wollte Sie als die Schuldige sehen. Dann habe ich mir selbst die Schuld gegeben. Ich war so jung, und damals war ich so unruhig, ich habe nicht so gut auf ihn aufgepasst, wie ich hätte aufpassen sollen. Ich habe damals ständig mit seinem Vater gestritten, und das meine ganze Zeit in Anspruch genommen. Irgendwann wurde mir klar, dass es ihn nicht zurückbringt, wenn ich jemandem Vorwürfe mache. Ich wusste nur, dass er fort war, also konnte ich entweder dasitzen und die ganze Welt hassen, oder aufstehen und weitermachen.«

»Nein«, sagte Maude, und dieses Wort entriss sich ihr mit einem schrecklichen, scharfen Laut. Sie hielt inne, schüttelte den Kopf und nahm einen neuen Anlauf. »Ich meine«, sagte sie, »so einfach ist das nicht.«

»Oh doch«, erwiderte Patricia Burns. »Doch, es ist ganz einfach. Und es ist zugleich das Schwerste im Leben. Es ist nicht schwierig, aber es ist schwer.«

»Ich verstehe nicht ganz«, sagte Maude. Sie meinte nicht nur das, sondern – alles. Patricia Burns schien das zu merken. Sie beugte sich über den Tisch und legte eine Hand auf Maudes. Ihre Hand war warm, stark und trocken, und als Maude sie spürte, wollte sie losweinen.

»Sie können leben«, sagte Patricia. Ihr klarer, direkter Blick war auf Maudes Augen gerichtet, als sei es ihr wirklich wichtig. »Nur weil ein Mensch gestorben ist, heißt das nicht, dass alle anderen auch sterben müssen. Es geht nicht Auge um Auge.«

»Weil sonst die ganze Welt erblindet«, sagte Maude. Sie dachte an Dent, und fragte sich, ob sie genau das gerade versuchte: die Welt zu blenden.

»Ja«, bestätigte Patricia. »Manchmal passiert das Schlimmste, das Allerschlimmste, das man sich nur vorstellen kann. Ich glaube, ein Kind zu verlieren, gehört zum Allerschlimmsten, es ist vielleicht das Härteste, das einem je widerfahren kann. Man glaubt, man würde sich nie wieder davon erholen; man glaubt, man müsse seinen gebrochenen Körper das restliche Leben lang wie ein entstelltes Ding herumschleppen. Aber man kann es schaffen, man kann die Bruchstücke wieder zusammensetzen, wenn man sich nur genug Mühe gibt. Ich habe jetzt eine Familie, ich habe zwei weitere Kinder, ich bin immer noch mit Davids Vater verheiratet, und wir streiten auch nicht mehr, weil wir erkannt haben, dass man nur mit wahrer Liebe so etwas überstehen kann, also haben wir uns daran geklammert wie an einen Rettungsring.«

»Sie können doch nicht so vernünftig sein«, bemerkte Maude verwundert. Sie fühlte sich unendlich klein und war beschämt, weil es ihr selbst nicht gelungen war, solche Vernunft wiederzufinden. »Niemand ist so rational und stark.«

»So kommt es mir gar nicht vor«, sagte Patricia mit einem leisen Lächeln. »Ich stand einfach vor der Wahl, leben oder sterben. Es wird immer ein kleiner Teil von mir fehlen, wie ein … wie ein …« Sie hielt inne, legte eine Hand über ihr Herz und lächelte wieder dieses gütige Lächeln. »Es ist wie eine Lücke hier drin; aber die ist nicht tödlich. Da ist zwar eine Leere, doch ich habe gelernt, damit zu leben, und es ist erträglich.«

Sie lehnte sich auf ihrem Stuhl zurück, und sah Maude mit ihren klaren Augen an. Sie waren von kleinen, schmerzlichen Falten umgeben, doch da waren auch Lachfältchen, und Fältchen von in der Sonne zusammengekniffenen Augen: Spuren von anderen Dingen.

»Sie sind noch jung«, sagte sie. »Wie alt sind Sie, um die dreißig? Sie haben noch so viel Leben vor sich. Sie sollten sich aufmachen und es nicht vergeuden. Denn sonst sind zwei Menschen gestorben, und nicht einer. Ach, Schätzchen«, sagte sie, »gehen Sie hin und machen Sie etwas aus Ihrem Leben, denn wenn Sie es nicht tun, ist viel zu viel einfach vergeudet, und zu was sollte das gut sein?«

Nachdem sie gegangen und mit dem Bus nach Hause gefahren war, dachte Maude, dass ihr in all diesen Jahren bei der Psychotherapeutin, gar nicht weit von dieser gewöhnlichen Straße, so ziemlich dasselbe gesagt worden war, doch damals konnte sie es nicht hören, es ergab keinen Sinn für sie. Nachdem sie es von Patricia Burns vernommen hatte, kam es Maude so vor, als habe sie versucht, ein Vorhängeschloss mit dem falschen Schlüssel aufzubekommen, so dass das Schloss blockiert und versperrt war. Nun hatte ihr jemand den richtigen Schlüssel in die Hand gedrückt, und sie spürte, wie er ins Schloss glitt, leicht und sicher griff, und wie das Schloss sich seidig weich öffnete.

Nachdem sie das Haus verlassen hatte, blickte sie über die Schulter zurück zu Patricia Burns, die ihr von der offenen Tür her nachwinkte, wie ein letzter Abschiedsgruß. Als sie fortging, vorbei an den ordentlichen roten Häusern mit ihren weißen Fenstern und ihren liebevoll gehegten Blumenkästen voll gedeihender Pflanzen, da fragte sie sich, was sie tun sollte, nun, da sich das Schloss geöffnet hatte und es keine Ausreden mehr gab.

Als sie nach Hause kam, hatte sie das Gefühl, wochenlang fort gewesen zu sein, auf einer langen Reise in ein Land, dessen Sprache und Gebräuche sie nicht kannte; sie fühlte den kleinen Schock der Eingewöhnung, den man empfindet, wenn man lange im Ausland war. Es kam ihr vor, als wäre eine schwere Last von ihr genommen, und zum ersten Mal seit einer Woche legte sie sich in ihr hartes Bett und schlief zwölf Stunden lang.

Als sie aufwachte, hatte ein neuer Tag begonnen, und sie wusste nicht, wie spät es war. Sie setzte sich auf und sah auf die Uhr; es war kurz nach acht, und ihr war klar, dass sie aufstehen und wieder in die Welt hinausgehen musste. Ihr war in gewisser Weise auch klar, dass sich wieder einmal alles verändert hatte, und sie war nicht sicher, wie sie damit umgehen sollte.

Sie stand auf, putzte sich die Zähne, zog sich an, aß eine Scheibe Toast, und dann war da nur noch der Tag, der auf sie wartete.

Sie wusste nicht recht, was sie damit anfangen sollte, sie war unruhig und unsicher. Sie meinte, es sollte sich monumental und sensationell anfühlen, aber da war nur eine Lücke, etwas Unbekanntes, das sie überbrücken musste, und sie würde einige Zeit brauchen, sich daran zu gewöhnen.

Sie saß lange im stillen Dämmerlicht ihres Kellerlochs; die Welt zog sich zurück und rollte wieder auf sie zu, Fragmente ihrer Vergangenheit schaukelten durch ihre Gedanken wie Öl auf Wasser. So deutlich, als habe jemand ihr Leben wie eine Landkarte vor ihr ausgebreitet, sah sie, dass sie sich immer nur versteckt hatte, gefangen in Angst – wovor? – vor ihrer eigenen Unzulänglichkeit, dem Gefühl, unbedeutend, unsichtbar, nicht genug zu sein. Sie hatte das Leben, das sie nach dem Unfall für sich gewählt hatte, nie hinterfragt: Jetzt sah es aus wie aus einem Guss. Warum habe ich nicht gekämpft?, fragte sie sich. Sie erkannte nun, dass ihre Wut auf Dent, weil er nicht kämpfen wollte, eigentlich Wut auf sich selbst war, weil sie niemals um ihr eigenes Leben gekämpft hatte.

Das muss ich lernen, sagte sie sich, denn sonst ist gar nichts etwas wert. Ich muss aufstehen und kämpfen.

Dieser Gedanke war so neu und ungeheuerlich, dass er sie auf den Stuhl niederdrückte, und sie blieb fünf

Stunden lang in ihrem dunklen Kämmerlein sitzen, still und gefangen, während das Licht um sie erlosch.

Ich muss zurück, dachte sie. Ich muss ins Auto steigen, hinfahren und es noch einmal versuchen. Vielleicht funktioniert es nicht, vielleicht ist es schon zu spät, aber ich muss es wenigstens versuchen. Doch sie wusste auch, dass sie eine kurze Ruhepause brauchte, um sich zu erholen.

Heute ist Donnerstag, dachte sie. Es ist ein Donnerstag mitten im Winter, und ich werde am Sonntag fahren, denn letztes Mal bin ich auch an einem Sonntag aufgebrochen, und an einem Sonntag zurückgekommen; Sonntag ist der richtige Tag dafür.

Als sie das zu Ende gedacht hatte, fühlte sie sich ganz frei, irgendwie erleichtert, weil sie endlich eine Entscheidung getroffen hatte. Ich brauche Erholung, dachte sie; Erholung von diesen Stimmen in meinem Kopf. Sie sah auf die Uhr, wo die Sekunden ihres Lebens davontickten. Es war nach fünf; es war kurz nach fünf an einem Donnerstagnachmittag im Januar, und alles war hell erleuchtet.

Sie ging zur Buchhandlung. Sie würde ein Buch kaufen. Sie würde ein Buch kaufen, es nach Hause tragen, sich eine Kanne Kaffee kochen, ihn trinken und das Buch lesen, und danach würde sie schlafen, dann aufstehen an einem neuen Tag, in ihrem neuen Leben mit ihrem neuen Entschluss, und es würde sich nicht mehr so seltsam anfühlen.

Die Buchhändlerin lächelte, als Maude das Geschäft betrat. Maude musste zweimal hinsehen, das Licht könnte sie getäuscht haben. Die Buchhändlerin, die zu Maude nie mehr gesagt hatte als: »Das macht zwölf

Pfund, danke«, und: »Ihr Wechselgeld«, diese Frau sah ihr in die Augen und sagte: »Ein neues Buch von Alexander Dent ist gerade hereingekommen, und Sie sollten es kaufen, denn so etwas Bewegendes habe ich noch nie in meinem Leben gelesen.«

Das Buch hieß *All The Lonely People.* Auf dem Umschlag war eine Schwarzweiß-Aufnahme, die Silhouette eines Frauengesichts im Profil, und auf der inneren Umschlagklappe stand die Widmung: *Für Maude.*

Es war nur hundertfünfzig Seiten lang und mit nichts zu vergleichen, was Dent je geschrieben hatte. Es war nicht wie seine früheren Werke, und ganz anders als die vier Bücher, die Richard Hunter für ihn geschrieben hatte. Maude kannte Dent gut genug, um es beim Lesen sofort als sein Werk zu erkennen, denn es war, als hörte sie ihn sprechen, wenn er sich in der kuscheligen Dunkelheit des Schlafzimmers, das sie geteilt hatten, mit ihr unterhielt. Es war die Sprache der Nacht, die er nur für sie reserviert hatte.

Es las sich wie ein Gedicht in Prosa. Es war eine hundertfünfzig dichte, lyrische Seiten lange Liebeserklärung.

Maude las schnell, alles fiel von ihr ab wie ein Schleier, und sie fühlte sich sehr schlicht und gewiss, als sei nichts, was zuvor geschehen war, jetzt noch wichtig. Sie fühlte sich verjüngt und neu, als wäre eine alte Haut abgefallen und etwas Reines, Starkes darunter zum Vorschein gekommen.

Es war, als sei dieses Buch an genau dem Tag in ihrem Leben aufgetaucht, an dem sie den Entschluss gefasst hatte, zurückzufahren und ihn zu suchen, wie ein Zeichen; eine weitere kleine Sternschnuppe des Schicksals, die ihr sagte, dass sie es richtig machte, dass sie es schaffen konnte. Sie erinnerte sich daran, was Sadie und Patricia Burns gesagt hatten, und sie wusste, dass die beiden Recht hatten. Sie erinnerte sich an Sadies Worte, Dent sei der stolzeste Mensch, den sie kenne.

Maude hatte geglaubt, er würde nicht um sie kämpfen, und nun hatte er es doch getan, auf die einzige Weise, die ihm einfiel. Es war wie eine Bestätigung dafür, dass sie den letzten Teil beitragen musste, als habe es ihren Entschluss erst wirklich gemacht. Doch da war noch ein kleiner Rest des alten Lebens, ein fernes Echo der alten Stimmen, gedämpft, als gingen sie einen langen Pfad entlang, weg von ihr, doch gerade noch zu hören, und diese Stimmen hatten Angst. Sie wusste, wenn sie das durchzog, gab es keine Ausreden mehr, es gab kein Verstecken mehr, und kein Weglaufen.

Sie sagte sich: Ich kann hier bleiben, mich weiter fürchten und irgendwann stumm und verbittert dasitzen und mein Leben bedauern oder ich kämpfe darum.

In diesem Moment klingelte das Telefon. Es schrillte erschreckend laut durch das stumme Zimmer und zerriss die Stille wie ein Feueralarm. Maude meinte, das müsse Dent sein, also hob sie freudig den Hörer ab und drückte ihn ans Ohr.

»Schalt den Fernseher ein«, sagte Ruby. »BBC 2.«

»Aber ich …«, sagte Maude verwirrt.

»Schalt einfach ein«, wiederholte Ruby.

Maude machte den Fernseher an. Sie sah ein blaues Fernsehstudio, einen langen Tisch und eine gelassene Moderatorin, die bei der BBC eine Kultursendung leitete. Sie hieß Paula Stein und war berühmt für ihre makellosen Frisuren sowie ihren gnadenlosen Intellekt. Ihr gegenüber, in schwarzem Anzug und weißem Hemd, saß Dent.

Maude hielt den Atem an, als sie sein vertrautes, geliebtes Gesicht sah, ein wenig farblos im Scheinwerferlicht. Sie hatte keine Ahnung, was da vor sich ging. Paula Stein begann gerade mit ein paar einführenden Floskeln, als es an der Tür hämmerte – es waren Ruby und Sadie.

»Hast du eingeschaltet?«, fragte Sadie.

»Ja«, antwortete Maude. Sie hasteten ins Wohnzimmer, setzten sich, und Maude stellte den Ton lauter. Dent sagte: »Ja, es stimmt, die letzten vier Romane sind nicht von mir.«

Maude blieb die Luft weg.

»Herr im Himmel«, keuchte Sadie. »Sie werden ihn in Stücke reißen.«

Paula Stein beugte sich mit mitleidsloser, steinerner Miene vor. »Sie meinen damit, dass Sie die Bücher, die unter Ihrem Namen erschienen sind, gar nicht geschrieben haben?«

»Ja«, sagte Dent. »Genau das will ich damit sagen.«

»Sie«, erklärte Paula Stein, »haben Ihre Leser betrogen.«

»Dieses Miststück«, sagte Sadie. »Ich wette, die kriegt nie einen ab.«

Dent entgegnete: »So könnte man es ausdrücken. Ich habe überhaupt keine Entschuldigung dafür. Dahinter steckt eine komplizierte Reihe von Umständen, aber ich will mich keineswegs herausreden.«

Paula Stein, die offensichtlich an stundenlanges Herausreden gewöhnt war, wirkte nun leicht aus der Fassung gebracht. »Wer hat sie dann geschrieben?«, fragte sie.

»Das kann ich Ihnen nicht verraten«, erklärte Dent. »Über meine Privatangelegenheiten kann ich sprechen, die anderer Leute darf ich nicht preisgeben.«

»Haben Sie deshalb vor drei Jahren den Booker-Preis nicht angenommen?«, fragte Paula Stein.

»Ja«, antwortete Dent.

»Und haben Sie irgendeine vernünftige Erklärung für diese Sache?«, fragte Paula Stein. »So etwas ist noch nie da gewesen.«

»Oh, der macht das richtig Spaß«, sagte Sadie. »Seht euch nur mal ihr Gesicht an. Sie freut sich riesig.«

Dent sagte: »Ich könnte Ihnen erzählen, wie es dazu gekommen ist, aber dann müssen die Leute selbst entscheiden, was sie davon halten. Das kann ich ihnen nicht sagen.«

»Also, dann schildern Sie uns doch, wie es dazu kam«, bat Paula Stein.

Dent atmete tief durch.

Oh Gott, dachte Maude; das ist das Allerschwerste für ihn, ausgerechnet er, der sich so energisch vor der Welt schützt.

»Nach dem Tod meiner Frau«, begann Dent, »merkte ich, dass ich nicht mehr schreiben konnte. Das Schreiben war der Mittelpunkt meines Lebens, und nun ging es nicht mehr. Ich traf einen Mann, der, wenn Sie so wollen, ebenfalls Opfer eines Schicksalsschlags geworden war. Er war Schriftsteller, doch er war ein äußerst zurückgezogener Mensch, und die Vorstellung, sich öffentlich der Welt zu stellen, entsetzte ihn. Er kannte meine Bücher sehr gut und schrieb selbst recht ähnlich. Wir unterhielten uns lange, er zeigte mir seine Werke, und schließlich bat er mich, da ich ohnehin nicht mehr schreiben konnte, ob wir nicht seine Arbeit unter dem schützenden Mantel meines Namens veröffentlichen könnten. Das klingt grotesk und betrügerisch, wenn ich es jetzt erzähle, aber damals erschien es uns aus verschiedenen Gründen sinnvoll. Wenn Ihre Welt auf den Kopf gestellt wird, kommt Ihnen das Absurde nicht sinnvoller vor als das Realistische. Ich litt unter tiefsten Schuldgefühlen wegen des Unfalls mit meiner Frau, und ich hatte irgendwie das Gefühl, ich könnte diesem Mann helfen, indem ich ihm etwas gab, was er sich wünschte, also stimmte ich zu.«

Paula Stein wirkte erstaunt. »Sie wollen also behaupten, es war ein reiner Akt der Menschenfreundlichkeit?«

»So grandios würde ich es nicht bezeichnen«, sagte Dent. »Es war eine Art Opfergabe, weiter nichts.«

»Weshalb enthüllen Sie das ausgerechnet jetzt«, fragte Paula Stein, »obwohl Sie dafür bekannt sind, niemals Interviews zu geben?«

»Es ist etwas geschehen«, erklärte Dent, und dann stockte er; Maude hatte die Hände so fest zu Fäusten geballt, dass die Fingernägel sich in ihre Handflächen gruben. Sie spürte es und blickte hinunter, um nachzusehen, woher der Schmerz wohl kam. Dent fing sich wieder, holte tief Luft und fing von vorn an. »Es hat sich etwas verändert«, sagte er. »Gewisse … Umstände. Ich habe wieder zu schreiben begonnen. Ich wollte reinen Tisch machen.«

»Aber Sie müssen doch wissen, dass dies das Ende Ihrer Karriere sein könnte?«, fragte Paula Stein.

»Dieses Risiko muss ich eingehen«, erwiderte Dent.

»Ihr neues Buch«, sagte Paula Stein und wedelte damit vor ihm herum wie zum Protest, »haben Sie also allein geschrieben?«

»Ich allein habe es geschrieben«, bestätigte Dent. Nach einer kurzen Pause sagte er: »Ich bitte um nichts, ich will keine Ausreden anführen. Ich finde, man sollte die letzten vier Bücher anhand ihrer eigenen Maßstäbe beurteilen und entscheiden, ob sie ihren eigenen Wert als künstlerische Werke haben, egal, wer sie nun verfasst hat. Wenn hieraus irgendetwas Gutes entstehen kann, dann vielleicht, dass den Leuten klar wird, wie viel Geld sie in einen Namen investieren, und nicht in die Worte selbst. Vielleicht machen sie sich einmal Gedanken über Ruhm, über Markennamen und Erwartungen. Aber ich sage nicht, dass es so kommen muss, und ich will damit in keiner Weise entschuldigen, was ich getan habe. Ich bin schuldig und muss mich mit allem abfinden, was nun auf mich zukommen mag.«

Da ging Paula Stein die Puste aus, sie schrumpfte zusammen wie ein angepiekster Luftballon, wandte sich hastig der Kamera zu und sagte: »Das war's für den Moment aus Edinburgh; zurück zu Stanley in London.«

Dann wandte sie sich noch einmal Dent zu und sagte: »Alexander Dent, danke, dass Sie bei uns waren. Darf ich noch kurz fragen, was Sie jetzt vorhaben?«

Dent lächelte zum ersten Mal, ein müdes, durchscheinendes Lächeln. »Ich gehe nach Hause«, sagte er.

Maude, Ruby und Sadie sahen schweigend zu, wie zu einer Gesprächsrunde von Wichtigtuern in London umgeschaltet wurde. Alle hohen Tiere waren an diesem Wasserloch vertreten. Der führende Wichtigtuer brüllte vor Lachen und meinte, das sei das Postmodernste, was man sich nur vorstellen könne, das werde das literarische Establishment der Insel auf den Kopf stellen, und das sei ja nur gut so. Der puristische Wichtigtuer war blass vor Empörung und erging sich über die guten alten Zeiten eines Shakespeare, als ein Mann noch wusste, wo er in der Welt des literarischen Schaffens stand, bis ihm wieder einfiel, dass es ja leise Zweifel an Bacon und dem Earl of Oxford gab, und er stotternd verstummte. Der liberale Wichtigtuer hockte recht unbequem auf dem Zaun und sah beide Seiten. Der Moderator brachte eine provokante Spitze über Bestseller-Autoren an, deren Lektoren Gerüchten zufolge ja des Öfteren mehr als nur ein paar Korrekturen leisteten, dann wechselte er abrupt das Thema, als habe sein Produzent ihm etwas über mögliche Klagen seitens der Verlage in den Knopf im Ohr gebrüllt. Jeder von ihnen gebrauchte das Wort Integrität mehr als einmal.

»Oh«, stöhnte Sadie. »Stellt euch nur mal vor, was erst die Zeitungen mit ihm machen werden.«

Ruby fing an zu lachen. »Nein, nein«, sagte sie. »Er wird's überleben. Die Leute werden sein neues Buch lesen und merken, dass es wirklich gut ist, und nächste Woche haben wir schon einen anderen Skandal.«

»So etwas vergessen sie nie«, erklärte Sadie düster. »Die sind wie Herden bösartiger alter Elefanten an einem Wasserloch.«

»Es ist meine Schuld«, sagte Maude.

»Nein«, erwiderte Sadie, »es ist nicht deine Schuld.«

»Das hätte er doch nicht tun müssen«, sagte Maude. »Ich wollte sowieso zu ihm zurückfahren; ich habe schon den ganzen Nachmittag darüber nachgedacht.

Dann habe ich das Buch im Buchladen entdeckt, das war wie ein Zeichen, und ich habe beschlossen, zu ihm zu fahren.«

Sadie beugte sich vor, ergriff ihre Hand und sagte: »Vielleicht hat er es nicht nur für dich getan. Vielleicht hatte er einen faustischen Pakt mit Richard Hunter geschlossen, wer weiß. Vielleicht war ihm klar, dass Richard ihn völlig in der Hand hätte, wenn er selbst wieder zu schreiben anfing, und ihn mit diesem Geheimnis erpressen könnte. Jetzt ist es draußen, es ist enthüllt und hat damit keinerlei Macht mehr. Das bewirkt man, indem man die Wahrheit sagt.«

Maude dachte daran, wie sie sich gefühlt hatte, als sie ihr Geheimnis Dent und später Ruby erzählte, und sie wusste, dass Sadie Recht hatte.

»Ja«, sagte sie. »Ja, du hast Recht. Absolut Recht.«

Sadie sah sie wieder an, zwanzig verschiedene Botschaften in einem Blick, und sie fragte: »Wirst du mir die Wahrheit erzählen?«

Maude blickte zu Ruby hinüber und fragte: »Du hast es ihr nicht erzählt?«

Ruby schüttelte den Kopf. »Nicht meine Aufgabe«, sagte sie. »Es ist deine Geschichte.«

Maude schilderte Sadie alles, bis hin zu ihrem Besuch bei Patricia Burns, und als sie fertig war, lächelte Sadie sie an und sagte: »Na, siehst du, jetzt seid ihr beide frei, und das ist schon sehr viel wert. Vielleicht wird es nie einfach sein, aber der Weg ist jetzt frei.«

Ruby und Sadie stellten ihr keine weiteren Fragen, als sei schon genug gesagt worden, und nach einer Weile standen sie auf und gingen. Sie verabschiedeten sich ganz locker von Maude, ohne große Reden, obwohl sie alle wussten, dass etwas Bedeutungsvolles zwischen ihnen geschehen war.

Als sie weg waren, setzte Maude sich in ihr Zimmer und ließ die Ereignisse des Tages um sich zur Ruhe kommen. Sie konnte sich kaum an heute Morgen erinnern, das war unendlich lang her. Sie saß in der Dunkelheit, die ihr so vertraut war, so gut bekannt, und dachte über alles nach, was passiert war, und sie wusste, dass sie nicht bis Sonntag warten konnte, dass sie nicht mehr Zeit brauchte, dass sie überhaupt nichts mehr brauchte.

Sie packte eine Tasche und ging hinaus auf die Straße. Die Nacht war leer und dunkel, der Verkehr zog als glitzernder Strom die Talgarth Road entlang, und die Straßenlaternen hingen wie Leuchtfeuer über den glatten Bürgersteigen. Es war kurz vor neun. Sie stieg in ihr Auto und fuhr gen Westen.

Sie erinnerte sich an die Route, selbst im Dunkeln, und auf langen Strecken war sie allein, kein anderes Auto zu sehen. Es kam ihr vor, als öffneten ihre Scheinwerfer Stück für Stück die Nacht vor ihr, als blätterte sie in einem Buch. Es war beinahe so, als seien die reglosen Schatten der nächtlichen Landschaft gar nicht vorhanden, bevor ihr Licht sie heraufbeschwor.

Sie hörte ihre traurigen Lieblingslieder die ganze Nacht lang, acht Stunden schmerzliche Songs, aber sie war gar nicht traurig. Sie war etwas, wofür sie noch kein Wort gefunden hatte.

Als sie von der Straße auf den langen, unbefestigten Weg einbog, der zu Dents Haus führte, war es fünf Uhr morgens. Der Himmel war pechschwarz und übersät mit Sternen. Sie hatte die Sterne ganz vergessen.

Sie machte die Haustür auf, die nie abgeschlossen war,

und als sie hineinging, entdeckte sie Dent auf dem roten Sofa. Ihr Körper vibrierte noch von der Fahrt, ihr schwirrte der Kopf, und einen Augenblick lang fragte sie sich, ob sie Gespenster sehe.

Dann sagte er: »Ich konnte nicht schlafen.«

Sie stand in der Tür, musterte ihn und sagte: »Ich auch nicht.«

Sein Gesicht war schmal und zerfurcht vor Müdigkeit, seine Augen lagen tief in den Höhlen, und sie wusste, dass sie noch nie in ihrem Leben jemanden so geliebt hatte wie ihn. Es erfüllte sie mit friedvoller Ruhe, als sei ein Steinchen in einen tiefen Teich gefallen. Sie war sich sicher, und sie wusste, dass sie nie wieder nach Süden zurückfahren würde.

Sie sagte: »Ich konnte nicht schlafen, also habe ich mich ins Auto gesetzt.«

Er sah sie an, und einen Moment lang blieben beide ganz still, wie Statuen im Zwielicht.

»Ich habe dein Buch gelesen«, sagte sie. »Ich habe es gelesen. Du musst es sehr schnell geschrieben haben.«

»Ich habe es sehr schnell geschrieben«, entgegnete er, »und den Verlag gedrängt, es rasch herauszubringen, weil ich ohne dich verloren war und nicht wusste, wie ich dich sonst darum bitten sollte, zurückzukommen.«

»Es tut mir Leid«, sagte Maude.

»Nein, mir tut es Leid«, erwiderte Dent. »Ich hätte es dir sagen sollen, aber ich wusste nicht, wie, weil ich mich so geschämt habe. Ich wollte nicht, dass du mich dafür verachtest, und ich wollte dich nicht verlieren.«

»Wir müssen nicht jetzt darüber reden«, sagte Maude. »Das können wir später tun. Wir können morgen darüber reden, nächste Woche oder in einem Jahr, oder überhaupt nicht.«

Dent lächelte zaghaft; seine Augen leuchteten auf, als sei er nicht ganz sicher gewesen, ob dies wirklich sei, und habe nun den Beweis dafür. »Ja«, sagte er. »Wann immer du willst.«

»Es ist ein wunderschönes Buch«, sagte Maude. »Alles andere ist jetzt nicht mehr wichtig. Das war das schönste Buch, das ich je gelesen habe.«

»Ich habe es nur für dich geschrieben«, sagte Dent.

Maude ging hinein, setzte sich zu ihm auf das rote Sofa, und er streckte den Arm aus, so dass sie sich an seine Schulter lehnen und seinen Arm um sich spüren konnte. Sie legte die Hand an seine Wange, zog sein Gesicht an ihres und roch seinen Duft, nach Salz und Wasser und Meer; sie drehte den Kopf und küsste ihn, und er erwiderte den Kuss, und diesmal war es, als käme sie nach Hause.

»Ich habe es deinetwegen geschrieben«, sagte er.

Dann sprachen sie nicht mehr. Sie saßen in den frühen Morgenstunden schweigend auf dem Sofa, atmeten im Einklang und warteten auf den Sonnenaufgang.

Claire Calman

## ... ich Dich auch

Roman

Wenn man mit 250 km/h gegen eine Wand rast, tut das weh. Sehr weh. Und genau so fühlt sich Bella, als sie ihren Freund durch einen tragischen Unfall verliert. Von einem Moment auf den anderen verändert sich ihr ganzes Leben – und Bella will nur noch eins: vergessen können. Ruhe finden. So kommt es, dass die junge Frau ihren Karrierejob aufgibt und sich schließlich in der tiefsten Provinz wiederfindet, in einem kleinen Haus mit Garten. Was sie dort sicher *nicht* braucht, ist ein netter Gärtner, der ihr Herz erobern möchte.
Doch genau das tut er.

*Eine Anleitung zum Glücklichsein.*
Westdeutsche Zeitung

Der Inhalt in einem Wort: Hornby!

John O'Farrell

# *Für das Beste im Mann*

Roman

Schreiende Kinder und eine Frau, deren Leidenschaft sich auf Kuschelabende beschränkt – das ist nichts für einen echten Kerl. Und für Michael schon gar nicht, der sich darum ein fröhliches Zweitleben in einer Männer-WG zulegt. Als das auffliegt – und seine Frau ihn mitsamt der Kinder verlässt –, erkennt der Macho, was wirklich das Beste im Leben eines Mannes ist: die Familie, die er liebt. Aber um die zurückzubekommen, muss Michael Himmel und Hölle (und noch ein bisschen mehr) in Bewegung setzen!

Knaur